O Chalé

Outras obras da autora publicadas pela Record

Acidente
Agora e sempre
A águia solitária
Álbum de família
Amar de novo
Um amor conquistado
Amor sem igual
O anel de noivado
Ânsia de viver
O apelo do amor
O beijo
O brilho da estrela
O brilho de sua luz
Caleidoscópio
Casa forte
O casamento
A casa na rua Esperança
Cinco dias em Paris
Desaparecido
Um desconhecido
Desencontros
Doces momentos
Entrega especial
O fantasma
Final de verão
Forças irresistíveis
Galope de amor
Honra silenciosa
Imagem no espelho
Jóias
A jornada
Klone e eu
Um longo caminho para casa
Maldade
Meio amargo
Mensagem de Saigon
Mergulho no escuro
Momentos de paixão
Um mundo que mudou
Passageiros da ilusão
O preço do amor
O presente
O rancho
Recomeços
Relembrança
O segredo de uma promessa
Segredos de amor
Segredos do passado
Tudo pela vida
Uma só vez na vida
Vale a pena viver
A ventura de amar
Zoya

DANIELLE STEEL

O CHALÉ

Tradução de
ALEXANDRE RAPOSO

3ª EDIÇÃO

EDITORA RECORD
RIO DE JANEIRO • SÃO PAULO

2005

CIP-Brasil. Catalogação-na-fonte
Sindicato Nacional dos Editores de Livros, RJ.

S826c
3ª ed.

Steel, Danielle, 1948-
O chalé / Danielle Steel; tradução de Alexandre Raposo. - 3ª ed. - Rio de Janeiro: Record, 2005.
368p. :

Tradução de: The cottage
ISBN 85-01-06699-0

1. Ficção americana. I. Raposo, Alexandre. II. Título.

04-2883

CDD - 813
CDU - 821.111(73)-3

Título original norte-americano
THE COTTAGE

Impresso no Brasil

ISBN 85-01-06699-0

PEDIDOS PELO REEMBOLSO POSTAL
Caixa Postal 23.052
Rio de Janeiro, RJ – 20922-970

CÓPIA NÃO AUTORIZADA É CRIME
ABDR
ASSOCIAÇÃO BRASILEIRA DE DIREITOS REPROGRÁFICOS
RESPEITE O DIREITO AUTORAL
EDITORA AFILIADA

Para minhas crianças maravilhosas,
Beatie, Trevor, Todd, Sam, Nick,
Victoria, Vanessa, Man e Zara,
que são a luz de minha vida,
alegria de meus dias,
conforto de minha existência,
consolo na tristeza,
minha luz nas trevas
e a esperança de meu coração.
Não há maior alegria que vocês,
e quando tiverem filhos algum dia,
que sejam tão afortunados quanto eu fui
ao amar e ser amada por vocês.

Com todo o meu amor,
Mamãe /d.s.

Capítulo 1

O SOL REBRILHOU sobre o elegante telhado de mansarda do Chalé enquanto Abe Braunstein fazia a última volta da aparentemente interminável via de acesso à residência. A visão da imponente quinta em estilo francês o teria deixado sem fôlego, não fosse o motorista outra pessoa que não Abe.

Era uma casa espetacular, e ele já estivera ali dúzias de vezes. O Chalé era uma das últimas residências lendárias de Hollywood. Lembrava os palácios construídos na virada do século pelos Vanderbilts e Astors em Newport, Rhode Island. Este tinha o estilo de um *château* francês do século XVIII e era opulento, belo, gracioso e requintado em todos os aspectos de seu projeto.

Fora construído em 1918 para Vera Harper, uma das grandes estrelas do cinema mudo e uma das poucas a conservar fortuna. Casou-se bem, mais de uma vez, e ali viveu até morrer de velhice, em 1959. Cooper Winslow comprara a propriedade de seu espólio um ano depois.

Ela não tinha filhos, nem herdeiros, e deixou tudo o que possuía, incluindo o Chalé, para a Igreja Católica. Coop pagou uma bela soma em dinheiro pela casa, porque a sua carreira estava no auge naquela época. A compra do Chalé provocou um considerável burburinho. A casa e a propriedade eram extraordinárias demais para um jovem de 28 anos, não importando quão famoso ele fosse. Mas Coop não se incomodou com o fato de estar morando num lar palaciano, e sentia-se confortável com a idéia de que merecia viver ali.

A casa era cercada por catorze acres de parque e jardins cuidadosamente tratados, no coração de Bel Air. Tinha uma quadra de tênis, uma enorme piscina revestida de azulejos azuis e dourados, e havia fontes espalhadas pela propriedade. O projeto de paisagismo da casa procurava imitar o estilo de Versalhes.

Era um lugar e tanto. Dentro da casa havia tetos altos, muitos deles pintados por artistas que vieram da França especialmente para a tarefa. A sala de jantar e a biblioteca tinham o chão e as paredes revestidas de painéis de madeira trazidos de um *château* na França. Fora um belo cenário para Vera Harper, e era um lar para Cooper Winslow.

Algo pelo qual Abe Braunstein sentia-se grato era o fato de Cooper Winslow a tê-la comprado à vista em 1960, embora a tenha hipotecado duas vezes desde então. Mas mesmo as hipotecas não a desvalorizaram. Era de longe a propriedade mais imponente de Bel Air. Teria sido difícil avaliá-la hoje. Certamente não havia casas comparáveis àquela na área, ou em qualquer outro lugar. Com exceção, talvez, de Newport, mas o valor da propriedade em Bel Air era muito maior do que se fosse em qualquer outro lugar, apesar do fato de agora estar um tanto descuidada.

Quando Abe saiu do carro, havia dois jardineiros arrancando mato ao redor da fonte principal e outros dois trabalhando num canteiro de flores ali perto, o que levou Abe a pensar em cortar o pessoal da jardinagem ao menos pela metade. Tudo o que via ao olhar em volta eram números e notas de dólares saindo pelas janelas.

Ele sabia exatamente quanto custava a Cooper manter aquele lugar. Era uma quantia obscena para os padrões de qualquer um, e certamente para os padrões de Abe. Ele era contador de quase metade das maiores estrelas de Hollywood, e havia muito aprendera a não arfar, sobressaltar-se, desmaiar ou fazer gestos afetados de ultraje ao ouvir o que gastavam em casas, carros, peles e colares de diamantes para as suas namoradas. Mas em comparação a Cooper Winslow, todas aquelas extravagâncias empalideciam. Abe estava convencido de que Coop Winslow gastava mais do que o rei Farouk. Ele vinha gastando dinheiro como água havia quase cinqüenta anos, e não representava um papel importante num filme havia mais de duas décadas.

Nos últimos dez anos, fora reduzido a papéis secundários e aparições especiais, pelo que lhe pagavam muito pouco. Na maioria das vezes, não importando o filme, o papel ou o vestuário, Cooper sempre representava o Casanova arrojado, charmoso e fabulosamente belo e, mais recentemente, o irresistível pícaro de meia-idade. Mas não importando quão atraente ele fosse na tela, cada vez havia menos papéis para ele representar. Na verdade, quando Abe tocou a campainha da porta da frente e esperou alguém atender, Coop já não fazia um filme havia dois anos. Mas todo dia dizia ter se encontrado com algum diretor ou produtor para falar a respeito de um contrato para uma nova produção.

Abe viera para falar, sem papas na língua, a respeito de cortar as suas despesas radicalmente num futuro próximo. Nos últimos cinco anos, Coop vinha se mantendo à custa de dívidas e promessas. E Abe não se importava se ele teria de fazer comerciais para o açougueiro da esquina, mas o fato é que Coop precisava sair e trabalhar. E logo. Havia muitas mudanças que precisava fazer.

Tinha de cortar gastos, reduzir os empregados, vender alguns carros, parar de comprar roupas e de ficar nos hotéis mais caros do mundo. Ou isso, ou vender a casa, coisa que Abe teria preferido.

Vestindo um terno cinza de verão, camisa branca e gravata preta e cinza, Abe tinha uma expressão obstinada quando um mordomo vestindo uniforme matinal abriu-lhe a porta da frente. Reconheceu o contador imediatamente e o saudou em silêncio com um meneio de cabeça. Livermore sabia que, sempre que o contador vinha visitar o patrão, este ficava com um humor horrível. Às vezes era preciso toda uma garrafa de champanhe Cristal para recobrar-lhe o bom humor habitual, freqüentemente acompanhada de uma lata de caviar. Ele pusera ambas no gelo quando Liz Sullivan, secretária de Coop, avisou que o contador chegaria ao meio-dia.

Liz esperava por Abe na biblioteca, e atravessou o vestíbulo de entrada com um sorriso nos lábios tão logo ouviu a campainha. Estivera ali desde as dez horas da manhã, preparando alguns papéis para a reunião, e sentia um vazio no estômago desde a noite anterior. Tentara avisar Coop sobre o que era o encontro, mas ele estivera muito ocupado na véspera para ouvi-la. Iria a uma festa e queria cortar o cabelo, fazer uma massagem e tirar uma soneca antes de sair. E ela não o vira naquela manhã.

Coop tomava café da manhã no Beverly Hills Hotel conversando com um produtor a respeito de um possível papel num filme quando Liz chegou. Era difícil conseguir pegar Coop, principalmente se o motivo envolvia más notícias ou algo desagradável. Ele tinha um senso instintivo, um tipo de radar supersônico muito bem calibrado, que o advertia quase fisicamente a respeito de coisas que não queria ouvir. Como se fossem mísseis Scud caindo em sua direção, conseguia desviar-se deles com desembaraço. Mas ela sabia que Coop deveria ouvir desta vez, e este prometera voltar ao meio-dia, o que, no caso dele, queria dizer perto das duas.

— Olá, Abe, é um prazer revê-lo — saudou Liz calorosamente.

Usava calças cáqui, suéter branco e um colar de pérolas, o que não melhorava a sua figura, que havia se expandido consideravelmente nos 22 anos em que trabalhara para Coop. Mas tinha um belo rosto e cabelos louros naturais. Fora realmente bela à época em que Coop a contratara — parecia um anúncio do xampu Breck.

Aquilo foi amor à primeira vista, não literalmente, ou ao menos não da parte de Coop. Ele a achava ótima, valorizava a sua impecável eficiência e o modo maternal como cuidou dele desde o princípio. Quando a contratou ela tinha 30 anos, e ele 48. Ela o idolatrava, e tivera uma queda por ele durante anos. Liz dera a própria vida para que a vida de Cooper Winslow corresse sem contratempos, trabalhando catorze horas por dia, às vezes sete dias por semana, caso ele precisasse dela. No processo, esquecera-se de se casar e de ter filhos, sacrifício que fez por ele de boa vontade e do qual ainda o achava merecedor. Liz ainda se preocupava muito com ele, principalmente nos últimos anos.

A realidade não era importante para Cooper Winslow. Ele a considerava um pequeno inconveniente, um mosquito zumbindo ao redor de seu ouvido, e a evitava a todo custo. Fora bem sucedido na maioria das vezes, ao menos de seu ponto de vista. Quase sempre de fato. Coop só ouvia o que queria ouvir, ou seja, apenas boas notícias. O resto ele filtrava antes que atingisse os seus ouvidos ou cérebro. Até então, tinha conseguido. Abe estava ali naquela manhã para trazer a realidade até Coop, quisesse ele ou não.

— Olá, Liz. Ele está? — perguntou Abe, rosto severo. Ele detestava lidar com Coop. Eram opostos em tudo.

— Ainda não — disse ela com um sorriso gentil, enquanto o conduzia à biblioteca, onde estivera esperando pelos dois. — Mas voltará a qualquer momento. Está numa reunião a respeito de um papel principal.

— Em quê? Num desenho animado?

Muito diplomaticamente, Liz não respondeu. Ela detestava quando as pessoas diziam coisas rudes a respeito de Coop. Mas também sabia quão irritado estava o contador.

Coop não seguia os seus conselhos, e sua precária situação financeira foi ficando cada vez pior, desastrosamente pior, nos últimos dois anos. E as últimas palavras de Abe para Liz ao telefone no dia anterior foram "isso tem de acabar". Viera na manhã de sábado para dar o seu recado e o aborrecia muito o fato de, como sempre, Coop estar atrasado. Sempre estava. E, por ser quem era, por ser tão charmoso quando quisesse, as pessoas sempre esperavam por ele. Até mesmo Abe.

— Quer beber algo? — perguntou Liz, fazendo sala, enquanto Livermore assumia uma expressão impassível, a única que usava em todas as situações: nenhuma. Parecia ser adequada. Havia rumores de que, uma vez ou duas, quando Cooper o instigara impiedosamente, ele teria sorrido. Mas ninguém o vira sorrir de fato, de modo que aquilo era mais lenda do que verdade. Mas Coop jurava que ele tinha sorrido.

— Não, obrigado — disse Abe, parecendo quase tão inexpressivo quanto o mordomo, embora Liz pudesse ver que a irritação dele aumentava rapidamente.

— Quer um chá gelado? — Havia algo de ingênuo no modo como ela tentava deixá-lo à vontade.

— Seria bom. Quanto tempo você acha que ele vai atrasar?

Era meio-dia e cinco e ambos sabiam que Coop podia atrasar uma ou duas horas. Mas chegaria armado de uma desculpa plausível e um sorriso inebriante, que faria as pernas das mulheres bambearem, mas não as de Abe.

— Por sorte, não demorará. É apenas uma reunião preliminar. Vão lhe dar um roteiro para ler.

— Para quê?

Seus papéis mais recentes foram figurações que o mostravam entrando ou saindo de uma *première*, ou num bar, debruçado sobre alguma garota. Quase todos os papéis que fazia eram de *black tie*. E ele era tão charmoso no estúdio de filmagem quanto na vida real. Tanto que os extras em seus contratos ainda eram lendários. De algum modo ele sempre conseguia ficar com o figurino, e negociava o seu guarda-roupa, feito sob medida por seus estilistas favoritos em Paris, Londres, e Milão. Além disso, muito para o dissabor de Abe, ele continuava a comprar mais roupas, estivesse onde estivesse, além de antiguidades, cristais, tecidos de cama e mesa e obras de arte caríssimas para a casa.

As contas estavam empilhadas na escrivaninha de Abe, junto com a conta do último Rolls Royce. Corriam boatos de que ele estava de olho num Bentley Azure turbo, conversível, de edição limitada, que custava meio milhão de dólares. Seria uma bela aquisição para colocar junto a seus dois Rolls, o sedã conversível e a limusine Bentley que já havia na garagem. Coop via os seus carros e seu guarda-roupa não como um luxo, mas como necessidades da vida. Eram itens básicos, o resto era detalhe.

Um copeiro surgiu da cozinha com dois copos de chá numa bandeja de prata. Livermore desaparecera. O jovem ainda não havia deixado o lugar quando Abe olhou para Liz, franzindo as sobrancelhas.

— Ele tem de demitir os empregados. E quero fazer isso hoje.

Liz viu o copeiro olhar para trás por cima dos ombros com uma expressão preocupada, e ela sorriu para acalmá-lo.

O trabalho dela era deixar todo mundo feliz e pagar as contas que podia. Os salários estavam sempre no topo da lista, mas até mesmo esses andavam atrasando um mês ou dois. Estavam acostumados com aquilo. Ela mesma não recebia havia seis meses. Tinha dificuldade de explicar isso ao noivo. Ela recebia os atrasados quando Coop fazia um comercial ou conseguia um pequeno papel num filme. Podia ser paciente. Diferentemente de Coop, tinha as suas economias. Nunca tivera tempo de gastar dinheiro, e vivera frugalmente durante anos. Quando podia, Coop sempre era generoso com ela.

— Talvez devêssemos ir com calma, Abe. Vai ser difícil para eles.

— Coop não pode pagá-los, Liz. Você sabe disso. Vou aconselhá-lo a vender a casa e os carros. Não conseguirá muito com os carros mas, se vender a casa, podemos pagar a hipoteca, suas dívidas, e poderá viver decentemente com o restante. Poderá comprar um apartamento em Beverly Hills, e voltar à boa forma financeira novamente, coisa que não acontece há anos.

Mas a casa, Liz sabia, era parte de Coop, como um braço, uma perna ou um olho. Era o seu coração. Fora parte de sua identidade durante mais de quarenta anos. Coop preferiria morrer a vender o Chalé. E não abriria mão dos carros, tinha certeza. A idéia de Coop atrás do volante de algo menor que um Rolls ou um Bentley era impensável. Sua imagem era parte de quem ele era, em verdade era tudo o que ele era. E a maioria das pessoas não sabia que ele estava enfrentando sérias dificuldades financeiras. Apenas achavam que ele se esquecia de pagar as contas. Ocorrera um pequeno problema com o imposto de renda havia alguns anos, e Liz fez com que todo o dinheiro ganho num filme rodado na Europa fosse instantaneamente destinado a resolver aquele problema. Nunca aconteceu de novo. Mas as coisas andavam difíceis.

Tudo o que ele precisava era de um grande filme, dissera Coop. E Liz repetiu isso para Abe. Ela sempre defendia Coop, coisa que fez durante vinte e dois anos. Andava difícil fazer isso ultimamente por causa do modo irresponsável como ele se comportava. Coop simplesmente era como era, e ambos sabiam disso muito bem.

Abe estava cansado daquele jogo.

— Ele está com 70 anos. Não representa há dois, e não consegue um bom papel há vinte. Se fizesse mais comerciais, ajudaria. Mas ainda não seria o bastante. Não podemos mais continuar com isso, Liz. Se ele não der um jeito nessa bagunça o quanto antes, vai acabar na cadeia.

Liz vinha usando cartões de crédito para pagar cartões de crédito durante um ano. Abe sabia disso, e ficava enfurecido. Havia outras contas que não eram pagas. Mas a idéia de Coop na cadeia era absurda.

Era uma da tarde quando Liz pediu a Livermore para levar um sanduíche para o Sr. Braunstein, que àquela altura parecia ter fumaça saindo dos ouvidos. Estava furioso com Coop, e apenas a sua devoção ao trabalho o mantinha ali sentado. Estava determinado a fazer aquilo que viera fazer, com ou sem ajuda de Coop.

Abe não conseguia entender como Liz ficara com todos aqueles anos. Ele sempre acreditou que ambos tinham um caso, e ficaria surpreso se soubesse que não. Coop era mais esperto que isso, e Liz também. Ela o adorou durante anos, mas nunca foi para cama com ele. Nem ele pediu. Algumas relações eram sagradas, e ele jamais corromperia a deles. Ele era um cavalheiro acima de tudo, e todo o tempo.

Abe terminou o sanduíche à uma e meia e, àquela altura, Liz conversava com ele sobre os Dodgers, seu time favorito. Ela sabia que ele era um apaixonado pelo *baseball*. Deixar as pessoas à vontade era o que Liz fazia de melhor. Ele já tinha quase se esquecido da hora quando Liz virou a cabeça. Ela conhecia o ruído que o carro de Coop fazia no cascalho, embora Abe nada tivesse ouvido.

— Aí está ele — disse ela em meio a um sorriso, como se anunciasse a chegada iminente dos três Reis Magos.

Como sempre, Liz estava certa. Coop dirigia o Bentley Azure conversível que o vendedor emprestara para ele durante algumas semanas. Era uma máquina esplêndida, e caía-lhe muito bem. Tocava *La Bohème* no CD, quando Coop dobrou a última curva e parou o carro em frente da casa. Era um homem bonito de tirar o fôlego, com traços bem marcados e um queixo partido em dois. Tinha olhos de um azul profundo, pele lisa e macia, e uma cabeça repleta de cabelos grisalhos cuidadosamente penteados. Mesmo de cabeça para baixo, nunca tinha um fio de cabelo fora do lugar. Jamais. Cooper Winslow era o epítome da perfeição em cada detalhe. Viril, elegante, com uma extraordinária desenvoltura, raramente perdia a calma e raramente parecia abatido. Havia um ar de graça aristocrática a seu redor que lhe era natural e que ele aperfeiçoou ao estado da arte. Oriundo de uma tradicional família de Nova York, com distintos ancestrais e nenhum dinheiro, seu nome era só dele.

No princípio, pegava todos os papéis de menino rico de alta sociedade, um tipo de Cary Grant moderno parecido com Gary Cooper. Nunca interpretou um vilão ou um mau-caráter, apenas *playboys* e heróis arrojados vestindo roupas impecáveis. As mulheres adoravam o fato de ele ter olhos ternos. Nada tinha de malvado, nunca era mesquinho ou cruel. As mulheres com quem saía o adoravam, mesmo tempos depois de tê-lo deixado. De algum modo, Coop sempre conseguiu fazer com que elas o deixassem quando ele se cansava delas.

Era um gênio no trato com as mulheres, e a maioria delas com quem teve caso, ao menos aquelas de quem ele se lembrava, falavam bem dele. Divertiam-se com ele. Coop fazia tudo de modo agradável e elegante, durante todo o tempo que durava o caso. E quase toda grande estrela de Hollywood, em algum momento de sua carreira, fora vista nos braços dele. Ele fora solteiro e *playboy* durante toda a vida. Aos setenta, conseguia escapar daquilo que chamava de "a rede". E não aparentava a idade que tinha. Coop cuidava muito bem de si mesmo. Na verdade, fez carreira nisso, e não parecia um dia mais velho do que 55 anos de idade.

Ao sair do carro magnífico, vestindo *blazer*, calça cinza, e uma camisa azul cuidadosamente lavada e engomada que mandara fazer em Paris, via-se que tinha ombros largos, físico impecável e pernas aparentemente intermináveis. Tinha um metro e noventa e dois de altura, o que também era raro em Hollywood, onde a maioria dos ídolos de cinema eram baixos. Mas não Coop. E, ao acenar para os jardineiros, demonstrava não apenas um sorriso de dentes perfeitos como também — uma mulher teria percebido — belas mãos. Cooper Winslow parecia ser o homem perfeito. E, num raio de duzentos quilômetros, só se podia ver quão encantador ele era.

Atraía tanto mulheres quanto homens. Apenas algumas pessoas que o conheciam, como Abe Braunstein, eram imunes a seu encanto. Mas para todo os demais, havia um magnetismo irresistível, um tipo de aura ao redor dele que fazia as pessoas voltarem as cabeças para olhar, e sorrirem estupefatas. Na pior das hipóteses, era um homem espetacularmente bem apessoado.

Livermore também o viu se aproximar, e abriu a porta para deixá-lo entrar.

— Você está ótimo, Livermore. Morreu alguém hoje? — Ele sempre brincava a respeito do humor sombrio do mordomo. Era um desafio para Coop fazê-lo sorrir. Livermore estava na casa havia quatro anos, e Coop estava muito satisfeito com ele. Gostava de sua dignidade, postura, eficiência e estilo. Emprestava à casa exatamente o tipo de imagem que desejava. E Livermore cuidava impecavelmente de seu guarda-roupa, o que era muito importante para Coop. Era uma das tarefas mais importantes do mordomo.

— Não, senhor. A Sra. Sullivan e o Sr. Braunstein estão aqui, na biblioteca. Acabaram de almoçar.

Não disse ao patrão que o esperavam desde o meio-dia. De qualquer modo, Cooper não teria se importado. Para Coop, Abe Braunstein trabalhava para ele, e se tinha de esperar, que cobrasse por isso.

Quando Cooper entrou na sala, sorriu triunfalmente para Abe com uma expressão ligeiramente divertida, como se compartilhassem de uma antiga piada. Abe não correspondeu, mas nada podia fazer. Cooper Winslow dançava conforme a própria música.

— Espero que tenham lhe servido um almoço decente — disse ele, como se estivesse adiantado e não duas horas atrasado. Seu estilo geralmente pegava as pessoas desprevenidas, e fazia-as esquecer que estavam furiosas com ele por estar atrasado. Mas Abe evitou se distrair e foi direto ao assunto:

— Estamos aqui para falar de suas finanças, Coop. Temos de tomar algumas decisões.

— Certamente — disse Coop rindo. Em seguida, sentou-se no divã e cruzou as pernas. Ele sabia que, dentro de alguns segundos, Livermore lhe traria uma garrafa de champanhe, e estava certo. Era o Cristal que sempre tomava refrigerado na temperatura perfeita. Tinha dúzias de caixas daquilo na adega, junto a outros vinhos franceses fabulosos. Sua adega era tão lendária quanto o seu gosto.

— Vamos dar um aumento para Liz — disse Coop acenando para ela.

O coração da secretária encolheu. Ela também tinha más notícias para ele. Vinha temendo contar-lhe havia dias, e adiara fazê-lo até aquele fim de semana.

— Hoje vou demitir todos os seus empregados — disse Abe sem cerimônia. Cooper soltou uma gargalhada e Livermore deixou a sala sem expressão no rosto. Era como se nada tivesse ouvido. Cooper bebeu um gole de champanhe, pousou a taça sobre uma mesa de mármore que comprara em Veneza quando o *palazzo* de um amigo fora vendido, e disse:

— Eis aí uma idéia original. De onde a tirou? Não deveríamos apenas crucificá-los ou, quem sabe, abatê-los a tiros? Demitir é tão classe média...

— Estou falando sério. Eles têm de ir embora. Pagamos os salários atrasados, uma vez que não são pagos há três meses. Mas não podemos pagá-los novamente, não podemos continuar com esse tipo de despesas, Coop.

Havia um súbito tom de lamento na voz do contador, como se ele soubesse que nada que pudesse dizer ou fazer faria Cooper levá-lo a sério. Sempre sentia como se alguém tivesse apertado o botão de "mudo" quando ele falava com Coop.

— Vou notificá-los hoje. Têm de ir embora em duas semanas. Vou lhe deixar uma arrumadeira.

— Que maravilha. Ela sabe passar ternos? Qual vai me deixar?

Coop tinha três arrumadeiras, um cozinheiro, e o copeiro que servira o almoço. Livermore, o mordomo. Oito jardineiros. E um motorista que ele usava ocasionalmente para eventos importantes. Era preciso muita gente para cuidar da casa enorme, embora pudesse passar sem a maioria deles. Mas gostava de ser bem servido e mimado.

— Deixaremos Paloma Valdez. É a mais barata — disse Abe com praticidade.

— Qual delas é? — disse Coop voltando-se para Liz. Não se lembrava de ninguém pelo nome. Duas de suas arrumadeiras eram francesas, Jeanne e Louise, e ele sabia quem eram, mas Paloma não lhe dizia coisa alguma.

— É a bela salvadorenha que contratei no mês passado. Pensei que tivesse gostado dela — disse Liz, como se falasse com uma criança, e Coop pareceu confuso.

— Pensei que o nome dela fosse Maria, ao menos a tenho chamado assim, e ela não reclamou. Mas ela não pode dar conta desta casa enorme. Isso é ridículo — disse ele, alegremente, ao olhar de volta para Abe. Coop parecia indiferente às notícias.

— Você não tem escolha — disse Abe abruptamente. — Tem de demitir pessoal, vender os carros, e comprar absolutamente nada até o ano que vem. Estou me referindo a nada mesmo, nenhum carro, terno, par de meias, pintura ou toalha de mesa. Talvez assim consiga começar a sair do buraco em que está. Gostaria que vendesse a casa ou, ao menos, alugasse a casa da guarda, e talvez partes da casa principal, o que renderia algum dinheiro. Liz me disse que você nunca usa a ala de hóspedes da casa principal. Poderia alugá-la. Certamente conseguiríamos um bom preço com ambos os aluguéis. Não precisa de nenhum dos dois lugares. — Abe pensara um bocado naquilo, e estava certo do que devia ser feito.

— Nunca se sabe quando chegará gente de fora. É ridículo alugar parte da casa. Por que simplesmente não recebemos internos, Abe? Ou por que não transformarmos isto aqui num internato? Uma escola preparatória. Você tem cada idéia...

Coop parecia estar se divertindo, como se não tivesse intenção de fazer aquilo, mas Abe estava furioso com ele.

— Não creio que você tenha pleno conhecimento da situação em que está. Se não seguir as minhas sugestões, terá de pôr toda a casa à venda e vendê-la dentro de seis meses. Você está a um triz da bancarrota, Coop.

— Isso é ridículo. Tudo o que preciso é um papel em um bom filme. Recebi hoje um ótimo roteiro — disse ele, satisfeito.

— Qual é o papel? — perguntou Abe, impiedoso. Ele conhecia aquela conversa.

— Ainda não sei. Estão pensando em me inserir na trama. O papel pode ser tão importante quanto eu quiser.

— Parece-me outra aparição especial — disse Abe, enquanto Liz estremecia. Ela odiava quando as pessoas eram cruéis com Coop. E a realidade sempre lhe parecia cruel, tanto que ele nunca dava ouvidos a ela. Apenas desligava. Ele queria a vida agradável, alegre, fácil e bela todo o tempo. E para ele era mesmo. Só não podia pagar por ela, mas isso nunca o impediu de viver do modo como queria. Nunca hesitou em comprar um carro novo, ou encomendar meia dúzia de ternos, ou comprar uma bela jóia para uma mulher. E as pessoas sempre gostavam de fazer negócio com ele. Queriam o prestígio de vê-lo usando, vestindo ou dirigindo seus produtos. Achavam que ele acabaria pagando por aquilo, e na maioria das vezes pagava; quando podia. De algum modo, a seu tempo, as contas eram pagas, muito graças a Liz.

— Abe, você sabe tão bem quanto eu que, com um grande filme, vamos estar nadando em dinheiro novamente. Posso conseguir dez milhões de dólares por um filme na semana que vem, ou até quinze.

Ele vivia em um sonho.

— Consiga, se tiver sorte. Ou mesmo quinhentos, trezentos, duzentos mil. Você não consegue mais tanto dinheiro, Coop.

A única coisa que não disse foi que Cooper Winslow estava se superestimando. Até mesmo Abe tinha limites a respeito do que achava que podia dizer para ele. Mas a verdade era que teria sorte se conseguisse cem mil dólares, talvez duzentos. Cooper Winslow era velho demais para representar um papel principal, não importando quão bonito fosse. Esses tempos já haviam passado.

— Não pode ficar esperando um papel cair do céu. Se disser a seu empresário que quer trabalhar, ele pode arranjar alguns comerciais de cinqüenta mil, talvez cem, se o produto for bom. Não podemos ficar esperando a entrada de muito dinheiro, Coop. Você terá de fazer cortes nas despesas até isso acontecer. Pare de gastar dinheiro como água, reduza seu pessoal a quase ninguém, alugue a casa da guarda e parte desta casa, e avaliamos as coisas em alguns meses. Mas, estou lhe dizendo: caso contrário, terá de vender esta casa antes do fim do ano. Acho que deveria. Mas Liz acha que você está determinado a ficar aqui.

— Abrir mão do Chalé? — Coop riu ainda mais alto desta vez. — Que idéia maluca. Moro aqui há mais de quarenta anos.

— Bem, alguém mais estará morando aqui se não começar a apertar o cinto. Isso não é segredo, Coop. Eu lhe disse isso há dois anos.

— Sim, disse, e ainda estamos aqui, não estamos? E eu nem fali e nem fui para a cadeia. Talvez devesse tomar um antidepressivo, Abe. Podem ajudá-lo a melhorar esse seu modo sinistro de ver as coisas.

Coop sempre dissera para Liz que Abe parecia um agente funerário, e se vestia como tal. Nada comentou, mas desaprovava o fato de Abe estar vestindo um terno esporte em fevereiro. Coisas assim o aborreciam, mas ele não embaraçaria o outro fazendo o comentário. Ao menos ele não estava sugerindo que também vendesse o guarda-roupa.

— Você está falando sério quanto aos empregados, não está? — Coop olhou para Liz, e ela o encarou, comovida. Detestava saber quão desconfortável ele ficaria.

— Acho que Abe está certo. Você tem gastado muito com salários, Coop. Talvez devesse fazer um corte durante algum tempo, até o dinheiro voltar a entrar.

Ela sempre encorajava os sonhos dele. Ele precisava desses sonhos.

— Como poderá uma salvadorenha cuidar de toda essa casa? — disse Coop, parecendo momentaneamente atônito. Na verdade, era uma idéia absurda. Ao menos para ele.

— Não terá de fazê-lo se alugar parte da casa — disse Abe, prático. — Isso resolverá ao menos um problema.

— Coop, você não usa a ala de hóspedes há dois anos, e a casa da guarda está fechada há quase três. Não creio que vá sentir falta delas — lembrou Liz delicadamente, soando como uma mãe tentando convencer uma criança a abrir mão de alguns de seus brinquedos para dar para os pobres, ou para que coma a comida do prato.

— Por que diabos vou querer estranhos na minha casa? — perguntou Cooper, parecendo confuso.

— Porque quer ficar com a casa, só por isso — sugeriu Abe, obstinado. — De outro modo, não ficará. Estou falando sério, Coop.

— Bem, vou pensar no assunto — disse Coop, vago. A idéia não fazia sentido para ele. Ainda tentava imaginar como seria a sua vida sem os empregados. Não lhe pareceu muito divertida. — E espera que eu cozinhe, suponho.

— A julgar por seus cartões de crédito, você janta fora todo dia. Não sentirá falta do cozinheiro. Ou dos outros. Podemos contratar um serviço de limpeza de tempos em tempos caso as coisas fujam de controle.

— Que encantador. Um serviço de zeladores, talvez? Talvez possamos contratar um grupo de condenados em liberdade condicional, talvez funcione. — Havia um brilho nos olhos de Coop novamente, e Abe estava exasperado.

— Estou com os cheques e as cartas de demissão — disse Abe, implacável. Queria se certificar de que Coop compreendera que ele realmente ia demitir os empregados. Não havia escolha.

— Falarei com uma corretora de imóveis na segunda-feira — disse Liz com a voz suave. Ela detestava aborrecê-lo, mas ele tinha de saber. Não podia fazê-lo sem avisá-lo previamente. Mas acreditava que alugar as duas instalações de hóspedes não era má idéia. Coop não sentiria falta do espaço e podiam alugar ambos os lugares por um bom preço. Achou que fora uma das melhores idéias de Abe. E seria muito melhor para Coop do que vender o lugar.

— Tudo bem, tudo bem. Só se certifique de não trazer um assassino compulsivo para dentro da minha casa. E, por favor: nada de crianças ou cães barulhentos. Na verdade, quero apenas inquilinas, e atraentes. Vou entrevistá-las pessoalmente — disse ele, quase falando a sério.

Liz achou que Coop estava sendo excepcionalmente razoável em não ter feito um escândalo por causa daquilo, e ela iria tentar encontrar inquilinos logo, antes que ele mudasse de idéia.

— Isso é tudo? — perguntou para Abe ao se levantar, dando a entender que já ouvira o bastante. Aquela fora uma dose muito forte de realidade para Coop. E era óbvio que ele queria que o contador fosse embora.

— Por enquanto, sim — respondeu Abe, levantando-se. — E estou falando sério, Coop. Não compre coisa alguma.

— Prometo. Vou me certificar de que todas as minhas meias e cuecas furem primeiro. E o deixarei inspecioná-las na próxima vez que vier aqui.

Abe não respondeu enquanto se encaminhava até a porta. Entregou os envelopes que trazia para Livermore e pediu que este o distribuísse entre os empregados. Todos deveriam ir embora dentro de duas semanas.

— Que homenzinho desagradável — disse Coop para Liz com um sorriso depois que Abe partiu. — Deve ter tido uma infância miserável para pensar desse modo. Deve ter passado a meninice arrancando asas de moscas. Patético. E, por Deus! Alguém devia queimar as roupas dele.

— Ele está bem intencionado, Coop. Perdoe-me, foi uma reunião difícil. Farei o melhor para treinar Paloma nas próximas duas semanas. Pedirei a Livermore para mostrar a ela como mexer no seu guarda-roupa.

— Tremo só em pensar como vai ser isso. Acho que ela vai meter os meus ternos na máquina de lavar. Vou estrear uma nova aparência. — Recusava-se a se desanimar com aquilo, e continuou parecendo vagamente alegre ao olhar para ela. — Certamente vai ser tranqüilo aqui com apenas eu, você e Paloma, ou Maria, ou seja lá qual for o nome dela.

Neste momento, ele viu um brilho estranho nos olhos de Liz.

— O que foi? Ele não a demitiu também, demitiu? — por uma fração de segundo, ela viu uma expressão de pânico no rosto dele, e isso quase partiu o coração dela. Demorou uma eternidade para que ela respondesse.

— Não, Coop... Mas também estou indo embora... — disse Liz num sussurro. Ela falara aquilo para Abe na véspera, único motivo pelo qual ele não a demitira também.

— Não seja tola. Preferiria vender o Chalé a deixá-la partir, Liz. Eu escovo o chão se for para você ficar.

— Não é isso... — havia lágrimas em seus olhos. — Vou me casar, Coop.

— Você o quê? Com quem? Não com aquele dentista ridículo de San Diego, certo?

Aquilo fora havia cinco anos, mas Coop se confundia com coisas assim. Nem mesmo era capaz de conceber a idéia de perder Liz, e nunca lhe ocorrera a idéia de que ela poderia vir a se casar. Ela tinha 52 anos de idade e não só parecia que sempre estivera lá, como também que sempre estaria. Após tanto tempo junto, ela se tornara a sua família.

As lágrimas rolavam pelo rosto de Liz quando respondeu:

— É um corretor da bolsa de São Francisco.

— E quando o conheceu? — perguntou Coop, chocado.

— Há cerca de três anos. Nunca pensei que iríamos nos casar. Falei a respeito dele no ano passado. Achei que continuaríamos namorando para sempre. Mas ele está se aposentando este ano, e quer que eu viaje com ele. Seus filhos já são crescidos, e ele finalmente disse: "é agora ou nunca". Achei melhor agarrar a chance enquanto ainda a tenho.

— Qual a idade dele? — perguntou Coop, horrorizado. De todas as más notícias do dia, era a única que não esperava, o que o deixou abalado.

— Cinqüenta e nove. Ele é muito bem de vida. Tem um apartamento em Londres, e uma bela casa em São Francisco, que acabou de vender. Estamos nos mudando para um apartamento em Nob Hill.

— Em São Francisco? Vai morrer de tédio ou ser soterrada durante um terremoto. Liz, você vai detestar.

Estava tonto com o impacto da surpresa. Não conseguia sequer pensar em se virar sem ela. Ela assoava o nariz e não conseguia parar de chorar.

— Talvez deteste. Talvez volte correndo. Mas pensei que ao menos uma vez podia me casar, só para dizer que o fiz. Pode me ligar a qualquer momento, Coop, esteja eu onde estiver.

— Quem vai fazer minhas reservas e falar com o meu empresário? E não me fale em Paloma, seja lá quem diabos for!

— A agência disse que cuidará disso para você. E o escritório de Abe cuidará de sua agenda. Não faço muito mais do que isso por aqui. — Além de fazer ligações para as namoradas dele e manter o assessor de imprensa sempre atualizado, a maior parte das vezes com notícias sobre com quem ele está saindo. Teria de começar a ligar ele mesmo. Seria uma nova experiência para ele. Liz realmente sentia como se o tivesse traído, e que o estava abandonando.

— Você ama esse cara, Liz, ou apenas entrou em pânico?

Durante todos aqueles anos, nunca lhe ocorrera que ela ainda quisesse se casar. Ela nada dissera para ele a esse respeito e ele jamais perguntou sobre sua vida amorosa. Ela raramente falava de seus namoros, e nem mesmo tinha tempo para isso. Estava sempre tão ocupada com os compromissos, compras, festas e viagens de Coop, que no ano anterior mal vira o homem com quem iria se casar, motivo pelo qual ele finalmente a encostara na parede. Ele achava Cooper Winslow um narcisista egocêntrico, e queria salvar Liz das garras dele.

— Acho que sim. É uma boa pessoa, é bom comigo. Quer tomar conta de mim, e tem duas filhas muito simpáticas.

— Qual a idade delas? Não consigo imaginá-la com crianças, Liz.

— Têm 19 e 23. Realmente gosto delas, e elas parecem gostar de mim. A mãe delas morreu quando eram muito jovens, e Ted as educou sozinho. Fez um bom trabalho. Uma trabalha em Nova York, a outra está no preparatório de medicina em Stanford.

— Não consigo acreditar nisso.

Coop parecia completamente arrasado. O dia se tornara subitamente desastroso para ele. Nem se lembrava mais que teria de alugar a casa da guarda e a ala de hóspedes. Não estava preocupado com aquilo agora, apenas em perder Liz.

— Quando vai se casar?

— Em duas semanas, logo que for embora daqui.

Recomeçou a chorar assim que terminou de falar. Subitamente aquilo pareceu uma péssima idéia, até mesmo para ela.

— Quer se casar aqui? — perguntou, generoso.

— Nos casaremos na casa de um amigo, em Napa — disse ela entre as lágrimas.

— Soa terrível. Será um grande casamento? — Coop estava realmente atônito. Não esperava por aquilo.

— Não. Apenas nós e as filhas dele e o casal dono da casa. Se fosse algo maior eu o teria convidado, Coop.

Ela não tivera tempo de planejar um casamento. Estava muito ocupada tomando conta dele. E Ted não queria esperar mais. Sabia que, se o fizesse, ela nunca deixaria Coop. Ela se sentia responsável por ele.

— Quando decidiu isso?

— Há cerca de uma semana.

Ted viera no fim de semana e a pressionara bastante. E a decisão deles coincidiu perfeitamente com a decisão de Abe de demitir todo mundo. De certo modo, Liz sabia estar fazendo um favor a Coop. Ele também não podia pagar o salário dela. Mas ela sabia que seria difícil dizerem adeus. Não conseguia imaginar deixá-lo, e partia seu coração fazê-lo. Era tão inocente e indefeso — a seu modo inimitável. E ela o estragara nos últimos 22 anos. Estava sempre preocupada com ele, como uma mãe. Ela sabia que passaria noites em claro em São Francisco, preocupada com Coop. Seria uma mudança tremenda para ambos. Cuidar dele substituíra os filhos que nunca tivera e que parara de desejar havia alguns anos.

Ele ainda parecia chocado quando ela se foi. Antes de fazê-lo, porém, Liz atendeu o telefone. Era Pamela, o caso mais recente de Coop. Tinha 22 anos, jovem até mesmo para os padrões dele.

Era modelo, e queria ser atriz. Ele a conhecera numa filmagem que fizera para a *GQ*. Haviam contratado meia dúzia de modelos para ficarem a seu lado, adorando-o, e ela era a mais bonita do lote. Vinha saindo com a garota havia apenas um mês e ela já estava completamente apaixonada, embora Coop fosse velho o bastante para ser avô dela. Felizmente não parecia. Ele a levaria ao The Ivy para jantar, e Liz lembrou-o de pegá-la às sete e trinta. Coop deu-lhe um grande abraço antes de ela ir embora, e lembrou-a de voltar para ele caso odiasse a vida de casada. Secretamente, esperava que ela detestasse. Coop sentia-se perdendo a irmã mais jovem, sua melhor amiga.

Liz voltou a chorar enquanto dirigia. Ela amava Ted, mas não podia imaginar como seria a vida sem Coop. Com os anos, ele se tornara sua família, seu melhor amigo, seu irmão, seu filho, seu herói. Ela o adorava. E custara-lhe toda a sua coragem e força para concordar em se casar com Ted e, então, contar isso para Coop. Não conseguira dormir na semana anterior, e sentiu-se mal com aquilo a manhã inteira até Coop voltar para casa. Ficara grata por Abe estar lá para distraí-la. Quando atravessou o portão principal, quase bateu num carro que passava. Estava completamente perturbada. Deixar Coop seria como deixar um convento ou um útero. Só esperava ter tomado a decisão certa no fim das contas.

Coop ainda estava em pé na biblioteca quando ela se foi, e serviu-se de outra taça de champanhe. Bebeu um gole e então, ainda segurando a taça, subiu lentamente a escadaria em direção a seu quarto. A caminho, passou por uma mulher baixa, de uniforme. Havia uma grande mancha na parte da frente do vestido dela, algo que parecia molho ou sopa de tomate. Passava um aspirador barulhento na escadaria. Tinha o cabelo amarrado em uma longa trança que lhe caía pelas costas, e usava óculos de sol, o que chamou a atenção dele.

— Paloma? — perguntou, cuidadoso, como se a visse pela primeira vez, e desejando não tê-lo feito. Ela usava tênis com um estampado em padrão de pele de leopardo, o que o sobressaltou.

— Sim, Sr. Weenglow? — Havia algo de muito seguro nela. Não retirou os óculos de sol. Em vez disso, o encarou por detrás das lentes escuras. Era impossível adivinhar a idade que tinha, mas parecia ser uma mulher de meia-idade.

— É Winslow, Paloma. Você sofreu algum tipo de acidente? — disse ele apontando para a mancha no uniforme, que parecia como se alguém tivesse atirado uma pizza nela.

— Comemos espaguete no *almuerzo*. Deixei a colher cair no meu uniforme. *Y no tengo otro* aqui.

— Parece que estava delicioso — disse ao passar por ela, ainda chocado com o que Liz lhe dissera, e pensando como seria quando Paloma estivesse tomando conta de seu guarda-roupa.

Quando fechou a porta do quarto, Paloma continuou olhando na direção onde ele estava. Somente então revirou os olhos. Era a primeira vez que Coop se dirigira a ela, mas mesmo pelo pouco que o conhecia, nunca gostara dele. Saía com mulheres jovens o bastante para serem suas filhas, e parecia completamente egoísta. Não conseguia gostar dele em coisa alguma, e balançou a cabeça em desaprovação enquanto continuava a passar o aspirador na escadaria. Também não estava ansiosa para ficar sozinha naquela casa com ele. Por ter sido a única não demitida pelo contador, sentia-se como se tivesse tirado o palito menor no sorteio. Mas não discutiu a esse respeito. Tinha um bocado de parentes em San Salvador para sustentar e precisava daquele dinheiro. Mesmo que para isso tivesse de trabalhar para gente como ele.

Capítulo 2

MARK FRIEDMAN assinou a última folha do documento ao lado da corretora, em pé na casa vazia, e isso quase lhe partiu o coração. A casa ficara no mercado apenas três semanas. Conseguiram um bom preço pelo imóvel, mas isso nada representava para ele. Olhar para as paredes e cômodos vazios onde ele e a família viveram nos últimos dez anos era como ver desaparecer o último de seus sonhos.

Pretendia manter a casa e viver nela, mas Janet pediu que ele a vendesse assim que chegou em Nova York. Sabia, então, que, não importando o que ela tivesse dito nas semanas anteriores, não mais voltaria para ele.

Janet avisara que o deixaria quinze dias antes de ir embora. E o advogado dela acabara de ligar. Toda a vida de Mark desandara nas últimas cinco semanas. A mobília já estava a caminho de Nova York. Dera tudo para Janet e para as crianças. Estava num hotel perto do escritório e acordava toda manhã desejando estar morto. Haviam morado em Los Angeles durante dez anos, e estavam casados havia 16.

Mark tinha 42 anos, era alto, esbelto, louro, olhos azuis e, até cinco semanas atrás, achava estar bem casado. Ele e Janet se conheceram na faculdade de direito e casaram-se assim que se formaram. Ela engravidou quase instantaneamente. Jessica nasceu em seu primeiro aniversário de casamento, e agora tinha 15 anos. Jason tinha 13. Mark era um advogado especialista em direito tributário. Trabalhava em uma grande empresa de advocacia, e o haviam transferido de Nova York para Los Angeles havia dez anos. Foi difícil no princípio, mas acabaram gostando. Encontrara a casa em Beverly Hills em poucas semanas, antes mesmo de Janet e as crianças chegarem de Nova York. Era perfeita para eles, com um grande quintal e uma pequena piscina.

O casal que havia comprado a casa queria se mudar o quanto antes. Esperavam gêmeos para dentro de seis semanas. Ao dar uma última volta pela casa Mark não conseguiu evitar pensar que a vida daquela gente estava apenas começando enquanto a dele acabava. Ele continuava sem acreditar no que havia acontecido com ele.

Havia seis semanas ele era um homem feliz, casado com uma bela esposa por quem era louco, com um emprego que adorava, uma bela casa e dois filhos maravilhosos. Não tinham problemas de dinheiro, gozavam de boa saúde, nada de ruim jamais acontecera com eles. Seis semanas depois, estava sem mulher, sem casa, sua família estava em Nova York e ele estava se divorciando. Era demais para acreditar.

A corretora o deixou a sós enquanto ele caminhava pela casa. Tudo o que conseguia pensar era no tempo que compartilharam ali. Nada havia de errado com seu casamento do ponto de vista dele, e até mesmo Janet admitia ter sido feliz.

— Não sei o que aconteceu — disse ela, chorosa. — Talvez esteja entediada, talvez devesse ter voltado a trabalhar depois que Jason nasceu...

Mas nada disso explicava adequadamente por que ela o deixara por outro homem. Havia cinco semanas ela admitira para Mark que estava loucamente apaixonada por um médico de Nova York.

Um ano e meio antes, a mãe de Janet ficara muito doente. Primeiro um ataque cardíaco, depois herpes-zóster e, finalmente, um derrame. Foram sete meses intermináveis, com Janet indo e voltando de Nova York.

O pai de Janet estava arrasado e desenvolvia mal de Alzheimer, a mãe saía de uma crise médica para entrar em outra. Mark tomava conta das crianças sempre que a mulher viajava. Na primeira vez, após o infarto, Janet ficou fora durante seis semanas. Mas ligava para ele três ou quatro vezes por dia. Ele nunca suspeitou de nada, e a coisa não aconteceu imediatamente, como explicou Janet, e sim com o tempo. Ela havia se apaixonado pelo médico da mãe. Era um grande sujeito, fora maravilhosamente prestativo, simpático e terno para com ela. Por acaso, jantaram fora certa noite e tudo começou.

Estava envolvida com ele havia um ano, e disse que isso a estava deixando de coração partido. Achava que ia superar aquilo, que era algo passageiro. Jurou para Mark que havia tentado acabar com o caso diversas vezes. Mas eram viciados um no outro. Aquilo se tornara uma obsessão para ambos. Estar com Adam, disse ela, era como ser viciada em uma droga.

Mark sugeriu terapia e aconselhamento conjugal, mas Janet recusou. Ela não lhe disse na ocasião, mas já estava decidida. Disse que queria voltar para Nova York e ver no que dava. Precisava de liberdade conjugal, ao menos por algum tempo, de modo a avaliar honestamente aquela relação.

Assim que chegou em Nova York, porém, Janet ligou para Mark, disse que queria o divórcio e pediu-lhe para vender a casa.

Ela queria a sua metade, de modo a poder comprar um apartamento em Nova York. Mark olhava para a parede do quarto de dormir enquanto pensava na última conversa que tivera com ela. Nunca se sentira tão perdido e solitário em toda a vida. Tudo aquilo em que ele acreditava e pensava que estaria ali para sempre já não mais estava. E o pior é que ele nada fizera de errado, ao menos achava que não. Talvez tenha trabalhado demais, ou talvez não a tenha levado para jantar fora tão freqüentemente quanto deveria, mas era tudo tão confortável, e ela nunca reclamou...

O segundo pior dia de sua vida, depois do dia em que ela lhe falou do caso com Adam, foi quando contaram para as crianças que estavam se separando. Quiseram saber se ele e a mãe iriam se divorciar, e ele honestamente respondeu não estar muito certo disso. Mas agora percebia que Janet já havia se decidido. Apenas ainda não queria contar para eles.

As crianças choravam sem parar, e sem razão aparente. A princípio, Jessica o culpou por tudo. Nada daquilo fazia sentido para eles. Aos 15 e 13 anos de idade, fazia menos sentido para eles do que para Mark. Ao menos ele sabia por que Janet o estava abandonando, merecesse ou não. Mas para as crianças, era um mistério que desafiava qualquer explicação. Nunca tinha visto os pais brigarem ou discordarem. Talvez uma vez, quanto ao que pendurar na árvore de Natal; ou quando Mark quase teve um troço quando Janet acabou com seu carro novo, mas no fim pediu desculpas e disse estar feliz por ela não ter se machucado. Era um sujeito fácil de levar, e ela também era uma pessoa legal. O outro apenas era mais excitante do que Mark.

De acordo com Janet, Adam tinha 48 anos, era um homem vivido e morava em Nova York. Tinha um veleiro em Long Island e servira nas tropas de paz durante quatro anos. Tinha amigos interessantes e uma vida divertida. Era divorciado, e nunca tivera filhos. Sua esposa não conseguira engravidar, e não quiseram adotar uma criança. Ele estava muito interessado nos filhos de Janet. Queria até mesmo ter outros dois, coisa que Janet não mencionou para Mark e nem para os filhos, que ainda não sabiam a respeito do outro. Ela o introduziria na vida deles quando estivessem estabelecidos em Nova York. Mark suspeitava que ela não tinha intenção de contar que Adam era o motivo de sua separação.

Em comparação, Mark sabia que era um chato. Gostava de seu trabalho, e administração de bens era algo agradável. Mas não era algo que pudesse discutir longamente com ela. Ela preferia direito criminal, ou direito infantil, e legislação tributária sempre a aborrecia às lágrimas. Ela e Mark jogavam tênis diversas vezes por semana, iam ao cinema, saíam com as crianças, jantavam com amigos. Era uma vida confortável e comum para todos eles.

Agora, nada mais era confortável. A angústia emocional que sentia era quase de dor física. Tivera uma faca no pescoço nas últimas cinco semanas. Começara a fazer terapia a conselho de seu médico, quando Mark ligou para ele pedindo pílulas para dormir porque não mais conseguia pregar o olho. Sua vida havia se tornado um inferno. Sentia saudade da mulher, das crianças, de sua vida. Num piscar de olhos, tudo e todos se foram, e agora ia a casa também.

— Pronto? — perguntou a corretora delicadamente metendo a cabeça através da porta do quarto onde Mark olhava para o nada, perdido em seus pensamentos.

— Sim, claro — disse ele, e saiu dali com um último olhar para trás. Era como dizer adeus a um mundo perdido, ou a um velho amigo. Ele a seguiu e a corretora fechou a porta da casa. Ele entregou para ela todas as chaves. O dinheiro seria depositado em sua conta naquela tarde, e ele havia prometido enviar a metade de Janet. Haviam conseguido um bom preço, o que para ele nada significava.

— Está pronto a começar a procurar algo para si mesmo? — perguntou a corretora, esperançosa. — Tenho ótimas casas nas colinas, e há uma linda em Hancock Park. Há também alguns bons apartamentos por aí.

Fevereiro sempre era um bom mês para procurar imóveis. O marasmo das férias já havia acabado, e o mercado se enchia de boas ofertas na primavera. Com a venda da casa e o preço que conseguiu por ela, sabia que tinha dinheiro para gastar. A sua metade era mais do que suficiente para que comprasse um belo lugar. E ele tinha um bom emprego. Dinheiro não era problema para Mark. Mas o resto todo era.

— Estou bem no hotel — disse, entrando em seu Mercedes após agradecê-la novamente. Ela fizera um belo trabalho e fechara a venda sem problemas e em tempo recorde. Ele quase desejou que ela não fosse tão eficiente, ou mesmo que perdesse a compra. Não estava pronto para se mudar. Era algo a conversar com o novo terapeuta, seria proveitoso. Ele nunca estivera em um terapeuta antes, e este parecia ser um cara legal. Mas Mark não tinha certeza se ajudaria. Talvez com o problema do sono, mas o que faria quanto ao resto? Não importava o que ele lhe dissesse nas sessões, Janet e as crianças haviam ido embora e sem elas não havia vida. Ele não queria uma vida. Ele queria sua família de volta. E agora ela pertencia a outro, e talvez as crianças gostassem mais do outro também. Era um pensamento arrasador. Nunca se sentira tão desesperançado na vida, ou tão perdido.

Dirigiu de volta ao escritório, e estava sentado novamente em sua escrivaninha ao meio-dia. Ditou uma pilha de cartas e em seguida passou a analisar alguns relatórios. Tinha uma reunião de sócios à tarde. Nem mesmo se importava em comer. Perdera quatro quilos e meio nas últimas cinco semanas, talvez cinco. Tudo o que podia fazer agora era continuar se movendo, pondo um pé na frente do outro, e tentando não pensar. Havia pensado à noite, quando tudo voltou à sua mente, e ouviu repetidas vezes as mesmas palavras, e pensou nos filhos, e no quanto choraram. Ligava para eles todas as noites, e prometeu que iria visitá-los dentro de algumas semanas. Ele os levaria ao Caribe nas férias de Páscoa, e eles viriam para Los Angeles no verão, mas agora não tinha onde instalá-los. Pensar em tudo isso fez-lhe muito mal.

Ao encontrar-se com Abe Braunstein no fim da tarde, numa reunião sobre novas leis fiscais, o contador ficou atônito. Mark parecia um doente terminal. Geralmente parecia saudável, jovial e atlético, e estava sempre de bom humor. E embora tivesse 42 anos, Abe sempre pensara em Mark como um bom menino. Parecia com o filho do vizinho. Agora parecia um morto. E ele se sentia como se realmente estivesse morto.

— Você está bem? — perguntou Abe, preocupado.

— É, estou bem — respondeu Mark vagamente, parecendo aéreo. Seu rosto estava quase cinzento. Parecia exausto e pálido, e Abe realmente estava preocupado com ele.

— Parece estar doente. Perdeu muito peso.

Mark assentiu com um menear de cabeça, mas nada disse e, após a reunião, sentiu-se um idiota ao não reagir à preocupação do outro. Abe seria a segunda pessoa a quem contaria. A primeira fora seu terapeuta. Não tivera coragem ou estômago para contar para mais ninguém. Era muito humilhante, fazia-o parecer um perdedor, e preocupava-lhe imaginar que as pessoas pensassem que ele tivesse sido mau com a esposa. Precisava explicar, e estava dividido entre a vontade de lamentar-se e a necessidade de se esconder.

— Janet se foi — disse Mark furtivamente quando saíram lado a lado da reunião. Eram quase seis da tarde. Ele não ouvira metade do que fora dito, e Abe também percebera aquilo. Mark parecia estar tendo uma experiência de sair do próprio corpo, e sentia-se assim. Mas a princípio, Abe não entendeu.

— Viajou? — perguntou, confuso.

— Não. Foi embora de verdade — explicou Mark, sombrio. Mas de certo modo, era um alívio contar a verdade. — Ela se foi há três semanas. Mudou-se para Nova York com as crianças. Vendi a casa. Estamos nos divorciando.

— Lamento saber — disse Abe, tomando as dores do outro. O pobre rapaz parecia arrasado. Mas era jovem, arranjaria outra mulher, talvez tivesse mais filhos. Era um sujeito bem apanhado, achava Abe.

— Isso é muito difícil. Eu não sabia.

Ele nada ouvira a respeito embora tivesse feito um bocado de trabalho de contadoria para a empresa de Mark. Mas geralmente falavam de leis fiscais, ou de seus clientes, não a respeito de si mesmos.

— Onde está morando?

É engraçado como os homens sempre perguntam o que o outro está fazendo em vez do que está sentindo.

— Em um hotel, a duas quadras daqui. É uma espelunca mas está bom por enquanto.

— Quer sair para comer algo? — A mulher de Abe o esperava em casa, mas Mark parecia estar precisando de um amigo. Precisava, mas sentia-se muito mal para ir a algum lugar. Entregar a casa tornara as coisas ainda piores. Era uma evidência tangível de que a sua vida com Janet estava acabada.

— Não, obrigado — disse Mark forçando um sorriso. — Talvez outra hora.

— Vou ligar — prometeu Abe, e se foi. Não sabia de quem era a culpa do divórcio, mas estava na cara que Mark não estava contente com aquilo. Obviamente não tinha outra pessoa. E Abe pensou se ela, que era uma moça muito bonita, teria alguém.

Pareciam o típico casal americano, o menino e a menina da porta ao lado. Ambos louros, olhos azuis, e seus filhos pareciam crianças de cartazes do modo norte-americano de viver. Pareciam habitantes de uma fazenda no Meio-Oeste, embora ele e Janet tivessem crescido a poucas quadras um do outro, em Nova York. Foram aos mesmos bailes de ginásio, mas nunca se encontraram. Ela fora para Vassar e ele para Brown, e finalmente se encontraram na faculdade de direito, em Yale. Uma vida perfeita. Mas não era mais.

Mark ficou no escritório remexendo papéis em sua escrivaninha até as oito da noite, e finalmente voltou ao hotel. Pensou em pegar um sanduíche a caminho, mas novamente não estava com fome. Prometera tanto ao médico quanto ao terapeuta que tentaria comer. Amanhã, prometeu a si mesmo. Tudo o que queria fazer era ir para a cama e assistir à tevê. E talvez acabar dormindo.

O telefone tocava quando chegou ao quarto. Era Jessica. Tivera um bom dia na escola e tirara A num teste. Estava no segundo grau mas detestava a nova escola. O mesmo sentia Jason, que estava na oitava série. A mudança estava sendo difícil para eles. Jason jogava futebol, e Jessica integrava o time principal de hóquei da escola. Mas disse que os meninos de Nova York eram todos ridículos. E ainda culpava Mark por tudo o que ela não entendia a respeito do divórcio.

Ele não disse que havia entregue a casa naquele dia, ou que nunca mais a veriam. Apenas prometeu que logo iria a Nova York, e disse-lhes para dizerem olá para a mãe. E após desligar, sentou-se na cama olhando para a tevê, com as lágrimas rolando silenciosamente pelo seu rosto.

Capítulo 3

JIMMY O'CONNOR era esbelto, atlético, forte. Tinha ombros largos e braços poderosos. Jogava golfe e tênis. Em Harvard, jogara no time de hóquei no gelo. Fora um atleta soberbo na universidade, e ainda o era, além de ser um grande sujeito. Fizera pós-graduação e mestrado em psicologia na UCLA, enquanto fazia trabalho voluntário em Watts. Voltou no ano seguinte para se graduar em assistência social, e nunca deixou Watts. Aos 33 anos de idade, tinha a vida e a carreira que amava. Afora tudo isso, ainda conseguia tempo para os esportes e organizou um time de futebol e de *soft-ball* para as crianças com quem trabalhava. Conseguia adoção para algumas delas, e as tirava de lares onde eram infelizes, lares onde eram espancadas, molestadas ou abusadas sexualmente. Levou em seus braços até a sala de emergência crianças queimadas com fogo ou alvejante, e mais de uma vez as trouxera para sua casa até encontrar um lar que as adotasse. As pessoas com quem trabalhava diziam que ele tinha um coração de ouro.

Era o clássico irlandês, com cabelos negros e escorridos, pele de marfim, e olhos grandes e escuros. Seus lábios eram quase sensuais, e tinha um sorriso que encantava as mulheres. Encantara Maggie. Margaret Monaghan. Ambos eram de Boston, conheceram-se em Harvard, e vieram para a Costa Oeste ao se graduarem. Passaram a viver juntos desde o primeiro ano de faculdade. Havia seis anos, reclamando todo o tempo, foram até a prefeitura e se casaram. Muito mais para se livrarem das exigências dos pais. Não fazia muita diferença para eles, alegavam. Mas acabaram admitindo entre si que o casamento não era apenas legal, como também era gostoso. Casar havia sido bom para ambos.

Maggie era um ano mais jovem que Jimmy e a mulher mais inteligente que ele jamais conhecera. Não havia mulher como ela no mundo. Também tinha mestrado em psicologia, e estava pensando em tirar um Ph.D. Ainda não estava certa disso. E assim como ele, trabalhava com crianças carentes. Queria adotar um bando delas em vez de ter filhos. Ele era filho único, ela a mais velha de nove irmãos. Maggie provinha da sólida comunidade irlandesa de Boston, originária de County Cork. Seus pais haviam nascido na Irlanda e tinham um sotaque carregado que ela imitava à perfeição. A família de Jimmy deixara a Irlanda havia quatro gerações. Era primo distante dos Kennedys. Ao descobrir isso, ela passou a caçoar dele impiedosamente, chamando-o de "*Fancy Boy*". Mas guardou a informação para si mesma. Ela só gostava de provocá-lo. A qualquer pretexto. E ele adorava isso nela. Brilhante, irreverente, bela, brava, cabelos ruivos, olhos verdes, e sardas por toda parte. Era a sua mulher dos sonhos, o amor de sua vida. Não havia uma única coisa que ele não gostasse nela exceto, talvez, o fato de ela não saber cozinhar e não se importar com isso. Assim, ele cozinhava para ambos e estava orgulhoso do fato de ser um cozinheiro bem razoável.

Jimmy estava na cozinha empacotando suas panelas, quando o administrador do prédio tocou a campainha e entrou gritando uma saudação, para que ele soubesse que estava ali. Não gostava de invadir, mas tinha de mostrar o lugar. Era um pequeno apartamento em Venice Beach. Eles adoravam viver ali. Maggie gostava de andar de patins pelas ruas, assim como todo mundo nas redondezas. E adoravam a praia.

Jimmy avisara que ia deixar o apartamento havia uma semana. Mudaria no fim do mês. Não sabia para onde. Simplesmente queria ir embora dali. Para qualquer lugar que não fosse ali.

O administrador do edifício estava mostrando o apartamento para um jovem casal que estava para se casar. Ambos vestiam jeans, camisetas e sandálias, e para Jimmy pareciam jovens e inocentes. Tinham vinte e poucos anos, estavam recém-formados e vinham do Meio-Oeste. Estavam apaixonados por Los Angeles e acharam o apartamento ótimo. Achavam Venice o máximo. O administrador os apresentou a Jimmy, e ele os cumprimentou com apertos de mão e voltou a empacotar suas coisas, deixando-os à vontade para olharem o apartamento.

Era pequeno, mas estava bem conservado. Tinha uma sala pequena, um quarto um pouco maior que a cama, um banheiro onde era preciso ficar ombro a ombro caso duas pessoas o quisessem usar ao mesmo tempo, e a cozinha, que era o lugar onde ele estava empacotando as coisas. Funcionara para eles. Não precisavam de mais espaço do que aquele, e Maggie sempre insistira em pagar a metade do aluguel. Era teimosa com coisas assim. Haviam dividido todas as despesas desde o dia em que se conheceram, mesmo depois de casados.

— Não serei uma mulher manteúda, Jimmy O'Connor! — dissera certa vez, imitando o sotaque dos pais, enquanto seu cabelo cor de fogo dançava diante de seus olhos. Queria ter bebês com ela para ter uma casa repleta de filhos ruivos. Vinham falando em gravidez nos últimos seis meses, mas Maggie também queria adotar. Queria dar uma vida melhor para as crianças do que aquela que teriam caso não fossem dotadas.

— Que tal seis e seis? — brincou Jimmy. — Seis nossos, seis adotados. Quantos você vai sustentar? — ela concordara que ele sustentasse as crianças, ao menos algumas delas. Ela não podia sustentar todos os filhos que queriam. Mas freqüentemente falavam de cinco ou seis.

— Fogão a gás? — perguntou a candidata a inquilina. Era uma menina bonita, e Jimmy assentiu com um menear de cabeça, sem dizer nada. — Adoro cozinhar.

Ele poderia ter dito que também gostava, mas não queria dar margem para uma conversa. Ele apenas meneou a cabeça e continuou a empacotar, e cinco minutos depois eles se foram. O administrador do prédio agradeceu e Jimmy o ouviu fechar a porta. Em seguida, ouviu vozes abafadas no corredor. Imaginou se ficariam com o apartamento. Realmente pouco importava. Alguém ficaria. Era um belo lugar, o edifício era limpo, e tinha uma bela vista. Maggie insistira em ter uma vista, embora isso tenha pesado no orçamento, mas qual a graça de morar em Venice se não se tem uma vista? dissera ela com seu sotaque irlandês. Brincava um bocado com aquele sotaque. Crescera com ele, era-lhe familiar, e sempre a divertiu. Às vezes saíam para comer pizza e ela passava todo o jantar fingindo ser irlandesa, e todo mundo acreditava. Ela aprendera gaélico também. E francês. E queria aprender chinês, para trabalhar com filhos de imigrantes nos bairros chineses. Queria poder falar com as crianças.

— Ele não é muito amistoso — murmurou um dos inquilinos. Haviam se reunido no banheiro e decidiram ficar com o lugar. Podiam pagar, adoraram a vista, mesmo com os cômodos sendo pequenos.

— É um bom rapaz — disse o administrador do prédio. Ele sempre gostara de ambos. — Ele passou por maus bocados —

disse cuidadoso, incerto se deveria contar-lhes. Mas ouviriam de qualquer modo através de alguma outra pessoa. Todos no prédio adoravam os O'Connors, e ele estava triste por ver Jimmy partir, mas compreendia. Ele teria feito o mesmo.

Os novos inquilinos indagavam-se se ele estava sendo despejado ou fora convidado a sair. Parecia muito infeliz e quase hostil enquanto empacotava as coisas.

— Ele tinha uma bela e jovem esposa, uma garota incrível. Trinta e dois anos, cabelos ruivos, inteligente demais.

— Eles se separaram? — perguntou a moça inocentemente, sentindo um pouco mais de simpatia por Jimmy, que a olhara quase com raiva enquanto metia as panelas numa caixa de papelão.

— Ela morreu. Há um mês. Coisa horrível. Um tumor cerebral. Começou tendo dores de cabeça há alguns meses. Ela dizia ser enxaqueca. Há três meses a levaram a um hospital para exames, tomografias, creio eu. MRI, CAT, tudo aquilo. Fez uma bateria de exames. Encontraram um tumor cerebral, tentaram operar mas era muito grande, espalhara-se por toda parte. Morreu em dois meses. Achei que ele iria morrer também. Nunca vi duas pessoas tão apaixonadas. Nunca paravam de rir, conversar e brincar um com o outro. Ele me notificou que iria embora na semana passada. Disse não poder ficar, fazia-o sentir-se infeliz. Senti-me muito mal por causa dele. É um homem tão bom.

O administrador tinha os olhos molhados de lágrimas.

— Que horror! — disse a mulher, sentindo as lágrimas também aflorarem a seus olhos. Era uma história terrível, e ela percebera fotos dos dois espalhadas por todo o apartamento. Pareciam felizes e apaixonados nas fotografias. — Que choque terrível para ele.

— Ela foi muito corajosa. Até a última semana, saíam para caminhar. Ele preparava o jantar e certo dia ele a carregou até a praia, coisa que ela adorava. Vai demorar um bom tempo até conseguir superar isso, se é que vai conseguir. Ele nunca vai encontrar outra garota igual.

O administrador do prédio, que era conhecido e amado por seus maus bofes, limpou uma lágrima dos olhos, e o casal o seguiu escada abaixo. Mas a história os perseguiu o restante do dia. No fim daquela tarde, o administrador do prédio meteu um bilhete por debaixo da porta de Jimmy para informá-lo que o casal ficaria com o apartamento. Ele teria de partir em três semanas.

Jimmy ficou sentado olhando para o bilhete. Era o que queria, e o que sabia que deveria fazer, mas não tinha para onde ir. Já não se importava onde iria morar. Tanto fazia para ele. Podia dormir num saco de dormir no meio da rua. Talvez fosse assim que as pessoas se tornavam mendigos. Talvez não se importassem onde morar. Ele pensara em se matar quando ela morreu, apenas entrando no mar, sem um som ou murmúrio. Teria sido um enorme alívio. No dia seguinte à morte dela, ele ficara sentado na praia durante horas, pensando sobre aquilo. Então, como se de fato pudesse ouvi-la, imaginou ela lhe dizendo quão furiosa ficaria se ele se matasse, e quão idiota ele era. Podia mesmo ouvir-lhe o sotaque carregado. A noite já se aproximava quanto voltou ao apartamento, e chorou e gemeu durante horas sentado no sofá.

As famílias chegaram de Boston naquela noite, e o velório e funeral consumiram os dois dias seguintes. Ele recusou-se a enterrá-la em Boston. Ela lhe dissera que desejava ficar na Califórnia com ele, por isso ele a enterrou ali. E após todos voltarem para casa, ficou só novamente. Os pais, irmãos e irmãs de Maggie ficaram devastados com a perda. Mas ninguém estava tão perturbado quanto ele, ninguém sabia o quanto ele perdera, ou o que ela representava para ele. Maggie tornara-se a sua vida, e ele sabia com absoluta certeza que nunca mais amaria uma mulher como a amara.

Não conseguia conceber outra mulher em sua vida. Que paródia seria! E quem poderia ser igual a ela? Todo aquele fogo, paixão, gênio, alegria e coragem. Ela era o ser humano mais corajoso que ele conhecera. Nem mesmo tivera medo de morrer, apenas aceitou o fato como destino. Foi ele quem chorou e implorou a Deus para mudar de idéia, ele quem se aterrorizou, quem não conseguia imaginar viver sem ela. Impensável, insuportável, intolerável.

Agora, ali estava ele. Ela se fora havia um mês. Semanas. Dias. Horas. E tudo o que ele podia fazer era se arrastar pelo resto da vida.

Voltou a trabalhar uma semana após a morte dela, e todos o tratavam como se fosse de vidro. Retomou a atividade com as crianças em tempo integral, mas já não havia alegria, nenhum espírito, nenhuma vida. Apenas tinha de arranjar vontade para pôr um pé na frente do outro o resto de sua existência, manter-se respirando, continuar levantando-se a cada manhã, absolutamente sem motivo para isso.

Parte dele queria ficar no apartamento para sempre, e outra parte dele não suportava mais despertar sozinho naquele lugar. Ele sabia que tinha de ir embora. Não se importava para onde. Apenas ir. Ele vira o nome de uma corretora num anúncio de jornal, e ligou para lá. Todos os corretores estavam fora. Deixou nome e número, e voltou a fazer as malas. Mas ao chegar na metade do guarda-roupa que pertencera a Maggie, sentiu como se Mike Tyson tivesse dado um soco em seu estômago. Perdeu o fôlego. A crua realidade daquilo era tão poderosa que sugou o ar de seus pulmões e o sangue de seu coração. Ficou ali, parado, por um longo tempo. Podia sentir o perfume, e também a presença dela ao seu lado no quarto.

— Que diabos vou fazer agora? — disse em voz alta enquanto as lágrimas brotavam de seus olhos, e ele se apoiava na porta. Era como se uma força sobrenatural quase o tivesse nocauteado. O poder daquela perda era tão grande que ele mal conseguia ficar de pé.

— Continue, Jimmy — ouviu a voz dentro de sua cabeça. — Não pode desistir agora.

Ele chegou a identificar o sotaque.

— E por que não?

Ela não desistiu. Brigou até o fim. Usou batom, lavou o cabelo, e vestiu a blusa que mais gostava no dia em que morreu. Ela não desistiu.

— Não quero continuar! — gritou para a voz que ouvia, para o rosto que jamais veria outra vez.

— Vamos mover esse traseiro! — ouviu, claro como o dia, e subitamente começou a rir em meio às lágrimas enquanto olhava para as roupas dela.

— Tudo bem, Maggie... tudo bem... — disse ele, enquanto pegava, dobrava e guardava os vestidos cuidadosamente dentro de uma caixa, como se ela os viesse buscar algum dia.

Capítulo 4

LIZ VOLTOU AO CHALÉ no domingo, no dia seguinte após Coop ter concordado em alugar a casa da guarda e a ala de hóspedes, para se encontrar com a corretora. Ela queria resolver aquilo logo, antes que ele mudasse de idéia. A renda que geraria faria muita diferença para ele. E ela queria fazer tudo o que podia para Coop antes de ir embora.

Combinara encontrar-se com a corretora às onze e, quando ambos chegaram ao Chalé, Coop não estava na casa. Levara Pamela, a modelo de 22 anos, para um *brunch* no Beverly Hills Hotel, e prometera levá-la às compras em Rodeo Drive no dia seguinte.

Ela era absolutamente bela, mas nada tinha para vestir. E mimar mulheres era o que Coop fazia de melhor. Adorava fazer compras para elas. Abe teria um infarto quando visse a conta. Mas Coop nunca se importava com aquilo. Ele prometera levá-la ao Theodore, Valentino, Dior e Ferre, e onde mais ela quisesse, e, por fim, ao Fred Segal. Seria uma compra de cinqüenta mil dólares com certeza, ou mais. Especialmente se parassem no Van Cleef ou Cartier, caso algo chamasse a atenção deles na vitrina. E jamais ocorreria a Pamela dizer para ele que sua generosidade era excessiva. Para uma garota do Oklahoma de 22 anos, aquilo era um sonho realizado. Para Coop também.

— Estou surpresa em saber que o Sr. Winslow deseja inquilinos na propriedade, particularmente em uma ala da casa principal — disse a corretora para Liz, ao chegar à ala de hóspedes.

Tentava pescar alguma fofoca para compartilhar com seus clientes, o que não agradava a Liz. Mas isso também era inevitável, e um mal necessário caso fossem alugar qualquer coisa. Estariam à mercê de como as pessoas interpretariam aquilo. E essas interpretações nunca eram gentis com grandes estrelas de cinema ou qualquer outro tipo de celebridade. Fazia parte do negócio.

— A ala de hóspedes tem uma entrada separada, é claro, de modo que jamais se encontrarão com Coop. E, como sabe, ele viaja muito. Não creio que perceba que estão aqui. Os inquilinos serão uma proteção para ele, para que as pessoas se dêem conta de que sempre há gente habitando a casa. De outro modo, poderia haver invasões e todo tipo de problemas. É realmente uma segurança para ele.

Aquele era um ângulo no qual a corretora ainda não havia pensado, mas que fazia sentido. Embora suspeitasse que havia mais por trás de tudo aquilo. Cooper Winslow não fazia um grande filme havia anos. Não se lembrava de qual fora o último, embora certamente ainda fosse uma grande estrela e causasse furor onde quer que fosse. Ele era um dos grandes mitos de Hollywood, o que ajudaria a alugar e a cobrar um bom preço pelos imóveis. Aquilo era muito, muito prestígio, e a propriedade era única no país, senão no mundo. Ainda mais com um belo galã de cinema dentro dela, ao menos durante parte do tempo. Talvez, se os inquilinos tivessem sorte, poderiam vê-lo de relance na quadra de tênis ou na piscina. Ia pôr isso no folheto.

A porta da ala de hóspedes se abriu, e Liz desejou ter pedido aos empregados que limpassem a poeira do lugar antes de irem embora. Mas não houve tempo, e ela queria apressar as coisas. Mas, de modo geral, parecia estar tudo bem. Era uma bela ala. Tinha os mesmo pés-direitos altos do resto da casa, e elegantes janelas francesas voltadas para os jardins. Havia um belo terraço de pedra decorado com cercas vivas, e antigos bancos e mesas de mármore que Coop comprara na Itália anos antes. A sala era repleta de bela antiqualha francesa. Havia um pequeno estúdio anexo à sala, que podia servir como escritório e, após um breve lance de escada, um enorme quarto de dormir todo em cetim azul-claro com móveis espelhados em estilo *art déco* que ele comprara na França.

Havia um enorme banheiro de mármore branco junto ao quarto, e um quarto de vestir com mais armários do que precisa a maioria das pessoas, embora não fossem suficientes para Coop. No outro lado da sala de estar, havia dois quartos menores, embora confortáveis, decorados com chita floral inglesa e antigüidades. E havia uma bela cozinha rural com uma grande mesa de jantar, que a corretora lhe disse lembrar a Provence. Não havia sala de jantar, mas Liz destacou que não era necessário uma vez que a sala de visitas era tão grande que se podia pôr uma mesa ali, ou os inquilinos podiam comer na cozinha, o que era confortável, divertido e informal. Havia um grande fogão francês, uma lareira de cerâmica no canto do cômodo, e belos azulejos pintados a mão nas paredes. No fim das contas, seria um belo lugar para alguém morar, na propriedade mais bonita de Bel Air, com pleno acesso às quadras de tênis e à piscina.

— Quanto ele quer? — Os olhos da corretora brilhavam de excitação. Ela nunca vira um lugar assim. Poderia alugá-lo até mesmo para outra estrela de cinema, apenas pelo prestígio de morar ali. Talvez alguém que estivesse na cidade para fazer um filme, ou para passar um ano em Los Angeles. O fato de ser mobiliado certamente agradaria. E era belamente decorado. Com flores frescas e um pouco de limpeza, a ala de hóspedes voltaria à vida, e a corretora conseguia ver isso também.

— Quanto sugere? — perguntou Liz. Ela não estava certa. Não negociava no mercado de aluguéis havia anos, e viveu no mesmo modesto apartamento durante mais de duas décadas.

— Estou pensando em ao menos dez mil por mês. Talvez 12. Dependendo do inquilino, podemos elevar para 15. Mas certamente não menos que dez.

Pareceu bom para Liz. Com a casa da guarda, renderia a Coop um bom dinheiro todo mês, caso os cartões de crédito ficassem longe de suas mãos. Ela estava seriamente preocupada com as besteiras que ele poderia fazer depois que ela fosse embora, sem ninguém para ficar de olho nele, ou mesmo para repreendê-lo. Não que tivesse perfeito controle sobre Coop, mas ao menos podia lembrá-lo de vez em quando a não afundar mais.

Assim que Liz fechou a porta da frente da ala de hóspedes, dirigiram-se ao extremo norte da propriedade onde ficava a casa da guarda, oculta em um jardim aparentemente secreto. Em verdade ficava longe da portaria, e tinha tanto verde e espaço em volta que parecia constituir uma propriedade particular. Era uma bela casa de pedra com trepadeiras crescendo pelas paredes, o que sempre lembrou a Liz um chalé inglês. Havia um clima de magia a seu redor. Lá dentro tanto havia elegantes painéis de madeira quanto paredes de pedra talhada. Era uma interessante justaposição de dois mundos, e inteiramente diferente da elegante decoração francesa da ala de hóspedes.

— Oh, meu Deus! Isso é fabuloso! — disse a corretora, entusiasmada, enquanto caminhavam pelo jardim de rosas que cercava a casa. Entraram a seguir. — É como estar em outro mundo.

Na casa da guarda, os quartos eram pequenos e bem proporcionados, com telhados de vigas. Os móveis eram ingleses, mais pesados, com um belo e longo sofá de couro, que Coop comprara de um clube inglês. A casa tinha um ambiente confortável, e uma imensa lareira na sala de estar. Tinha uma cozinha rural de bom tamanho, com antigos instrumentos de cozinha pendurados pelas paredes, e havia dois quartos de dormir de tamanho médio no andar de cima, com móveis Jorge III que Coop colecionou durante algum tempo. Havia belos tapetes de renda em todos os cômodos, e uma pequena e elegante sala de jantar com um antigo faqueiro de prata no aparador. As louças no armário eram Spode. Era um perfeito chalé inglês, e o visitante podia se imaginar em qualquer lugar, menos em Bel Air. Era mais perto das quadras de tênis do que a casa grande, mas era mais longe da piscina, que ficava diante da ala de hóspedes. Portanto, cada lugar tinha as suas virtudes, conveniências e estilo.

— Este é um lugar absolutamente ideal para o inquilino certo — disse a corretora, com um largo sorriso. — Gostaria de morar aqui eu mesma.

— Sempre pensei nisso também — disse Liz, sorrindo. Certa vez, ela perguntara a Coop se ele poderia emprestar o lugar durante um fim de semana, mas, no fim, aquilo acabou não acontecendo. Assim como a ala de hóspedes, a casa era perfeitamente aparelhada com roupas de cama e mesa, cortinas, louças e todos os utensílios de cozinha e talheres de prata que alguém poderia desejar.

— Posso conseguir ao menos dez mil por mês por esse lugar também — disse a corretora, parecendo contente. — Talvez mais. É pequeno, mas é absolutamente belo, e tem um charme incrível.

Era um ambiente completamente diferente da ala de hóspedes, que parecia maior e mais luxuosa por uma questão de escala, mas que também era muito acolhedora. A diferença é que tinha tetos mais altos, e mais cômodos, porque a sala de estar, o quarto principal e a cozinha eram grandes. Mas eram belas propriedades, e a corretora tinha certeza de conseguir alugá-las rapidamente.

— Gostaria de vir tirar umas fotografias na semana que vem. Nem mesmo vou mostrar para outros corretores. Primeiro vou verificar em nosso registro quem está procurando imóveis mobiliados. Propriedades como essas não aparecem todos os dias, e quero encontrar os inquilinos certos para Coop.

— Isso seria muito importante para ele — disse Liz, séria.

— Há alguma restrição da qual eu deva saber? — perguntou a corretora, fazendo algumas notas rápidas num bloco, a respeito de dependências e número de cômodos.

— Para ser honesta, ele não gosta de crianças, e não quer nada estragado. Também não sei se suportaria um cão. Mas afora isso, desde que seja alguém respeitável e possa pagar o aluguel, não haverá qualquer problema.

Ela não disse que Coop só queria inquilinas.

— Temos de ter cuidado com esse negócio de crianças. Não queremos ser denunciados ao conselho imobiliário por discriminação — advertiu a corretora. — Mas vou ter isso em mente quando mostrar o lugar. São propriedades sofisticadas, e o aluguel é caro. Isso manterá a ralé afastada.

A não ser, é claro, se alugassem para estrelas de rock. Eram sempre elementos menos previsíveis e, assim como todo mundo, a corretora já tivera alguns problemas com este tipo de gente.

A corretora de imóveis deixou a propriedade um pouco depois do meio-dia, e Liz voltou para o seu apartamento após verificar que tudo corria bem na casa principal. Todos os empregados estavam um tanto chocados após terem sido notificados de sua demissão na tarde anterior, mas dada à irregularidade de seus pagamentos, aquilo não era completamente inesperado. Livermore já anunciara que iria para Monte Carlo, trabalhar para um príncipe árabe. Vinha sendo sondado havia alguns meses e ligara naquela manhã para aceitar o trabalho. Não parecia particularmente aborrecido por ter de deixar Coop, e se estivesse, como sempre, não o demonstraria. Voaria para o sul da França no próximo fim de semana, o que seria um grande golpe para Coop.

Naquela mesma tarde, Coop voltou para casa com Pamela. Haviam almoçado na piscina do Beverly Hills Hotel, conversando com alguns amigos de Coop, todos grandes figuras de Hollywood. Pamela mal podia acreditar no grupo em que fora introduzida, e estava tão impressionada que mal conseguia falar ao deixar o hotel e voltar para o Chalé. Estavam na cama meia hora depois, com uma garrafa de Cristal gelando ao lado. O cozinheiro serviu-lhes o café na cama, em bandejas e, por insistência de Pamela, assistiram a dois de seus velhos filmes em vídeo. Depois, Coop levou-a de volta para casa pois tinha um compromisso com seu treinador e acupunturista cedo na manhã seguinte. Além do que, preferia dormir sozinho. Até mesmo uma bela mulher deitada a seu lado podia incomodar-lhe o sono.

Na manhã seguinte, a corretora havia preparado dois prospectos com todos os detalhes de ambos imóveis. Cedo, ligou para diversos clientes que procuravam propriedades pouco comuns para alugar. Marcou três visitas para três homens solteiros para mostrar a casa da guarda e outra para mostrar a ala de hóspedes para um jovem casal recém-chegado à cidade que estava fazendo uma reforma na casa que compraram. A reforma demoraria ao menos um ano, senão dois, para ficar pronta. Pouco depois disso, o telefone tocou. Era Jimmy.

Parecia sério e calmo ao telefone, e disse estar procurando algo para alugar. Não se importava onde, apenas algo pequeno e fácil de administrar, com uma cozinha decente. Ele não cozinhava ultimamente, mas deu-se conta que logo teria de recomeçar. Além dos esportes, era uma das poucas coisas que o deixavam relaxado. Também não se incomodava se o lugar estava ou não mobiliado. Em termos de mobília, ele e Maggie tinham o básico, mas não caía de amores por aquilo, e não se incomodaria em deixar tudo guardado. De algum modo, o fato da mobília ser diferente o faria sofrer menos. Em verdade, ao pensar naquilo, deu-se conta de que preferia assim. A única lembrança de Maggie que levaria com ele seriam as fotografias. Tudo o mais que fora dela estava encaixotado e guardado, de modo que não tivesse de olhar para aquilo toda a hora.

A corretora perguntou se ele tinha alguma preferência de lugar, mas ele não tinha. Hollywood, Beverly Hills, Los Angeles, Malibu, tanto fazia. Disse gostar do mar, mas aquilo o faria lembrar dela também. Tudo o fazia lembrar. Seria difícil encontrar algo que não lembrasse.

E quando disse não fazer questão de preço, a corretora resolveu arriscar e falou da casa da guarda. Ela não mencionou o preço para ele, mas descreveu o lugar e, após um instante de hesitação, Jimmy disse que gostaria de ver. Marcou com ele às cinco naquela tarde, e então perguntou em que parte da cidade ele trabalhava.

— Watts — respondeu, parecendo distraído, como se não fosse nada demais, mas a corretora se sobressaltou.

— Ah, compreendo. — E imaginou se ele era afro-americano. Obviamente não podia perguntar. Também se indagou se ele seria capaz de pagar o aluguel. — Você tem um limite de preço, Sr. O'Connor?

— Em verdade não — disse Jimmy calmamente enquanto olhava para o relógio. Tinha um encontro com uma família para falar a respeito de duas de suas crianças órfãs.

— Vejo você às cinco, então.

Mas ela já não estava tão certa de ele ser o inquilino ideal. Alguém que trabalhasse em Watts não teria dinheiro para alugar a casa da guarda de Cooper Winslow. E ao vê-lo no fim daquela tarde, teve certeza disso.

Jimmy chegou dirigindo o Honda Civic usado que Maggie insistiu que comprassem quando se mudaram para a Califórnia, embora ele desejasse algo mais vistoso. Ele explicou para ela que morar na Califórnia era sinônimo de ter um bom carro, mas no fim, como sempre, ela o convenceu do contrário. Não havia meio de fazer o tipo de trabalho que faziam e ter um carro caro, não importando quão facilmente pudessem comprá-lo. O fato de ser herdeiro de dinheiro, dinheiro antigo e em grande quantidade, sempre foi um segredo bem guardado, mesmo entre os amigos dele.

Usava um *jeans* surrado com bordas puídas e joelho rasgado, uma camiseta desbotada de Harvard que tinha já havia 12 anos, e um par de botas de trabalho já bem batidas. Nos lugares aonde ia para visitar as famílias, geralmente havia ratos, e ele não queria ser mordido. Contudo, em contraste com suas roupas, estava bem barbeado, era inteligente, obviamente educado, e havia cortado o cabelo recentemente. Era um interessante conglomerado de elementos conflitantes, o que confundiu completamente a corretora.

— Que tipo de trabalho faz, Sr. O'Connor? — perguntou casualmente enquanto abria a porta da casa da guarda. Ela já a havia mostrado três vezes naquela tarde, mas o primeiro homem a quem apresentou o lugar achou-o muito pequeno, o segundo o achou muito isolado, e o terceiro realmente queria um apartamento. Portanto, ainda estava disponível, embora estivesse certa de que Jimmy não poderia pagar por ela. Não com o salário de um assistente social. Mas tinha de mostrar a propriedade de qualquer modo.

Ao ultrapassarem a cerca viva, ela o ouviu conter a respiração. Parecia um chalé irlandês. Lembrou-o das viagens que fizera com Maggie à Irlanda. E no momento em que entrou na sala de estar, sentiu-se na Irlanda ou na Inglaterra. Era a casa perfeita para um solteiro, tinha um ar viril, despretensioso, despojado, e pareceu gostar ao conhecer a cozinha. Ficou satisfeito com os banheiros também. Mas o que disse ter mais gostado era a sensação de estar em algum lugar no campo. Diferentemente do homem que a vira de tarde, gostou do isolamento. A casa o agradou.

— Sua esposa vai querer ver? — perguntou a corretora, sondando delicadamente para saber se ele era casado. Era um rapaz bonito, esbelto e, ao olhar para ele, perguntou-se se realmente teria cursado Harvard, ou apenas comprara a camiseta na Goodwill.

— Não, ela... — começou a responder, e então se deteve. — Sou... vou viver aqui sozinho.

Ainda não conseguia se dizer "viúvo". Partia seu coração como uma faca toda vez que tentava fazê-lo. E "solteiro" soava patético e desonesto. Às vezes, tinha vontade de dizer que era casado. Ainda estaria usando aliança de casamento caso tivesse uma. Maggie nunca lhe dera uma aliança, e a que ela usava fora enterrada com ela.

— Gostei daqui — disse calmamente, voltando e caminhando por todos os quartos, e abrindo todos os armários. O lugar parecia-lhe um tanto grandioso mas, caso trouxesse alguém, imaginou que poderia alegar estar cuidando da casa, ou sendo pago para trabalhar na propriedade.

Havia muitas histórias que podia contar, coisa que sempre fez ao longo dos anos. Mas o que ele mais gostou era o fato de saber que Maggie teria adorado. Era exatamente o tipo de lugar de que ela gostava, embora nunca concordasse em viver ali por não poder pagar sua metade. Pensar nisso o fez sorrir, e sentiu-se tentado a ficar com a casa. Mas resolveu esperar e pensar bem antes de fazê-lo, e prometeu ligar para a corretora no dia seguinte.

— Quero pensar no assunto — disse Jimmy quando estavam indo embora. A corretora estava certa de que ele estava apenas mantendo as aparências. Por seu carro, suas roupas e seu trabalho, ela sabia que ele não poderia pagar o aluguel. Mas parecia ser um bom homem, e ela foi simpática com ele. Nunca se sabe com quem se está lidando. Estava naquele negócio tempo o bastante para saber disso. Às vezes, pessoas que parecem muito humildes ou pobres revelam-se herdeiros de grandes fortunas. Ela aprendera aquilo logo no começo da carreira, portanto, fora simpática com ele.

Ao voltar para casa, Jimmy pensou a respeito da casa da guarda. Era um belo lugar, e parecia um tranqüilo refúgio do resto do mundo. Teria adorado morar ali com Maggie, e imaginou se isso o perturbaria. Era difícil saber o que era melhor àquela altura. Não havia onde pudesse se esconder de sua dor. E ao retornar ao apartamento, voltou a empacotar as coisas, apenas para se distrair. O lugar já estava quase vazio. Preparou uma tigela de sopa e sentou-se defronte à janela.

Ficou acordado a maior parte da noite, pensando em Maggie e no que ela o aconselharia. Pensara em alugar um apartamento perto de Watts, o que certamente seria prático, e o perigo não o alarmava particularmente. Ou apenas um apartamento comum em algum lugar de Los Angeles. Mas naquela noite, deitado na cama, não conseguia parar de pensar na casa da guarda. Podia pagar por ela, e sabia que Maggie a teria adorado. Imaginou se, ao menos uma vez na vida, poderia ser condescendente consigo mesmo. E gostara da idéia de dizer estar trabalhando na propriedade em troca de uma redução no aluguel. Era uma história plausível. Além disso, adorara a cozinha, a sala e a lareira, bem como o jardim ao redor.

Às oito da manhã, enquanto se barbeava, Jimmy ligou para a corretora de seu telefone celular.

— Vou ficar com a casa — e chegou a sorrir ao dizê-lo. Era a primeira vez que sorria em semanas, mas estava subitamente excitado com a casa da guarda. Era perfeita para ele.

— Vai? — ela parecia atônita. Estava certa de que nunca mais ouviria falar dele, e imaginou se ele ouvira direito o preço do aluguel. — São dez mil por mês, Sr. O'Connor. Não será um problema? — não se atreveu a ir mais longe. Já começava a se perguntar se alugar aquela casa não seria mais difícil do que imaginara. Tinha um ar muito peculiar e incomum. Não era para qualquer um, principalmente estando numa propriedade isolada, mas ele parecia ter adorado esse detalhe.

— Tudo bem — disse Jimmy. — Devo deixar um cheque para assegurar a transação, ou um depósito? — Agora que se decidira, não queria perder o imóvel.

— Bem, não... Eu... terei de fazer uma verificação de crédito.

Estava certa de que ele não passaria por essa verificação mas, por lei, teria de dar seguimento ao processo, não importando quão inelegível parecesse.

— Não quero perder o lugar caso apareça alguém no meio tempo — disse ele, preocupado. Não estava mais tão apático em relação à vida. Ultimamente notara estar ficando ansioso a respeito de coisas que ele nunca pensara a respeito. Maggie sempre se preocupara pelos dois, agora cabia a ele apenas.

— Claro que a segurarei para você. Você tem prioridade.

— Quanto tempo irá demorar isso?

— Uns poucos dias. Os bancos são um tanto lentos na verificação de crédito.

— Escute, por que não liga para o meu banqueiro? — E deu-lhe o nome do diretor de contas particulares do BofA. — Talvez ele possa apressar as coisas. — Jimmy era sempre discreto, mas também sabia que, tão logo ela ligasse para ele, as coisas andariam às mil maravilhas. Seu crédito não era problema, e nunca fora.

— Teria o maior prazer, Sr. O'Connor. Há algum número no qual eu possa encontrá-lo hoje?

Jimmy deu-lhe o número de seu escritório, e disse-lhe para deixar uma mensagem em seu correio de voz caso estivesse fora, e ele ligaria de volta assim que pudesse.

— Estarei lá a manhã inteira.

Ele tinha uma montanha de trabalho acumulada sobre a mesa. E às dez horas ela ligou para ele.

A verificação de crédito ocorreu exatamente como ele imaginara. Ela ligou o diretor de contas particulares e no momento que disse o nome de Jimmy, foi-lhe dito imediatamente que não haveria problema. Seu crédito era excelente. Não podia revelar o saldo médio, mas era bastante para colocá-lo entre os clientes de mais alto escalão.

— Ele está comprando uma casa? — perguntou o banqueiro com interesse. Esperava que sim, embora não o tenha dito. Após a recente tragédia, ele teria visto isso como algo positivo. E Jimmy certamente podia pagar. Se quisesse, poderia ter comprado o Chalé. Mas não disse isso para a corretora.

— Não, está alugando uma casa da guarda. É bem cara — disse ela, apenas tentando confirmar o que ele lhe dissera e assegurar-se de que não haveria mal entendidos. — Dez mil por mês, e iremos querer dois meses adiantado e um depósito de vinte e cinco mil dólares.

Novamente ele assegurou que não haveria problema. Isso aguçou a sua curiosidade e, num raro rompante de indiscrição, ela perguntou:

— Quem é ele?

— Exatamente quem diz ser. James Thomas O'Connor. É um de nossos melhores clientes. — Era tudo o que ele lhe diria, e ela ficou ainda mais intrigada.

— Eu estava um pouco preocupada porque, sendo assistente social, é claro... é um pouco incomum pagar um aluguel tão alto.

— É uma pena não haver mais gente como ele. Há algo mais que eu possa lhe dizer?

— Poderia me enviar uma carta por fax?

— Claro. Quer que emitamos um cheque da parte dele, ou ele o fará por conta própria?

— Vou perguntar — disse ela, e deu-se conta de que acabara de alugar a casa da guarda de Cooper Winslow. Ligou de volta para Jimmy, deu-lhe as boas-novas, e disse-lhe que podia pegar as chaves da casa da guarda e se mudar quando quisesse. Ele prometeu deixar um cheque para ela na hora do almoço, e disse-lhe que se mudaria dentro de algumas semanas, até vagar o atual apartamento. Queria desfrutar do que restara de Maggie o mais que pudesse, mas estava subitamente excitado com a idéia de morar na casa da guarda. E sabia que, fosse para onde fosse, a levaria com ele.

— Espero que seja muito feliz ali, Sr. O'Connor. É uma jóia de casa. E estou certa de que adorará conhecer o Sr. Winslow.

Ao desligar, Jimmy riu ao pensar o que Maggie diria a respeito de ter um astro do cinema como senhorio. Mas pela primeira vez, permitia-se fazer uma maluquice. E de algum modo, no fundo do coração, tinha a sensação de que Maggie não apenas teria aprovado como também teria adorado.

Capítulo 5

MARK TIVERA OUTRA NOITE de pesadelo e quase não conseguira dormir ao chegar ao escritório na manhã seguinte. Logo após chegar, o telefone tocou. Era Abe Braunstein.

— Estou tão triste com o que você me disse ontem — disse Abe, solidário. Estivera pensando naquilo na noite anterior, e subitamente imaginou se ele não estaria procurando um lugar para morar. Não podia ficar no hotel para sempre. — Tive uma idéia maluca na noite passada. Não sei se está procurando um lugar para morar, ou quais são suas necessidades, mas tem um lugar muito incomum que acabou de entrar no mercado. Um de meus clientes, Cooper Winslow, está alugando a ala de hóspedes da casa dele. Está com tremendos problemas financeiros, mas isso, é claro, é confidencial. Tem uma fantástica propriedade em Bel Air, e uma tremenda casa. Está alugando a casa da guarda, e a ala de hóspedes da casa principal. Começaram a mostrar ambos os lugares ontem, e não creio que já os tenham alugado. Pensei em contar-lhe isso porque achei que poderia ser um ótimo você morar ali, algo como estar num *country club*. Talvez deseje conhecer o lugar.

— Não estava pensando nisso — disse Mark honestamente. Ele realmente não estava pronto, embora viver na propriedade de Cooper Winslow em Bel Air certamente fosse uma idéia interessante, além de ser um belo lugar para receber os filhos quando estes viessem visitá-lo.

— Se quiser, eu o pego na hora do almoço e o levo até lá. Ao menos, vale uma visita como turista. É um lugar e tanto. Quadras de tênis, piscina, catorze acres de jardins no meio da cidade.

— Adoraria conhecer. — Não pretendia ser rude com Abe, mas não estava com espírito para procurar lugar para morar, mesmo que fosse na propriedade de Cooper Winslow. Mas pensou que talvez devesse ver, no caso de ser bom para as crianças.

— Pego você às doze e trinta. Vou ligar para a corretora e dizer para ela nos encontrar lá. É caro, mas acho que você pode pagar.

Ele sorriu, pois sabia que Mark era um dos sócios da firma com maiores rendimentos. Direito tributário não era excitante, mas era lucrativo para ele, embora Mark não fosse um ostentador. Dirigia um Mercedes, mas afora isso tinha os pés na terra. Era muito modesto, e sempre havia sido.

Durante o resto da manhã, Mark esqueceu de tudo aquilo. Era pouco provável que ficasse com a ala de hóspedes do Chalé. Iria lá apenas em consideração a Abe, e nada tinha a fazer na hora do almoço. Agora que quase nunca comia, tinha mais tempo livre. As roupas estavam começando a ficar largas nele.

Abe chegou ao escritório no horário e disse para Mark que a corretora os esperava no Chalé em quinze minutos. No caminho falaram a respeito de uma nova lei tributária que parecia ter algumas brechas que interessavam a ambos, e Mark olhou surpreso para cima quando chegaram ao portão principal. O Chalé tinha uma entrada imponente. Abe sabia o código e logo ganhavam a sinuosa via de acesso, cercada de árvores e jardins bem tratados e intermináveis. Mark soltou uma gargalhada ao ver a casa. Não conseguia se imaginar morando numa casa como aquela. Parecia um palácio para ele.

— Meu Deus, ele realmente mora aqui?

Havia colunas e escadarias de mármore, e uma fonte enorme que o fez lembrar do Palace de la Concorde, em Paris.

— Foi construído para Vera Harper. É de Winslow há quarenta anos. Custa uma verdadeira fortuna manter o lugar.

— Imagino. Quantos empregados?

— No momento, perto de vinte. Em duas semanas, terá apenas uma arrumadeira na casa, e três jardineiros. Tem oito no momento. Diz que estou aplicando uma política de devastação de terras, e não está muito satisfeito com isso. Também o estou forçando a vender os carros, caso você precisar de um Rolls ou de um Bentley... É um sujeito legal, mas mimado como ele só. Detesto admitir, mas o lugar cai-lhe muito bem. Vivemos numa espécie de trégua-armada.

Abe era tudo o que Coop não era: prático, pés no chão, frugal, sem uma pitada de elegância ou estilo, mas tinha mais compaixão do que Coop suspeitava, motivo pelo qual trazia Mark para ver a casa. Estava com pena dele e queria ajudá-lo. Ele nunca tinha visto a ala de hóspedes, mas Liz dissera para ele que era incrível, e estava certa.

Mark assobiou quando a corretora o fez entrar. Olhou com assombro para o alto pé direito e com prazer para as janelas francesas. Os jardins eram absolutamente belos. Sentia-se como se estivesse num antigo château francês, e a mobília também era muito bonita. A cozinha era um pouco antiquada, mas não se importava e, como ressaltou a corretora, era quente e acolhedora. Ficou assombrado com o tamanho do quarto principal. Não usaria cetim azul em seu quarto de dormir, mas certamente era glamouroso e, durante um ano, até descobrir o que iria fazer da própria vida, seria uma solução confortável. E o terreno era maravilhosamente seguro e abrigado para seus filhos. O lugar tinha muito em seu favor. Andara pensando em voltar para Nova York para ficar perto das crianças, mas não queria pegar no pé de Janet.

Além disso, tinha um bocado de clientes em Los Angeles que contavam com ele. O que Mark não queria era tomar uma decisão apressada. E ter onde morar era um meio de evitar tomá-la. Teria um lar novamente, mesmo não sendo seu. E era muito menos deprimente do que morar num hotel, acordado à noite, ouvindo gente dando descarga na privada e batendo portas.

— Realmente é um lugar e tanto — disse ele sorrindo para Abe. E sentiu-se um ingênuo ao olhar ao redor. Nunca lhe ocorrera que as pessoas morassem em lugares como aquele. Sua própria casa fora confortável e bem decorada, mas a ala de hóspedes parecia um cenário de cinema. No mínimo, seria divertido viver ali. E achava que as crianças adorariam o lugar quando viessem visitá-lo, especialmente da quadra de tênis e da piscina. — Estou feliz por ter me trazido aqui. — disse para Abe, sorrindo agradecido.

— Pensei nisso na noite passada, e achei que valia a pena dar uma olhada. Você não pode morar num hotel para sempre.

Dera toda a mobília para Janet, de modo que o fato de ser mobiliado, e tão bem, era algo a menos com que se preocupar. De muitas maneiras, era perfeito para Mark.

— Quanto é? — perguntou Mark à corretora.

— Dez mil por mês — disse ela, sem pestanejar. — Mas não há nada igual no mercado. Muita gente pagaria dez vezes mais. O Chalé é uma propriedade única, assim como a ala de hóspedes. Acabei de alugar a casa da guarda a um jovem muito simpático esta manhã.

— Verdade? — disse Abe, interessado. — Alguém conhecido? — Estava acostumado a celebridades e estrelas de cinema, seus clientes e amigos de Coop.

— Em verdade, não, não creio que seja. É um assistente social — disse ela sem hesitar, e Abe pareceu surpreso.

— Pode pagar? — como contador de Coop, ele tinha todo o interesse em fazer essas perguntas. Não queriam alguém que não pagasse os aluguéis.

— Aparentemente sim. O diretor de contas particulares do BofA disse que é um de seus melhores clientes. Mandou-me um fax a esse respeito dez minutos depois de conversarmos e, antes de eu vir para cá, o inquilino me deixou um cheque para pagar dois meses adiantados e o depósito. Vou enviar o contrato para ele esta noite. Mora em Venice Beach.

— Interessante — comentou Abe, e então voltou a atenção para o amigo, que investigava os armários. Havia mais do que o necessário. Mas Mark gostou particularmente dos dois quartos de criança, e achou que seus filhos adorariam o lugar. Era elegante e glamouroso, mas ainda era confortável, e de incrível bom gosto.

Mark pensava no preço, mas sabia poder pagá-lo. Só não estava certo de querer gastar tanto num aluguel. Se o fizesse, seria a primeira coisa escandalosa que faria para si mesmo em toda a vida, mas talvez fosse hora de fazer algo escandaloso. Janet o fizera. Saíra porta afora para os braços de outro homem. Tudo o que ele faria seria alugar um imóvel caro durante um ano, mas onde realmente gostasse de viver. Talvez até voltasse a dormir decentemente naquele lugar tão silencioso. Podia nadar na piscina ao voltar do trabalho, ou jogar tênis, se conseguisse encontrar um parceiro. Não conseguia imaginar Cooper Winslow jogando com ele.

— Ele anda por aqui? — perguntou à corretora, interessado.

— Aparentemente, viaja muito. Daí querer inquilinos, de modo que haja gente vivendo em tempo integral na propriedade, e não apenas empregados.

Esse era o mote, e Abe imediatamente entendeu que fora Liz quem lhe dissera aquilo. Era sempre tão diplomática, tão protetora da reputação de Coop. Abe evitou dizer à corretora que não haveria mais empregados na casa dentro de duas semanas.

— Faz sentido — assentiu Mark. — É seguro para ele.

Mas também sabia o que Abe lhe dissera em segredo a respeito da situação financeira de Coop. Compartilhavam um bocado de informação a respeito de seus clientes.

— É casado, Sr. Friedman? — perguntou a corretora gentilmente. Queria se assegurar de que ele não tinha dez filhos pequenos, mas era improvável. E o fato do próprio contador de Coop o tê-lo trazido era prova de que não deveria ser tão rigorosa no processo de investigação, o que tornava tudo mais fácil.

— Eu... Ahn... Não... estou me divorciando. — E quase se engasgou ao dizer isso.

— Seus filhos moram com você?

— Não, moram em Nova York. — Partiu-lhe o coração dizer isso também. — Vou voltar para vê-los tão logo seja possível. Só podem vir aqui durante as férias. E você sabe como são, querem estar perto dos amigos. Terei sorte se vierem uma vez por ano — disse ele com tristeza.

Mas a corretora ficou aliviada, uma vez que Liz a advertira que Coop não estava ansioso por inquilinos com crianças. Era um perfeito candidato, um homem solteiro, com filhos que nem mesmo viviam na cidade, e raramente viriam visitá-lo. Não podia esperar nada melhor. E era obviamente idôneo, uma vez que Abe o trouxera. Então, ao voltarem à sala de estar, ele deixou escapar:

— Vou ficar com o lugar.

Até mesmo Abe pareceu surpreso, mas Mark estava exultante e a corretora maravilhada. Em dois dias, ela alugara ambas as propriedades de Coop, e a um bom preço. Achou que dez mil era bastante, e Liz dissera que Coop estaria satisfeito se conseguisse tanto. Não quisera forçar uma alta e Mark parecia estar em estado de graça. Subitamente, não conseguia esperar para sair do hotel e se mudar. A corretora disse que poderia se mudar em alguns dias, assim que estivesse concluída a verificação de crédito. Isso foi feito, ele passou um cheque, e ela lhe deu as chaves. Liz disse que queria ambas instalações limpas por profissionais antes dos inquilinos se mudarem para lá, fato que a corretora mencionou para Mark.

— Penso me mudar nesse fim de semana — disse alegremente, enquanto apertava a mão da corretora. Em seguida, agradeceu Abe profusamente por tê-lo levado até ali.

— Isso foi mais rápido e produtivo do que eu esperava — disse Abe sorrindo alegremente enquanto desciam a via de acesso. Achava que Mark iria se angustiar e decidir-se com dificuldade antes de fechar o negócio.

— Provavelmente foi a coisa mais maluca que já fiz, mas talvez precise ser um pouco maluco vez ou outra — disse Mark. Era sempre tão sério e contido em tudo o que fazia. Imaginava se fora por isso que perdera Janet para outro homem, que provavelmente era mais excitante.

— Obrigado, Abe. Adorei o lugar, e acho que as crianças também adorarão. Vou ficar muito exigente após viver aqui durante um ano.

— Vai ser bom durante algum tempo — disse Abe.

Naquela noite Mark ligou para Jessica e Jason em Nova York, e disse-lhes da ala de hóspedes que alugara de Coop.

— Quem é ele? — perguntou Jason, parecendo nunca ter ouvido aquele nome antes.

— Acho que é um cara que era ator de cinema quando papai era criança — explicou Jessica.

— É isso — disse Mark, satisfeito. — Mas o importante é que é uma casa maravilhosa, e temos a nossa própria ala em um terreno maravilhoso, com quadras de tênis e piscina. Achei que iriam gostar quando vierem me visitar.

Estavam os três ao telefone ao mesmo tempo.

— Sinto saudade de nossa antiga casa — disse Jason, triste.

— Detesto minha escola — reclamou Jessica. — Todas as meninas são más, todos os rapazes uns idiotas.

— Dêem tempo ao tempo — disse Mark diplomaticamente.

Não fora idéia dele acabar com o casamento, ou se mudar para Nova York com as crianças. Mas não queria falar contra a mãe deles. Pretendia manter qualquer animosidade que tivessem entre si fora do conhecimento dos filhos. Parecia ser melhor para eles.

— Demora até a gente se acostumar a uma nova escola. E irei vê-los logo.

Ele iria passar um fim de semana em Nova York, em fevereiro. Tinha reservas em Saint Bart em março para o feriado de primavera. E estava pensando em fretar um pequeno barco para as férias no Caribe. Tentava mudar seu modo de ser.

— Como está mamãe?

— Está bem, sai um bocado — reclamou Jason.

Ainda não haviam dito uma única palavra quanto a outro homem. Mark estava certo de que ela ainda não o apresentara para os filhos. Estava esperando as coisas se acalmarem. Só estava lá havia três semanas, quase quatro, não era tempo o bastante, embora tivesse parecido uma eternidade para ele.

— Por que não podemos ficar com a nossa casa antiga? — perguntou Jessica com tristeza. Ao saberem que fora vendida, ambos choraram. Outra conversa que terminava com uma notícia triste. Já haviam tido várias. E Jessica parecia estar sempre procurando alguém a quem culpar, principalmente ele. Ainda não se dera conta de que fora a sua mãe quem pedira o divórcio. E Mark não queria denunciá-la. Esperava que Janet assumisse a responsabilidade por conta própria, mas ainda não o fizera. Apenas dissera que papai e ela não estavam se dando bem, o que era mentira. Davam-se bem até Adam aparecer.

Mark pensava como ela iria apresentá-lo às crianças, talvez como alguém que acabara de conhecer. Demoraria anos até eles se darem conta, se é que se dariam, o que também o deprimia. Seus filhos continuariam a culpá-lo do divórcio para sempre. E um de seus maiores medos era o de que os filhos, assim como a mãe, se encantassem por Adam e o esquecessem. Ele estava a cinco mil quilômetros, em Los Angeles, e não podia vê-los tão freqüentemente quanto queria. Mal esperava pelas férias em Saint Bart. Escolheu o lugar por achar que seria divertido para os filhos e para ele também.

Prometeu ligar no dia seguinte, como sempre fazia. E notificou o hotel de que estaria se mudando no fim de semana seguinte. Mal podia esperar. Adorara a descoberta. Era a primeira coisa boa que acontecia com ele desde que Janet lhe dera a notícia. Sentia-se como se tivesse estado em choque nas últimas semanas. Naquela noite, desceu e comeu um hambúrguer antes de ir para a cama. Pela primeira vez em semanas, estava realmente com fome.

Na noite de sexta-feira meteu os pertences dentro de duas malas e, na manhã de sábado, mudou-se para a propriedade. Tinha o código do portão e o abriu. Ao chegar à ala de hóspedes, descobriu-a imaculadamente limpa. A poeira fora aspirada e a mobília recebera polimento. A cozinha estava impecável e havia lençóis limpos na cama. Durante um instante surpreendentemente longo, sentiu-se em casa.

Após desfazer as malas, deu um passeio pelos jardins. Eram maravilhosamente bem cuidados. Saiu, fez compras, cuidou do próprio almoço, e depois foi para a piscina tomar sol. Estava de ótimo humor quando ligou para as crianças. Era fim da tarde para elas, num sábado de neve em Nova York. As duas pareciam entediadas. Estavam cansadas de ficarem presas dentro de casa. Jessica iria sair com amigos naquela noite, mas Jason disse que nada tinha para fazer. Tinha saudades do pai, da casa, dos amigos e da escola. Aparentemente nada havia em Nova York que ele gostasse.

— Agüente as pontas, rapaz. Vou visitá-los em duas semanas e arranjaremos algo que fazer. Jogou futebol esta semana? — Mark conversava com ele, e Jason continuava a reclamar.

— Nunca podemos jogar por causa da neve. — Jason detestava Nova York. Era um menino da Califórnia, onde vivia desde os três anos. Ele nem mesmo se lembrava de ter vivido em Nova York. Tudo o que queria era voltar para a Califórnia, que para ele ainda era seu lar.

Conversaram mais um pouco, e então Mark finalmente desligou. Verificou onde estavam as coisas na cozinha. Naquela noite, assistiu a um vídeo e achou curioso o fato de Cooper Winslow fazer uma ponta no filme. Certamente era um homem bem apessoado, e Mark imaginou onde — e se — o encontraria. Naquela tarde, vira alguém dirigindo um Rolls-Royce conversível atrás dele, mas estava muito na frente e tudo o que pôde ver era um homem de cabelo grisalho — provavelmente Coop — e uma bela garota sentada a seu lado no banco da frente.

Foi quando Mark deu-se conta de que Coop deveria ter uma vida muito mais interessante do que a dele. Após 16 anos de casamento fiel, não conseguia imaginar como seria namorar novamente, mas tinha de querer fazê-lo. Ele tinha muita coisa em mente, muitas memórias, muitos desapontamentos, e tudo no que ele conseguia pensar era nos filhos. Naquele momento, não havia espaço para uma mulher em sua vida. Espaço, talvez. Mas não coração.

Naquela noite foi para a cama, dormiu como um bebê, e acordou feliz na manhã seguinte após sonhar que os filhos estavam morando com ele. De fato seria ideal. Mas por enquanto, o que ele realmente conseguira fora apenas uma melhora em relação ao seu quarto de hotel. Ele os veria em duas semanas. Era algo por que esperar; e tudo o que ele precisava agora.

Ao preparar o café da manhã, ficou surpreso ao descobrir que o fogão da cozinha não funcionava. Lembrou-se de ligar para a corretora e falar a esse respeito, mas de fato não se importava com aquilo. Contentou-se com suco de laranja e torradas. Não costumava cozinhar, a não ser quando as crianças estavam por perto.

Na parte principal da casa, Coop também fazia as suas descobertas. O cozinheiro havia ido embora no começo da semana, após encontrar um novo emprego. Livermore também se fora. Ambas empregadas estavam de folga no fim de semana e iriam embora na semana seguinte. O caseiro já estava trabalhando para outra pessoa. E Paloma não trabalhava nos fins de semana. Pamela preparava o desjejum usando um biquíni e uma das camisas de Coop. Alegava ser ótima na cozinha, como atestava a maçaroca de ovos mexidos duros e bacon queimado que ela lhe entregara na cama em um prato.

— Que menina esperta — disse ele, admirado, e com uma expressão preocupada ao olhar de relance para os ovos. — Imagino que não conseguiu encontrar as bandejas?

— Que bandejas, amor? — perguntou ela com seu sotaque de Oklahoma. Estava tão orgulhosa de si mesma, que esqueceu dos guardanapos e talheres. Voltou para buscá-los enquanto Coop testava os ovos com o dedo. Não estavam apenas duros, também estavam frios. Ela andara conversando com uma amiga no telefone enquanto cozinhava. Cozinha nunca fora o forte dela, mas o que ela fazia com ele na cama era. E ele gostava. O único problema é que é ela não podia abrir a boca. Com exceção de seu cabelo, sua maquiagem, seu umectante, e a última sessão de fotos na qual estivera, era extremamente limitada. Mas não era a conversa dela que o fascinara. Ele apenas gostava de estar ao lado de Pamela. Havia algo de muito revigorante nas mulheres jovens. Ele se dava muito bem com elas. Era debochado, engraçado, esperto e sofisticado. Além do que, as levava para fazer compras todos os dias. Ela nunca se divertira tanto na vida quanto a lado de Coop. E não se importava com a idade dele. Agora tinha um guarda-roupa inteiramente novo e ele lhe dera um par de brincos e um bracelete de diamantes na semana passada. Quanto a isso não havia dúvida. Cooper Winslow sabia viver.

Jogou os ovos na privada e deu descarga quando ela desceu as escadas para buscar um copo de suco de laranja. Ao voltar, Pamela ficou feliz e ver que ele comera tudo. Assim que ela terminou de comer, ele a levou novamente para cama, onde passaram o resto da tarde.

Naquela noite foram jantar no Le Dome. Ela também adorava ir com ele ao Spago. Era emocionante ver todo mundo olhando para eles, reconhecendo-o e querendo saber quem era mulher que o acompanhava. Os homens olhavam para ele com inveja, e as mulheres erguiam as sobrancelhas ao olharem para eles. E ela adorava aquilo também.

Naquela noite, após o jantar, Coop levou-a de volta ao apartamento onde ela morava. Tiveram um final de semana divertido, mas ele teria uma semana atarefada pela frente. Faria um comercial de automóvel, o que era ótimo uma vez que pagariam muito bem, e aquela seria a última semana que Liz trabalharia com ele.

Em verdade Coop estava feliz por poder dormir sozinho em sua cama naquela noite. Pamela era muito divertida mas, afinal, era apenas uma criança. E ele já não era criança. Precisava de seu sono restaurador. Deitou-se às dez da noite e dormiu como uma pedra até Paloma abrir as cortinas e as persianas. Coop acordou assustado e sentou-se olhando para ela:

— Por que diabos está fazendo isso? — Ele não conseguia imaginar o que ela estava fazendo no seu quarto, e ficou aliviado ao perceber que vestira pijamas de seda na noite anterior. De outro modo estaria nu sobre a cama. — O que está fazendo aqui? — Desta vez ela vestia um uniforme limpo, óculos escuros de seixo-do-reno e sapatos de salto alto vermelho-berrante. Parecia uma mistura de uma enfermeira de uniforme branco com uma adivinha cigana e ele não estava achando aquilo divertido.

— A Sra. Liz disse para acordá-lo a *las ocho* horas — disse ela, olhando-o fixamente. Ela o detestava, e demonstrava isso. Coop também a odiava.

— Não podia bater na porta? — reclamou, caindo de volta na cama com os olhos fechados. Ela o acordara de um sono profundo.

— Tentei, mas você não respondeu. *Entonces* eu entrei. Agora você *despierta*. A senhora Liz disse que tem de trabalhar.

— Muito obrigado — disse ele formalmente, os olhos ainda fechados. — Se incomodaria de me preparar o desjejum? — não havia ninguém para fazê-lo. — Vou querer ovos mexidos e torradas de centeio. Suco de laranja. Café preto. Muito obrigado.

Ao deixar o quarto ela resmungava e Coop gemia. Seria uma relação dolorosa deu-se conta disso com total clareza. Por que diabos tinha de ser a única a ficar no emprego? Não podiam ter ficado com alguma das outras? Não, é claro que não, lamentou-se. Ela era barata. Vinte minutos depois, porém, ao sair do chuveiro e encontrar o desjejum numa bandeja ao lado da cama, teve de admitir que os ovos eram bons. Ao menos eram melhores que os de Pamela, o que já era alguma coisa, embora ela tenha feito *huevos rancheros* em vez de ovos mexidos. Pensou em reclamar por não ter feito o que pedira, mas estavam deliciosos e ele devorou tudo.

Meia hora depois, Coop saiu pela porta do quarto impecavelmente vestido, usando um blazer, calças cinza, uma gravata Hermes, azul-marinho, e o cabelo tão bem penteado como sempre. Era uma visão de elegância e sofisticação ao entrar em seu velho Rolls e partir. A caminho do trabalho, Mark o seguiu estrada abaixo. Imaginou onde Coop iria a uma hora daquelas, mas não fazia a menor idéia. Estava só pela primeira vez, o que era pouco comum no caso dele, mas também o era sair de casa àquela hora.

Liz passou por ambos na direção contrária, e acenou para Coop. Ela ainda não podia acreditar que era a sua última semana de trabalho ali.

Capítulo 6

OS ÚLTIMOS DIAS DE LIZ como funcionária de Coop tiveram sabor agridoce. Ele nunca fora tão gentil nem tão generoso com ela. Deu-lhe um anel de diamante que disse ter pertencido à mãe dele, que era uma daquelas histórias nas quais ela nunca acreditou. Mas seja lá quem tenha sido a dona do anel, era belo e serviu-lhe perfeitamente. Ela prometeu que sempre o usaria e que sempre pensaria nele.

Levou-a ao Spago na sexta-feira à noite, ela bebeu um bocado e, quando Coop a deixou em casa, Pamela chorava reclamando quão miserável seria sem ele. Mas ele já havia se conformado com a partida dela e assegurou-a de que estava fazendo a coisa certa. Em seguida deixou-a e voltou para casa, onde uma nova paixão o esperava.

Pamela estava fotografando para uma revista em Milão. E ele conhecera Charlene enquanto fazia o comercial de automóvel que havia acabado de rodar. Era uma mulher espetacular e, aos 29 anos de idade, já era velha para ele. Mas tinha o corpo mais extraordinário que ele já vira, e ele vira muitos. O dela merecia entrar para o Hall da Fama de Cooper Winslow.

Charlene tinha seios enormes — que ela insistia serem verdadeiros — e uma cintura que ele conseguia enlaçar com ambas as mãos. Tinha cabelos longos e negros e enormes olhos verdes de gato. Disse-lhe que sua avó era japonesa. Era uma mulher muito bonita e ficou completamente baratinada por ele. Era mais inteligente que Pamela, o que era um alívio. Charlene vivera em Paris durante dois anos, posando como modelo e freqüentando a Sorbonne. Fora criada no Brasil. Era uma maravilhosa mistura de sabores internacionais, e fora para cama com ele no segundo dia de filmagem. Coop teve uma semana ótima.

Ele a convidou para passar o fim de semana com ele, e Charlene aceitou com um gritinho deliciado. Ele já estava pensando em ir para o Hotel du Cap com a garota. Ficaria ótima de *topless* na piscina. Charlene o esperava na cama quando chegou após o jantar com Liz, e ele se juntou a ela sem-cerimônia. Passaram uma noite muito interessante, um tanto acrobática, e no sábado foram até Santa Barbara para almoçar. Voltaram para casa a tempo de jantarem na L'Orangerie. Ele estava gostando da companhia dela, e estava pensando se já não era hora de dar um beijo de despedida em Pamela. Charlene tinha muito mais a oferecer e parecia-lhe mais madura.

Ela ainda estava lá na segunda-feira pela manhã, quando Paloma chegou para trabalhar. Coop pediu que trouxesse duas bandejas para eles, o que ela fez com uma expressão taciturna de desaprovação. Lançou um olhar feroz para Coop, jogou as bandejas na cama, e saiu do quarto batendo os sapatos altos cor-de-rosa. Os acessórios que ela usava com o uniforme sempre o fascinaram.

— Ela não gosta de mim — disse Charlene, decepcionada. — Acho que ela desaprova nossa relação.

— Não se preocupe com isso. Ela está loucamente apaixonada por mim. Não se assuste se ela fizer uma cena de ciúme —

disse ele com sarcasmo, enquanto davam garfadas no que pareciam ser ovos de borracha cobertos por uma grossa camada de pimenta que fez Coop engasgar e Charlene espirrar. Estava longe dos *huevos rancheros* que ela fizera para ele na semana anterior. Paloma ganhara aquele *round*, mas Coop estava determinado a ter uma conversa com ela depois que Charlene fosse embora, no início da tarde.

— Que interessante desjejum serviu-nos esta manhã, Paloma — disse Coop na cozinha, olhando friamente para ela. — A pimenta acrescentou um toque especial, embora desnecessário. Precisei de uma serra para cortar os ovos. Com o que você os fez? Cola de borracha ou apenas cola plástica comum?

— Não sei do que você está falando — disse ela, enigmática, polindo uma peça de prata que Livermore lhe dissera que deveria ser polida toda semana. Novamente usava óculos de pedra-do-reno. Obviamente, eram os seus favoritos, e também estavam se tornando os favoritos de Coop. Ele vinha pensando se seria possível ela entrar na linha. Caso contrário teria de substituí-la, não importando o que Abe dissesse.

— Não gostou dos meus ovos? — perguntou, angelical, enquanto ele a repreendia.

— Sabe o que quero dizer.

— A Sra. Pamela ligou da Itália esta manhã, às oito horas — anunciou casualmente, o que fez com que Coop olhasse espantado para ela. Seu sotaque subitamente desaparecera.

— O que você acabou de dizer?

— Eu disse... — Ergueu o rosto com um sorriso inocente. — *Doña* Pamela ligou às *ocho* — o sotaque voltara. Ela estava jogando com ele.

— Não foi assim que você falou agora pouco, não é, Paloma? Para que isso? — Ele estava visivelmente perturbado, e ela parecia um tanto atemorizada. Ainda assim, ocultou o temor com bravata e um dar de ombros.

— Não é o que você esperava? Durante os dois primeiros meses que trabalhei aqui, você me chamou de Maria. — Ele ainda ouvia o sotaque de San Salvador, mas apenas suavemente, e o inglês dela era quase tão bom quanto o dele.

— Não fomos apresentados adequadamente — desculpou-se Coop.

Embora não admitisse, ele estava ligeiramente divertido. Paloma achara que se esconderia dele fingindo não saber falar inglês. Coop suspeitava que ela não era apenas inteligente como também uma ótima cozinheira.

— O que você faz em seu país, Paloma? — subitamente estava curioso a respeito dela. Embora irritante, ela estava se tornando um ser humano a seus olhos, e ele não estava muito certo se desejava isso. Mas a curiosidade prevaleceu.

— Eu era enfermeira — respondeu Paloma, ainda polindo a prata. Era uma tarefa trabalhosa e ela sentia falta de Livermore quase tanto quanto Coop.

— Que pena — disse Coop, com um sorriso. — Esperava que fosse dizer que era alfaiate ou costureira. Ao menos assim, poderia cuidar adequadamente de minhas roupas. Afortunadamente, não preciso de suas habilidades como enfermeira.

— Faço mais *dinero* aqui. E você tem *muchas* roupas — disse ela, voltando a caprichar no sotaque, como se fosse uma peça de roupa que ela pudesse vestir e tirar quando quisesse. Era como se estivesse brincando de esconde-esconde com ele.

— Obrigado pelo comentário. Você também tem acessórios muito interessantes — disse ele olhando para os sapatos cor-de-rosa dela. — A propósito, por que não me disse que Pamela havia ligado? — ele já havia decidido fazer uma mudança de amantes.

Mas sempre permanecia amigo da anterior. E era generoso o bastante para que elas sempre desculpassem suas extravagâncias e pecados. Estava certo de que Pamela o perdoaria.

— Estava ocupado com a outra quando ela ligou. Como é mesmo o nome da outra? — O sotaque havia ido embora novamente.

— Charlene — disse ele, e Paloma pareceu vaga. — Obrigado, Paloma — disse Coop calmamente, terminando a conversa enquanto ainda estava em vantagem. Em seguida, deixou o quarto. Ela nunca escrevia os recados, e só os transmitia quando se lembrava de fazê-lo, o que o aborrecia muito. Mas parecia saber quem era quem. Ao menos até agora. E a cada dia se tornava uma personagem mais interessante.

Paloma conhecera Mark na semana anterior, e se oferecera para lavar roupa para ele, quando este disse que a máquina de lavar da ala de hóspedes estava quebrada. O fogão também estava. Ela disse que ele poderia usar a cozinha da casa principal caso fosse necessário. Disse que Coop nunca descia para a cozinha pela manhã, e deu-lhe a chave da porta que ligava a casa principal à ala de hóspedes. A máquina de café expresso na ala de hóspedes também estava quebrada. Mark fez uma lista, e a corretora prometeu que tudo seria consertado. Mas com a partida de Liz, não havia ninguém para tomar conta dessas coisas, a não ser o próprio Coop, o que jamais aconteceria, ambos sabiam disso. Mark levava as roupas para lavar fora, e Paloma lavava lençóis e toalhas para ele, e com o uso da máquina de café expresso de Coop nos fins de semanas, ele não precisava de mais nada. Usava um microondas em vez do fogão, do qual só precisaria quando as crianças fossem visitá-lo. Tinha certeza de que, àquela altura, o fogão já estaria consertado, mesmo que tivesse de fazer aquilo por conta própria. Ele disse à corretora que estava disposto a fazê-lo e ela respondeu dizendo que veria o que seria possível conseguir. Coop nunca respondia às suas chamadas, nem às dele, e tinha outro comercial programado naquela semana para uma marca de chicletes.

Era um anúncio ridículo, mas pagava bem o bastante para que seu agente o mencionasse. Vinha trabalhando mais do que o habitual naqueles dias, embora ainda não tivesse aparecido nenhum papel. O agente andara procurando, sem sucesso. A reputação dele era conhecida em Hollywood. Ele simplesmente era velho demais para o tipo de papéis românticos principais que desejava fazer. E ainda não estava pronto para representar pais ou avós. E havia um bocado de tempo que *playboys* de meia-idade não eram muito requisitados.

Naquela semana, Charlene dormiu no Chalé quase todas as noites. Ela estava tentando trabalhar como atriz, mas conseguia ainda menos trabalhos do que Coop. E os únicos trabalhos que ela fizera desde que chegara em Hollywood foram dois vídeos pornôs, um dos quais passara na tevê, às quatro da manhã. O empresário dela finalmente a convenceu de que nenhum dos dois papéis pegaria bem em seu currículo.

Charlene já havia perguntado a Coop se este podia falar com alguém e arranjar-lhe um trabalho, e ele disse que veria o que poderia fazer. Começara como modelo de *lingerie* na Sétima Avenida, após fazer coisa parecida em Paris, e tinha um corpo fabuloso para isso, mas ele não estava certo se ela saberia atuar, e duvidava firmemente disso. Alegava ter desfilado muito em Paris, mas parecia nunca encontrar o livro de fotos. Suas verdadeiras habilidades eram na área que mais interessava a Coop, e esta nada tinha a ver com atuar, desfilar, ou aparecer na tevê.

Estava adorando a companhia dela. E ficou aliviado quando Pamela disse que voltaria a Milão porque se envolvera com um fotógrafo durante as sessões de fotografia. Essas coisas se resolviam por conta própria no mundo de Coop. Nada mais eram do que corpos, alianças temporárias e casos breves. Apenas quando saía com atrizes famosas encorajava os rumores a respeito de compromissos e sinos de casamento, mas ele não queria nada disso com Charlene. Estava apenas se divertindo com ela e certificando-se de que ela também estivesse se divertindo. Já haviam feito duas grandes compras em shoppings, o que consumira os cheques que os inquilinos lhe deram, mas ele achava que ela merecia, como explicou a Abe quando o contador ligou dizendo que teria de vender a casa se ele não se comportasse.

— É melhor desistir de modelos e atrizes morrendo de fome, Coop. Precisa encontrar uma mulher rica.

Coop respondeu dizendo que já pensara a respeito mas que o casamento nunca o atraiu. Tudo o que queria era se divertir e era isso o que faria, ou ao menos planejava fazer, até o dia de sua morte.

No fim de semana seguinte, Mark foi para Nova York visitar os filhos. Contara a Paloma tudo a respeito deles. Ela fizera faxina na ala de hóspedes e ele a pagara muito bem por isso. Teria feito de qualquer forma. Sentiu pena dele ao saber que a mulher o deixara em troca de outro homem, e passou a deixar frutas frescas e algumas *tortillas* feitas por ela mesma numa vasilha na mesa da cozinha. Ela gostava de ouvi-lo falar a respeito dos filhos. Era fácil ver que ele era louco por eles. Havia fotografias de Jessica e Jason por toda parte, e outras de Mark e da esposa.

Foi um fim de semana difícil para Mark. Era a primeira vez que ele via as crianças desde que foram embora de Los Angeles, há mais de um mês. Janet reclamou dizendo que ele deveria ter dado mais tempo para que se estabelecessem antes de vir. Parecia nervosa e hostil em relação a ele. Estava vivendo uma vida dupla, fingindo não ter ninguém quando estava com os filhos, e dando continuidade a seu caso clandestino.

Adam queria saber quando iria conhecer os filhos dela. Janet prometeu que seria logo, mas não queria que os filhos se dessem conta de que fora por causa dele que mudaram para Nova York. Tinha medo de que, por lealdade ao pai, rejeitassem e começassem uma guerra contra Adam. Parecia nervosa e tensa quando Mark a viu, e ele imaginou o que poderia estar acontecendo de errado. As crianças também estavam infelizes, mas ficaram encantadas ao verem o pai.

Ficaram no Plaza com ele e pediram muito serviço de quarto. Ele os levou ao teatro e ao cinema. Saiu para fazer compras com Jessica, e ele e Jason fizeram uma longa caminhada debaixo de chuva, tentando se entender. Na tarde de domingo, ele sentia como se apenas houvesse arranhado a superfície, e detestou ter de deixá-los novamente. No avião de volta, ficou deprimido o tempo todo. Estava realmente começando a pensar se deveria se mudar para Nova York.

No sábado seguinte, enquanto tomava sol na piscina, ainda pensava naquilo quando percebeu que alguém finalmente estava se mudando para casa da guarda. Foi até lá e viu Jimmy tirando caixas de dentro de uma *van* e ofereceu-se para ajudar.

Jimmy hesitou durante algum tempo mas finalmente aceitou. Estava surpreso com quanta coisa tinha. Havia mandado a maioria de seus pertences para o depósito, mas ficou com muitas fotografias emolduradas, alguns troféus, o equipamento esportivo, as roupas. Tinha muito equipamento de som, parte do qual pertencera a Maggie. Parecia que trouxera consigo uma montanha de objetos, e até mesmo com a ajuda de Mark demoraram duas horas descarregando o veículo, e ambos estavam exaustos quando pararam. Apresentaram-se e Jimmy ofereceu-lhe uma cerveja. Mark aceitou, agradecido. Haviam trabalhado muito.

— Você tem um bocado de coisas — disse Mark com um sorriso, enquanto bebia a cerveja. — E coisas pesadas. O que tem aí dentro? Sua coleção de bolas de boliche?

Jimmy sorriu e deu de ombros.

— Quem me dera saber. Tínhamos um apartamento de dois quartos e mandei a maior parte do que tínhamos para o depósito, e ainda sobrou tudo isso.

Havia muitos livros, papéis e CDs. Parecia coisa que não acabava mais, embora tudo tenha desaparecido facilmente dentro das gavetas, armários e estantes da casa da guarda. Ao abrir a primeira caixa, Jimmy tirou uma fotografia de Maggie e a pousou no consolo da lareira. Era uma de suas favoritas. Ela havia acabado de pescar um peixe num lago em uma de suas viagens à Irlanda, e parecia vitoriosa e feliz, os cabelos ruivos amarrados num coque no topo da cabeça, os olhos ofuscados pelo sol. Parecia ter catorze anos de idade. Foi no verão antes dela ficar doente, havia apenas sete meses. Para ele parecia uma eternidade. Ao se voltar viu Mark olhando para ele. Jimmy virou o rosto e nada disse.

— Bela mulher. Sua namorada? — Jimmy balançou a cabeça e demorou a responder, mas finalmente o fez com um nó na garganta. Já estava se acostumando com aquilo. Parecia um tumor, o nó na garganta que ainda se transformava em lágrimas a pretexto de qualquer coisa, e que parecia que sempre estaria ali.

— Minha esposa — murmurou Jimmy.

— Sinto muito — disse Mark com simpatia, supondo que eram divorciados, uma vez que agora todos pareciam ser. — Faz quanto tempo?

— Sete semanas amanhã à noite — disse Jimmy enquanto tomava fôlego. Ele nunca falava a esse respeito mas sabia que teria de aprender como, e talvez aquela fosse uma boa hora para começar. Mark parecia ser um sujeito legal, e talvez se tornassem amigos vivendo na mesma propriedade. Jimmy tentou manter a voz firme enquanto baixava os olhos.

— Para mim fazem seis. No fim de semana passado fui à Nova York visitar meus filhos. Sinto tanta falta deles. Minha mulher me trocou por outro cara — disse Mark com a voz sombria.

— Sinto muito — disse Jimmy com simpatia. Ele podia ver a dor nos olhos do outro, espelhada e magnificada pela sua própria dor. — Isso é duro. Qual a idade de seus filhos?

— Quinze e treze, uma menina e um menino. Jason e Jessica. São grandes crianças, e até agora estão detestando Nova York. Se era para ela se apaixonar por alguém, que fosse ao menos por aqui. As crianças nada sabem a respeito dele. E quanto a você? Tem filhos?

Jimmy surpreendeu-se ao dar-se conta do quanto desejava contar tudo para Mark. Era como se tivessem algum tipo de ligação invisível. A ligação que une homens de coração partido e vítimas de tragédias inesperadas. Os golpes brutais da vida que acontecem quando menos se espera.

— Talvez seja melhor assim. Talvez seja mais fácil se divorciar se você não tem filhos. Ou talvez não. O que sei eu? — disse Mark com uma mistura de compaixão e humildade; e subitamente Jimmy deu-se conta do que o outro estava pensando.

— Não estamos nos divorciando — disse ele com a voz entrecortada.

— Talvez façam as pazes — disse Mark com inveja do outro. Mas a mulher dele obviamente não estava por perto, de modo que as coisas também não andavam boas para entre os dois. Então pressentiu angústia nos olhos de Jimmy.

— Minha mulher morreu.

— Ó meu Deus... lamento muito... pensei... o que aconteceu? Foi um acidente? — olhou novamente para a fotografia, subitamente horrorizado ao saber que a bela jovem segurando o peixe havia partido não apenas da vida dele como também deste mundo, e era fácil ver o quanto Jimmy estava sofrendo com aquilo.

— Foi um tumor cerebral. Começou tendo dores de cabeça... enxaquecas... Fizeram alguns exames. Ela morreu em dois meses. Sem mais nem menos. Não costumo falar sobre isso. Ela teria adorado esse lugar. A família dela era irlandesa, de County Cork. Ela era irlandesa até a raiz dos cabelos. Uma mulher incrível. Queria ser metade do ser humano que ela era.

Mark quase chorou ao ouvir aquilo, e pôde ver lágrimas umedecendo os olhos de Jimmy. Tudo o que podia fazer era olhar para ele e, depois, ajudá-lo a transportar o resto das caixas. Mark carregou ao menos metade delas escada acima. Nada falaram um para outro durante algum tempo, mas Jimmy parecia ter se acalmado novamente quando todas as caixas foram parar nos quartos certos e Mark o ajudou a abrir algumas delas.

— Não sei como agradecê-lo. Sinto-me um louco mudando-me para esse lugar. Tínhamos um ótimo apartamento em Venice Beach. Tive de sair e apareceu esta casa. Pareceu-me a coisa certa a fazer por enquanto.

Era um lugar onde se recobrar sem ter ao seu redor milhares de lembranças. Devido às circunstâncias parecia o melhor para Mark também.

— Eu estava morando num hotel a dois quarteirões do meu escritório, e ouvindo gente tossindo à noite inteira. Um contador com quem trabalho trabalha para Coop e sabia que ele estava alugando a casa da guarda e a ala de hóspedes. Apaixonei-me pelo lugar no momento em que eu o vi. O terreno é ótimo para meus filhos. É como viver num parque. Mudei-me há duas semanas e é tão tranqüilo aqui que durmo como um bebê. Quer conhecer o meu lugar? É completamente diferente do seu. Você alugou essa casa no mesmo dia em que eu aluguei a ala de hóspedes. Acho que lá funcionará melhor com meus filhos.

Era tudo o que ele pensava, principalmente depois de vê-los na semana anterior e sabendo quão infelizes estavam em Nova York. Jessica vivia brigando com a mãe e Jason parecia estar se isolando. Não achava que nenhum deles estivesse bem, nem a mãe deles. Ele nunca a vira tão estressada. Janet destruíra as vidas deles em pedacinhos, e Mark imaginava se ela estava achando aquilo tão romântico quanto pensou que seria. Ela escolhera uma estrada difícil e pedregosa, não apenas para eles, mas também para si mesma.

— Vou tomar um banho — disse Jimmy sorrindo para Mark. — Passo na sua casa daqui a pouco se você for ficar por lá. Quer jogar um pouco de tênis essa tarde? — ele não jogava desde a morte de Maggie.

— Claro. Não conheço a quadra. Ainda não tive com quem jogar. Mas tenho usado a piscina, que é muito bonita. É em frente ao lugar onde moro. Pretendia nadar toda a noite após o trabalho, mas ainda não tive tempo.

— Já viu Coop? — perguntou Jimmy com um sorriso divertido, e Mark percebeu que o outro estava se sentindo melhor novamente. O pobre rapaz ficara num estado lastimável após perder a esposa.

— Ainda não, ao menos ainda não falei com ele. Apenas o vejo a distância quando ele entra e sai de carro. Anda com mulheres muito bonitas. Parece ter um bando delas.

— É a reputação dele, não é mesmo? Acho que é o que ele mais fez na vida. Não o vejo em um filme há anos.

— Acho que a sorte dele está acabando. Ou ao menos está em dificuldade, motivo pelo qual eu e você nos tornamos seus inquilinos — disse Mark, prático. No fim, acabara sendo conveniente para eles.

— Já me dei conta disso. Especialmente no seu caso — disse Jimmy para Mark. — Por que ele alugaria uma ala da própria casa se não precisasse de dinheiro? Esse lugar deve custar uma fortuna para ser mantido.

— O contador de Coop demitiu todos os empregados. Talvez algum dia um de nós o veja cuidando do jardim. — Ambos riram ao pensarem naquilo, e alguns minutos depois Mark voltou para os seus aposentos. Estava feliz por ter conhecido Jimmy. Ficou impressionado com o trabalho que o outro fazia com as crianças em Watts, e sentiu muito pela morte da esposa dele. Que sorte miserável. Parecia pior que o que acontecera com ele. Ao menos restaram os filhos. Janet partira seu coração e estragara sua vida. Mas não morrera. Mark não conseguia pensar em nada pior do que aquilo que acontecera com o novo amigo.

Jimmy apareceu meia hora depois, limpo e refrescado, com cabelos recém-lavados com xampu. Vestia um short e uma camiseta e carregava uma raquete de tênis. E ficou muito impressionado com o que viu na ala onde vivia Mark. Este estava certo. Era um lugar completamente diferente da casa da guarda. Jimmy preferia a sua casa, mas compreendia porque a ala alugada por Mark seria boa para os filhos. Havia muito mais espaço para se movimentarem. E suspeitava que ficariam mais felizes estando mais próximo da piscina.

— Coop não fez objeção quanto a seus filhos? — perguntou Jimmy enquanto se encaminhavam à quadra de tênis.

— Não, por quê? — Mark pareceu surpreso. — Eu disse para a corretora que meus filhos moravam em Nova York e que não viriam aqui muito freqüentemente, o que é uma pena, a não ser durante as férias. É mais fácil que eu vá lá.

— Através da corretora, tive a impressão de que ele não gosta de crianças. Imagino o motivo, é claro. Há belos objetos nos lugares onde moramos, o que me convém. Não tínhamos muita mobília, nossos móveis eram muito batidos e nosso apartamento muito pequeno. Coloquei tudo no depósito. É legal começar do zero de vez em quando. E quanto a você?

— Deixei Janet levar tudo, exceto as minhas roupas. Achei que seria melhor para as crianças terem coisas familiares junto com elas. Esse lugar caiu do céu para mim. De outro modo, teria de sair e comprar toda a mobília. Acho que se tivesse de fazê-lo, teria ficado no hotel, ao menos durante algum tempo. Realmente não estava disposto a mobiliar apartamentos ou me preocupar com isso. Cheguei aqui com minhas malas e guardei as minhas coisas nos armários. Presto, mágica. Estou em casa.

— Sim — disse Jimmy sorrindo. — Eu também.

Encontraram a quadra de tênis facilmente, mas ficaram desapontados ao descobrirem que estava em mau estado. Tentaram jogar mas a superfície estava quebradiça e muito áspera. Acabaram apenas batendo bola de um campo a outro. Gostaram do exercício e logo depois acabaram na piscina. Mark deu umas voltas nadando enquanto Jimmy tomava sol. Algum tempo depois Jimmy, voltou para casa. Antes de ir, convidou Mark para jantar naquela noite. Iria assar alguns filés na churrasqueira. Como ainda não estava acostumado a viver sozinho, comprara dois.

— Gostei da idéia. Trarei o vinho — adiantou-se Mark.

Mark apareceu uma hora depois, trazendo uma garrafa de Cabernet muito decente. Sentaram-se no terraço de Jimmy e conversaram a respeito da vida, esportes, seus trabalhos, dos filhos de Mark e daqueles que Jimmy desejara ter, e que talvez tivesse algum dia. Falaram o mínimo possível a respeito de suas esposas. Ainda era muito doloroso para os dois. Mark admitiu que estava relutante em voltar a namorar. Jimmy se perguntava se algum dia o faria. Naquele momento ele duvidava disso, mas aos 33 anos de idade era uma decisão difícil de tomar. Ambos concordaram que iriam ficar quietos por um tempo.

Finalmente a conversa se estendeu a Coop, a respeito de como ambos achavam que ele era, quem ele realmente era, se é que de fato era alguém. Jimmy tinha uma teoria que Coop vivera a vida de Hollywood tanto tempo que isso acabou corroendo seu senso de realidade. Certamente era uma teoria plausível, considerando o que ambos haviam lido a respeito dele.

Neste exato momento, enquanto estavam sentados no pátio de Jimmy, Coop estava na casa principal, na cama com Charlene. Sexualmente, ela era um verdadeiro banquete, e ele fez coisas com ela nas quais não pensava havia anos. Aquilo o fez se sentir jovem novamente, além de ousado e satisfeito. Ela tinha um jeito de gatinha, o que o excitava. Um momento depois, tornava-se uma leoa feroz, desafiando-o a conquistá-la. Ela o manteve ocupado a maior parte da noite e, na manhã seguinte, esgueirou-se até a cozinha para preparar-lhe o desjejum. Iria surpreendê-lo com um magnífico café da manhã, e então fazer amor com ele novamente. Ela estava na cozinha vestindo nada além de um fio-dental e um par de sapatos altos de cetim vermelho quando ouviu o barulho de uma fechadura sendo girada e uma porta se abrir. Ao voltar-se, viu Mark de cuecas na cozinha de Coop, o cabelo louro desgrenhado, parecendo um garoto sonolento de 18 anos de idade. Ali ela ficou sem se desculpar ou tentar se cobrir. Apenas sorriu.

— Oi, sou Charlene — disse ela, como se estivesse usando um roupão e chinelos felpudos. Mark não conseguia ver o rosto dela, tão fascinado estava com os seios enormes, o fio-dental e as pernas intermináveis de Charlene. Demorou um minuto inteiro até voltar a si.

— Ó meu Deus... estou tão... Paloma me disse que Coop nunca usa a cozinha nos fins de semana... meu fogão não funciona e a máquina de café expresso está quebrada... só ia fazer uma xícara de café... ela me deu a chave... — gaguejou.

Charlene, por sua vez, não parecia nem um pouco incomodada. Mais que tudo, parecia amistosa e divertida.

— Vou preparar uma xícara de café para você. Coop está dormindo — Mark suspeitava que ela era uma atriz ou uma modelo que Coop trouxera para casa, ou uma de suas namoradas. Ele a vira com uma loura havia algumas semanas, e Mark também não soube identificar quem era. Seja como for, devia ter talento sexual, concluiu.

— Não, realmente, eu vou... Sinto muitíssimo.

Ela ficou impassível, sorrindo para ele, os seios praticamente na cara dele.

— Tudo bem.

Ela não parecia nem um pouco incomodada por estar nua na frente dele. E não fosse tão embaraçoso, Mark teria rido da situação. Sentia-se completamente inepto diante dela, e enquanto continuava a parecer mortificado, Charlene preparou uma xícara de café e a entregou para ele.

— Você é o inquilino? — perguntou tranqüilamente, enquanto ele segurava a xícara fumegante tentando sair dali.

— Sim, sou — quem mais seria? Um ladrão de gatos? Um estranho da rua? — Não voltarei aqui. Vou comprar uma máquina de café nova. Talvez fosse melhor se você não contasse para Coop — disse Mark nervosamente. Ela era uma mulher estonteantemente linda.

— Tudo bem — disse ela, amável, enquanto tirava uma caixa de suco de laranja e servia um copo para Coop. Antes de Mark sair, ela lançou um olhar para ele. Quer suco de laranja?

— Não, obrigado... Mesmo. Estou bem. Obrigado pelo café — disse ele, e desapareceu o mais rápido que pode. Trancou novamente a porta que dava para a ala principal, e então ficou rindo sozinho no corredor de sua sala de estar onde ficava a porta de comunicação entre ambas as alas. Não conseguia acreditar na cena da qual acabara de participar. Era como um trecho de um filme muito ruim. Mas ela realmente era linda e tinha cabelos longos e negros como as penas de um corvo.

Ainda ria consigo mesmo, e a cena parecia ficar mais engraçada quanto mais se lembrava dela. Uma vez vestido, não conseguiu evitar ir até a casa da guarda para contar para Jimmy. Também jurara para si mesmo que iria comprar uma máquina de café naquela tarde.

Jimmy estava sentado no pátio, tomando uma xícara de café e lendo o jornal, quando ergueu a cabeça e viu Mark rindo para ele. Parecia incapaz de conter a vontade de rir.

— Você nunca vai adivinhar onde tomei café esta manhã, nem com quem.

— Provavelmente não, mas pela expressão em seu rosto, deve ter sido bom. — Mark contou-lhe sobre Paloma e a chave, o fogão quebrado e a máquina de café, e que se encontrara com Charlene virtualmente nua, usando um fio-dental e um par de sapatos de saltos altos, parecendo completamente à vontade enquanto fazia café para ele.

— Era como uma cena num filme. Deus, imagine se eu topasse com ele. Eu certamente seria despejado.

— Ou pior. — Mas Jimmy também ria. Era uma idéia muita engraçada imaginar Mark de cueca, com uma mulher nua servindo-lhe café.

— Também me ofereceu suco de laranja. Mas dei-me conta de que estava arriscando demais ficando mais um minuto.

— Quer outra xícara de café? Mas devo adiantar que aqui o serviço é um pouco mais simples.

— Sim, claro. — Eram como dois novos garotos no quarteirão que acabavam de se conhecer, e as circunstâncias de ambos eram suficientemente similares para que criassem uma cumplicidade entre si. E havia algo de prático e agradável quanto a serem vizinhos. Ambos tinham amigos e uma vida própria, mas ambos vinham evitando os seus círculos sociais ultimamente. As tragédias os afastara e os fizera se sentirem deslocados mesmo entre seus amigos mais próximos. Eles haviam se isolado, e agora encontravam um parceiro em seu isolamento. Era muito mais fácil do que estar com pessoas que os conheciam quando estavam casados. Era como começar com uma ficha limpa, mesmo tendo compartilhado as suas histórias. A piedade dos velhos amigos às vezes era difícil de aceitar.

Mark voltou para casa meia hora depois. Havia trazido algum trabalho do escritório. Mas se encontraram novamente na piscina naquela tarde. Mark havia comprado uma máquina de café, e Jimmy terminara de desencaixotar suas coisas. Espalhou meia dúzia de fotos de Maggie em lugares-chave da casa. Por incrível que pareça, sentia-se melhor só de olhar para o rosto dela. Às vezes, tarde da noite, tinha medo de esquecer como ela era.

— Fez seu trabalho? — perguntou Jimmy confortavelmente deitado em uma espreguiçadeira.

— Sim — disse Mark, sorrindo — e comprei uma cafeteira nova. Vou devolver a chave para Paloma pela manhã. Nunca mais farei aquilo — A visão de Charlene de fio dental ainda o fazia sorrir.

— Esperava menos dele? — perguntou Jimmy, referindo-se ao seu senhorio.

— Provavelmente não. Só não esperava um lugar de primeira fila em sua vida sexual.

— Imagino que isso o manteria um tanto ocupado. — Jimmy parecia tão divertido quanto ele, e ambos conversavam calmamente meia hora depois, quando ambos ouviram um portão se abrir e bater de volta. Um momento depois, havia um homem alto com cabelos grisalhos, sorrindo para eles. Vestia jeans e uma camisa branca perfeitamente passada a ferro, sem meias, e mocassins marrons de couro de jacaré. Era uma visão de perfeição, e ambos se sobressaltaram como duas crianças pegas fazendo algo que não deviam. Em verdade, ambos tinham acesso à piscina, e o único motivo para Coop ter ido até ali foi para conhecê-los. Ele os vira de seu terraço. Charlene estava lá em cima, no chuveiro, lavando o cabelo.

— Não deixem que minha vinda os incomode. Só pensei em descer e dizer olá. Uma vez que são meus hóspedes, gostaria de conhecê-los. — Ambos tiveram a mesma sensação de surpresa ao serem chamados de "hóspedes". Por dez mil por mês não eram seus "hóspedes" mas seus inquilinos. — Olá, sou Cooper Winslow — disse com um sorriso formidável, enquanto estendia a mão para Jimmy e então para Mark. — Quem de vocês vive onde? Já se conheciam antes? — Estava tão curioso a respeito deles quanto eles a respeito dele.

— Sou Mark Friedman, moro na ala de hóspedes. Não, nos conhecemos ontem, quando Jimmy se mudou.

— Sou Jimmy O'Connor — disse ao apertar a mão do homem alto e bonitão. Ambos se sentiam meninos novos na escola se encontrando com o diretor pela primeira vez. E ambos deram-se conta de que Coop angariara merecidamente a sua reputação de homem encantador. Era acessível e agradável, elegante e estava impecavelmente vestido. Até mesmo o jeans escrupulosamente passado a ferro moldava-se perfeitamente a cada centímetro de suas pernas musculosas e aparentemente intermináveis. E se tivessem de adivinhar, nenhum dos dois lhe daria sessenta anos de idade, parecia muito mais jovem. Era inacreditável que tivesse 70 anos. Não era de se estranhar que as mulheres o adorassem. Mesmo de blue jeans, escalava estilo e *glamour*. Era a própria lenda hollywoodiana, ao se sentar numa cadeira e sorrir para eles.

— Espero que estejam confortáveis em suas casas.

— Muito — apressou-se Mark em responder, rezando para que Charlene não lhe tivesse contado o que acontecera pela manhã. Tinha medo que fosse por isso que Coop saíra para conhecê-los. — É um lugar notável — disse, admirado, tentando não pensar na mulher de fio dental que lhe servira café. Ao perceber o que pensava o amigo, Jimmy sorriu, olhos repletos de malícia. Era uma ótima história.

— Sempre adorei aqui — disse Coop, referindo-se ao Chalé. — Vocês têm de vir à casa principal um dia desses. Talvez para jantar — e então ele se lembrou que não tinha mais mordomo e nem cozinheiro para servir adequadamente. Teria de contratar fornecedores se desejasse convidar pessoas para jantar. Não havia como pedir que Paloma fizesse algo além de pizzas ou tacos, não importando quão bom fosse o inglês dela. Com ou sem sotaque, ela era rebelde e assustadoramente independente. Se ele pedisse para servir o jantar, não haveria como saber como ela se comportaria. — De onde vocês são?

— Sou de Boston — respondeu Jimmy. — Estou aqui há oito anos, desde que me formei. Eu adoro.

— Estou aqui há dez anos — disse Mark. — Venho de Nova York. — Estava a ponto de acrescentar "com minha esposa e filhos" mas não o fez. Soaria patético, particularmente se tivesse de explicar por que não estavam mais com ele.

— Ambos tomaram a decisão certa. Também sou da Costa Leste, Não mais suporto o clima de lá, principalmente os invernos. Aqui se vive muito melhor.

— Ainda mais numa propriedade como essa — disse Jimmy, admirado. Descobriu-se fascinado por Cooper Winslow, quando este se sentou para conversar com eles. Parecia muito à vontade em sua própria pele, e obviamente estava acostumado com atenção e adulação. Não havia dúvidas de que sabia quão encantador era.

Vivera disso durante meio século. Era uma estatística impressionante, principalmente dado o modo como estava, naquela idade.

— Bem, eu espero que ambos estejam felizes aqui. Façam-me saber caso precisem de alguma coisa.

Mark não estava nem um pouco interessado em se queixar do fogão ou da máquina de café. Já decidira mandar consertar ambos e recolher o preço do conserto do total de seu próximo cheque para pagar o aluguel. Não queria falar a respeito de seu café matinal no caso de a mulher de seios fartos ter contado a Coop, mesmo tendo prometido que não o faria. Mark temia que fizesse o contrário.

Coop novamente sorriu para ambos, conversou durante mais alguns minutos e então os deixou. Ambos os jovens se olharam quando ele se foi, mas esperaram alguns minutos antes de falarem, para dar-lhe tempo de voltar à casa e, assim, não ouvir o que diziam.

— Caramba! — disse Mark. — Viu como ele é? Vou pendurar minhas chuteiras para sempre. Quem pode competir com aquilo? — Nunca em sua vida ficara tão impressionado com um homem. Cooper Winslow era o homem mais bonito que ele já vira. Mas Jimmy parecia menos impressionado ao responder, pensativo:

— Só tem um problema — disse num sussurro. Não queria que Coop o ouvisse. — Diz respeito a ele. A gente nunca sabe se tem um coração ali ou se é apenas charme, boa aparência e um ótimo alfaiate.

— Talvez seja o bastante — disse Mark, pensando em Janet. Ela jamais deixaria um homem com a aparência, graça e charme de Cooper Winslow. Mark sentia-se um total idiota ao lado dele. Todas as suas inseguranças afloraram à superfície no momento em que Coop apareceu.

— Não, não é — disse Jimmy sabiamente. — O cara é uma concha. Nada que diz quer dizer alguma coisa.Tudo nele diz respeito a beleza e futilidades. E veja as pessoas com quem ele se relaciona. Daqui a 30 anos, você vai querer uma amante vestindo fio-dental servindo-lhe café, ou uma pessoa de verdade com quem possa conversar?

— Pode me dar um minuto para pensar? — disse Mark, e ambos riram.

— Sim, tudo bem, talvez seja divertido durante algum tempo, mas e daí? Eu ficaria louco.

Maggie fora uma pessoa tão completa. Inteligente, verdadeira, bela, engraçada, sensual. Ela foi tudo que ele sempre desejou. A última coisa que Jimmy queria era uma amante. E tudo o que Mark queria era Janet. À superfície, Cooper Winslow parecia ter todas as suas bases cobertas. Até mesmo Jimmy tinha de admitir que ele era impressionante.

— Em verdade, ele pode ficar com a peituda. Se me dessem escolha, preferiria os mocassins. Eram incríveis.

— Você fica com os mocassins. Eu fico com a amante. Graças a Deus não mencionou meu encontro com ela em sua cozinha esta manhã — disse Mark, aliviado.

— Eu sabia que era nisso que você estava pensando — disse Jimmy rindo para o outro.

Jimmy gostava de Mark. Era um cara legal, decente. Gostara de conversar com ele e da perspectiva de se tornarem amigos. Já Mark tinha pena de Jimmy. Conseguia facilmente imaginar o trauma pelo qual passava o outro, principalmente sem ter filhos.

— Bem, agora nós o conhecemos. Parece uma estrela de cinema, não é? — disse Jimmy enquanto pensava no breve encontro que tiveram com seu senhorio. — Pergunto-me quem passa as roupas dele. A minha está amarrotada desde que saí de casa. Mag não passava nada. Dizia ser contra a religião dela.

Maggie fora uma devota católica romana e uma veemente feminista. A primeira vez que Jimmy pediu para ela pôr a roupa para lavar, Maggie quase bateu nele.

— Tenho mandado tudo, inclusive as minhas cuecas, para lavagem a seco — admitiu Mark. — Fiquei sem camisas na semana passada, e tive de comprar seis camisas novas. Cuidar de casa não é o meu forte. Tenho pagado Paloma para fazer alguma limpeza para mim. Talvez, se pedir, ela também o faça para você.

Paloma fora incrivelmente gentil com Mark. E ela parecia não apenas disposta e capaz, mas inteligente e esperta. Ele falara um bocado sobre seus filhos com a arrumadeira, e tudo o que ela lhe dissera fora simpático e sensível. Mark a respeitava muito.

— Estou bem — acrescentou Jimmy com um sorriso. — Sou um artista com um aspirador e um frasco de limpa-vidros. Maggie também não fazia essas coisas

Mark não quis perguntar o que ela fazia. Obviamente teria virtudes bastantes para que Jimmy fosse louco por ela. Mais tarde naquele dia, Jimmy contou-lhe que se conheceram em Harvard. Obviamente era uma mulher brilhante.

— Janet e eu nos conhecemos na Faculdade de Direito. Mas ela nunca exerceu a profissão. Ficou grávida assim que casamos, e resolveu cuidar das crianças.

— Foi por isso que não tivemos filhos. Maggie estava sempre dividida entre seguir a carreira ou ficar em casa cuidando dos filhos. Ela era muito irlandesa nesse ponto. Ela achava que as mães tinham de ficar em casa com seus filhos. Imaginei que acabaríamos dando um jeito. — O que não imaginou foi o que aconteceu em vez disso.

Voltaram a falar de Coop pouco depois, e, às seis horas, Jimmy voltou para a casa da guarda. Receberia amigos para jantar. Convidara Mark para vir também, mas este disse que tinha de mexer em alguns papéis e ler sobre as novas leis tributárias. Mas, quando se separaram, ambos deram-se conta de que fora um bom fim de semana. Ambos ficaram amigos, e estavam felizes em seus novos lares. E estavam ambos divertidos por terem conhecido Cooper Winslow. Ele também não os desapontou. Coop era tudo o que diziam dele, a perfeita lenda hollywoodiana.

Jimmy e Mark combinaram jantar juntos alguma noite na semana seguinte. Enquanto Jimmy seguia o caminho que levava à casa da guarda, Mark entrou na ala de hóspedes e sorriu novamente, pensando em seu café matinal, e na mulher que o entregara para ele. Que sujeito de sorte era Cooper Winslow!

Capítulo 7

LIZ LIGOU NA MANHÃ seguinte àquela em que Coop conheceu Jimmy e Mark na piscina. Coop ficou deliciado ao ouvi-la. Estava casada havia uma semana, e ainda estava de lua-de-mel, mas estava preocupada com ele.

— Onde você está? — perguntou, sorrindo ao ouvir o som da voz dela. Ainda era estranho não ver o rosto de Liz todas as manhãs.

— No Havaí — disse ela, orgulhosa. Usava o nome de casada sempre que podia, e embora ainda soasse estranho, adorava aquilo, e lamentava-se por não ter feito aquilo antes. Ter se casado com Ted era como um sonho.

— Que coisa mais plebéia — provocou Coop. — Ainda acho que devia largar esse cara e voltar. Podemos anular o casamento em um minuto.

— Não ouse! Gosto de ser uma mulher casada e respeitável. — Muito mais do que jamais pensou que seria.

— Liz, estou desapontado com você, pensei que tivesse mais caráter do que isso. Você e eu éramos os únicos que ainda resistiam. Agora estou só eu.

— Bem, talvez devesse se casar também. Não é assim tão terrível. Há até algumas vantagens fiscais, ou ao menos foi o que me disseram. — Na verdade, ela adorava o casamento, e casara-se com o homem certo. Ted era maravilhoso com ela. E Coop estava feliz por Liz, apesar do inconveniente que esta lhe causara.

— É o que diz Abe. Que devo me casar. Diz que tenho de encontrar uma mulher rica. Ele é tão indizivelmente rude.

— Não é má idéia — provocou Liz. Não conseguia imaginar Coop casado. Ele se divertia muito como solteiro. Não conseguia imaginá-lo com uma única mulher. Coop precisava de um harém para se divertir.

— De qualquer modo, não conheço uma mulher rica há muito tempo. Não sei onde se escondem. Além disso, prefiro as filhas delas. — Ou, em anos mais recentes, suas netas, mas nenhum dos dois disse isso. Ao longo do tempo, ele já havia se envolvido com um bom número de herdeiras de fortunas, bem como com algumas mulheres muito ricas com idades mais avançadas, mas Coop sempre preferira as mais jovens. Houve até mesmo uma princesa indiana, e algumas sauditas muito ricas. Mas não importando quem eram, ou quão ricas fossem, Coop sempre se cansava delas. Sempre havia uma mulher mais bela e mais excitante na próxima esquina. E ele sempre dobrou as esquinas. Liz suspeitava que ele sempre seria assim, e que se chegasse aos 100 anos de idade continuaria a dobrá-las. Ele adorava ser livre.

— Só quis me certificar de que você está se comportando — disse Liz, carinhosa. Ela realmente sentia falta dele. Tinha uma enorme afeição por ele. — Como Paloma está se saindo?

— Ela é fabulosa — disse Coop, soando convincente. — Faz ovos de borracha, põe pimenta em minhas torradas, transformou minhas meias de casimira em sapatinhos de bebê, e tem muito bom gosto. Acabei adorando os seus óculos de pedra-do-reno. Isso para não mencionar os escarpins fúcsia que usa com o uniforme, isso quando não está com tênis de leopardo. É uma jóia, Liz. Deus sabe onde você a encontrou — mas a verdade era que, embora ela o irritasse, ele estava gostando da animosidade que se desenvolvera entre ambos.

— É uma boa mulher, Coop. Ensine-a, ela aprenderá. Ela trabalhou com os outros empregados durante um mês, algo deve ter aprendido.

— Acho que Livermore a mantinha a ferros no porão. Talvez tente isso. Ah, e por falar nisso: conheci meus hóspedes ontem.

— Hóspedes? — Liz soou surpresa. Nada sabia a respeito de hóspedes.

— Os dois homens que vivem, respectivamente, na casa da guarda e na ala de hóspedes. — Seus inquilinos.

— Ah, *esses* hóspedes. Como são?

— Parecem respeitáveis. Um é advogado, o outro é um assistente social. O assistente social parece uma criança, e foi de Harvard. O advogado parece um pouco nervoso, mas foi muito simpático. Parecem razoáveis e comportados, desde que não comecem a jogar latas de cerveja na piscina, ou adotem órfãos indesejáveis. Não parecem viciados em heroína ou criminosos. Diria que tivemos sorte.

— Assim parece. A corretora me assegurou que eram boas pessoas.

— Deve estar certa. Vou esperar mais um pouco para ter certeza. Por enquanto, porém, não vejo problema.

Liz sentiu-se aliviada. Estava preocupada com aquilo e era um dos motivos pelo qual ligara para ele.

— Mas por que está me ligando? Deveria estar numa praia fazendo amor selvagem e apaixonado com aquele encanador com quem se casou.

— Ele não é encanador, é corretor da bolsa. E ele está jogando golfe com um cliente.

— Ele trouxe clientes para sua lua-de-mel? Liz, isso é mau sinal. Divorcie-se imediatamente. — Coop riu e Liz sentiu-se aliviada ao ouvi-lo tão alegre.

— Ele encontrou com o cliente aqui — disse ela, rindo. — Volto para casa em uma semana. Ligo para você. Agora, comporte-se e não compre nenhum bracelete de diamantes esta semana. Você vai provocar uma úlcera em Abe Braunstein.

— Ele merece. É o homem mais sem graça e sem gosto do planeta. Devia mandar um bracelete de diamantes para você só para aborrecê-lo. Ao menos você merece.

— Estou usando o belo anel que você me deu quando parti — lembrou-se. Seria sempre grata a ele. — Falaremos quando eu voltar. Cuide-se, Coop.

— Pode deixar. Obrigado por ligar. — Gostara de falar com ela e, detestava admitir, sentia muita falta de Liz. Sentia-se à deriva desde que ela se fora. Sua casa e sua vida eram como um barco sem leme. Ainda não conseguia imaginar o que seria sem ela.

Ao verificar a sua agenda naquela manhã, deu com a cuidadosa caligrafia de Liz. Era esperado para um jantar na casa dos Schwartz naquela noite. Havia duas décadas que os Schwartzes eram as estrelas da sociedade de Hollywood. Ele era um grande produtor, e ela fora uma atriz muito bonita da década de 1950. Coop não queria ir, mas sabia que ficariam aborrecidos caso não fosse. Estava muito mais interessado em passar outra noite com Charlene, e ele não queria levá-la à festa. Era espirituosa demais para aquele círculo.

Charlene era o tipo de mulher com quem ele se divertia, não alguém que ele quisesse ter a seu lado num jantar formal. Tinha diversas categorias de mulher. Charlene era uma garota "doméstica". As grandes estrelas de cinema ele reservava para *premières* e estréias, onde dobrariam o impacto na imprensa ao serem vistos juntos. E havia todo um bando de jovens atrizes e modelos com quem gostava de sair. Mas gostava de ir sozinho às festas na casa dos Schwartz.

Eles sempre recebiam gente interessante, e Coop nunca sabia quem encontraria ali. Era melhor ir só, e o casal gostava de vê-lo solteiro. Ele adorava tanto Arnold quanto Louise Schwartz, e ligou para Charlene dizendo que não podia vê-la naquela noite. A garota levou a coisa na esportiva. Disse precisar de uma noite livre, para depilar as pernas e lavar roupa. Precisava de seu "sono reparador" dissera, que era algo que ele sabia que ela não precisava. Podia ficar acordada a noite inteira e ainda parecer encantadora pela manhã. E ele nunca dispensava tanto encanto matinal. Mas aquela noite pertencia aos Schwartz.

Encontrou-se com um produtor no almoço, depois fez uma massagem foi à manicure. Tirou um cochilo, tomou uma taça de champanhe. Acordou às oito e saiu de casa vestindo um *smoking*. O motorista contratado o esperava em seu Bentley, e Coop parecia mais belo do que nunca naquele traje bem cortado e seu cabelo grisalho.

— Boa noite, Sr. Winslow — disse o motorista com simpatia. Dirigia para Coop havia anos, assim como para outras estrelas de cinema. Fazia um bom dinheiro como motorista autônomo. Fazia mais sentido para Coop do que ter um motorista de tempo integral. A maior parte do tempo preferia dirigir ele mesmo.

Quando Coop chegou à enorme mansão dos Schwartz em Brooklawn Drive, já havia umas 100 pessoas no salão, bebendo champanhe e prestando homenagem aos Schwartz. Ela estava muito elegante em um vestido azul-escuro, e usava uma fabulosa coleção de safiras. Ao redor dela, Coop viu os suspeitos de sempre, ex-presidentes e primeiras-damas, políticos, *marchands*, produtores, diretores, advogados reconhecidos internacionalmente, e a habitual reunião de estrelas de cinema, alguns mais em voga que Coop, mas nenhum tão famoso.

Coop instantaneamente cercado por um bando de admiradores de ambos os sexos. Uma hora depois, foram todos jantar e Coop seguiu o rebanho. Sentou-se na mesma mesa de outro ator conhecido de sua época. Na mesma mesa havia dois escritores famosos, um importante agente de Hollywood e o diretor de um dos maiores estúdios de cinema. Coop decidiu falar com ele após o jantar. Ouvira dizer que estavam fazendo uma produção que era perfeita para ele. Também conhecia a mulher à sua direita. Era uma das mais conhecidas matronas de Hollywood, cujas festas sempre tentavam superar as de Louise Schwartz, sem sucesso. À sua esquerda havia uma jovem a quem ele nunca vira antes. Tinha um rosto delicado e aristocrático, grandes olhos marrons, pele de marfim, e cabelo negro amarrado atrás em um coque, como uma bailarina de Degas.

— Boa noite — disse ele com simpatia. Notou que ela era pequena e esguia, e imaginou se realmente não era uma dançarina. E enquanto uma brigada de garçons serviam a entrada, ele perguntou isso a ela e a jovem riu. Não era a primeira vez que lhe perguntavam isso, e disse se sentir lisonjeada. Ela sabia quem ele era, e adorara tê-lo a seu lado na mesa. O cartão em seu lugar dizia Alexandra Madison, o que nada queria dizer para ele.

— Em verdade, sou residente — disse a jovem, como se isso explicasse tudo, mas para ele nada queria dizer.

— Residente onde? — disse ele, parecendo confuso. Não era seu perfil habitual mas era muito bonita, e viu que tinha mãos adoráveis, unhas curtas e sem esmalte. Trajava um vestido de cetim branco, e tinha rosto e jeito de menina.

— Em um hospital. Sou médica.

— Que interessante — disse ele, parecendo momentaneamente impressionado. — De que tipo? Alguma coisa útil?

— Não, a menos que tenha filhos. Sou pediatra, especialista em neonatologia para ser exata.

— Detesto crianças. Eu as como no jantar — disse ele com um sorriso que revelou seus famosos dentes brancos e perfeitos.

— Não acredito em você — disse ela em meio a um riso espremido.

— Verdade. E as crianças me odeiam. Elas sabem que eu as como. Só gosto delas quando crescem. Especialmente as meninas.

Ao menos ele fora honesto. Sempre tivera desconfiança e aversão a crianças. Geralmente procurava mulheres sem filhos. Filhos pequenos complicavam tudo, e haviam estragado muitas de suas noites. Mulheres sem filhos eram muito mais divertidas, de seu ponto de vista. Você não tinha de correr para casa para pagar babás. Os filhos delas não ficavam doentes na última hora, não derramavam o suco em cima de você ou diziam que o odiavam. Era uma das principais razões pelas quais preferia as jovens. Acima dos 30, a maioria das mulheres parecia ter filhos.

— Por que você não é algo mais divertido? Como domadora de leões, por exemplo. Em verdade, bailarina lhe cairia bem. Deveria considerar uma mudança de carreira agora, antes de se envolver muito com a coisa.

Alexandra se divertia. Estava impressionada com Coop, e estava gostando de conversar com ele, e apesar de sua escolha de profissão infeliz e do penteado muito severo, de acordo com Coop, ele gostara dela.

— Terei de pensar um pouco. Que tal veterinária? Seria melhor? — perguntou Alexandra inocentemente.

— Também não gosto de cães. São sujos. Soltam pêlo nas nossas calças, mordem, abocanham e fedem. Quase tão ruins quanto crianças. Nem tanto, mas quase. Teremos de pensar em uma carreira completamente diferente para você. Que tal atriz?

— Acho que não. — Alexandra riu, enquanto o garçom punha uma colherada de caviar em seu *blini*. Coop adorava a comida nos jantares na casa dos Schwartz, e Alexandra parecia gostar também. Ela tinha uma aura de desenvoltura e graça a seu redor, como se tivesse sido criada em salas de jantar como aquela, estava escrito nela, apesar de não estar usando nenhuma grande jóia. Apenas um colar de pérolas e um par de brincos de pérola e diamante. Mas algo nela cheirava a dinheiro.

— E quanto a você? — disse ela em troca. Acima de tudo era inteligente, e Coop gostou disso também. Na mesa de jantar, ao menos, era um desafio. — Por que é ator?

— Acho divertido. Você não? Imagine ser capaz de brincar de faz de conta todo o dia, e ainda vestir belas roupas. É muito agradável. Bem melhor do que o que você faz. Você veste um jaleco branco amarrotado e as crianças vomitam em cima de você e gritam no momento em que a vêm.

— É verdade. Mas aqueles com quem trabalho são muito pequenos para fazerem algum mal. Trabalho na CTI de neonatologia, principalmente com prematuros.

— Horripilante — disse ele, fingindo estar horrorizado. — Provavelmente são do tamanho de ratos. Você pode pegar raiva! É ainda pior do que eu imaginei.

Ele estava se divertindo muito com ela, e um homem do outro lado da mesa olhou-o com um ar divertido. Observar Coop lançar seu charme para uma mulher era como assistir a um espetáculo de fina arte. Mas Alexandra era páreo para ele. Era sensível e esperta o bastante para não deixar Coop confundi-la ou embaraçá-la.

— O que mais você faz? — continuou Coop a interrogá-la.

— Eu vôo no meu próprio avião desde os 18 anos. Adoro fazer vôo livre. Já pulei de pára-quedas, mas prometi à minha mãe que não faria mais isso, de modo que já não pulo. Jogo tênis, faço esqui. Corri de motocicleta um tempo, mas prometi a meu pai que não correria mais. E passei um bom tempo fazendo trabalho de assistência de saúde no Quênia antes de entrar para a faculdade.

— Você me parece um tanto suicida. E seus pais parecem interferir um bocado em suas atividades atléticas. Você ainda os vê?

— Quando preciso — disse ela, e Coop viu nos olhos de Alexandra que ela estava falando a verdade. Era uma jovem muito equilibrada e espirituosa. Ele estava fascinado com ela.

— Onde moram? — perguntou, interessado.

— Palm Beach no inverno. Newport no verão. É muito chato e previsível, e eu sou um tanto rebelde.

— Você é casada? — Ele notara que ela não usava aliança, e não esperava uma resposta positiva. Ela não lhe parecia ser casada. Ele tinha um ótimo radar para essas coisas.

— Não. — Ela hesitou um instante antes de responder. — Quase casei — disse. — Ela geralmente não dizia isso, mas ele era tão afrontoso que era divertido ser honesto com ele. Coop conversava bem, e era muito rápido.

— O que houve?

O rosto de marfim gelou, embora continuasse a sorrir. Mas seus olhos subitamente se encheram de tristeza. Ninguém além de Coop teria notado.

— Fui abandonada no altar. Em verdade, na noite anterior.

— Que falta de gosto. Detesto quem faz coisas assim rudes, você não? — Coop estava ganhando tempo. Ele vira o quanto ela ficara magoada, e por um instante sentiu-se mal por ter perguntado. Ela vinha sendo tão direta em suas respostas que ele não imaginou que ela tivesse essa reação. — Espero que caia num buraco cheio de cobras depois disso, ou num fosso repleto de crocodilos. Ele merece.

— De fato merece o fosso de crocodilos. Casou-se com minha irmã. — Era uma conversa muito pesada para um primeiro encontro. Mas ela achou que nunca mais o veria, de modo que não importava o que dissesse para ele.

— Isso foi rude. E você ainda fala com ele?

— Só quando preciso. Depois disso fui ao Quênia. Foi um ano muito interessante. Eu gostei. — Foi o sinal que ela deu demonstrando que não queria falar mais naquele assunto, e Coop não a culpava. Ela fora dolorosamente sincera com ele, muito mais do que ele mesmo ousaria ser com um estranho. E ele a admirava por isso.

Coop falou sobre seu último safári, que foi fértil de infelicidades e desconfortos. Fora convidado para uma reserva de caça e, como seu estimado convidado, o torturaram com todo tipo de horror que conseguiram imaginar. Detestara cada minuto daquilo, mas ao contar o incidente ele o fazia soar engraçado e ele a fez cair na gargalhada com sua descrição da cena.

Passaram um tempo muito agradável sentados lado a lado, e ambos ignoraram os outros convidados. Alexandra ainda ria para ele quando acabou a refeição, e Coop ficou chateado quando a jovem se levantou e foi falar com velhos amigos que vira numa outra mesa. Eram amigos de seus pais, e ela achava que deveria falar com eles, mas disse a Coop o quanto gostara de conhecê-lo, e falava sério. Ele tornara a noite memorável.

— Não tenho tempo de sair muito. E a Sra. Schwartz foi muito gentil em me convidar. Ela é amiga de meus pais. Só vim porque tinha a noite livre, mas a maior parte do tempo estou metida no hospital. Estou feliz por ter vindo. — Alexandra apertou-lhe a mão com firmeza e, um momento depois, Louise Schwartz ria abafado ao lado dele.

— Cuidado, Coop — advertiu-lhe. — Ela é uma pimenta. E se você sair com ela, o pai o mata.

— Por quê? Ele é da Máfia ou algo assim? Ela me pareceu perfeitamente respeitável.

— E é. É por isso que ele o mataria. Arthur Madison. — Era um nome que qualquer um reconheceria. Era uma das maiores fortunas do país. E ela era médica. Combinação interessante.

As palavras de Abe Braunstein soaram em seus ouvidos quando Louise disse aquilo. Não era apenas rica, mas possivelmente uma das mais ricas. Totalmente simples, despretensiosa e uma das mulheres mais interessantes que já conhecera. Melhor ainda, era muito espirituosa. Seria difícil não se sentir atraído por ela, ou divertido, ou ao menos desafiado. Coop a observou com curiosidade enquanto ela conversava em meio a um grupo de pessoas. Alexandra marcara um ponto com Coop e este a alcançou antes de ela ir embora. Ele programara sua saída exatamente para combinar com a de Alexandra, e apontou para o Bentley que o esperava lá fora.

— Posso dar-lhe uma carona? — Soava amigável e inofensivo. Calculava que ela tinha cerca de 30 anos, e fora preciso em seu cálculo. Era exatamente 40 anos mais velho que ela, mas ao menos não parecia e nem se sentia assim. E o engraçado é que ele não se sentiu atraído por ela por saber quem era. Ele de fato gostara da jovem. Claramente era uma mulher que não aturaria qualquer absurdo. Melhor ainda, ou pior, ela fora ferida, e ele via que era cautelosa. E quem ela era, ou quem era seu pai, apenas acrescentava cor e profundidade ao quadro. Ela caíra em seu gosto, e teria caído, com ou sem o pai, ou seu dinheiro. Por incrível que pareça, pensou Coop enquanto a olhava, ele gostava de Alexandra pelo que ela era.

— Tenho carro, mas obrigada — disse a jovem polidamente, sorrindo para Coop. Ao dizê-lo, um dos manobristas trouxe um velho Volkswagen.

— Estou impressionado. Muito humilde. Admiro sua discrição — brincou ele, referindo-se ao carro.

— Não gosto de gastar dinheiro com carros. Mal dirijo. Nunca vou a parte alguma. Estou sempre trabalhando.

— Eu sei, com aqueles filhotes de rato assustadores. E quanto a uma escola de beleza? Já pensou nisso?

— Em verdade era minha primeira escolha de carreira, Mas não consegui passar nos exames. Eu era sempre reprovada. — Ela era tão rápida e irreverente quanto ele.

— Gostei de conhecê-la, Alexandra — disse ele, olhando-a com os olhos azuis e o queixo partido que o tornaram lendário e irresistível entre as mulheres.

— Pode me chamar de Alex. Também gostei de conhecê-lo, Sr. Winslow.

— Talvez eu devesse chamá-la de Dra. Madison. Preferiria?

— Claro. — Ela sorriu-lhe ao entrar no carro. Não se incomodava em vir a uma festa na casa dos Schwartz em um carro que parecia ter sido abandonado numa auto-estrada, ou que talvez tenha mesmo sido abandonado. — Boa noite — disse-lhe com um aceno enquanto começava a andar. Ele respondeu:

— Boa noite, doutora! Tome duas aspirinas e me ligue pela manhã. — Coop viu que ela ria enquanto se afastava, e ele também riu consigo mesmo ao voltar até o Bentley. Lembrou-se de mandar flores para Louise pela manhã. Muitas. Ficara feliz por ter decidido não ver Charlene naquela noite. Tivera uma noite maravilhosa com Alex Madison. Era de fato uma garota pouco comum, e uma perspectiva muito interessante para ele.

Capítulo 8

NA MANHÃ SEGUINTE à festa, Coop enviou a Louise Schwartz um buquê de flores enorme. Pensou em pedir à secretária dela o telefone de Alex Madison, mas decidiu ligar pessoalmente para o hospital e ver se conseguia localizá-la por conta própria. Perguntou pela CTI de neonatologia, e verificaram uma lista de residentes antes de lhe darem o número do *pager* dela. Ele a chamou, mas ela não respondeu. Disseram-lhe que estava no hospital mas que não podia ser chamada ao telefone. Surpreendeu-se ao dar-se conta de que ficara desapontado por ela não ter respondido.

Dois dias depois, Coop estava novamente de *black tie*. Como sempre, fora convidado para o Globo de Ouro, embora fizessem mais de 20 anos que não era indicado para nada. Mas assim como todas as grandes estrelas, acrescentava excitação e cor ao evento. Iria com Rita Waverly, uma das maiores estrelas que Hollywood vira nas últimas três décadas. Gostava de ir a grandes eventos com ela. A atenção que recebiam da imprensa era enorme, e de tempos em tempos, inventavam que ambos tinham um caso.

Certa vez, seu assessor de imprensa deixara vazar o boato que iriam se casar, e Rita se aborreceu com Coop. Mas ambos haviam sido vistos juntos muito freqüentemente para alguém acreditar de novo naquele boato. Apenas ser visto ao lado dela o fazia se sentir bem. Era uma mulher incrivelmente bela, apesar da idade. O material distribuído para a imprensa dizia que ela tinha 49, mas Coop sabia que, em verdade, ela tinha 58.

Ele a pegou em seu apartamento em Beverly Hills e ela apareceu com um vestido de cetim branco em viés que fora colado como papel de parede a uma figura que não apenas passara fome nos últimos anos mas que também experimentara todo tipo de cirurgia possível, com exceção de próstata e coração aberto. Fora podada, franzida, puxada e cortada com resultados assombrosamente bons. Repousando sobre o considerável vão de seus seios, que também foram cirurgicamente realçados, havia um colar de diamantes de três milhões de dólares, emprestado da Van Cleef. Ao sair do prédio, usava um casaco de mink branco de arrastar no chão. Era a epítome de uma estrela de Hollywood, assim como Coop. Formavam um belo casal, e quando os repórteres os viram no Globo de Ouro, ficaram doidos. Era de se pensar que ambos tinham 25 anos de idade e que haviam ganho o Oscar naquele ano. A imprensa os engoliu, como sempre.

— Aqui!!!... Aqui!!!... Rita!!!... Coop!!! — Os fotógrafos gritavam por melhores ângulos, enquanto os fãs acenavam com livros de autógrafo e gritavam, e mil flashes espocaram em seus rostos enquanto ambos exultavam. Era uma noite para alimentar seus egos pelos próximos dez anos. Mas ambos estavam acostumados com aquilo, e Coop ria ao serem interceptados a cada poucos passos por equipes de tevê que lhes perguntavam quem seriam os escolhidos daquele ano.

— Maravilhoso... Trabalho realmente impressionante... dá orgulho estar neste negócio... — dizia Coop enquanto Rita envaidecia-se. Com toda aquela adulação e todos os olhares sobre eles, demorou quase meia hora até conseguirem chegar a seus lugares. Sentaram-se em uma mesa, e fariam uma refeição antes de começar o programa televisado. Coop estava visivelmente atencioso para com a companheira, gentilmente curvando-se para ela, dando-lhe uma taça de champanhe ou carregando-lhe o casaco.

— Você quase me faz ficar arrependida de não ter me casado com você — provocou Rita, mas ela sabia bem que Coop fazia tudo aquilo para aparecer, embora também gostasse dela. Um era bom para a reputação do outro, e até mesmo os boatos de romance ao longo dos anos sempre os trouxeram de volta ao foco principal da atenção pública durante algum tempo. A verdade é que nunca se aproximaram. Ele já a beijara certa vez, só para ver como era, mas ela era tão narcisista que Coop sabia não ser capaz de suportá-la mais de uma semana. Nem ela a ele. Ambos estavam cientes disso.

Assim que o espetáculo começou, as câmaras focalizaram o público e instantaneamente fecharam sobre ambos.

— Caramba! — exclamou Mark subitamente. Estava na casa da guarda com Jimmy, bebendo cerveja e assistindo à tevê. Nenhum dos dois tinha algo melhor a fazer, e Mark sugeriu que vissem a premiação. Ele chegou até mesmo a brincar a respeito, imaginando se conseguiriam ver Coop, mas nenhum dos dois esperava vê-lo tanto, ou à sua parceira. As câmaras pareciam querer ficar para sempre sobre eles, engolindo-os. — Olha só isso!! — apontou Mark enquanto Jimmy sorria.

— Quem é essa? Rita Waverly? Deus, ele realmente conhece todo mundo, não é mesmo? — Até mesmo Jimmy estava impressionado. — Ela está muito bem para a idade que tem — e instantaneamente lembrou-se que Maggie adorava assistir a todas aquelas coisas de Hollywood, os Globos de Ouro, os Oscars, os Grammys, os Emmys, até mesmo a premiação de novelas. Adorava reconhecer todas as estrelas. Mas reconhecer Coop e Rita Waverly não era difícil, Crianças cegas saberiam quem eles eram.

— Que vestido! — comentou Mark, enquanto as câmeras se moviam para outra pessoa. — Legal, hein? Quando foi a última vez que você teve um senhorio que aparece em rede nacional?

— Acho que tive um em Boston que foi preso por delito grave, e eu o vi por um segundo nas notícias daquela noite. Acho que ele vendia crack. — Ambos riam, e Jimmy abriu outra lata de cerveja. Sua amizade se tornara conveniente e confortável, viviam perto um do outro, ambos eram amigáveis e inteligentes, e afora o trabalho, nada mais tinham em suas vidas. Ambos sofreram perdas e solidão, e nenhum deles estava pronto para namorar. Ajudava compartilhar um filé e algumas cervejas algumas vezes por semana. E, assim que Coop sumiu da tela, decidiram assistir ao Globo de Ouro. Jimmy acabara de pôr um saco de pipocas no microondas.

— Eu estou começando a me sentir solitário — disse Jimmy sorrindo enquanto passava para Mark o saco aberto e fumegante de pipocas. Estavam apresentando os indicados para melhor tema musical para filme dramático, e Mark olhou para ele com um sorriso.

— Eu também. Mas ao menos é conveniente por enquanto. Algum dia vou querer me apropriar do livro de endereços de Coop e ligar para algumas das mulheres que ele dispensou. Mas ainda não estou pronto.

Jimmy por sua vez praticamente prestara voto de celibato perpétuo. Ele não tinha intenção de trair a memória de Maggie num futuro concebível, ou mesmo depois disso. Sua amizade era uma dádiva para ambos. E sua camaradagem preenchia as noites solitárias.

Alex Madison estava de serviço no hospital naquela noite, para compensar a noite que passara em casa dos Schwartz e conhecera Coop. Trocara a segunda-feira por aquela noite com outro residente, que tinha um encontro com a garota de seus sonhos. Foi uma troca fácil.

Ela tivera uma tarde atribulada e estressante e decidira ir até a sala de espera à procura dos pais de um prematuro de duas semanas de idade que mais cedo entrara em código azul, mas fora novamente estabilizado. Queria assegurar-lhes que os sinais vitais eram estáveis, e que ele estava dormindo. Mas ao dar com a sala de espera vazia, deu-se conta de que todos deveriam ter saído para comer. Ao olhar em volta, deu com a tevê que estava sempre ligada, e sobressaltou-se ao ver Coop. As câmaras haviam fechado sobre ele, e Alex ficou ali sorrindo e falando sozinha na sala deserta.

— Eu o conheço!

Ele estava muito bonito e muito charmoso rondando Rita Waverly e dando-lhe uma taça de champanhe. Era uma sensação estranha ao dar-se conta que ele fizera o mesmo com ela, do mesmo modo, na casa dos Schwartz havia apenas dois dias.

Coop era certamente um homem esplendidamente bem apessoado e Rita Waverly também parecia estar satisfeita.

— Imagino quantas cirurgias plásticas ela já não fez — disse Alex novamente em voz alta, sem se dar conta. Era engraçado pensar quão distante eram os mundos em que ela e Coop viviam. Ela passava dias e noites salvando vidas, e consolando pais cujos bebês estavam à beira da morte. Gente como Coop e Rita Waverly passavam o tempo sendo bonitos e indo a festas, usando peles, jóias e vestidos de festa. Ela mal tinha tempo de se maquiar, e estava vestindo um avental verde amarrotado com uma grande estampa à altura do peito dizendo "NICU". Jamais apareceria numa lista das mais bem-vestidas. Mas ela escolhera aquilo, e gostava de sua vida como era. Nada a faria voltar para o mundo seleto, pretensioso e hipócrita de seus pais. Há muito dera-se conta de que fora melhor não ter casado com Carter. Agora que ele casara com sua irmã, e fora engalanado no registro social, tornara-se tão esnobe e arrogante quanto todos os outros homens que ela detestava em seu mundo anterior. Coop era completamente diferente. Era uma estrela de cinema, uma celebridade. Ao menos tinha uma desculpa para parecer e se comportar assim. Era seu trabalho ser como era. Mas Alex não era assim.

Após olhá-lo até a câmara se afastar dele, Alex voltou para seu ambiente seguro e protegido, repleto de incubadoras e bebês pequenos ligados a monitores e tubos, e esqueceu-se de Coop e do Globo de Ouro. E só viu a mensagem de Coop no seu *pager* no dia seguinte. Ele era o último de seus pensamentos.

Ao ver Coop na televisão, Charlene não achou aquilo tão divertido quanto Mark, Jimmy e Alex. Em verdade, ficou sentada olhando aborrecida para o aparelho de tevê. Coop lhe dissera havia dois dias que não poderia levá-la aos Schwartz porque precisavam que ele viesse só, para compor a mesa. E assegurou-lhe que ela ia se aborrecer à morte, que era o que sempre dizia quando queria ir a algum lugar sozinho. Mas ir ao Globo de Ouro com ele teria sido ótimo. E ela estava furiosa por Coop não tê-la levado, preferindo ir acompanhado de Rita Waverly. Pelo menos do ponto de vista profissional, ir à premiação com Charlene nada renderia para ele.

— Piranha! Deve ter 80 anos de idade! — disse ela em voz alta, assim como Alex fizera na sala de espera. Há algo curioso em ver alguém conhecido na tevê: dá vontade de falar com esta pessoa. E havia um bocado de coisas que ela queria dizer a Coop. Ela o vira abraçar Rita e inclinar-se e sussurrar algo no ouvido dela. Rita Waverly riu do que ele dissera, e então a câmara se moveu para outra celebridade.

Charlene deixou meia dúzia de mensagens para ele, e estava furiosa quando finalmente conseguiu falar com Coop no celular, às duas horas da manhã.

— Onde diabos está, Coop? — Soava entre a fúria e as lágrimas.

— Boa noite para você também querida. — Soava calmo e tranqüilo.

— Estou em casa, na cama. Onde você está? — Ele sabia porque ela estava furiosa. Era previsível, mas inevitável. Nem em um milhão de anos ele a levaria para um evento tão concorrido como o Globo de Ouro. Para ele, sua relação não era séria ou importante o bastante para merecer publicidade. Além do quê, ser visto com Rita Waverly foi muito melhor para a sua imagem. Ele gostava imensamente de estar com Charlene, e com outras como ela, mas em privacidade. Ele não desejava mostrá-la para o mundo. Mas imaginou corretamente que ela o vira na tevê.

— Rita Waverly está com você? — perguntou com um tom de histeria na voz. Ela logo ficaria feia, Coop sabia. Esse tipo de inquérito somente o encorajava a passar mais rapidamente para a próxima candidata de sua lista. Bela ou não, os momentos de Charlene estavam acabando. Havia sempre outras esperando. Era hora de dobrar a esquina novamente.

— Claro que não. Por que Rita estaria aqui? — Soava inocente. E era.

— Parecia que você ia trepar com ela a qualquer momento quando o vi na tevê. — Era a hora.

— Não sejamos grosseiros — disse ele, como se falasse com uma criança travessa que tivesse tentado pisar no seu pé. Quando em dúvida, Coop sempre se retirava, ou pisava primeiro. Mas não precisava fazer isso com Charlene. Sabia que tudo o que deveria fazer era desaparecer silenciosamente. — Foi uma premiação muito aborrecida. — Em meio a um bocejo bem colocado. — Sempre é. É trabalho, minha querida.

— Então onde ela está? — perguntou Charlene, que tomara quase toda uma garrafa de vinho tentando achá-lo naquela noite. Muito razoavelmente, ele desligara o telefone celular na premiação, e esquecera de ligá-lo novamente até chegar em casa.

— Quem? — Ele realmente não tinha idéia de quem ela estava falando. Ela parecia um pouco mais que ligeiramente alta. Ficara transtornada tentando falar com ele.

— Rita! — insistiu Charlene.

— Não faço idéia. Na cama dela, acho eu. E, minha cara senhora, vou dormir. Amanhã cedo tenho de acordar para fazer um comercial. Não sou tão jovem quanto você. Preciso dormir.

— Coisa nenhuma. Se eu estivesse ai, ficaríamos acordados a noite inteira, e você sabe disso.

— Sim — sorriu Coop. — Estou certo disso, motivo pelo qual você não está aqui. Ambos precisamos dormir.

— Por que não posso ir até aí agora? — perguntou, enrolando as palavras. Soava mais bêbada do que a princípio, e ela ainda estava bebendo enquanto conversavam.

— Estou cansado, Charlene. E você também parece estar. Por que não deixamos passar esta noite? — O tédio tomou conta da voz de Coop.

— Estou indo para aí.

— Não, não está — disse ele com firmeza.

— Eu pulo o muro.

— A patrulha de segurança vai prendê-la, o que seria embaraçoso. Vamos dormir os dois e falar sobre isso amanhã — disse ele com gentileza. Não queria brigar com ela, especialmente estando bêbada e perturbada. Ele era mais esperto que isso.

— Falar sobre o que amanhã? Você está me enganando com Rita Waverly?

— O que estou fazendo não é de sua conta, Charlene, e a expressão "enganando" presume algum tipo de compromisso entre nós, o que não existe. Agora, vamos pôr os pés no chão. Boa noite, Charlene — disse com firmeza, e desligou.

O celular voltou a tocar quase imediatamente e ele deixou que atendesse o correio de voz. Então ela tentou o telefone da casa. Ligou durante duas horas, quando ele finalmente desligou o telefone e foi dormir. Odiava mulheres possessivas que faziam cenas. Definitivamente era hora de Charlene desaparecer de sua vida. Lamentava Liz não estar mais por perto. Ela sempre fora tão boa naquilo. Se Charlene fosse mais importante, mandaria um bracelete de diamante ou algo assim impressionante para agradecer-lhe o tempo que passaram juntos. Mas ela não ficara tempo o bastante para merecer aquilo. E no caso dela, ele sabia, só a teria encorajado a tentar voltar. Charlene era o tipo de mulher da qual era preciso se livrar subitamente, e ficar longe depois disso. Fora uma pena ela ter feito aquela cena, pensou consigo mesmo, ao voltar a se deitar para dormir. Se não tivesse feito, ficaria contente em tê-la mais duas ou três semanas, mas certamente não mais do que isso. Após aquela noite, porém, ela estava destinada a uma saída rápida. Em verdade, ele sabia, ao ouvir o telefone tocar à distância pela centésima vez, que ela já era. Adeus, Charlene!

Coop discretamente falou sobre Charlene com Paloma pela manhã seguinte, quando esta lhe serviu o café numa bandeja. Estava melhor do que nos primeiros dias, embora ela tenha posto pimenta nos ovos quentes. Mesmo tendo cuspido tudo fora, sua boca queimou o dia inteiro. Ela disse ser uma surpresa para ele e ele implorou que ela não mais o “surpreendesse”.

— Paloma, se Charlene ligar, por favor diga-lhe que não estou, esteja eu em casa ou não. Está claro?

Paloma mirou-o com reprovação. Ele finalmente conseguira vê-la através dos óculos escuros de pedra-do-reno. Em todo caso, seu rosto a denunciou. Na maior parte do tempo, todo seu corpo expressava desaprovação, desprezo e raiva. Ela se referia a ele para seus amigos como um “velho pervertido”.

— Não gosta mais dela? — Não mais se importava em usar o sotaque com ele. Tinha outros truques na manga. Ela adorava desafiá-lo de uma infinidade de modos.

— Não é bem isso. É que, simplesmente nosso... nosso pequeno interlúdio... chegou ao fim — ele nunca teria de explicar isso para Liz, nem queria explicar para a arrumadeira. Mas Paloma parecia determinada a ser a advogada do diabo, defensora de todas as mulheres, mais que de Coop.

— “Interlúdio?” “Interlúdio?” Quer dizer que não está mais dormindo com ela? — Coop sobressaltou-se.

— Isso é cruel, embora correto. Por favor, não me passe mais as ligações dela. — Ele não podia ter dito aquilo de modo mais direto. Meia hora depois, porém, Paloma disse que havia uma ligação para ele.

— Quem é? — perguntou distraído. Estava lendo um roteiro na cama, tentando ver se havia um papel no qual se encaixasse.

— Não sei. Parece uma secretária — disse, vaga, e ele atendeu. Era Charlene.

Estava chorando e histérica, e dizendo que queria vê-lo imediatamente. Disse que teria uma crise nervosa caso não o visse, e ele demorou uma hora até conseguir se livrar daquela ligação. Ele disse que não achava que a relação deles fosse boa para ela, e que era melhor não se verem durante um tempo. Coop não disse para Charlene que a vida inteira evitou aquele tipo de histrionismo, e que não tinha intenção de vê-la novamente. Ela ainda chorava mas estava menos histérica ao desligar.

Coop procurou Paloma logo a seguir. Ainda estava de pijamas ao encontrá-la passando o aspirador na sala. Usava um novo tênis de veludo púrpura e óculos de sol combinando, de pedrado-reno, é claro. Ela não ouviu uma palavra do que ele lhe disse, e ele então desligou o aparelho e a encarou, enquanto ela parecia despreocupada.

— Você sabia exatamente quem era — disse ele. Era raro ele perder a cabeça com alguém, mas Paloma despertou o que ele tinha de pior. Queria estrangulá-la, e a Abe, por ter demitido o resto de seus empregados e deixado Paloma. Qualquer benevolência que sentisse por ela se esvaiu. Para Coop, ela era uma bruxa.

— Não. Quem? — disse com inocência. — Rita Waverly? — ela também o vira no Globo de Ouro, e disse a todos os amigos que a cercavam o babaca que ele era. Ele não gostaria de ouvir as suas críticas.

— Era Charlene. O que você fez foi errado. Perturbou-a em demasia, e a mim também. Ela estava histérica, e não é assim que gosto de começar o meu dia. Eu a advirto, se ela aparecer aqui e você deixá-la entrar ponho ambas para fora desta casa, e chamo a polícia dizendo que invadiram a minha propriedade.

— Não fique tão nervoso — disse ela com um olhar assustado.

— Não estou nervoso. Estou furioso, Paloma. Eu lhe disse especificamente que não queria falar com Charlene.

— Eu me esqueci. Ou talvez não soubesse quem era. Tudo bem, não atendo ao telefone novamente. — Era sua vitória final, e outra tarefa que não teria de fazer, o que só o deixou ainda mais furioso.

— Você *vai* atender ao telefone, Paloma. E não me passar as chamadas de Charlene. Está claro?

Ela assentiu e voltou a ligar o aspirador, em desafio aberto a ele. Ela era boa em desafios e em agressão passiva.

— Ótimo. Obrigado — disse ele, e voltou a subir as escadas.

Ao voltar para cama, Coop não conseguiu se concentrar no roteiro. Mais que sua fúria contra Paloma, estava extremamente aborrecido com Charlene. Ela estava ficando aborrecida, histérica e rude. Ele detestava mulheres que grudavam desse jeito. Quando o romance amainava, tinham de saber partir com elegância. Mas elegância claramente não era o forte de Charlene. Sentia que ela seria difícil. Estava ainda irritado quando saiu da cama, tomou banho, fez a barba e se vestiu.

Almoçou no Spago com um diretor com quem trabalhara havia anos. Coop ligou e sugeriu o almoço, queria saber o que o outro andava fazendo. Nunca se sabe quando alguém está fazendo um filme com um ótimo papel para a gente. Pensar nisso tirou Charlene de sua cabeça. E foi apenas a caminho do Spago que se lembrou não mais ter ouvido falar de Alex, e decidiu enviar-lhe outra mensagem. Deixou o número de seu celular no *pager* dela.

Ficou surpreso e satisfeito quando ela respondeu logo a seguir. Havia acabado de pôr o celular de lado quando ela ligou.

— Ola, é a Dra. Madison. Quem fala? — Ela não reconheceu o número, e falava com um tom profissional enquanto ele sorria.

— É Coop. Como está, Dra. Madison?

Ela se surpreendeu ao ouvir-lhe a voz, e também gostou de ouvi-lo.

— Eu o vi no Globo de Ouro ontem à noite. — Assim como metade do mundo, e toda a Hollywood.

— Não pensei que tivesse tempo de ver tevê.

— Não tenho. Estava andando pela sala de espera, procurando os pais de um de meus pacientes, e lá estava você, com Rita Waverly. Ambos estavam ótimos — disse ela com sinceridade.

Alex tinha uma voz juvenil, e a mesma desenvoltura que Coop admirara ao conhecê-la. Nada havia de artificial nela, apenas beleza e cérebro, era o oposto de Charlene. Mas a comparação era desleal. Charlene estaria em desvantagem se parecesse com Alex Madison. Alex tinha tudo a seu favor: aparência, charme, inteligência, berço. Vinha de um outro mundo. Por outro lado, havia coisas que Charlene fazia que mulheres como Alex nada sabiam a respeito. Havia espaço para ambas no mundo de Coop, ou ao menos havia, até a noite anterior. Mas haveria outras mulheres como Charlene em seu mundo novamente, Coop sabia disso. Havia muitas iguais a ela. Já as mulheres como Alex eram poucas e raras.

— Creio que você me ligou ontem — disse ela com franqueza. — Não reconheci o número, e não tive tempo de responder. Não só vi a mensagem hoje. Mas ao voltar a aparecer, achei melhor ligar. Estava com medo que você fosse um médico consultor. Estou feliz que não seja. — Soava aliviada.

— Eu também, particularmente com essas miniaturas de ratos para quem você serve de médica. Preferia ser um barbeiro a fazer o que faz. — Embora na verdade a admirasse mais do que desejava admitir. Mas seu horror fingido era parte do jogo. E ela sabia disso.

— Como foi ontem à noite? Divertido? Rita Waverly é linda. Também é simpática? — A pergunta o fez rir.

— Simpática não era uma palavra para descrever Rita Waverly, e ela se sentiria insultada ao ser chamada assim.

Simpatia não era uma virtude muito prezada em Hollywood. Mas ela era importante, poderosa, bela e glamourosa, mesmo que fosse ligeiramente dentuça.

— Acho que "interessante" é mais adequado. Divertida. Ela é uma estrela de cinema — disse ele com diplomacia.

— Como você. — Alex devolveu-lhe a bola, e ele riu.

— *Touché*. O que fará no resto do dia? — Gostava de falar com ela, e queria vê-la novamente caso conseguisse tirá-la do hospital e de seus turnos na CTI. Não estava certo de poder fazê-lo.

— Trabalho até as seis, depois vou para casa dormir doze horas. Tenho que voltar amanhã, às oito.

— Você trabalha muito, Alex — disse Coop, parecendo preocupado.

— Residência é assim. É um tipo de escravidão. Se conseguir terminar, é prova de que consegui sobreviver.

— Soa muito nobre — disse ele. — Acredita conseguir ficar acordada hoje à noite tempo o bastante para jantar comigo?

— Você e Rita Waverly? — provocou, mas sem a malícia de Charlene na noite anterior ou mais cedo pela manhã. Alex não era assim. Parecia toda inocência, decência e bom humor.

Era muito reconfortante para Coop, que estava cansado de mulheres embotadas. Alex era como uma lufada de ar fresco em sua existência sofisticada. Era uma criatura inteiramente diferente, e o fato de ser filha de Arthur Madison também não fora esquecido. Uma fortuna daquela magnitude não podia ser ignorada.

— Posso perguntar para Rita, se quiser — disse ele, sensível. — Mas pensei que podíamos jantar a sós, caso conseguisse.

— Gostaria — disse ela com honestidade. Estava envaidecida por ser chamada para jantar com Coop. — Mas não tenho certeza se ficarei acordada tempo o bastante para comer.

— Você pode dormir no banquete e eu lhe conto o que comi. Que tal?

— Infelizmente, muito realista. Talvez, se marcarmos algo mais cedo, mais rápido e mais simples. Não durmo há vinte horas. — Sua ética profissional era incompreensível para Coop, mas ainda assim ele a admirava por isso.

— Seria interessante tentar atender a essas especificações. Aceito o desafio. Onde devo buscá-la? — não aceitaria um não como resposta.

— Que tal na minha casa? — E lhe deu um endereço no Wilshire Boulevard, num prédio bom, mas nada luxuoso. Ela se sustentava completamente. Não vivia inteiramente de seu salário como residente, mas tentava não acrescentar muito a ele, de modo a não ser muito radicalmente diferente dos outros. Tinha um pequeno apartamento tipo estúdio. — Posso estar pronta às sete. Mas realmente não quero ficar acordada até tarde, Coop. Tenho de estar bem desperta e atenta amanhã pela manhã.

— Compreendo. — E ele a respeitava por isso. — Eu a pego às sete e vamos a um lugar simples e fácil. Prometo.

— Obrigada — disse ela, sorrindo ante a perspectiva. Não conseguia crer que iria jantar com Cooper Winslow. Se contasse para alguém, certamente não seria levada a sério. Ela voltou ao trabalho depois disso, e Coop foi para seu almoço no Spago, que foi divertido mas infrutífero.

As coisas andavam um pouco mais que ruins para ele ultimamente. Ofereceram-lhe um comercial, desta vez para roupas de baixo masculinas, e ele se recusou a fazê-lo. Ele nunca perdeu de vista a importância de sua imagem. Mas as ameaças de Abe ficaram gravadas em sua mente. Embora detestasse ser movido por preocupações financeiras, sabia que tinha de fazer algum dinheiro. Tudo o que precisava era de um filme bom, gordo, e um papel principal dentro dele. Nunca pareceu impossível ou mesmo improvável para Coop. Era apenas questão de tempo. Enquanto isso, fazia aparições especiais e comerciais. E saía com garotas como

Alex Madison. Mas ele não estava atrás do dinheiro, disse para si mesmo. Apenas gostava dela.

Coop pegou Alex exatamente às sete no Wilshire Boulevard, e ela saiu do edifício antes que ele pudesse entrar na portaria. O edifício parecia respeitável, embora um pouco velho, e ela admitiu para ele no carro que seu apartamento era relativamente horrível.

— Por que não compra uma casa? — perguntou-lhe, enquanto passeavam em seu Rolls favorito. Dinheiro certamente não era problema para Alex, mas ela parecia muito discreta, e Coop percebeu que não usava jóias e se vestia com simplicidade. Usava uma calça preta, um suéter preto de gola rolê e uma jaqueta naval de segunda mão. Ele vestia calça cinza, um suéter de caxemira preto, jaqueta de couro, e mocassins pretos de crocodilo. Coop pressentira que ela não se vestiria a caráter, e a estava levando a um restaurante chinês. Ao dizer isso, ela ficou encantada.

— Não preciso de uma casa — disse ela em resposta à pergunta dele. — Nunca estou em casa, e quando estou, estou dormindo. Não sei se ficarei lá. Ao terminar minha residência, não sei onde irei trabalhar, embora não me incomodasse em ficar em Los Angeles.

O único lugar para onde ela sabia que não iria era voltar a Palm Beach, para seus pais. Esse era um capítulo encerrado. Ela aparecia apenas em grandes feriados ou em ocasiões importantes, e o mais raramente possível.

Coop teve uma noite fascinante com Alex. Falaram de mil assuntos diferentes, Quênia novamente, depois Indonésia, por onde viajou muito após terminar a faculdade. E Bali, que era um de seus lugares favoritos, além do Nepal, onde ela fez *trekking*. Falou a respeito dos livros de que gostava, a maioria surpreendentemente sérios. E tinha um gosto musical muito eclético. Sabia um bocado de antiguidades e arquitetura. E era interessada em política, particularmente no que esta tinha a ver com medicina, e era surpreendentemente informada a respeito da legislação recente sobre este assunto. Ele nunca conhecera alguém assim. A mente dela era como uma máquina muito bem azeitada, e era muito melhor do que qualquer computador. Coop tinha de se esforçar para acompanhá-la, e gostava disso. Ao ser indagada, Alex disse ter 30 anos. Ela pensava que Coop tinha 50, no máximo 60 e poucos anos. Alex sabia que ele era ator havia muito tempo, Mas não sabia a idade dele quando começou a carreira. Ela ficaria surpresa ao saber que Coop fizera 70 havia pouco, um vez que certamente não parecia ter tantos anos assim.

Alex teve uma noite deliciosa, e disse isso para Coop quando este a levou de volta para casa. Eram apenas nove e meia e ele teve o cuidado de não deixar ficar muito tarde. Coop sabia que ela relutaria em sair novamente caso ele a prendesse até a meia-noite e Alex se sentisse estafada na manhã seguinte. Ele sabia que ela teria de se levantar às seis e meia.

— Você demonstrou espírito esportivo ao sair comigo — disse Coop generosamente. — Ficaria muito desapontado caso não saísse.

— Muito simpático da sua parte, Coop. Diverti-me um bocado, e o jantar estava delicioso. — Simples mas bom, e temperado do modo que ela gostava. Ele fora uma companhia extremamente agradável, ainda melhor do que ela esperava. Tinha medo que Coop fosse todo brilho e charme, um verdadeiro produto de seu meio de trabalho. Surpreendeu-se ao descobri-lo inteligente, afável e bem informado. Ela não tinha a impressão de que o outro estava representando e sim que era um ser humano que valia a pena, o que a surpreendeu.

— Gostaria de vê-la novamente, Alex, se tiver tempo e não estiver de algum modo compromissada. — Ele ainda não havia perguntado se ela tinha namorado, embora outro homem nunca o tivesse impedido de ir em frente. Confiava bastante em si mesmo e geralmente conseguia superar os melhores rivais sem grandes problemas. Ele era, afinal de contas, Cooper Winslow. E nunca se esquecia disso.

— Em verdade não estou "compromissada". Não tenho tempo para isso. Temo não ser uma namorada muito confiável. Ou estou de plantão, ou de sobreaviso.

— Eu sei — disse ele sorrindo. — Ou dormindo. Eu lhe disse que gosto de desafios.

— Bem, sou um desafio em mais de um aspecto — admitiu ela. — Sou um tanto arisca quanto a relacionamentos sérios. Muito arisca para falar a verdade.

— Graças a seu cunhado? — perguntou com gentileza, e ela assentiu.

— Ele me ensinou lições dolorosas. Não tenho me aventurado em águas profundas depois disso. Tendo a ficar no raso, com os meninos. Posso controlar isso. Não estou segura a respeito do resto.

— Você se arriscaria pelo homem certo, apenas não o encontrou ainda. — Havia alguma verdade no que ele falava, mas ela também fora honesta. Ela tinha pavor de ser ferida novamente, não tivera uma relação séria desde o casamento desfeito e saia pouquíssimo.

— Minha vida é meu trabalho, Coop. Enquanto isso estiver claro, adorarei vê-lo novamente.

— Bom — disse ele, contente. — Ligo para você — embora nem tão cedo, ele tinha um bom instinto a esse respeito. Ele queria que ela sentisse falta dele, e imaginasse por que não ligava. Ele sabia exatamente como lidar com as mulheres. E Alex era um livro aberto. E se revelara para ele.

Ela o agradeceu sem beijá-lo, e ele esperou até que ela entrasse no edifício em segurança. Ele acenou ao partir, e ela ficou pensativa ao subir no elevador. Era difícil crer que ele estivesse falando sério, e ela estava um tanto cética. Seria tão fácil cair por alguém tão afetuoso e charmoso quanto ele, e então Deus sabia o que podia acontecer. Ao entrar no apartamento, pensou se deveria sair com ele de novo ou se era muito arriscado. Ele era um jogador muito experiente.

Alex tirou as roupas e as amontoou numa pilha sobre a cadeira, junto com os aventais cirúrgicos que usaria no dia seguinte, e os que usara na véspera, e na antevéspera. Ela também nunca tinha tempo para lavar roupa.

Ao dirigir de volta para casa, Coop estava muito feliz consigo mesmo. Tudo correra como ele queria. E fossem quais fossem as suas intenções, ou as dela, fora um bom começo. Tinha só de ver para onde soprava o vento, e como gostaria de jogar. Mas Alex Madison era definitivamente uma opção.

Ele não estava preocupado com isso, e Alex não tinha força para estar. Antes de ele chegar ao Chalé, ela já estava adormecida.

Capítulo 9

CHARLENE LIGOU PARA Coop seis vezes naquela noite, e pelo menos 12 vezes na manhã seguinte. Desta vez, Paloma não lhe passou as chamadas. Ela sabia que ele a mataria. Dois dias depois Coop finalmente atendeu uma chamada dela. Estava tentando abandoná-la delicadamente, embora não falar com ela durante dois dias não fosse a idéia que Charlene tinha de delicadeza.

— E então? — perguntou Coop casualmente ao atender a ligação. — Como vai?

— Estou enlouquecida, assim que estou — disse ela, soando fanática. — Onde diabos estava?

— Estava em locação, gravando um comercial. — Era mentira, mas serviu para acalmá-la um minuto.

— Você podia ao menos ter me telefonado — disse ela, magoada.

— Pensei em ligar — mentiu. — Mas não tive tempo. E achei que ambos estávamos precisando de espaço. Isso não vai a parte alguma, Charlene. Acho que sabe disso.

— Por que não? Éramos ótimos juntos.

— Sim, éramos — concordou, complacente. — Mas, quando menos, sou muito velho para você. Você tem de encontrar alguém da sua idade para brincar — nunca lhe ocorreu que ela era apenas um ano mais jovem que Alex.

— Isso nunca o deteve antes. — Ela sabia pelos tablóides e gente que o conhecia que ele já saíra com mulheres ainda mais jovens do que ela. — Isso é apenas uma desculpa, Coop. — Estava certa, é claro, mas ele jamais admitiria isso.

— Não parece certo — disse ele, tentando outra linha de ação. — É muito difícil manter uma relação em nosso tipo de negócio. — Mas isso também não era plausível. Ambos sabiam que ele saíra com toda atriz e estrela de Hollywood, às vezes durante longos períodos. Ele apenas não queria isso com Charlene. Ele a achava vulgar, ao menos no modo como se vestia, e um pouco obsessiva. Mais, ela o entediava. Estava muito mais interessado em Alex. E não inteiramente indiferente à fortuna dela.

Não era o que mais o atraía nela, mas certamente incentivava-lhe a luxúria e o fascínio. Charlene não tinha nada disso a oferecer. E sabiamente concluiu que, caso pretendesse sair com Alex, tinha de andar relativamente na linha. Aparecer nos tablóides com uma garota que começou fazendo vídeos pornôs não ajudaria seu caso com Alex.

Atualmente, Alex era o objeto de seu interesse. Charlene era história, um capítulo extremamente breve e indistinto. Tivera muitas como ela, e também se cansou destas rapidamente. E os poucos elementos exóticos que tinha — uma avó japonesa, ter vivido em Paris e ter sido criada no Brasil — simplesmente não compensavam o que lhe faltava em distinção. Além do quê, ele descobrira, Charlene tinha um mau gênio, e parecia um tanto perturbada. Ela não estava entendendo a deixa e desaparecendo graciosamente. Em vez disso, estava agarrada nele como um *pit bull* com um osso entre os dentes, que era algo que Coop odiava. Ele preferia fins rápidos, e indolores à perseguição desesperadas que Charlene lhe infligia. Ele se ressentia disso e se sentia preso e com claustrofobia sempre que falava com ela.

— Eu ligo para você daqui a alguns dias, Charlene — disse Coop finalmente, o que apenas a enfureceu.

— Não, não vai ligar. Você está mentindo.

— Eu não minto — soava muito ofendido. — Tenho uma ligação na outra linha, ligo de volta.

— Você é um mentiroso! — gritou Charlene enquanto Coop desligava silenciosamente.

Ele não gostava do modo como ela estava se comportando. Da noite para o dia, tornara-se um grande problema. Mas Coop não podia fazer muita coisa. Charlene acabaria desistindo, mas no meio tempo ela estava sendo muito desagradável, e Coop estava aborrecido com ela.

Ligou para Alex naquela tarde, mas ela tivera três emergências seguidas e só pode retornar a ligação à noite. Deixou uma mensagem na secretária eletrônica. Estava indo para cama às nove da noite, hora em que ligou, e disse que teria de acordar às quatro na manhã seguinte. Estabelecer uma relação com ela não seria fácil, mas definitivamente valia à pena aos olhos dele.

Coop finalmente conseguiu falar com Alex na tarde seguinte. Ela só tinha alguns minutos para falar, e estaria de plantão nos próximos dias, mas concordou em vir jantar no domingo, embora o tenha advertido de que estaria de sobreaviso naquela noite.

— O que isso quer dizer? Ligam pedindo seu conselho? — perguntou esperançoso e algo ingênuo. Não se lembrava de ter saído com uma médica antes, embora tenha tido diversas enfermeiras e uma quiroprática.

— Não — disse ela rindo, e ele adorou o som do riso dela. Tudo que dizia respeito a Alex era honesto e aberto. — Quer dizer que teria de ir embora de repente caso me chamem pelo *pager*.

— Terei então de confiscar o seu *pager*.

— Há dias em que me dá muita vontade de fazer isso. Tem certeza de que me quer como companhia para jantar mesmo estando de sobreaviso?

— Absolutamente certo. Faço uma quentinha para você caso tenha de ir embora.

— Não seria melhor esperar eu ter um dia livre? Tenho um na próxima semana, se preferir — ofereceu ela.

— Não, eu quero vê-la, Alex. Farei algo simples que você possa levar.

— Você vai cozinhar? — ela soou muito impressionada, e ele também ficou. A única coisa que Coop sabia fazer era torrada para comer caviar, ou ferver água para o chá.

— Dou um jeito. — A vida sem cozinheiro era um novo desafio para ele. Ele estava pensando em ligar para Wolfgang Puck e pedir que ele enviasse um prato à base de massa e uma pizza de salmão. Gostou da idéia e, no sábado, ligou para Wolfgang, que prometeu enviar uma refeição simples para dois, e um garçom. Era perfeito.

Alex chegou às cinco horas da tarde de domingo, dirigindo seu próprio carro e dizendo que precisaria dele caso a chamassem no trabalho. Subiu aos trancos a via de acesso e ficou muito impressionada ao ver o Chalé. Ao contrário de mulheres como Charlene, ela já vira casas daquele porte antes, em verdade vivera em várias delas. A casa de seus pais em Newport parecia muito com o Chalé, embora fosse maior. Mas não diria isso a Coop, pois não queria ser rude. Ela achou a propriedade adorável, especialmente os jardins, e estava excitada com a perspectiva de usar a piscina. Coop dissera-lhe para levar trajes de banho.

Ela estava na água nadando com braçadas longas e suaves de um lado a outro da piscina enquanto Coop a observava, quando Mark e Jimmy chegaram vestindo shorts, após um jogo de tênis, ou um jogo de "lobe" como chamavam jogar naquela quadra danificada. Surpreenderam-se ao ver Coop e uma bela mulher e ela, ao emergir da água, se surpreendeu ao vê-los conversando com Coop.

Alex nadou para o lado da piscina enquanto Mark olhava para ela com admiração. Era uma bela jovem, e muito mais interessante do que aquela que lhe preparara café. Mark ainda esperava que Charlene não tivesse contado a Coop a respeito de seu encontro, cedo pela manhã.

— Alex, eu gostaria de apresentá-la aos meus hóspedes — falou Coop, e disse-lhes os nomes. Ela sorriu para ambos.

— Que belo lugar para se morar — disse ela. — São muito sortudos — ambos concordaram e algum minutos depois entraram na piscina com ela. Coop, que raramente nadava, embora tenha sido capitão do time de natação da faculdade, ficava mais contente sentado ao lado da piscina, alternando conversas com eles e com Alex, e entretendo a todos com suas escandalosas histórias de Hollywood.

Ficaram juntos na piscina até as seis da tarde, quando Coop a trouxe para dentro para mostrar a casa e ela poder vestir roupas secas. O garçom de Wolfgang estava ocupado na cozinha, e Coop disse-lhe que jantariam às sete. Estava tudo maravilhosamente civilizado, e ambos sentaram-se na biblioteca. Ele ofereceu-lhe uma taça de champanhe, mas Alex disse que não podia, caso tivesse de voltar ao trabalho. Estar de sobreaviso queria dizer que ela não podia tocar em álcool, mas Coop parecia não se importar. Ambos estavam aliviados pelo fato de, ao menos até então, o *pager* dela ter permanecido em silêncio.

— Seus hóspedes parecem ser muito simpáticos — disse Alex enquanto Coop bebia uma taça de Cristal, e o garçom do Spago serviu deliciosos *hors d'oeuvres*, e desapareceu na cozinha para terminar de preparar a refeição. — Como os conheceu?

— São amigos de meu contador — disse Coop calmamente, o que era uma meia verdade mas explicava a presença deles na propriedade.

— É muito simpático de sua parte deixá-los ficar aqui. Parecem adorar — Mark disse que faria um churrasco naquela noite, e convidara Coop e Alex a se juntar a eles. mas Coop disse ter outros planos. Mark demonstrou um óbvio interesse por Alex, e disse para Jimmy à meia voz após ela e Coop terem entrado na casa:

— Bela garota!

Jimmy disse não ter percebido. Ele ainda caminhava imerso em névoa a maior parte do tempo, e não tinha interesse em mulheres. Mark voltava à vida mais rapidamente, e estava ficando cada vez mais furioso com Janet. Isso fez com que as outras mulheres se tornassem subitamente atraentes. Mas sua dor era bem diferente da de Jimmy.

— Estou surpreso por Coop estar interessado nela.

— Por quê? — Jimmy parecia surpreso. Não prestara muita atenção nela, mas obviamente era inteligente e Coop dissera que ela era médica. Parecia adequada para ele.

— Cérebro grande, seios pequenos. Não é seu perfil habitual, pelo que vi — explicou Mark.

— Talvez ele seja mais do que pensamos — sugeriu Jimmy.

Havia algo vagamente familiar em relação a ela. Não estava seguro se era um tipo que vira freqüentemente em Boston, ou se de fato a conhecera. Não perguntou que especialidade de medicina praticava, e Coop monopolizara a maior parte da conversa com as suas histórias. E eram sempre divertidas. Era bom tê-lo por perto, e tanto Mark quanto Jimmy puderam ver por que as mulheres gostavam dele. Era infinitamente charmoso, inegavelmente bonito, rápido e perspicaz em seus comentários.

Coop e Alex haviam se sentado para jantar àquela altura, e Mark começara a fazer o churrasco. Era a primeira vez que usava a churrasqueira. Na semana anterior usara a de Jimmy, e os filés ficaram deliciosos. Mark estava fazendo hambúrgueres e salada César. E as coisas iam muito bem, até ele pôr muito combustível no carvão e as chamas começarem a aumentar e rapidamente fugirem de controle.

— Merda, faz tempo que não faço isso — desculpou-se, tentando abafar as chamas e salvar o jantar, mas um minuto depois, houve uma pequena explosão. Coop e Alex ouviram-na na sala de jantar onde elegantemente jantavam, por cortesia de Wolfgang. Comiam pato de Pequim e três tipos diferentes de massa, com uma grande salada e pão caseiro.

— O que foi isso? — perguntou Alex, parecendo preocupada.

— O IRA, creio eu — sugeriu Coop, parecendo despreocupado, enquanto voltavam a comer. — Meus hóspedes provavelmente explodiram a ala de hóspedes. — Mas quando Alex olhou por cima dos ombros dele, pôde ver rolos de fumaça subindo entre as árvores, e em seguida viu um pequeno arbusto em chamas.

— Oh meu Deus, Coop... Acho que as árvores estão pegando fogo.

Ele estava a ponto de dizer para ela não se preocupar quando se voltou e viu a mesma coisa.

— Vou buscar um extintor de incêndio — disse ele com praticidade, sem nem mesmo saber se tinha um e, caso tivesse, onde era guardado.

— É melhor ligar para os bombeiros — disse Alex, tirando o telefone celular da bolsa e fazendo a chamada enquanto Coop corria para fora para ver o que estava acontecendo.

Mark estava mortificado e ele e Jimmy tentavam abafar as chamas da churrasqueira com toalhas. Foi uma tentativa malsucedida, e quando os carros de bombeiro entraram pelos portões dez minutos depois, havia um bom incêndio em andamento. Alex estava aterrorizada, e Coop estava preocupado com a casa. Demorou menos de três minutos para os bombeiros apagarem tudo. Não ocorrera nenhum grande dano, com exceção de que vários daqueles arbustos perfeitamente aparados haviam sido bem danificados pelo fogo. Àquela altura, os bombeiros já haviam visto Coop e, nos dez minutos seguintes, ele deu autógrafos, e trocou histórias de guerra com os rapazes, incluindo suas experiências como bombeiro voluntário em Malibu havia 30 anos.

Ofereceu-lhes uma taça de vinho, que eles declinaram, mas meia hora depois ainda estavam ao redor dele ouvindo suas histórias, enquanto Mark continuava a se desculpar, e Coop assegurava-lhe que não ocorrera dano algum, quando o *pager* de Alex tocou e ela ligou para o hospital no celular enquanto os outros conversavam.

Alex afastou-se para poder ouvir melhor. Dois de seus prematuros entraram em crise, e um morrera. A residente de serviço estava muito ocupada e precisava dela. Havia um novo paciente a caminho, um prematuro com hidrocefalia. Alex olhou para o relógio ao voltar a se aproximar do grupo. Prometera chegar no hospital em 50 minutos, ou menos, se conseguisse.

— Qual a sua especialidade? — perguntou Jimmy discretamente enquanto os outros continuavam a falar. Coop não percebera o *pager* e nem a conversa no celular. Estava muito ocupado conversando com os bombeiros e entretendo o grupo, mas Jimmy ficara intrigado pelas perguntas que ele a ouvira fazer ao celular. Parecia extremamente competente.

— Neonatologia. Sou residente na UCLA.

— Deve ser interessante — disse ele com gentileza. Em seguida, ela chamou a atenção de Coop e disse que precisava ir.

— Não deixe estes dois incendiários assustarem você — disse Coop sorrindo para Mark. Coop fora extremamente tranqüilo em relação a todo aquele episódio, o que muito impressionou Alex. Seu pai teria tido um ataque.

— Não me assustaram — disse ela sorrindo. — Nada como uma pequena fogueira entre amigos. O hospital me chamou. Tenho de ir.

— Ligaram? Quando? Não ouvi.

— Você estava ocupado. Tenho de chegar lá em dez minutos. Sinto muito. — Ela o advertira, mas era sempre desconcertante quando acontecia. E ela estava se divertindo com ele.

— Por que não come um pouquinho antes de ir? Parece ser um jantar muito bom.

— Eu sei. Adoraria ficar, mas precisam de mim. Têm duas emergências, e há outra a caminho. Tenho de correr, disse ela se desculpando. Ela podia ver que Coop estava desapontado, e ela também, mas estava acostumada. — De qualquer modo, foi muito divertido. Adorei. — Estivera lá quase três horas, o que era praticamente um recorde quando estava de sobreaviso. Ela se despediu de Jimmy e de Mark, e Coop levou-a até o carro enquanto os bombeiros guardavam o equipamento. Prometeu ligar para ele depois. Coop estava de volta ao grupo dois minutos depois, rindo à solta.

— Bem, essa foi breve e doce — disse ele com pesar para seus inquilinos. Haviam se acostumado a serem chamados de "hóspedes". E eles pareciam realmente acreditar que eram isso mesmo.

— Que bela mulher — disse Mark admirado, triste por ela ser de Coop, ou parecer ser, e não disponível para uma inspeção mais próxima, embora fosse um pouco jovem para ele. Mas era ainda mais jovem para Coop. Assim como a maioria das mulheres com quem saía, esta podia ser sua neta.

— Os cavalheiros gostariam de me acompanhar para jantar? — sugeriu Jimmy para Mark, cujos hambúrgueres viraram cinza no malfadado churrasco. — Wolfgang Puck me mandou um ótimo jantar, e detesto comer sozinho — disse ele com simpatia assim que o último bombeiro se foi.

Meia hora depois, Coop e seus "hóspedes" comiam pato de Pequim, o sortimento de massas, e a pizza de salmão, e Coop os regalava com mais de suas histórias. Servia o vinho com liberalidade, e quando os dois jovens se foram, às dez da noite, haviam bebido muito, e sentiam como se tivessem em Coop um novo amigo, ou um amigo muito antigo. O vinho estava excelente e o jantar delicioso. Ao deixá-lo ele já não parecia assim tão difícil de engolir.

— É um grande cara — comentou Mark com Jimmy ao caminharem em direção à ala de hóspedes.

— Sem dúvida, é uma figura — concordou Jimmy, dando-se conta através da névoa que teria uma tremenda dor de cabeça pela manhã. Mas no momento parecia ter valido à pena. Fora uma noite muito divertida. Mais do que poderia ter imaginado. Estar junto a um famoso astro de cinema parecia-lhe completamente surrealista.

Os dois amigos se desejaram boa noite, Mark voltou para a ala de hóspedes, e Jimmy foi para a casa da guarda, enquanto Coop estava sentado na biblioteca, sorrindo consigo mesmo, bebericando uma taça de vinho do Porto. Ele tivera uma noite muito agradável, embora diferente do esperado. Estava triste por Alex ter precisado sair tão cedo, mas seus dois inquilinos foram divertidos, e uma companhia surpreendentemente agradável. E os bombeiros acrescentaram algum tempero à noite.

Neste momento, Alex estava sentada em sua sala no hospital, bebendo uma xícara de café. Já era meia-noite quando teve tempo de ligar para Coop, e àquela altura, estava certa de que era tarde demais para ligar. Ela também não tivera a noite que esperava. O bebê hidrocefálico chegara cheio de problemas. O primeiro a entrar em crise estava bem melhor. O que perderam foi um choque para todos. Ela se perguntou se algum dia se habituaria àquilo, mas esta era a natureza de seu trabalho.

Ao se aninhar em uma cama dobrável em sua sala para dormir um pouco, Alex perguntou-se como seria caso levasse Coop a sério, se é que isso era possível. Era difícil saber quem ele era por trás de todo aquele charme, espírito, e histórias. Perguntou-se se ele não seria só fachada, ou se havia alguém de verdade lá dentro. Era difícil dizer, mas ela estava tentada a descobrir.

Também se dava conta da considerável diferença de idade entre ambos, mas ele era um homem tão extraordinário que ela realmente não se importava com a idade dele. Havia algo a respeito de Coop que a fazia ignorar todos os possíveis riscos de se ver envolvida com ele. Ele era encantador, hipnotizante e cativante. Tentou se convencer de que continuar a sair com ele não era uma boa idéia. Era mais velho, era um astro de cinema, e envolvera-se com diversas mulheres ao longo dos anos. Mas tudo o que conseguia pensar era quão fascinante e atraente ele era. Para Alex, o fascínio de Coop parecia ser mais significativo do que os senões. Ela fora fisgada. E ao cair no sono, ouviu pequenos alarmes soarem dentro de sua cabeça, mas, por um momento, decidiu ignorá-los e ver onde as coisas iriam parar.

Capítulo 10

MARK ESTAVA EM MEIO a um sono profundo, ajudado pelo vinho que tomara com Jimmy e Coop, quando ouviu o telefone tocar. Começou a levantar-se, mas logo achou que estava imaginando aquilo. Ele bebera muito, e sabia que, caso abrisse os olhos teria uma tremenda dor de cabeça, de modo que manteve os olhos fechados e voltou a dormir. Mas o telefone continuou a tocar. Ele finalmente abriu um olho e viu que eram quatro horas da manhã. Voltou-se com um gemido e então se deu conta de que não estava sonhando. O telefone realmente estava tocando e ele não conseguia imaginar quem estava ligando para ele a uma hora daquelas. Atendeu e deitou-se de costas com os olhos fechados. A dor de cabeça já estava começando.

— Alô? — Sua voz soava rouca, e o quarto rodava. Por um instante, tudo o que Mark podia ouvir era um choro. — Quem fala? — imaginou se não era engano, e então seus olhos se abriram e ele despertou completamente. Era sua filha ligando de Nova York. — Jessie? Querida, você está bem? O que houve?

Imaginou que algo terrível tivesse acontecido com Janet, ou Jason. Mas tudo o que Jessica fazia era chorar. Era um choro angustiado, soava como um animal ferido, ou o modo como chorou quando seu cão morreu.

— Fale comigo, Jess... O que foi? — Ele estava em pânico.

— É a mamãe... — E voltou a chorar.

— Ela se machucou? — Sentou-se na cama e firmou os olhos. Sentia como se alguém tivesse batido na cabeça dele com um tijolo, mas sua adrenalina pulsava. E se ela tivesse morrido? Sentiu-se mal ao pensar naquilo. Mesmo tendo de deixá-la, ele ainda a amava, e ficaria muito triste caso ela morresse.

— Ela tem um *namorado*! — gemeu Jessica, e ele deu-se conta de que eram sete da manhã em Nova York, embora fossem apenas quatro na Califórnia. — Nós o conhecemos ontem à noite e ele é um completo *idiota*!

— Estou certo que não é, querida — disse Mark, tentando ser justo, embora em algum lugar dentro dele se sentisse aliviado por Jessica não ter gostado do outro. Mark o odiava. Ele destruíra a sua família e levara Janet. Quão bom um cara poderia ser depois de tudo isso? Não muito, na avaliação de Mark. E, aparentemente, na de Jessie também.

— Ele é um nojo, papai. Ele tenta parecer legal, e trata a mamãe como se fosse dele. Ela disse que o conheceu há apenas algumas semanas, mas não acredito nela. Sei que ela mente. Ele falou de coisas que ambos fizeram há seis meses, e no ano passado, e mamãe fingia que não sabia do que ele estava falando, tentando fazer ele parar de falar sobre aquilo. Você acha que foi por isso que ela quis que nos mudássemos para Nova York?

O teto caíra sobre a cabeça de Jessica, e Janet fora muito tola ao tentar mentir para as crianças. Imaginou como ela lidaria com isso, e quando. Bem, ela já o fizera, e mal, a julgar pelo choro de Jessie.

— Não sei, Jess. Terá de perguntar a ela.

— Foi por isso que ela o deixou? — Eram perguntas pesadas para serem feitas no meio da noite, e nenhuma que ele quisesse responder, certamente não com a ressaca que desenvolvia. Já estava com uma dor de cabeça de enormes proporções. — Você acha que ela já tinha esse namorado? Foi por isso que ela ia a Nova York toda vez, quando vovó estava doente, e depois de ela morrer?

— Ela me disse estar preocupada com o vovô. E vovó ficou muito doente durante muito tempo, ela precisava estar lá — disse ele com franqueza.

Achou que Janet acabaria se entendendo com a filha quanto ao resto. Se não o fizesse, Jessica nunca mais confiaria nela. Não podia culpá-la. Ele também não confiava mais.

— Quero voltar para a Califórnia — disse Jessica abruptamente, fungando alto. Mas não estava mais chorando.

— Eu também — disse Jason, repetindo as palavras dela. Ele estava na extensão. Não chorava, mas parecia bem abalado. — Eu o odeio, papai. Você também odiaria. É um verdadeiro babaca.

— Nova York não melhorou o seu linguajar. Vocês têm de discutir tudo isso calmamente com sua mãe, mas não agora, no calor da hora. E por mais que eu odeie dizer isso, vocês têm de dar uma chance para esse cara — era improvável que as crianças simpatizassem com qualquer namorado da mãe. Ou qualquer namorada sua, caso conhecesse alguém com quem desejasse sair. Mas ainda não era o caso. — De repente o cara pode se revelar um sujeito muito legal, não importando quanto tempo ele a conhece. E se ele é importante para a sua mãe, devem se acostumar. Não podem tomar uma decisão em cinco minutos — tentava ser razoável, para o bem de todos, mas as crianças não queriam ouvir. Mas atacar o homem que a mãe deles amava e por quem o deixara, apenas tornaria as crianças mais infelizes. Se ela acabasse se casando com Adam, teriam de aceitá-lo. Não havia outra chance.

— Nós jantamos com ele, papai — disse Jason, infeliz. — Ele trata a mamãe como se pudesse obrigá-la a fazer tudo o que ele quiser, e ela parece bem idiota quando está perto dele. Ela gritou conosco depois que ele foi embora, e então chorou. Acho que ela gosta mesmo dele.

— Talvez sim — disse Mark com tristeza.

— Quero ir para casa, papai — disse Jessica, soando agoniada. Mas não havia casa para onde voltar. Eles a tinham vendido. — Quero voltar para minha antiga escola, e morar com você — insistiu.

— Eu também — disse Jason.

— Por falar nisso, vocês não tinham de ir para a escola agora? — eram quase sete e meia em Nova York, e ele pôde ouvir Janet ao fundo dizendo alguma coisa para os filhos. Não estava certo, mas ela parecia estar gritando. Estaria gritando ainda mais alto caso soubesse o que estavam dizendo, mas ele achava que ela não sabia. Imaginou se ela tinha noção de que era ele no outro lado da linha, ou que eles tinham ligado para ele.

— Você falaria com a mamãe a respeito da gente voltar para a Califórnia? — Jessica perguntou num sussurro, confirmando a suspeita de que a mãe não sabia para quem estavam ligando.

— Não. Você dois têm de dar uma chance para ela. É muito cedo para fazer algo precipitado. Quero que os dois tomem juízo e sejam razoáveis. Agora quero que vão para a escola. Falaremos sobre isso depois. — Muito depois. Quando a ressaca não o tivesse martelando por trás dos olhos.

Ainda soavam infelizes ao desligarem e, pela primeira vez em dois meses, Jessica disse que o amava. Mas ele sabia que era apenas pelo calor do momento que ela dissera odiar a mãe. No fim, o furor iria se abrandar, e acabariam gostando de Adam quando o conhecessem melhor. Janet disse que ele era um homem maravilhoso. Mas no fundo do coração, Mark ainda esperava que eles odiassem Adam por causa dele. Dado o que Janet fizera, era difícil não se sentir assim.

Mark ficou na cama pensando após desligarem, e pensando no que deveria fazer. No momento, nada, decidiu. Iria ficar quieto e esperar pelo que aconteceria. Ele se virou na cama e tentou voltar a dormir, mas a cabeça pulsava, e ele estava preocupado com os filhos. Às seis horas acabou vencido pela ansiedade e ligou para Janet. Ela soava quase tão triste quanto as crianças.

— Estou feliz que tenha ligado — disse ela, surpresa ao ouvi-lo. — As crianças conheceram Adam ontem à noite, e foram horríveis com ele.

— Eu não estou surpreso. Você está? É muito cedo para aceitarem a idéia de que você está namorando. E talvez suspeitem que você já o conhecia há algum tempo.

— Foi disso que Jessica me acusou. Você não contou para elas, contou? — perguntou, em pânico.

— Não, mas acho que você deveria contar. De outro modo, um de vocês vai acabar deixando escapar, e vão descobrir. Já estão suspeitando, pelas coisas que ele disse.

— Como sabe? — Soou sobressaltada, e ele resolveu ser honesto com ela.

— Eles ligaram para mim. Pareciam muito infelizes.

— Jessie largou o jantar pela metade e se trancou no quarto, e Jason não falou nem com Adam e nem comigo. Jessie disse que me odeia. — Mark viu que Janet estava chorando.

— Ela não a odeia. Só está ferida e furiosa, e suspeita de você. E ela está certa. Ambos sabemos disso.

— Isso não é da conta dela — disse Janet, sentindo-se culpada.

— Talvez não, mas ela acha que é. Talvez devesse ter esperado para apresentá-lo. — Ela não quis dizer a Mark que Adam a andara pressionando para apresentá-lo para as crianças, e ela concordara com seu desejo. Ela também não achava que estavam prontos, mas ele disse se recusar a ficar mais tempo escondido. Se ela o levava a sério, queria conhecê-los. E foi um desastre. Ela e Adam tiveram uma grande briga depois, e ele foi embora, batendo a porta atrás de si. Fora uma noite de pesadelo.

— O que vou fazer? — perguntou Janet, soando preocupada e ansiosa.

— Espere. Vá devagar com eles. Dê-lhes tempo. — Ela não quis dizer que Adam queria se mudar imediatamente, que não queria esperar até se casarem, e que não tinha certeza se conseguiria impedi-lo. Ela não desejava perdê-lo. Ou às crianças. Sentia-se completamente dividida.

— Não é tão fácil quanto pensa, Mark — disse ela em tom de lamento o que a fez soar como uma vítima, o que ambos sabiam que ela não era.

— Só não prejudique nossos filhos no processo — advertiu-a. — Não sei como você pode esperar que eu ou as crianças gostemos disso. A verdade é que você destruiu nosso casamento por causa dele, e cedo ou tarde as crianças vão saber disso. É muito para elas engolirem. — Também para ele fora difícil de engolir, com exceção do fato que ele a amara, e ainda amava. — Têm direito de ficar furiosos. Com vocês dois. — Era a coisa mais honesta que podia dizer. Odiava o fato de ser sempre o pacificador, mas ele sempre parecia ser capaz de examinar todos os lados de um problema, Não apenas o seu. Era uma de suas maiores forças e defeitos, *vis-à-vis* com ela.

— É. Talvez. Mas não estou certa de que ele compreenda isso. Ele não tem filhos, e não entende dessas coisas.

— Então talvez devesse procurar outro cara. Como eu, por exemplo. — Ela não respondeu, e ele sentiu-se tolo por ter dito aquilo. O vinho, o porto e o conhaque não estavam ajudando, nem a dor de cabeça. A ressaca estava no auge, e ele ainda nem se levantara. Fora uma manhã difícil para ele até então.

— Acho que vão acabar se acalmando — disse Janet, esperançosa. Mas Adam não toleraria caso não se acalmassem. Ele queria que gostassem dele, e sentira-se insultado pelo modo como se comportaram, e ameaçou Janet por causa disso.

— Mantenha contato — disse Mark, e então desligou. Ficou na cama mais umas duas horas depois disso, incapaz de dormir, a cabeça pulsando. Eram quase nove quando se levantou, e depois das dez quando chegou ao trabalho. E as crianças voltaram a ligar na hora do almoço. Haviam acabado de chegar da escola, e insistiam em vir morar com ele, mas Mark disse-lhes que nada fariam de precipitado. Queria que se acalmassem e ao menos tentassem ser justos com a mãe. Mas tudo o que Jessica pôde dizer era que a odiava, e que nunca falaria com ela novamente se ela se casasse com Adam.

— Queremos ir morar com você, papai — insistiu Jessica. Ela era incansável.

— E se eu sair com alguém de quem vocês não gostem? Não se pode fugir de coisas assim, Jessie.

— Você está namorando, papai? — disse ela, parecendo chocada. Ela não havia pensado na possibilidade, nem Jason.

— Não, mas algum dia namorarei, provavelmente, e podem também não gostar dela.

— Você não deixou mamãe por causa dela como eu acho que mamãe deixou você por causa de Adam. — Deu-se conta de que, caso não soubesse da verdade, aquela também teria sido uma notícia brutal para ele. As crianças certamente não hesitavam em lançar bombas ou informação. Mas ele sabia. E as suspeitas de Jessica eram precisas. Não queria dizer-lhe a verdade, mas também não queria mentir para ela. — Vou fugir se nos fizer viver com ela, papai.

— Não me ameace, Jess. Não é justo. Você já é bem grandinha para isso. E está envolvendo seu irmão. Falaremos disso quando tirarmos nossas férias juntos. Talvez tenha mudado de opinião. Talvez acabe gostando dele.

— Nunca! — disse ela com veemência.

Nas duas semanas seguintes, foi uma batalha constante. Lágrimas, ameaças, chamadas no meio da noite. Adam fora tolo o bastante para dizer para eles que queria morar com eles e com Janet. Quando Mark os buscou em Nova York, estavam em plena guerra com a mãe. E foi tudo o que falaram durante as férias. Janet estava ocupada com Adam, que lhe disse que se não o deixasse se mudar, acharia que ela estava preferindo os filhos a ele. Disse ter esperado tempo o bastante. Queria uma vida com ela e seus filhos. Mas eles não o queriam. Como resultado, também não queriam Janet. No fim das férias, Mark sentou-se com Janet, disse-lhe que não tinha idéia de como acalmar os filhos e convencê-los a ficarem com ela. Jessica ameaçava chamar um advogado de menores e pedir a corte para encaminhá-la ao pai. E ela tinha idade não apenas para isso como também para ter a atenção da corte. O mesmo se aplicava a Jason.

— Acho que você arranjou um problemão — disse-lhe Mark honestamente. — Não há como desacelerar as coisas agora. Que tal deixá-los voltar a Los Angeles até o fim do ano letivo? Depois pode renegociar com eles. Mas acho que só vai piorar as coisas caso os obrigue a ficar aí. Não estão querendo ouvir ou transigir — ela lidara muito mal com a situação e pagava por isso, ambos sabiam disso. Sentia-se dividida em direções opostas, fidelidade a

Adam e fidelidade aos filhos. E ambas facções entravam em conflito direto todo o tempo.

— Você os manda de volta no fim do ano? — perguntou, parecendo em pânico. Não queria perder os filhos. Nem Adam. Este não apenas lhe dissera que desejava se casar com ela assim que a tinta do divórcio secasse, mas que também a queria grávida. Ele queria que tivessem um bebê, talvez dois. Ela não imaginava como explicar isso para os filhos. Mas daria um jeito nisso depois. Agora, eles estavam ameaçando se mudar e voltar para o pai.

— Não sei o que fazer quanto ao próximo ano escolar — disse Mark honestamente. — Vai depender do que quiserem. — Janet criara um tremendo problema para si mesma, e Mark quase teve pena dela. Mas ele também estava dividido por seus sentimentos. Quase se matara quando ela o deixou, ainda a amava, mas não lhe disse isso. Ela estava completamente obcecada por Adam, o bastante não apenas para arriscar o casamento como também a relação com as crianças. Aos olhos de Mark, ela fizera uma péssima escolha. Ele teria sacrificado tudo pelos filhos, e eles sabiam disso, e por isso queriam vir morar com ele.

— Consegue matriculá-los novamente na mesma escola? — perguntou Janet, piscando os olhos. Nunca imaginou que algo assim pudesse acontecer. Caso contrário não o teria deixado. E agora ela tinha Adam em mãos, pronto para uma guerra em larga escala, disposto a forçá-la a deixá-lo se mudar para a casa deles.

— Não sei. Talvez. Vou tentar matriculá-los na antiga escola — disse Mark, pensativo.

— Sua casa é grande o bastante? — ela estava quase resignada com a idéia.

Ela via não ter outra escolha, a não ser que parasse de ver Adam, ou escondê-lo dos filhos, e ela sabia que ele não a deixaria fazer isso.

— É perfeita para eles — assegurou Mark, e descreveu o Chalé para ela, e ela chorou ao ouvi-lo. Sabia que ficaria muito mal sem os filhos, mas, caso fossem morar com Mark alguns meses, talvez voltassem menos intolerantes. Ela esperava que sim. — Ao voltar, verei o que posso fazer e ligo para você. — Ambos os filhos caíram sobre ele após ter falado com Janet, querendo saber o que os pais haviam combinado.

— Nada ainda — disse ele, severo. — Vamos ver o que acontece. Nem mesmo sei se consigo matriculá-los de novo na escola. E seja lá o que acontecer, quero que sejam legais com sua mãe no meio tempo. É difícil para ela também. Ela os ama.

— Se ela nos amasse, teria ficado conosco — disse Jessica abruptamente, olhos furiosos. Era uma bela adolescente loura com um coração cheio de cicatrizes àquela altura. Mark apenas esperava minimizar qualquer dano futuro. Não queria que seu divórcio destruísse os filhos. Era a última coisa que desejava.

— Nem sempre funciona assim, Jess — disse ele com tristeza. — As pessoas mudam... A vida muda... não se pode ter sempre o que se quer, ou fazer o que dizemos que faríamos. A vida nos faz mudar de direção. — Mas eles não queriam ouvir aquilo. Ainda estavam furiosos com a mãe e seu namorado.

Voou para a Califórnia naquela noite, e passou a semana seguinte negociando com a escola a volta dos filhos. Haviam partido havia três meses e estavam numa ótima escola em Nova York, de modo que nada perderam. No fim da semana, sua antiga escola em Los Angeles concordou em tê-los de volta. O resto foi simples. Tudo o que tinha de fazer era contratar uma babá para ficar de olhos neles enquanto ele estava no escritório, e levá-los para as suas atividades extra-escolares e para o esporte. Ele não achava que isso fosse ser um problema, e ligou para Janet no fim de semana.

— Está tudo certo. Podem começar na segunda-feira se quiserem, mas imagino que queira ao menos mais uma semana com eles, para fazerem as pazes. Depende de você quando os mandará.

— Obrigada, Mark. Obrigada por ser tão decente. Creio não merecer isso. Vou sentir tanto a falta deles — disse ela, e voltou a chorar. Todo esse capítulo fora uma agonia em suas vidas, e estava sendo agora para os filhos.

— Vão sentir falta de você também. Assim que passar a raiva, provavelmente irão querer voltar à escola em Nova York após o verão.

— Não estou certa. São muito categóricos quanto a Adam, e este tem idéias muito inflexíveis. É difícil para ele começar a viver com adolescentes, principalmente se nunca teve filhos. — Na perspectiva de Mark, soava como uma situação miserável, e ele não invejava Janet. Ele e as crianças davam as raquetadas, e ela quicava como uma bola entre eles. Ela nunca se saíra bem em situações estressantes. Ele sempre cuidara de tudo para ela. Com exceção de seu caso com Adam. Disso ela cuidou sozinha, e estragou com a vida de todo mundo no processo.

Ela contou a novidade para as crianças no domingo, e elas nem tiveram a gentileza de fingir tristeza por estarem indo embora. Ambos comemoraram e Jessica começou a fazer as malas meia hora depois. Teriam ido embora alegremente no dia seguinte, mas Janet insistiu que passassem outra semana com ela e disse-lhes que teriam de voltar no verão. Ela e Adam já haviam concordado em se casarem quando terminasse o processo de divórcio, mas não lhes disse isso. Tinha medo de que nunca voltassem caso contasse as novidades. Teria de se preocupar com isso depois.

Foi uma semana angustiante para ela, sabendo que estavam indo embora e, no sábado seguinte, ela os pôs num avião para a Califórnia. Mark decidira não contratar babá, e disse que fizera um arranjo com a empregada de seu senhorio. Ela iria cuidar deles. Ele mesmo teria de levá-las às suas atividades, e diminuir o dia de trabalho para isso. Mereciam.

Quando elas se foram, Janet deixou-se ficar no aeroporto, arrasada. Eles a abraçaram antes de ir, e ela sentiu Jason hesitar durante algum tempo. Mesmo não querendo ficar, ele sentia pena dela. Mas Jessica nem mesmo olhou para trás. Apenas beijou a mãe, disse adeus, e caminhou direto para o avião. Mal podia chegar à Califórnia e ver o pai.

No outro extremo, a cena foi de alegria não contida. Mark esperava por elas quando desembarcaram, e as crianças deram um grito de alegria. Havia lágrimas em seus olhos quando os abraçou. As coisas estavam começando a dar certo para ele. Perdera Janet para sempre, talvez por sua própria culpa, talvez não, mas tinha os filhos de volta. Era tudo o que ele queria.

Capítulo 11

O HORÁRIO DE TRABALHO de Alex era um mundo inteiramente novo para Cooper Winslow. Nunca conhecera uma mulher como ela. Já se envolvera com profissionais de diversas áreas, até mesmo com um par de advogadas, mas nunca com uma médica. Muito menos uma residente. Sua vida com ela consistia em pizzas, *fast food*, comida chinesa para viagem, e quase toda refeição, cinema e noite era interrompida por chamadas do hospital. Ela não podia evitar. Era por isso que a maioria dos residentes não tinha vida pessoal, e a maioria saía com médicos ou enfermeiras, ou outros estudantes de medicina ou residentes. Para ela, sair com um astro de cinema era uma experiência completamente diferente. Mas foi clara quanto às exigências de horário, e fez o possível para dar um jeito. Coop fez o melhor para se ajustar àquilo. Estava empolgado com ela. E, na maior parte do tempo, nem se lembrava da fortuna dela. De vez em quando, aquilo passava por sua mente, e só aumentava o interesse. Como uma fita vermelha num presente de Natal. Mas tentou não pensar nisso. Sua única preocupação era como os pais dela se sentiriam quanto a ele. Até então, não ousara discutir isso com Alex.

As coisas andavam lentamente entre eles, em parte devido ao número de horas que ela trabalhava, em parte porque fora escaldada anteriormente e era muito cautelosa. Não queria cometer outro erro, e não tinha intenção de ir depressa com Coop. Ele a beijara na quinta vez em que saíram juntos, mas não foram além disso, e ele não a pressionou. Ele era mais esperto que isso, e muito mais paciente. Não dormiria com ele até ela implorar por aquilo. Sabia instintivamente que, caso a forçasse, ela podia recuar ou fugir, e ele não queria que isso acontecesse. Estava mais que disposto a esperar que ela estivesse pronta para ele antes de tomar qualquer atitude. E era deliciosamente paciente.

Charlene finalmente desaparecera de cena. Após duas semanas de chamadas não respondidas, parou de ligar. Até mesmo Paloma aprovou Alex. Seria difícil não o fazê-lo. Mas Paloma sentia pena dela, e imaginava se a outra sabia no que estava se metendo, embora Coop estivesse se comportando até então. Mesmo quando não estava com Alex, ficava em casa à noite e lia roteiros ou saía com amigos. Fora a outro jantar, mais modesto, nos Schwartz, mas Alex não pôde ir daquela vez, estava trabalhando. E ele não a mencionou para o casal. Não achava uma boa idéia as pessoas saberem que estavam saindo. Queria mantê-la afastada de qualquer possibilidade de escândalo. Ele sabia quão correta e decente ela era, e ela odiaria ser levada aos tablóides, como integrante de uma *chorus line* que ele agora tentava evitar. Ela sabia da reputação dele até certo ponto. Afinal de contas, havia décadas ele era um *playboy* glamouroso de Hollywood, mas preferia que ela não soubesse dos detalhes.

Nos lugares onde jantavam era pouco provável que chamassem atenção dos tablóides. Ele ainda não a levara a um restaurante decente, simplesmente porque ela nunca tivera tempo nem energia para uma noite elegante. Estava sempre trabalhando. Foi uma grande vitória quando foram a um cinema. E ela gostava de vir ao Chalé sempre que estava de folga. Nadava na piscina, e certa noite preparou-lhe o jantar. Mas teve de sair antes de poder desfrutá-lo com Coop. Alex estava acostumada com aquilo, mas ele nem tanto. Não fazia idéia de onde estava se metendo. Mas parecia desafiador e ela era tão inteligente que os obstáculos e inconvenientes pareciam valer a pena.

Ela gostava de conversar com Mark quando o encontrava na piscina. Falava um bocado das crianças e, certa noite, compartilhou com ela os problemas que estava tendo com os filhos, Janet e Adam. Nesta oportunidade, admitiu para Alex que realmente não queria que os filhos gostassem do homem que destruíra seu casamento, ao mesmo tempo em que não queria que os filhos ficassem infelizes. Alex sentiu pena e gostou de conversar com ele.

Via menos Jimmy do que Mark. Jimmy parecia trabalhar quase tanto quanto ela. À noite ele visitava lares adotivos, e era técnico de um time de *softball*. Mas Mark sempre dizia que grande sujeito ele era, e disse-lhe o que sabia a respeito de Maggie. Ao ouvir, Alex ficou penalizada por ele, mas Jimmy nunca falou da mulher enquanto ela estava por perto. Reservava muito tempo para si mesmo, e sentia-se desconfortável junto a mulheres. Odiava o fato de ser solteiro novamente. Em seu coração, ainda estava casado.

Àquela altura, Alex já se dera conta de que ambos eram inquilinos, embora Coop nunca tenha admitido e ela nunca o tenha inquirido a respeito. Ela achava que nada tinha a ver com os arranjos financeiros entre eles.

Ela vinha saindo com Coop havia três semanas quando ele a convidou para passarem o fim de semana fora. Ela disse que veria se encontrava tempo, embora duvidasse daquilo, e ficou surpresa ao perceber que podia dar um jeito. Sua única condição era quartos separados no hotel. Ainda não estava pronta para comprometer o corpo naquela relação. Ela queria mover-se lentamente, embora se sentisse imensamente atraída por ele. E ela dissera para Coop que pagaria pelo seu próprio quarto de hotel. Iriam para um *resort* que ele conhecia no México, e Alex adorara a idéia. Não tirava férias desde que começara a residência e adorava viajar. Dois dias de sol e lazer com ele soavam-lhe como o paraíso. E acreditava que o fato de irem para o México evitaria as fofocas dos tablóides. Ninguém saberia deles. Era uma idéia ingênua da parte dela, e Coop não a desiludiu. Servia-lhe a seu propósito. Queria viajar com ela e não queria desencorajá-la assustando-a com a imprensa. Queria manter tudo simples e agradável.

Partiram na sexta-feira à noite, e o hotel era ainda mais bonito do que ele prometera. Ficaram em quartos interligados, com uma sala enorme, um pátio, uma piscina só para eles e uma pequena praia particular. Nunca viam ninguém a não ser quando queriam. No fim da tarde foram para a cidade, andaram pelas lojas e sentaram-se no lado de fora dos cafés tomando *margaritas*. Parecia uma lua-de-mel e, na segunda noite, exatamente como desejava, ele a seduziu. Nem mesmo estava bêbada. Ela de fato queria aquilo. Alex estava se apaixonando por Coop. Nenhum homem fora tão carinhoso, tão cuidadoso, ou tão gentil com ela. Era não apenas uma companhia extraordinária e um grande amigo como também o amante perfeito. Cooper Winslow conhecia as mulheres. Sabia o que queriam, o que gostavam de fazer, como gostavam de ser tratadas bem como tudo de que precisavam. Ela nunca gostara tanto de fazer compras com alguém como com Coop, nunca falara tão facilmente com outra pessoa, nunca rira tanto, nunca fora tão mimada. Ela nunca conhecera alguém como ele.

Alex também se surpreendeu com o número de autógrafos que ele distribuía, de quanta gente os parava para serem fotografados com ele. Parecia que todo mundo o conhecia. Mas ninguém tão bem quanto ela. Ou ao menos era assim que sentia. Coop parecia surpreendentemente disposto a compartilhar com ela não apenas sua vida e histórias, mas seus segredos mais íntimos. E Alex retribuía. Estava inteiramente aberta para ele.

— O que seus pais vão pensar de nós? — perguntou Coop após terem feito amor pela primeira vez.

Fora uma experiência memorável. Depois, sentaram-se à beira de sua piscina particular, nus ao luar, ouvindo música ao longe. Fora a noite mais romântica da vida dela.

— Só Deus sabe — disse ela, parecendo pensativa. — Meu pai nunca gostou de ninguém na vida, homem ou mulher, incluindo seus filhos e minha mãe. Desconfia de todos. Mas é difícil imaginar ele não gostar de você, Coop. Você é respeitável, é bem-nascido, educado, inteligente, charmoso, bem-sucedido. O que objetaria?

— Talvez ele não gostasse de nossa diferença de idade — para começo de conversa.

— É provável. Mas há dias que você parece mais jovem que eu. — Ela sorriu para ele ao luar e ambos se beijaram novamente. Também não lhe disse que havia uma diferença de situação financeira entre ambos, o fato dela ser capaz de pagar as suas dívidas e ele não. Doía-lhe admitir. Não era uma realidade que enfrentasse com freqüência. Mas foi bom saber que ela não seria financeiramente dependente dele. Isso sempre foi algo que o preocupou. Nunca quis se casar com uma situação financeira instável, embora essa tenha sido a realidade na maior parte do tempo. Mesmo quando tinha dinheiro, este escorria por entre os dedos. Não precisava de ajuda para gastá-lo, e a maioria das mulheres que conhecera haviam sido assustadoramente caras. Alex não. Ela tinha o próprio dinheiro, portanto essa não era uma preocupação. Pela primeira vez na vida, estava realmente pensando em casamento. De modo vago e distante, é claro, mas aquilo não mais o assustava como antes. Para sua surpresa, conseguia contemplar a idéia de se estabelecer com ela, embora sem querer que o Dr. Kevorkian presidisse o casamento. Sempre pensara que preferiria o suicídio ao casamento. Ambos pareciam igualmente letais, e sinônimos até certo ponto. Mas com Alex tudo era diferente. E ele disse isso para ela, na mágica noite mexicana, enquanto a beijava.

— Ainda não cheguei a esse ponto, Coop — disse ela suavemente, sempre honesta. Ela o amava, mas não queria enganá-lo. De modo algum estava pronta para se casar, tanto devido à sua carreira quanto à escovada que levara anteriormente ao se aproximar do altar. Não queria se desapontar novamente, mas Coop não parecia alguém que fizesse aquilo com ela.

— Também não — sussurrou ele. — Mas ao menos não fico com herpes quando penso nisso. Já é uma evolução — ela gostava do fato de ambos serem cautelosos quanto a casamento. Ainda mais ele, que nunca casara antes. Quando ela perguntou a ele a esse respeito, ele disse nunca ter encontrado a garota certa. Agora, porém, começava a sentir como se tivesse. Alex era uma mulher com quem valia a pena viver o resto da vida.

O fim de semana que compartilharam foi mágico e, ao voarem de volta a Los Angeles, ambos estavam encantados e tristes por deixar um ao outro.

— Quer ficar em minha casa? — perguntou ao levá-la de carro do aeroporto até a casa dela. Alex pensou um pouco e então respondeu:

— Querer eu quero. Mas provavelmente não devo. — Ela ainda queria ir devagar. Estava com medo de se habituar, e então algo dar errado e estragar tudo. — Mas vou sentir sua falta hoje à noite.

— Eu também — disse ele, e falava a sério.

Sentia-se como um novo homem. Insistiu em carregar a bagagem dela até o apartamento. Nunca vira o lugar antes e ficou chocado ao fazê-lo. Ficou surpreso com as pilhas de aventais hospitalares descartados, os livros de medicina empilhados pelo chão, o banheiro sem enfeites ou amenidades. Tudo o que tinha era sabão, papel higiênico e toalhas. Quase não tinha móveis, cortinas, tapetes, decoração.

— Por Deus, Alex, parece um quartel! — Ela nunca se incomodara em decorar o lugar. Nunca tinha tempo, e não se incomodava. Tudo o que fazia ali era dormir. — Se alguém visse isso, condenaria o imóvel. — Tudo o que podia fazer era rir do modo como ela vivia. Era tão deliciosa e delicada, mas tudo com que se importara em anos era se tornar uma médica. Ele já vira postos de gasolina mais convidativos. — Acho que deveria atear fogo nesse lugar e ir embora comigo imediatamente. — Mas ele sabia que ela não iria. Era muito cautelosa e independente para fazer isso. Ao menos não por enquanto. Mas apesar da cama desfeita e da decoração sombria, passou a noite ali e acordou com ela quando Alex saiu para trabalhar às seis horas da manhã seguinte. Ao voltar ao Chalé, realmente sentiu falta dela. Nunca se sentira assim a respeito de uma mulher anteriormente.

Paloma veio mais tarde naquela manhã, e ao ver a expressão do rosto dele, ficou intrigada. Começava a crer que ele de fato estava apaixonado pela jovem doutora. Isso quase a fez gostar um pouco mais dele. Talvez ele tivesse um coração no fim das contas.

Coop esteve fora toda a tarde ocupado com compromissos, e posando para a capa da *GQ*. Eram seis horas quando voltou para casa e soube que Alex ainda estava trabalhando. Estaria no hospital até a manhã seguinte. Tinha de pagar pela sua viagem ao México. Teria de trabalhar vários dias para repor os turnos daqueles que a substituíram.

Havia acabado de se sentar na biblioteca com uma taça de champanhe e posto alguma música para tocar quando ouviu um som horrível na porta da frente. Soava como uma metralhadora, ou uma série de explosões, como se parte da casa estivesse caindo. Coop foi olhar pela janela. A princípio nada viu mas logo divisou um menino e seus olhos se arregalaram de espanto. O pequeno *hooligan* estava andando de *skate* na escadaria de mármore, e usando-a para fazer saltos exóticos e aterrissar sobre o mármore ao redor. Repetiu a manobra enquanto Coop corria para a porta da frente e a escancarava com uma expressão furiosa. O mármore estivera ali desde 1918, imaculado, e o delinqüente juvenil iria destruí-lo com o *skate*.

— O que diabos pensa estar fazendo? Vou chamar a polícia se não desaparecer em três segundos. Como entrou nesta propriedade? — Os alarmes deveriam ter tocado quando ele pulou o portão. Coop não conseguia imaginar outro meio dele ter chegado ali. O menino ficou paralisado olhando para ele, aterrorizado e surpreso.

Tudo o que conseguiu dizer foi:

— Meu pai mora aqui — numa voz estrangulada enquanto apertava o *skate* junto ao peito. Não pensara no dano que poderia ter causado ao mármore. Apenas parecera um bom lugar para praticar saltos e ele estava se divertindo um bocado até Coop abrir a porta e gritar com ele, ameaçando prendê-lo.

— Como seu pai mora aqui? Eu moro aqui e, graças a Deus, não sou seu pai! — disse Coop, ainda furioso. — Quem é você?

— Sou Jason Friedman. — O menino parecia estar tremendo, e deixou o *skate* cair com um estrondo que fez ambos se sobresaltarem. — Meu pai vive na ala de hóspedes.

Jason chegara de Nova York na véspera, com a irmã. E adorara o lugar. Passara toda a tarde explorando-o, após voltar da escola. Na noite anterior, Mark apresentara ele e Jessica para Jimmy, e todos jantaram juntos. Jason só ouvira falar de Coop através do pai. E Coop estava no México quando chegaram. Acrescentando insulto à injúria, Jason olhou para o ator e acrescentou:

— Agora também moro aqui, assim como minha irmã. Chegamos ontem de Nova York — tudo o que ele queria era não ser preso. Queria dar nome, posto, número de série, e qualquer informação que Coop desejasse para evitar que aquilo acontecesse.

— Como assim "mora" aqui? Quanto tempo vai ficar? — Queria saber quanto tempo teria de suportar a presença do inimigo em suas fronteiras. Ele lembrava vagamente de Liz ter-lhe dito que Mark tinha filhos em Nova York que viriam visitá-lo ocasionalmente, mas apenas raramente e durante algum tempo.

— Deixamos nossa mãe em Nova York, e viemos viver com nosso pai. Odiamos o namorado dela. — Era mais informação do que aquela que Jason forneceria normalmente, mas Coop estava um tanto mais que assustador.

— Estou certo de que ele odiaria você também se você andasse de *skate* na escadaria de mármore dele. Se fizer isso de novo, vou açoitá-lo pessoalmente!

— Meu pai não permitiria — disse Jason, arrebatado. Achava que o sujeito era louco. Sabia que era um astro de cinema, mas primeiro dissera que iria prendê-lo, e agora ameaçava açoitá-lo. — Vai acabar na cadeia. Mas, ainda assim — se afastou ligeiramente —, me desculpe. Não estraguei o mármore.

— Poderia tê-lo danificado. Vocês realmente se mudaram para cá? — fora a pior notícia que tivera até então, e esperava que o menino estivesse mentindo. Mas se atormentava que não estivesse. — Seu pai não me disse que iriam se mudar.

— Foi uma decisão de última hora, por causa do namorado dela. Chegamos ontem, e voltamos à escola hoje. Minha irmã está no ginásio.

— Não acho isso bom — disse Coop, olhando angustiado para Jason. Aquilo não podia estar acontecendo com ele. Aquelas duas crianças não podiam vir morar na ala de hóspedes. Teria de despejá-los antes que ateassem fogo à casa, ou danificassem alguma coisa. Ligaria para seu advogado — Vou falar com seu pai — disse ele, ameaçador. — E me dê isso — disse ele avançando para pegar o *skate*, mas Jason deu um longo passo atrás, sem querer ceder. Era seu, o trouxera de Nova York.

— Eu pedi desculpas — lembrou Jason.

— Você disse muitas coisas, a maioria delas a respeito do namorado de sua mãe. — Coop era todo grandeza aristocrática ao olhar para Jason de cima para baixo, do alto da escadaria. Era um homem alto, e Jason estava ao pé da escada. De onde estava, Coop parecia um gigante.

— Ele é um babaca. Nós o odiamos — disse Jason sobre o namorado.

— É uma pena. Mas isso não quer dizer que podem vir morar em minha casa. Não mesmo — disse ele, encarando-o. — Diga a seu pai que falarei com ele amanhã pela manhã. — E, com isso, voltou para casa e bateu a porta enquanto Jason corria de volta à ala de hóspedes e contava uma versão ligeiramente modificada do encontro para o pai.

— Você não devia ter andado de *skate* na escadaria, Jase. É uma casa antiga e você poderia ter estragado alguma coisa.

— Eu pedi desculpas. Mas ele foi muito escroto.

— Na verdade é um cara legal. Só não está acostumado com crianças aqui. Temos de ir com calma com ele.

— Pode nos mandar embora?

— Não creio. Seria discriminação, a não ser que vocês façam algo terrível e lhe dêem um motivo razoável. Faça-me um favor? Tente não dar.

Ambas as crianças adoraram o lugar assim que o viram. E Mark estava adorando tê-las com ele. Ficaram muito contentes ao encontrarem os velhos amigos de escola. Jessica já estava no telefone falando com todo mundo que conhecia. E Mark preparava o jantar. Encontraram Paloma no pátio naquela tarde, e ela os adorou. Mas seu patrão ficara bem menos encantado. Ele ainda não sabia que Paloma ocasionalmente lavava roupa e fazia alguma faxina para Mark no tempo livre.

Assim que bateu a porta, Coop serviu-se de uma bebida forte e sentou-se para ligar para o *pager* de Alex. Ela retornou o chamado cinco minutos depois. Podia ouvir pela sua voz que algo terrível acontecera.

— Minha casa foi tomada por alienígenas — disse numa voz tão trêmula que nem parecia ser ele.

— Você está bem? — perguntou ela, preocupada.

— Não, não estou. Os filhos de Mark se mudaram para cá. Só conheci um deles, mas é um delinqüente juvenil. Vou começar imediatamente o processo de despejo. Mas posso ter uma crise nervosa nesse meio tempo. O menino estava andando de *skate* na escadaria da frente, pulando em cima do mármore. — Ela riu quando ele disse isso, e aliviou-se ao ver que não era nada sério. Mas Coop soava como se a casa tivesse caído.

— Não creio que possa despejá-los. Há todo tipo de lei que protege gente com criança — disse ela, cuidadosa, divertida com o quanto ele estava alterado. Ele realmente odiava crianças, exatamente como dissera.

— Preciso de leis que me protejam. Sabe como odeio crianças.

— Isso quer dizer que não teremos nenhuma, hein? — Ela estava brincando, mas pensou que esse talvez fosse um grande obstáculo. Ainda não pensara a respeito, mas ela era jovem o bastante para querer filhos. E ele não estava com humor para falar sobre aquilo agora.

— Certamente poderemos discutir isso — disse ele, razoável — Seus filhos ao menos serão civilizados. Os de Mark não são. Esse, pelo menos, não é. Disse que a irmã está no segundo grau. Provavelmente fuma crack e vende drogas na escola.

— Pode não ser assim tão ruim, Coop. Quanto tempo ficarão?

— Parece que ficarão para sempre. Até amanhã já será muito. Vou ligar para ele pela manhã e perguntar.

— Bem, tente não se aborrecer muito com isso. — Mas via que ele já estava aborrecido.

— Vou me tornar um alcoólatra. Acho que tenho séria alergia por qualquer ser humano com menos de 25 anos. Ele não pode querer que os filhos vivam aqui. E se eu não puder despejá-los?

— Bem, tire o melhor da situação e ensine-os a se comportarem.

— Você é um amor por me dizer isso, querida. Mas certas pessoas não podem ser ensinadas. Eu lhe disse que o açoitaria se andasse novamente na minha escadaria, e ele disse que me prenderia se eu o fizesse. — Certamente não fora um bom começo. Mas ameaçá-lo de açoite não era a coisa mais politicamente correta a se fazer.

— Apenas diga a Mark para mantê-los longe de você. Ele é um cara legal. Estou certa de que ele vai entender.

No dia seguinte, quando Coop ligou, Mark desculpou-se profusamente por qualquer transtorno que Jason tivesse causado. Explicou a Coop as circunstâncias, todas elas, e disse estar certo de que as crianças iriam querer voltar para Janet no fim do ano letivo. Muito provavelmente, talvez ficassem apenas três meses.

Aquilo soava como uma pena de morte para Coop. Tudo o que queria ouvir era que iriam embora no dia seguinte. Mas não havia a menor chance. Mark jurou que eles iriam se comportar, e Coop se resignou a aturá-los. Sabia não ter outra escolha. Ligara para seu advogado antes de falar com Mark, e Alex estava certa. Estava atolado com Jason e Jessica, e a carta de pedido de desculpas que Mark obrigou Jason a escrever tampouco comoveu Coop. Estava furioso por Mark tê-los metido ali. Coop não queria dirigir um ginásio ou um jardim de infância, ou uma tropa de escoteiros, ou uma pista de *skate*. Não queria crianças num raio de duzentos quilômetros de sua casa, ou de sua vida. Ele só rezava para que o caso de sua mãe acabasse logo, e eles voltassem para ela.

Capítulo 12

APÓS O PRIMEIRO confronto com Coop, Mark disse a Jason para se manter longe da ala principal da casa todo o tempo, e só usar o *skate* na via de acesso. Jason viu Coop de carro algumas vezes, mas não houve outros incidentes, ao menos nas primeiras duas semanas de sua estada ali. Estavam felizes por estarem de volta a Los Anngeles com os antigos amigos, adoravam a escola, e achavam o novo lar muito "legal", apesar daquele a quem se referiam como o rabugento senhorio. Este continuava a vê-los com maus olhos, mas tanto o corretor quanto seus advogados disseram que nada podia fazer. Havia leis severas contra a discriminação de crianças. E Mark o advertira que tinha filhos e que estes viriam visitá-lo de tempos em tempos. Tinha direito de morar lá com os filhos, mesmo agora que estavam residindo ali em tempo integral. Coop não tinha outra alternativa senão se habituar àquilo, e reclamar caso fizessem algo que não deviam. Mas afora Jason usar a escadaria da frente como rampa de *skate* no primeiro dia de sua estada lá, até então não houvera problemas.

Foi apenas no primeiro fim de semana que Alex passou na casa com ele que ambos despertaram ao meio-dia e ouviram o que parecia ser uma concorrida convenção na piscina. Parecia haver quinhentas pessoas gritando umas com as outras. Ouvia-se um *rap* altíssimo vindo de algum lugar, e Alex não conseguiu evitar sorrir ao ouvir a letra, ainda deitada na cama. Eram absolutamente sujas, mas muito engraçadas, e totalmente irreverentes a respeito de adultos e o que as crianças pensavam deles. Era uma mensagem e tanto para Coop.

— Ai, meu Deus, o que é isso? — perguntou Coop com horror, erguendo a cabeça do travesseiro.

— Parece um tipo de festa — disse Alex em meio a um espreguiçar e um bocejo, enquanto se aninhava ao lado dele.

Havia trocado quatro turnos para estar ali, e as coisas iam bem entre os dois. Coop estava se adaptando bem à vida atribulada de Alex, e fazia anos que ele não se sentia tão bem com uma mulher. E apesar de sua considerável diferença de idade, ela se sentia muito confortável ao lado dele. Mesmo após pensar cuidadosamente, a idade de ambos não era problema para ela. Coop parecia mais jovem, e muito mais interessante, que a maioria dos homens da idade de Alex.

— Devem ser os alienígenas novamente. Acho que outro UFO pousou. — Ele vira os adolescentes vez ou outra nas últimas três semanas, mas Mark parecia os estar mantendo sob controle, até aquela manhã. Coop ainda não sabia que Paloma vinha servindo de babá para Mark ocasionalmente.

— Devem ser surdos. Dá para ouvir essa música em Chicago! — Coop levantou-se da cama e olhou pela janela.

— Meu Deus, Alex, há milhares deles. — Ela se levantou da cama para olhar também e viu 20 ou 30 adolescentes, rindo, gritando e atirando objetos na piscina.

— Parece uma festa — confirmou Alex. — Deve ser aniversário de alguém.

Para ela era agradável ver jovens saudáveis e alegres se divertindo. Após todo sofrimento e tragédia que ela via em seu dia-a-dia, parecia-lhe abençoadamente normal. Mas, de pé ao lado dela, Coop parecia horrorizado.

— Alienígenas não fazem aniversário, Alex. Eles chocam nos momentos mais inconvenientes, e vêm à Terra para destruir tudo o que vêem. Foram enviados para destruir a nós e ao planeta.

— Quer que eu vá lá e peça para abaixarem a música? — perguntou, prestativa, com um largo sorriso. Ela via que ele estava realmente aborrecido. Ele adorava a vida pacífica e organizada, e adorava ter tudo belo e elegante a seu redor. As músicas que ouviam não eram uma coisa nem outra, e ela ficou com pena dele.

— Seria ótimo — disse ele com gratidão, enquanto ela vestia um short, uma camiseta e calçava as sandálias. Era um belo dia de primavera, e Alex prometeu trazer-lhe o desjejum assim que voltasse. Ele a agradeceu, e foi tomar banho e fazer a barba. Ele sempre parecia impecável, e chegava a estar bonito e relativamente bem arrumado ao despertar. Diferentemente de Alex, que sempre acordava se sentindo como se tivesse sido amarrada numa corda e arrastada por um cavalo a noite inteira. Seu cabelo estava em toda parte, e devido as horas que trabalhava, estava sempre exausta. Mas tinha a juventude a seu lado, e parecia uma criança ao ir à piscina e dar o recado.

Quando chegou à piscina, viu Mark. Jessica estava no centro de um grupo de garotas de biquíni e maiô, dando risinhos e gritinhos. Os meninos estavam sendo "legais" e as ignoravam, e Mark estava tentando organizar um jogo de Marco Polo na piscina.

— Oi, como vai? Não a vejo há algum tempo — disse ele ao vê-la. Já começava a se perguntar se Coop parara de vê-la. Mas

Mark também não vira nenhuma outra mulher por ali. As coisas andaram relativamente calmas havia semanas.

— Tenho trabalhado. O que comemoram? É aniversário de alguém?

— Jessie só quis se reunir com velhos amigos e comemorar a sua volta — ela estava fascinada com o fato de morar com o pai, e recusava-se a falar com a mãe, muito para a consternação de Mark. Ao menos até então, ele não conseguira dissuadi-la. Continuava a dizer a Janet para ser paciente, mas Jessica insistia em não querer perdoá-la. Ao menos Jason falava com a mãe, embora não escondesse o fato de estar adorando morar com o pai.

— Detesto aborrecê-lo com isso, eles parecem estar se divertindo tanto — disse Alex, desculpando-se —, mas Coop está um pouco aborrecido com o barulho. Acha que podem abaixar um pouco o volume do aparelho de som?

Mark pareceu surpreso e então se sobressaltou, dando-se conta do que acontecia. Ele estava tão habituado ao caos de ter crianças por perto que nem percebeu. Também nem se dera conta de que deveria ter avisado Coop a respeito da reunião, mas tinha medo de sequer mencionar as crianças para ele.

— Desculpe. Alguém deve ter aumentado o volume quando eu não estava olhando. Sabe como são as crianças. — Ela sabia, e estava feliz em ver que eram crianças saudáveis, limpas e decentes. Não havia uma tatuagem e nem um cabelo moicano à vista. Apenas um bocado de brincos e um ou outro *piercing* de nariz. Nada assustador. E nenhum deles parecia delinqüente ou drogado, ao contrário do que Coop teria dito se os visse. Eram apenas "alienígenas" comuns, na opinião de Alex.

Mark saiu da piscina para abaixar o som do aparelho, e Alex ficou observando as crianças com um sorriso no rosto. Viu que Jessica era uma bela menina, com cabelo louro longo e liso, e um belo corpo, e que ria incontrolavelmente em meio às amigas, enquanto diversos rapazes a observavam com luxúria. Parecia estar alheia a eles. Alex viu Jason se aproximar com Jimmy. Usava uma luva e carregava um taco de baseball, e tinha um sorriso no rosto enquanto conversavam sobre alguma coisa. Jimmy havia acabado de ensiná-lo como dar um movimento giratório à bola com precisão infalível. Era uma arte que Jason nunca havia dominado, e Jimmy a ensinou para ele.

— Oi — disse Alex, quando pararam onde estavam.

Jimmy pareceu momentaneamente constrangido, e então a apresentou para Jason. Sempre havia algo de reservado no olhar de Jimmy, como se até mesmo olhar para as pessoas lhe fosse doloroso. Alex podia ver o quanto a perda o abalara. Parecia alguém que sofrera um trauma. Tinha o olhar chocado que ela via nos olhos dos pais que acabavam de perder os filhos. Ao falar com Jason parecia mais à vontade do que no meio de adultos.

— Como vai? — perguntou ela casualmente. — Tem freqüentado alguns bons incêndios ultimamente? — A última vez que ela o vira foi quando Mark quase provocou um incêndio florestal com a churrasqueira e ligaram para ela voltar ao trabalho — Aquilo foi uma experiência e tanto.

Ambos sorriram ao se lembrarem. Ela ainda tinha a inesquecível visão de Coop dando autógrafos para os bombeiros enquanto os arbustos queimavam. Riu ao se lembrar daquilo.

— Jantei muito bem naquele dia — disse Jimmy com um sorriso tímido. — Acho que comemos a sua parte depois que você se foi. Que pena que teve de voltar ao trabalho. Mas, se não tivesse, não teríamos jantado — disse ele, e então sorriu com as próprias lembranças daquela noite. — Foi uma noite e tanto. Não tinha uma ressaca daquela desde a faculdade. Não consegui chegar no trabalho antes das onze na manhã seguinte. Ele serviu umas coisas bem exóticas, e em quantidade.

— Parece que perdi um bom jantar — disse ela sorrindo, e então voltou a atenção para Jason e perguntou em que posição ele jogava. Ele disse ser um entrebases.

— Ele é um bom arremessador — elogiou Jimmy — e é um ótimo rebatedor. Perdemos três bolas essa manhã, acima da cerca. *Home runs* definidos, para fora do campo.

— Estou impressionada. Não conseguiria acertar uma bola mesmo em caso de vida ou morte — confessou Alex.

— Nem minha mulher — disse ele, sem pensar. As palavras verteram de sua boca antes de poder evitar. E ela pode ver em seus olhos que elas o haviam ferido. — A maioria das mulheres não consegue atingir uma bola ou arremessá-la. Têm outras virtudes — disse Jimmy, tentando trazer a conversa de volta ao resto do mundo e afastá-la de Maggie.

— Também não estou certa de ter essas outras virtudes — disse Alex, descontraída, sentindo que fora um momento desconfortável para ele. — Também não conseguiria cozinhar em caso de vida ou morte. Mas faço um ótimo sanduíche de pasta de amendoim, e sei pedir uma boa pizza.

— Isso eu sei fazer. Sou muito melhor cozinheiro do que foi minha mulher.

Droga. Fizera aquilo novamente. Alex o viu se ocultar por trás de um muro ao fazer o comentário e permanecer em silêncio enquanto ela conversava com Jason. O menino foi embora atrás da irmã e dos amigos.

— São crianças legais — disse Alex, tentando relaxá-lo novamente. Ela podia ver que ele não estava bem, e ela queria dizer que lamentava, mas não queria perturbá-lo mais do que já estava.

— Mark está fora de si de felicidade por tê-los aqui. Realmente sentia falta deles — disse Jimmy, tentando se arrastar precipício acima. Estava constantemente caindo num abismo de pesar. Tudo o que dizia ou fazia o lembrava Maggie — Como nosso senhorio está levando a coisa?

— Está em terapia profunda, e tomando remédios modificadores de comportamento — disse ela solenemente, e Jimmy caiu na gargalhada. Era um som maravilhoso, em total contraste com o que ela achava que ele sentia a maior parte do tempo.

— Tão ruim assim, hein?

— Na verdade, pior. Na semana passada, quase entrou em código azul. — O que, em jargão hospitalar, queria dizer quando todo o sistema de um paciente falhava, o coração parava, e ele deixava de respirar. Mas Jimmy parecia compreender.

— Acho que vai sobreviver, mas tive de relembrar todo meu treinamento de reanimação. Nós o entubamos. Por falar nisso, tenho de voltar. Vim aqui pedir que baixassem a música.

— O que vai rolar? — Jimmy perguntou casualmente.

— Até agora foi *rap*, com umas letras bem apimentadas — disse ela sorrindo.

— Não, quero dizer para o desjejum. Pasta de amendoim ou pizza?

— Hummm... pergunta interessante. Não pensei nisso. Pessoalmente, eu optaria por pizza velha, resto. Vivo disso. Com roscas fritas de sobremesa, de preferência dormidas. Acho que Coop tem um gosto mais mundano, talvez ovos e bacon.

— Consegue se virar? — perguntou Jimmy, solícito. Gostava dela, tinha um senso de enorme afeto e compaixão por ela. Não estava certo sobre o que ela fazia, mas sabia que era algo com bebês. E suspeitava que ela era boa naquilo. Obviamente era inteligente, e parecia uma pessoa muito afetiva. Ainda não entendera o que ela fazia com Cooper Winslow. Parecia um casal um tanto ímpar, mas não havia lógica na escolha de parceiros. Nunca seguem o caminho que se espera que sigam. Coop era velho o bastante para ser pai dela. Ela não parecia o tipo de mulher que se encantava com fama e *glamour*. Isso o fez pensar se Coop não era mais do que ele suspeitava ou, talvez, más notícias, se Alex não era menos. Apesar da noite que passara com ele, Jimmy não pensou muito em Cooper. Charmoso e belo, sem dúvida, mas pouca substância e profundidade.

— Posso ligar para 911 para entregar o desjejum? — perguntou Alex, continuando a troça. Era um cara legal, e ela sentia pena dele.

— Claro, é só Coop pedir — disse ele, maldoso. Mas desculpou-se imediatamente. Não tinha motivos de ser maldoso com o sujeito, e sabia disso. — Desculpe, não quis ser inconveniente.

— Tudo bem, Coop tem um ótimo senso de humor, mesmo no que diz respeito a ele mesmo. É uma das coisas que gosto nele.

Isso o fez ter vontade de perguntar o que mais havia ali para se gostar, além da aparência dele, mas não perguntou.

— Bem, tenho de voltar. Acho que não vamos usar a piscina hoje. Coop definitivamente não conseguiria aturar. Precisaremos interná-lo.

Ambos riram, ela acenou para Mark e voltou para a ala principal, onde encontrou Cooper lutando com o desjejum. Havia queimado os pães e quebrara as gemas dos quatro ovos que fritava. O bacon estava irreconhecivelmente queimado, e ele derramara suco de laranja por toda a mesa.

— Você sabe cozinhar! — disse ela assombrada, com um sorriso largo ao dar-se conta do caos. Ela não faria muito melhor. Tinha mais habilidade numa CTI do que numa cozinha. — Estou impressionada.

— Bem, eu não. Onde diabos estava? Pensei que os alienígenas a tivessem feito refém.

— São boas crianças, Coop. Não creio que deva se preocupar. Estava conversando com Mark e Jimmy, e com o filho de Mark, Jason. Todas as crianças na piscina parecem educadas, decentes e comportadas. — Coop voltou-se para encará-la, espátula em mãos enquanto os ovos queimavam.

— Meu Deus... Foi a gente da espaçonave... Eles trocaram você... Você é um deles... quem é você? — Coop arregalou os olhos como somente se via em filmes de ficção científica e ela riu para ele.

— Ainda sou eu, e eles são legais. Pensei em lhe dizer isso para você não se preocupar.

— Você demorou tanto que imaginei que você tivesse fugido com eles, de modo que preparei o *meu* próprio... *Nosso* desjejum — corrigiu-se, e então olhou em torno, desanimado. — Quer sair para comer? Não creio que isso seja comestível — parecia um tanto desanimado.

— Devia ter pedido uma pizza.

— Para o desjejum? — Ele parecia chocado, e levantou-se, indignado. — Alex, seus hábitos alimentares são horríveis. Nunca lhe ensinaram isso na escola de medicina? Pizza não é comida adequada para o desjejum, mesmo se você for médica.

— Desculpe — disse ela humildemente, e pôs outros dois pães na torradeira, em seguida limpou o suco de laranja derramado e serviu mais dois copos.

— Isso é trabalho de mulher — disse ele com uma expressão de alívio chauvinista. — Acho que vou deixar a seu encargo. Só me dê suco de laranja e café.

Cinco minutos depois, porém, ela preparou-lhe ovos mexidos, bacon, torradas, suco e café, e trouxe tudo isso para ele numa bandeja, no terraço. Ela usara os melhores pratos, cristal bacará para o suco de laranja, e toalhas de papel dobradas como guardanapos.

— O serviço é excelente.... Precisa melhorar um pouco ao pôr a mesa... Linho sempre dá um toque especial quando se usa louça fina — provocou, mas sorriu quando ela lhe entregou o jornal.

— Fique feliz por eu não ter usado papel higiênico. Fazemos isso no hospital quando não temos guardanapos. Funciona, do mesmo modo que folhas de papel e copos de isopor. Vou trazer alguns da próxima vez.

— Estou muito aliviado ao ouvir isso — disse ele.

Alex tinha um modo de soar despretensiosa não importando onde fora criada, ou como era seu sobrenome. Quando terminaram de comer os ótimos ovos que ela preparara, Coop lembrou-se de fazer uma pergunta:

— Como acha que sua família vai se sentir a meu respeito, Alex? A nosso respeito, quero dizer.

Coop parecia preocupado, e isso a comoveu. Alex tinha a sensação crescente de que ele estava falando sério, mas ela realmente não se preocupava com isso. Até então, gostara de tudo a respeito dele, mas ainda era cedo. Estavam juntos a pouco mais de um mês, e muitas coisas podiam mudar, problemas podiam surgir, à medida que se conhecessem melhor.

— Que diferença isso faz? Eles não controlam a minha vida, Coop. Eu sim. Eu decido com quem quero passar meu tempo.

— E eles não opinam a respeito? Parece-me improvável. — Para ele, Arthur Madison tinha opiniões a respeito de tudo no planeta e certamente a respeito de sua filha. E, ao que Coop soubesse, quase tudo o que Arthur Madison pensava e fazia não era propriamente agradável. Seria o candidato perfeito para objetar o envolvimento dela com Cooper Winslow.

— Eu e minha família não nos entendemos — disse Alex calmamente. — Eu os mantenho a boa distância. Essa é uma das razões para eu estar aqui. — Seus pais a tinham criticado a vida inteira e o pai nunca lhe dirigira uma palavra gentil. A única irmã fugira com seu noivo na véspera de seu casamento. Havia pouco a gostar neles, se é que havia alguma coisa. A mãe tinha água gelada nas veias no que dizia respeito a ela, e desistira da vida havia anos. Deixava o marido dizer e fazer o que quisesse, até mesmo com os filhos. Alex sempre sentira estar crescendo num lar sem amor, onde todos estavam ocupados consigo mesmos, não importando quem ferissem no processo. E nenhuma quantia em dinheiro ou história mudaria isso.

— Eles são os alienígenas de quem você falou. Vêm de outra galáxia para exterminar a vida no planeta Terra. Têm uma tremenda vantagem ao fazerem isso, não têm coração, e possuem cérebros de tamanho médio que somente processam o óbvio, e têm uma quantia de dinheiro indecente, que usam quase que exclusivamente em seu próprio proveito. O plano de dominar o mundo está indo relativamente bem. Meu pai parece possuir a maior parte dele, e não dá a menor bola para outro ser humano além de si mesmo. Para ser perfeitamente sincera com você, Coop, eu não gosto deles. E eles também não gostam muito de mim. Não jogo o jogo deles, não compro seu discurso, nunca comprei, nunca comprarei. Portanto, seja lá o que pensem sobre nós, caso ouçam falar sobre nós, e creio que ouvirão, pouco me importa...

— Bem, isso fala por si, não é mesmo? — ele ficara um pouco surpreso com a veemência do discurso dela, e era fácil ver o quanto a tinham ferido, particularmente o pai. Coop sempre ouvira dizer que ele era cruel e impiedoso — Sempre li que seu pai é muito filantrópico.

— Ele tem um ótimo relações-públicas. Meu pai só se entrega a causas que lhe rendam algo ou lhe tragam prestígio. Deu cem milhões a Harvard. Quem se importa com Harvard quando há crianças morrendo de fome em todo o mundo, e pessoas morrendo de doenças que poderiam ser curadas se alguém doasse algum dinheiro para isso? Ele não tem um único osso filantrópico em todo o corpo — mas ela tinha. Ela abria mão de noventa por cento de sua renda todo ano, e vivia com o mínimo que podia. Permitia-se pouco luxo, como o apartamento-estúdio em Wilshire Boulevard, mas muito raramente. Sentia ter uma responsabilidade com o mundo por ser quem era, e não apesar disso, motivo pelo qual passara um ano trabalhando no Quênia. Foi lá também que se deu conta de que a irmã lhe fizera um enorme favor roubando-lhe o noivo, embora ela a odiasse pela traição que cometera. Mas ela e Carter teriam se matado. Demorou anos para que percebesse que ele era igual ao pai dela, e que a irmã era exatamente igual à mãe. Tudo o que a irmã queria era dinheiro, nome, segurança e o prestígio de estar casada com alguém importante. Ela não sabia quem ele era, e nem se importava com isso. Tudo o que Carter queria era ser o homem mais importante do planeta. O pai só pensava em si, Carter também. Nunca estiveram juntas novamente para discutir isso, mas há anos Alex suspeitava que a irmã era infeliz. Alex tinha pena dela. A irmã tornara-se um ser humano vazio, só e insípido.

— Está querendo me dizer que, caso a notícia que estamos envolvidos saia nos tablóides, ou sei lá aonde, seu pai não vai se importar? — perguntou, incrédulo. Era algo surpreendente para Coop.

— Não, não estou. Provavelmente vai se incomodar um bocado. Mas *eu* não me importo com o que ele pensa. Sou uma mulher adulta.

— Mas é isso o que estou falando — disse ele, parecendo ainda mais preocupado. — Provavelmente ele não gostaria de vê-la envolvida com um astro de cinema, muito mais um da minha safra. — Ou reputação. Afinal, Coop fora um notório *playboy* durante anos. Alex estava certa de que até mesmo seu pai sabia disso.

— Possivelmente — disse ela, pouco animadora. — Ele é três anos mais jovem que você — essa informação doeu, e não pareceu uma boa notícia para Coop, nem nada do que ela dissera, exceto o fato de parecer indiferente às opiniões do pai. Mas se ficasse suficientemente furioso, o pai poderia causar alguns problemas dos bons para Coop. Ele não sabia como, mas gente poderosa como Arthur Madison sempre arranjava um jeito de fazê-lo.

— Cortaria seu dinheiro? — perguntou Coop, parecendo nervoso.

— Não — disse ela, sorrindo calmamente, como se aquilo decididamente não fosse da conta de Coop. Mas suspeitava que ele não queria ser responsável pelo fato da família lhe causar desconforto. Era muito atencioso da parte dele. — A maior parte do que tenho vem de meu avô. O resto já foi arranjado num monopólio irrevogável pelo meu pai. E mesmo que pudessem me tirar da partilha, não me importo. Ganho meu sustento. Sou médica. — E a mulher mais independente que ele jamais conhecera. Nada queria de ninguém, e certamente nada queria dele. Não precisava de Coop, apenas o amava. Não era nem mesmo emocionalmente dependente dele. Gostava de sua companhia, e podia ir embora quando quisesse, caso necessário. Estava em uma posição invejável. Jovem, inteligente, livre, rica, bela e independente. A mulher perfeita. Exceto que Coop gostaria que ela fosse um pouco mais dependente dele. Não tinha garantias com Alex, e nenhum anzol para fisgá-la. Ela estava ali porque queria, até segunda ordem —

Isso responde a todas as suas perguntas? — perguntou ela ao se inclinar para beijá-lo com o longo cabelo escuro caindo sobre os ombros. Parecia uma das adolescentes na piscina, descalça, de shorts e camiseta.

— Por enquanto sim. Só não quero causar problemas para você com sua família — disse ele, soando gentil e responsável. — Seria um preço muito alto a se pagar por um romance.

— Já paguei o preço, Coop — disse ela, parecendo pensativa.

— Foi o que pensei. — Parecia ter passado o diabo tempos atrás, provavelmente quando a irmã fugiu com seu noivo.

O resto do dia foi agradável. Leram o jornal, tomaram sol no terraço, e fizeram amor no meio da tarde. Os adolescentes acabaram se acalmando, e mal os ouviam. E após terem ido embora da piscina, ela e Coop foram nadar antes do jantar. Tudo na piscina fora limpo e posto de volta no lugar. Mark fizera um bom trabalho controlando as crianças, e os fez arrumar tudo antes do fim da festa.

Naquela noite, ela e Coop foram ao cinema. Todos olharam quando ele comprou os ingressos, e duas pessoas pediram autógrafos quando foi comprar pipoca. Ela estava ficando acostumada a serem olhados pelas pessoas onde quer que fossem, e se divertia quando lhe pediam para se afastar um pouco enquanto tiravam fotografias, geralmente quando um ou mais integrante do grupo posava com ele.

— Você é famosa? — perguntavam-lhe abruptamente.

— Não, não sou. — E sorria humildemente.

— Então podia se afastar por favor? — ela concordava, e ria e fazia caretas para ele por trás da câmara. Mas ela não se aborrecia. Ao contrário, achava engraçado e adorava provocá-lo com aquilo.

Em seguida foram a uma *delicatessen* para comer um sanduíche e voltaram cedo para casa. Ela tinha de se levantar às seis e estar no hospital às sete. O fim de semana correra bem, e ela estava mais feliz que nunca com ele. Ela tomou cuidado para não acordá-lo ao se levantar. Ele nem mesmo a ouviu ir embora, e sorriu ao ver o bilhete junto à sua lâmina de barbear: "Querido Coop, obrigada pelo grande fim de semana... Tranqüilo e relaxante... se quiser um retrato meu autografado, ligue para meu agente... Falo com você depois. Amo você, Alex."

O engraçado é que ele a amava também. Não esperava por isso, achara que seria apenas uma diversão, pois ela era diferente das outras mulheres com quem ele geralmente saía. Mas ficou assombrado ao dar-se conta do quanto gostava dela. Era tão real, tão decente, e tão adorável. Não sabia o que fazer a respeito. Normalmente, ele apenas desfrutaria da companhia dela durante semanas ou meses, e mudava para a seguinte. Mas devido ao que ela representava e o que tinha, pegou-se a pensar no futuro. As palavras de Abe não haviam passado inteiramente em branco. E se ele queria uma mulher rica, coisa da qual não estava certo, Alex era perfeita. Tudo nela fazia sentido para ele. E casar-se com Alex não seria embaraçoso, ao contrário. Às vezes, quase desejava que não fosse quem era, pois ele não podia ignorar que ela era uma das mulheres mais ricas do país. E caso não fosse isso não estava certo do que sentiria por ela além de apenas desfrutá-la durante algum tempo. Aquilo complicava as coisas, e dava-lhes cor. Mais do que ela, Coop suspeitava de sua motivação. E no entanto, apesar de tudo isso, deu-se conta de que a amava, fosse lá o que isso quisesse dizer ou significar no futuro.

— Por que você simplesmente não relaxa e se diverte? — perguntou para seu próprio reflexo enquanto pegava a lâmina.

O incômodo é que ela o fizera questionar a si mesmo e desafiar a própria consciência. Ela o amava? Ou era apenas uma menina muito rica que podia resolver todos os seus problemas para sempre caso a esposasse e caso o pai deixasse? Ele ainda não comprara completamente a história de que ela pouco se importava com o que o pai dizia e que a opinião dele nada significava para ela. Antes de tudo ela era uma Madison, o que implicava alguma responsabilidade em relação com quem iria se casar, quantos filhos teria e o que faria com seu dinheiro.

E essa era outra coisa... Filhos... Ele ainda odiava a idéia de ter filhos, mesmo filhos ricos. Achava-os um pé-no-saco. Sempre achou. Mas ela era muito jovem para desistir da idéia de ter filhos. Não haviam falado sobre isso seriamente, mas até mesmo para ele era evidente que ela desejaria tê-los algum dia. Era tudo muito complicado e confuso em sua mente, quando não na de Alex. E, pior de tudo, ele não queria magoá-la. Ele nunca se preocupara com aquilo antes, com nenhuma das mulheres com quem saíra. Alex tirara o melhor de dentro dele, e Coop não estava certo de que estava gostando daquilo. Ser responsável e respeitável era um fardo enorme.

O telefone tocou enquanto ele se barbeava, e ele não o atendeu. Ele sabia que Paloma estava lá embaixo em algum lugar, mas estivesse onde estivesse, ela não o atendeu e o aparelho continuou a tocar. Pensou que podia ser Alex. Trabalharia vários dias seguidos para compensar o fim de semana. Correu para atender ao telefone com creme de barba ainda no rosto, e irritou-se no momento em que descobriu quem estava do outro lado. Era Charlene, e parecia sem fôlego.

— Eu liguei semana passada, e você não retornou a minha chamada — disse ela, soando furiosa e indo direto à acusação.

— Não recebi o recado — respondeu ele honestamente. — Deixou recado na secretária? — perguntou, limpando a espuma com uma toalha.

— Falei com Paloma — disse ela, mais contida. Só ouvi-la já o irritava. Seu breve flerte parecia estar a anos-luz de onde ele estava então, naquele momento, com Alex. Estava tendo um caso respeitável com uma mulher honrada, não um circo sexual com uma garota que ele mal conhecia. As duas mulheres, e seus sentimentos por elas, eram mundos à parte e inteiramente diferentes.

— Isso explica tudo — disse Coop com simpatia. Queria livrar-se dela o quanto antes. Não queria vê-la novamente, e não tinha planos para isso. Estava feliz pelos tablóides nunca terem sabido dela, mas a verdade é que pouco saíram juntos. Passara a maior parte do tempo com ela dentro de quarto. — Ela só me dá recados quando quer, o que não é muito freqüente.

— Preciso vê-lo.

— Não acho que seja uma boa idéia — disse ele abruptamente. — E estou de viagem marcada para amanhã. — Era uma mentira, mas geralmente desencorajava as mulheres. — Não creio que tenhamos muito mais a dizer um para o outro, Charlene. Foi legal, mas foi só isso, para nós dois — ele apenas saíra com ela durante algumas semanas, entre Pamela e Alex. Não dava espaço para histrionismo e drama.

— Estou grávida. — Ela acreditou quando ele disse que ia viajar, e achou melhor contar enquanto tivesse a oportunidade. Houve um silêncio longo e pensativo por parte de Coop. Já passara por isso antes, e sempre foi relativamente fácil resolver. Algumas lágrimas, algum apoio emocional e dinheiro para pagar o aborto. E era tudo. Achou que dessa vez não seria diferente.

— Lamento ouvir isso. Não pretendo parecer rude, mas tem certeza de que é meu? — as mulheres sempre odiavam quando ele dizia isso, mas algumas não estavam certas. Nestes casos, ele geralmente era menos simpático. E no caso de Charlene, parecia uma pergunta adequada. Ele sabia que ela tivera uma tremenda carreira romântica antes dele, possivelmente durante seu romance, e certamente depois. O sexo era o esteio da vida de Charlene, e seu meio primário de comunicação. Do mesmo modo que algumas mulheres usam a comida ou vão às compras. Ela era uma jovem muito ativa.

Ela se sentiu ultrajada. E encheu-se de virtudes para responder:

— É claro que tenho certeza de que é seu. Teria ligado caso não tivesse?

— Boa pergunta. Mas nesse caso, lamento. Você tem um bom médico? — A notícia o tornara subitamente distante e defensivo. Sentia-se ameaçado.

— Não. E não tenho dinheiro.

— Mandarei meu contador enviar-lhe um cheque que cubra todas as despesas. — Hoje em dia não era grande coisa. Antigamente, teria de cruzar a fronteira mexicana ou voar para a Europa. Agora, era rotineiro, como fazer limpeza de dentes, ao menos no que dizia respeito a Coop. Não era perigoso ou caro. — Enviarei o nome de alguns médicos. — Aquilo era uma breve oscilação no oceano de sua vida, longe de um maremoto. Coisas piores poderiam ter acontecido. Como um escândalo público, coisa que não queria no momento, por causa de Alex.

— Vou ter o bebê — disse ela.

Aos ouvidos de Coop, aquilo soava agressivo e rebelde. Era perigoso e ameaçador de seu ponto de vista. Tudo o que ele queria era proteger a si mesmo e a Alex, e tudo o que Charlene tinha em mente era uma ameaça. Ele nunca a amara. Sentia-se tremendamente ameaçado não apenas pelo que ela dizia como também pelo tom de sua voz. E mais que um dilema humano, seu sofrimento soava como uma ameaça de chantagem. Era difícil para Coop sentir algo por ela. Pretendia direcionar toda a proteção para Alex. Não queria que ela se aborrecesse com esse pesadelo.

— Não acho uma boa idéia, Charlene — disse ele, tentando manter distância. Ele não conseguia deixar de pensar que, uma vez que o seu caso fora breve, ela poderia ter tomado conta daquilo sem que ele soubesse. Em vez disso, queria metê-lo naquele drama. Mas ter um filho de uma celebridade era tentador, assim como pressioná-lo pedindo dinheiro. Ela soava como se tivesse direitos, o que o aterrorizava, e era algo com o qual ele não concordava.

— Não nos conhecemos tão bem. E você é muito jovem e atraente para ficar presa por um bebê. Dão muito trabalho. — Era um argumento que fazia sentido e que funcionara para ele no passado, mas Charlene não parecia disposta a retroceder. Em verdade, por que ela desejaria ter um filho com alguém relativamente estranho? Exceto que, nesse caso, o estranho era Cooper Winslow.

— Já fiz seis abortos, Coop. Não posso fazer outro. Além disso, quero nosso bebê. Preciso vê-lo.

Nosso bebê, ali estava a chave. Ela estava tentando envolvê-lo. Não conseguia evitar pensar se ela de fato estava grávida, ou se aquilo era um truque para obter dinheiro.

— Esta também não é boa idéia. — E era a última coisa que ele queria. Tudo o que ele não precisava era de uma reunião histérica com Charlene. O que ela queria era tê-lo de volta, e fazê-lo sentir-se compromissado com ela, mas ele não se sentia. Nem por um instante ele acreditou que ela estivesse sendo sincera, e ele não pretendia fazer coisa alguma que arriscasse seu relacionamento com Alex. O caso com Charlene durara meras três semanas. O caso com Alex deveria durar o resto da vida. — Não quero dizer o que você deve fazer, mas sinceramente acho que você deveria fazer um aborto. — Não era tolo o bastante para implorar. Teria preferido estrangulá-la, e ao bebê, caso houvesse um. Ele nem mesmo estava convencido de ela estar grávida, e no caso de estar, se aquele bebê era seu.

— Não vou abortar! — disse ela num lamento, e então começou a chorar. Disse-lhe o quanto o amava, e que achou que viveriam juntos para sempre, que achava que ele a amava também, e o que iria ela fazer com um filho sem pai?

— Exatamente — disse ele friamente. Estava determinado a não deixá-la perceber que ele estava preocupado. — Nenhum bebê merece um pai que não o reconheça. Não vou me casar com você. Nem mesmo irei vê-la, ou ao bebê. Não quero ser pai. E nunca lhe dei a impressão de que a amava, Charlene. Éramos dois adultos que fizeram sexo durante algumas semanas, e nada mais. Não vamos nos confundir com isso.

— Bem, é assim que se fazem os bebês — disse ela, e subitamente riu.

Coop sentiu-se atuando num filme muito ruim, e não gostou da sensação. Gostava ainda menos dela por causar-lhe tanto desconforto. — O bebê também é seu, Coop — disse ela, quase dengosa.

— Não, não é. Neste ponto ainda não é bebê de ninguém. É um nada, é uma célula do tamanho da cabeça de um alfinete, e nada significa. Você nem mesmo vai sentir falta dele — ele sabia não estar inteiramente certo, uma vez que os hormônios a fariam sentir como se ela amasse aquilo. Mas recusou-se a mencionar isso.

— Sou católica — Coop se sobressaltou ao ouvi-la dizer isso.

— Eu também, Charlene. Mas se isso fosse importante para nós, não teríamos dormido um com o outro antes do casamento. Não creio que você tenha outras alternativas. Ou pode ser esperta, ou muito, muito estúpida. E se escolher ser estúpida, não farei parte disso. Se tiver esse bebê, o fará sem meu apoio ou bênção.

Queria que ela soubesse desde o início, e pretendia ser inflexível quanto a isso. Achou que era melhor ela saber disso, e não acalentar ilusões a respeito.

— Você *tem* de sustentar o bebê — disse ela com praticidade. — A lei assim determina. — Ela era muito esperta. — E não posso trabalhar estando grávida. Não posso posar ou atuar com um barrigão. Você tem de me ajudar — Coop mal podia ajudar a si mesmo naquele instante, e ele não tinha a menor intenção de ajudá-la. — Acho que devemos nos ver e conversar a respeito disso. — Subitamente ela soava quase alegre.

Coop começava a crer que ela achava ser capaz de envolvê-lo naquilo, e talvez até casar com ele, caso tivesse o bebê. Mas tudo o que conseguiu foi fazer com que ele a odiasse. Em sua mente, ela ameaçava não apenas suas finanças, mas a relação com Alex, que representava muito para ele.

— Não vou me encontrar com você — disse ele, com fria determinação. Não deixaria Charlene fazer aquilo com ele.

— Creio que deva, Coop — disse ela, com um tom de voz ameaçador. — O que as pessoas vão achar quando descobrirem que você não quer tomar conta de mim e nem do meu bebê? — fazia soar como se tivessem sete filhos e um casamento de dez anos. Era uma garota com quem ele dormira três semanas e que agora se transformava numa chantagista e num pesadelo.

— O que as pessoas vão pensar se souberem que você está me chantageando? — perguntou com um tom agressivo na voz que não mais conseguia suprimir.

— Isso não é chantagem, é paternidade — disse ela jubilosa. — É o que fazem as pessoas, Coop. Casam-se e têm filhos. Às vezes, têm bebês e se casam.

Fazia soar inevitável e Coop teve vontade de esbofeteá-la. Nunca ninguém fizera aquilo com ele, não com tanto sangue frio e arrogância. Toda mulher que ele engravidara fora razoável. Charlene não estava sendo, nem estava preparada para ser. Aquela era uma oportunidade de ouro para ela.

— Não vou me casar com você, Charlene, tenha ou não o bebê. Vamos deixar isso bem claro. Não me importo com o que faça. Pago o aborto, mas é tudo o que farei. E se espera que eu a sustente, terá de me processar.

Mas ele estava certo de que ela o processaria. O mais publicamente possível, com certeza.

— Detestaria ter de fazê-lo, Coop — disse ela desapontada. — Seria péssima publicidade para nós dois. Realmente poderia prejudicar nossas carreiras.

Ele não quis enfurecê-la ainda mais dizendo que ela não tinha uma carreira. A verdade é que, naquele momento, ele também não tinha. Ninguém o estava contratando, a não ser para aparições especiais, e comerciais esporádicos. Mas ele ainda não estava disposto a ser metido num escândalo com Charlene. Nunca se metera em nada parecido. Podia ser conhecido como frívolo, ou um *playboy*, mas ninguém tinha algo realmente escandaloso para falar dele. Se continuasse naquele caminho, Charlene iria mudar isso. E considerando seu caso atual com Alex, aquilo era aterrador. Arthur Madison iria adorar saber dessa.

— Não poderia vê-lo no almoço antes de você viajar? — Soava coitadinha e inocente. Fora de tubarão a peixinho dourado em questão de segundos. E por um momento ele quase sentiu pena dela, mas logo voltou a se sentir ameaçado.

— Não, não pode. Vou mandar o cheque esta manhã. E o que fizer será problema seu, mas tenha certeza de que não vou levar isso adiante ou mudar de idéia. Não vou me envolver nessa loucura, caso tenha o meu bebê.

— Vê? — soava satisfeita. — Também já está pensando nele como seu bebê. É nosso bebê, Coop. E será uma criança linda.

Ela estava tentando ser poética enquanto ele tinha ânsias de vômito ao ouvi-la.

— Você é louca. Adeus, Charlene.

— Tchau, papai — sussurrou ela e desligou, enquanto Coop ficava sentado olhando horrorizado para o telefone. Aquilo realmente era um pesadelo.

Imaginou o que faria quanto àquilo, se ela se daria conta de que ele não estava disposto a jogar e fazer o aborto, ou se insistiria em ter o bebê. Caso insistisse, certamente provocaria um tremendo escândalo, especialmente com Alex. Normalmente, ele nada diria para ela, mas havia tanto em jogo, que ele decidiu abrir o jogo. Charlene era uma metralhadora giratória, e não havia como prever o que ela faria. Ele sabia que havia duas coisas a fazer, não importando o quanto as detestasse.

Primeiro teria de enviar um cheque para Charlene cobrir o custo do aborto. Depois teria de encontrar Alex e contar para ela. Caminhou nu pelo quarto e pegou o talão de cheques. Fez um dos seus no valor que acreditava ser adequado. Então ligou para Alex e deixou uma mensagem pedindo que ela ligasse assim que tivesse um tempo livre. Não estava ansioso para contar tudo para ela, mas parecia ser o mais sábio a fazer naquele momento. Só esperava que ela não terminasse tudo caso o fizesse.

Capítulo 13

ALEX RECEBEU A mensagem de Coop e ligou para ele meia hora depois. Estivera ocupada preenchendo a ficha de um novo interno, e após aquilo tiveram uma outra entrada, um prematuro com problema de válvula no coração. Supostamente era curável, mas o bebê precisava de atenção redobrada. Parecia ocupada e distraída quando ligou para ele.

— Oi, tudo bem?

— Manhã atarefada? — Ele estava nervoso, mas não queria que ela percebesse. Subitamente, deu-se conta do quanto ela representava para ele, e não apenas por causa de sua fortuna. Ele verdadeiramente não desejava feri-la nem perdê-la.

— Nem tanto. As coisas estão movimentadas, mas ainda não ficaram enlouquecidas — parecia estar em pleno controle do que fazia, mas sempre ficava feliz ao ouvi-lo, e conversar com ele sempre que tinha tempo. Foi legal da parte dele ter ligado.

— Tem tempo para um almoço rápido? — perguntou, tentando soar casual.

— Desculpe, Coop. Não posso sair. Sou a residente veterana encarregada. Estou presa aqui — estava de serviço até a manhã seguinte. — Não posso deixar o prédio.

— Não precisa. Que tal eu dar um pulo aí para tomar uma xícara de café?

— Claro, seria ótimo, se você não se incomodar de ficar metido aqui. Algo de errado? — Ele parecia estar bem, mas nunca se oferecera para vir ao hospital antes. Alex imaginou se ele estava com saudades.

— Não, eu só queria vê-la. — O modo como ele disse isso quase a deixou nervosa.

Ele disse que viria perto do meio dia, e assim que desligou, uma emergência a distraiu. Ainda estava resolvendo problemas e preenchendo formulários quando a recepcionista da portaria disse que havia alguém ali procurando por ela.

— É quem eu penso que seja? — perguntou para Alex pelo interfone. Sua voz estava repleta de espanto, e Alex riu ao responder:

— Creio que sim.

— Cara, ele é bonito — disse a outra sem que ele ouvisse, admirada. Alex sorriu e pôs de lado os papéis.

— Sim, é ele. Diga que estou a caminho. — Era uma hora boa para dar uma parada, e ela correu para encontrá-lo vestida com o avental branco, meias e galochas, o estetoscópio num ângulo esquisito ao redor do pescoço e um par de luvas de borracha penduradas no bolso. Usava o cabelo preso num coque e, como de costume, não usava maquiagem para trabalhar. Parecia uma adolescente ao correr para vê-lo.

— Oi, Coop — disse ela com um largo sorriso, enquanto as pessoas que estavam no CTI tentavam olhar para ele discretamente.

Ela estava acostumada com aquilo, e ele parecia impecável como sempre, num terno esporte de *tweed* e uma camisa de gola rolê bege, com calças cáqui perfeitamente passadas e mocassins marrons de camurça. Parecia ter saído de uma revista de moda enquanto ela se sentia completamente desmazelada.

Ela disse para a recepcionista da portaria que iria até a cafeteria para comer alguma coisa, e que esta mandasse uma mensagem para o *pager* delas caso fosse preciso.

— Se der sorte, me darão até dez minutos ininterruptos. — Em seguida, ficou nas pontas dos pés para beijá-lo no rosto, e Coop pousou um braço ao redor dos ombros dela quando pegaram o elevador para o subsolo. Alex sorriu quando as portas se fecharam e viu que todos olhavam para eles. Coop era uma visão e tanto. — Você acaba de aumentar minha importância aqui em cerca de quatro mil por cento. Você está ótimo.

Ele a abraçou mais forte quando ela disse isso.

— Você também. Você parece muito séria com todos esses negócios pendurados em você — Ela estava com o *pager*, o estetoscópio, e havia esquecido um pregador fixado em seu bolso. Suas ferramentas de trabalho faziam-na parecer mais adulta. Se fossem Halloween, aquela seria uma boa fantasia. Coop impressionou-se ao vê-la assim, e do modo desenvolto como instruiu uma das enfermeiras antes de falar com ele.

Alex era realmente impressionante. O que o fez se sentir ainda mais nervoso ao pensar no que estava a ponto de dizer. Não tinha como saber qual seria a reação. Mas ele sabia que deveria fazê-lo antes que alguém mais o fizesse. Graças a Charlene, as coisas podiam se tornar arriscadas.

Ambos escolheram seus sanduíches e os puseram na bandeja, e Alex serviu uma xícara de café para cada um.

— Esse negócio é perigoso — advertiu Alex, apontando para o café. — Dizem que tem veneno de rato aí dentro, e eu acredito. Eu levo você para a enfermaria depois do almoço, caso seja necessário.

— Graças a Deus você é médica — disse Coop enquanto pagava pelo almoço e a seguia até uma mesinha de canto. Por sorte, não havia ninguém ao redor deles, e até agora ninguém na cafeteria parecia tê-lo reconhecido. Ele queria alguns minutos em paz com ela. E Alex já estava comendo antes de ele ter terminado de desembrulhar o sanduíche. Demorou alguns minutos para se compor, e Alex percebeu que as mãos dele tremiam ao pôr açúcar no café.

— O que houve, Coop? — Ela estava calma, plácida e simpática, e tinha olhos meigos.

— Nada... Não... Não é verdade... aconteceu uma coisa esta manhã — ela olhou para ele à espera de uma explicação. Podia ver agora que ele estava preocupado. Não havia tocado nem no sanduíche e nem no café.

— Algo ruim?

— Algo perturbador. Quis falar com você a respeito.

Ela não conseguia imaginar o que seria. Seus olhos nada revelavam. Ele respirou fundo e lançou-se no que, como acreditava, logo se transformaria em águas turbulentas.

— Fiz algumas coisas idiotas em minha vida, Alex. Não muitas, mas algumas. E na maior parte do tempo me diverti um bocado. Nunca feri ninguém. Geralmente jogo de igual para igual, com gente que conhece as regras do jogo.

Quando Coop disse isso, Alex começou a entrar em pânico. Estava certa de que ele iria terminar tudo entre eles. Aquilo parecia uma introdução. Já estivera naquela situação anteriormente, mas havia muito tempo. Não havia se permitido se preocupar com alguém desde então. Até Cooper aparecer. Ela se apaixonara por ele desde que se conheceram. E agora ouvia o que parecia ser um discurso de despedida. Ela ficou sentada, observando-o. Na pior das hipóteses, iria engolir aquilo com dignidade e coragem. Coop percebeu que ela recuava à medida que o ouvia. Alex se protegia. Mas ele prosseguiu. Tinha de prosseguir.

— Nunca tirei proveito de ninguém. Não desencaminho mulheres. A maioria das pessoas com quem me envolvi sabiam o que estavam fazendo. Cometi alguns erros, mas de modo geral tenho uma ficha limpa. Sem vítimas. E quando terminava, era adeus e muito obrigado de ambas as partes. Ao que eu saiba, ninguém me odeia. A maioria das pessoas com quem me envolvi gosta de mim, e eu gosto delas. E os erros tiveram vida curta e foram rapidamente corrigidos.

— E agora? Você cometeu um erro, Coop?

Alex imaginava se ela o estava corrigindo agora, e teve de conter as lágrimas ao ouvi-lo, mas ele pareceu chocado com a pergunta.

— Nós? É claro que não! É isso que pensa que está acontecendo? Ah, querida... isso não nos diz respeito. Isso é a respeito de algo idiota que fiz antes de conhecê-la.

Alex pareceu imensamente aliviada quando ele segurou as mãos delas e prosseguiu:

— Vou ser breve. — Principalmente porque havia a possibilidade de ser interrompido. Aquilo seria terrível. Tinha de contar logo. — Pouco antes de conhecê-la, saí com uma jovem. Provavelmente não devia tê-lo feito. É uma moça simples, uma aspirante a atriz, e seus únicos papéis até agora foram em vídeos pornográficos e em comerciais. Não tem muito a seu favor, mas achei-a encantadora, e andamos brincando. Ela conhecia as regras do jogo. Ela não é inocente. Ela tem rodado um bocado. Nunca a desvirtuei. Nunca dei a entender que havia algo mais entre nós. Era apenas um interlúdio sexual para ambos, e nada mais, e terminou muito rápido. Nem mesmo eu consigo ficar envolvido com uma mulher com quem não possa conversar. Parecia algo muito simples, algo completamente inofensivo.

— E? — Alex não conseguia suportar o suspense. Claramente Coop não estava dizendo que se apaixonara pela garota, mas então o que estava dizendo?

— Ela me ligou esta manhã. Está grávida.

— Merda — disse Alex simplesmente, mas como uma sensação e imenso alívio. — Ao menos não é um caso terminal. Ela pode dar um jeito nisso.

Alex ficou tremendamente aliviada ao saber que Coop não estava lhe dizendo que estava apaixonado pela garota, e sorriu confiante para ele, que sentia como se um peso de uma tonelada tivesse sido retirado de seus ombros. Ela não se levantou e foi embora, nem disse que não desejava mais vê-lo, mas ele ainda não contara tudo, a outra metade da história.

— A outra metade do problema é que ela quer ter o bebê.

— Esse é um probleminha danado. Mas vejo por que ela está fazendo isso. Será o bebê de uma celebridade. Ela o está chantageando, Coop?

Alex era prática, inteligente e perceptiva, o que tornava as coisas mais fáceis do que ele imaginava que fossem.

— Mais ou menos. Ela quer dinheiro. Disse que, no seu tipo de trabalho, ela não pode trabalhar enquanto estiver grávida. Acho que não fazem filmes pornôs com mulheres grávidas — disse Coop, sombrio, e Alex apertou as mãos dele para reconfortá-lo. — Ela quer que eu sustente a ela e ao bebê. Eu disse que não queria um bebê, nem dela e nem de ninguém... exceto de você, talvez — corrigiu-se com um sorriso arrependido. Sentia-se um tremendo idiota ao dizer tudo aquilo para ela, mas queria deixar tudo muito claro para Alex. — Não falei para ela a seu respeito, ou ela realmente ficaria agressiva. Já está. Parece louca. Num momento chora, no outro ameaça, e depois fica falando de modo melado a respeito de "nosso bebê". É nauseabundo e um tanto aterrorizante. Não faço idéia do que ela fará, se de fato terá o bebê ou ligará para os tablóides. Ela é uma metralhadora giratória, e está carregada, se me perdoa o trocadilho. Enviei um cheque para pagar o aborto, mas isso é tudo o que pretendo fazer no momento, e eu disse isso para ela. O caso durou três semanas. Jamais deveria ter ocorrido. Deveria ser mais experiente na minha idade. Mas eu estava entediado e ela era divertida. Mas o que está acontecendo agora definitivamente não é divertido — disse ele, com remorso. — Lamento tanto, Alex, trazer essa porcaria para nossas vidas. Mas queria contar para você. Achei que tinha o direito de saber, principalmente se ela fosse aos tablóides. Ela pode fazer isso. E os tablóides adorariam.

— Ela também — disse Alex, soando simpática a ele. — Tem certeza de que ela está grávida? Ela pode apenas estar vendo o que pode arrancar de você. Ela não parece ser uma pessoa legal.

— Não é. Não sei se ela está realmente grávida, nem mesmo se o filho é meu. Eu me protejo, mas para dar-lhe os detalhes grotescos, a camisinha arrebentou em uma ocasião. Creio que do ponto de vista dela, foi uma sorte. — Ao menos sabia que não fora uma armação, apenas os fatos conspiravam contra ele.

— Você pode exigir um teste de DNA, especialmente se ela quiser fazer âmnio. Podem testá-la então. Mas isso só lá para frente. Quão grávida ela está?

— Acho que disse dois meses e alguma coisa.

Ele e Alex estavam juntos havia seis semanas, de modo que ele estava sendo verdadeiro ao dizer que aquilo acontecera antes dele conhecer Alex. Logo antes. Umas duas semanas antes, ou menos. Mas Alex lembrou-se que o que ele fizera antes não era da sua conta.

— O que vai fazer, Coop? — perguntou Alex, ainda segurando as mãos dele. Adorara o fato de ele ter sido honesto com ela, no mínimo a fez se sentir mais perto dele. Ela sabia que essas coisas aconteciam. Especialmente no mundo de Coop, onde as celebridades masculinas eram alvo fácil de extorsão, chantagem e cobiça.

— Ainda não sei. Não há muito que eu possa fazer por enquanto, a não ser esperar e ver o que ela vai fazer. Só quis adverti-la de que pode haver uma mina terrestre em nosso caminho, caso ela torne isso público.

— Você se casaria com ela caso ela tenha o bebê? — perguntou Alex, preocupada.

— Está louca? De jeito nenhum. Nem a conheço. E afora as belas pernas e outro atributos similar, aquilo que conheço não me agrada. — Ao menos não agrada mais. — Não a amo, nunca a amei, e nunca amarei. Não sou tolo ou nobre o bastante para me casar sob essas circunstâncias. Na pior das hipóteses, terei de pagar pensão, na melhor, tudo isso vai ser esquecido. Eu disse que jamais veria a criança, e estava falando sério.

Mas isso eram outros quinhentos, envolvendo responsabilidade e moralidade. Ela sabia que ele teria de rever a situação posteriormente, caso ela realmente tivesse o bebê. Mas ao menos ele não amava a mulher, e não pretendia se casar com ela. Em essência, aquilo nada afetaria Coop e Alex. Com exceção do barulho que poderiam fazer os tablóides, e isso não preocupava Alex. Tudo o que interessava a ela era o modo como ele se sentia em relação à outra.

— Detesto dizer— disse Alex enquanto Coop prendia a respiração e esperava pelo que viria a seguir. — E estou certa de que você não se sente assim a esse respeito, mas o assunto não me parece grande coisa, Coop. Essas coisas certamente acontecem com homens como você com alguma regularidade. É desagradável mas não é o fim do mundo. Sinto-me muito melhor agora que sei de tudo, e não vejo isso como um grande problema. Talvez seja embaraçoso, caso venha a público. Mas coisas assim acontecem todo o tempo. Sinto-me bem melhor — e sorriu para ele. — Pensei que estivesse a ponto de me dizer que estava tudo acabado. — Na verdade, a vida estava apenas começando para eles.

— Você é incrível — disse ele, suspirando, e lançando-lhe um longo olhar de gratidão. — Eu realmente a amo. Estava com medo de que me mandasse ir passear.

— Claro que não — nenhum deles comeu os sanduíches, tão concentrados estavam na conversa. — Quero você comigo.

Coop sentia o mesmo em relação a ela, e estava a ponto de dizer isso, quando o *pager* de Alex tocou.

— Merda! — disse ela enquanto tomava um gole de café e se levantava. — Alguém entrou em código... Tenho de ir... Não se preocupe, está tudo bem... eu amo você... ligo mais tarde.

Alex já estava no meio da cafeteria quando Coop se deu conta do que acontecera. Ele então se levantou e a chamou enquanto todos se voltavam para olhar.

— Eu amo você! — gritou.

Ela se voltou com um sorriso e acenou.

— É isso aí! — disse um sujeito que usava toca de cabelo e limpava as mesas com um pano úmido. Coop sorriu para ele e saiu da cafeteria com o coração leve e uma leveza nos pés que não tinha ao entrar. Alex era uma mulher notável, e apesar do que acontecera, ainda era dele.

Capítulo 14

JIMMY ESTAVA SENTADO na cozinha debruçado sobre uma pilha de papéis que trouxera do trabalho para casa, tentando decidir se estava disposto a preparar o jantar. Quase não jantava mais, a não ser quando os amigos do trabalho o convidavam ou Mark aparecia com um bife e meia dúzia de cervejas. Não se preocupava em comer ou não, em morrer ou não. Apenas tentava passar os dias. E as noites eram intermináveis.

Fazia três meses desde que Maggie morrera, e ele estava começando a se perguntar se iria se sentir melhor algum dia. Não havia sinal de alívio para a dor que sentia. E à noite, ele se deitava na cama e chorava. Ele nunca dormia antes das três ou quatro da manhã, e às vezes ficava acordado até o amanhecer.

Ele sabia que se mudar para a casa da guarda fora uma boa coisa, mas sabia também que trouxera Maggie com ele. Ela o acompanhava a toda parte, no coração, na cabeça, nos ossos, no corpo. Era parte dele agora, parte de cada pensamento e reação. Parte do modo como ele via as coisas, tudo o que acreditava e desejava. Às vezes ele se sentia mais Maggie que Jimmy. Via tudo através dos olhos dela. Ela o ensinara tanto... Às vezes se perguntava se não era por isso que morrera. Por ter ensinado tudo o que tinha para ensinar. Mas pensar nisso não tornava as coisas mais fáceis para Jimmy. Ele sentia muita saudade de Maggie, e mal conseguia suportar a dor que o atormentava noite e dia. Nada o fazia se sentir melhor. Conseguia aliviar aquilo durante algumas horas, como quando estava com Mark, ou ia trabalhar, ou servia de técnico de *softball* para as crianças com quem trabalhava. Contudo, assim como um velho amigo, a dor estava em toda parte, pronta para emboscá-lo. Era uma luta que ele não conseguia vencer. Por enquanto, a dor ainda vencia.

Havia acabado de decidir não cozinhar coisa alguma quando ouviu uma batida na porta e levantou-se para atender. Parecia cansado e amarfanhado, e sorriu ao ver que era Mark. Jimmy o via menos agora, porque Mark andava ocupado com os filhos. Tinha de fazer o jantar para eles e ajudá-los com os trabalhos de casa. Mas ligava e convidava Jimmy freqüentemente para jantar. Jimmy gostava de Jessica e Jason, e estar com eles era divertido. Mas isso também o fazia se sentir mais só. Lembrava-o de que Maggie e ele deveriam ter tido filhos, e agora nunca os teriam, nem os seus braços para abraçá-lo novamente.

— Fui fazer compras — explicou Mark. — Pensei em parar e convidá-lo para jantar.

Às vezes, Mark sabia, era melhor aparecer de repente e tirá-lo da toca. Jimmy se isolava um bocado, e Mark sabia que o amigo passava um mau bocado por causa de Maggie. Ainda mais ultimamente. Era como se o bom tempo e a sensação de primavera por toda parte o fizesse sentir ainda mais saudades dela.

— Não... Tudo bem... Mas obrigado.... Trouxe uma montanha de merda do trabalho para casa. Estou sempre fora fazendo visitas domésticas, e nunca consigo fazer coisa alguma no escritório.

Parecia pálido e cansado e Mark sentiu pena dele. Era um tempo difícil para Jimmy, e Mark sabia disso. Ele também passara por um aperto, mas as coisas melhoraram quando as crianças voltaram à Califórnia para viver com ele. Mark apenas esperava que algo acontecesse para facilitar as coisas para Jimmy. Ele era um cara inteligente, bem-apessoado e bonito. Ultimamente nem mesmo vinham tendo tempo para bater bola na quadra de tênis. As crianças o mantinham muito ocupado, e ele não tinha muito tempo livre.

— De qualquer modo, ainda precisa comer — disse Mark com praticidade. — Por que não me deixa cozinhar para todos nós? Tenho de alimentar as crianças em alguns minutos. Vou fazer costelas e hambúrgueres.

Era a dieta normal deles e Mark já havia prometido às crianças que iria comprar um livro de receitas e aprender a fazer outra coisa.

— Honestamente, estou bem — disse Jimmy, cansado. Ele sabia que Mark estava tentando ser um bom samaritano, e gostou disso. Apenas não estava bem para ver gente. Não estava há meses, e piorara recentemente. Ele parara de fazer ginástica, e não ia a um cinema desde o último ao qual fora com Maggie. Era como se ele se sentisse que, pelo fato de estar vivendo uma vida plena, estivesse sendo infiel para com ela.

— Ah, por falar nisso, quase ia me esquecendo — disse Mark com um largo sorriso. — Sei de uma fofoca sobre o nosso senhorio. Está na página dois. — E deu para Jimmy uma cópia de um dos tablóides. Ele vira aquilo no mercado e comprara para mostrar para Jimmy. Era muito ruim, mas Mark teve de admitir, divertiu-o. O cara realmente fazia e acontecia. Jimmy abriu o tablóide e seus olhos se arregalaram.

— Merda! — Havia uma foto de Coop que ocupava metade da página, e outra foto ao lado de uma mulher sensual com cabelos longos e negros e olhos asiáticos. O artigo estava repleto de supostos detalhes e insinuações sobre seu caso apaixonado, seu filho, fofocas a respeito de Coop, e uma lista de mulheres bem conhecidas que estiveram envolvidas com ele.

— Ora, ora — disse Jimmy com um sorriso, ao devolver o jornal para Mark. — Será que Alex já viu isso? Não é muito divertido sair com um sujeito que se mete nesse tipo de problema. E ela me parece uma moça tão correta.

— Não creio que seja grande coisa — disse Mark. — Só esteve aqui por uns dez minutos. Elas não parecem durar muito mais que isso com Coop. Acho que já vi três desde que me mudei. Mas mantém as coisas interessantes, não é?

— Ao menos para ele. Aposto que ele está bem preocupado com essa história de bebê — Jimmy não conseguiu evitar rir. — Imagine tê-lo como pai...

— Ele terá cerca de 90 anos quando o filho for para a universidade — acrescentou Mark.

— É, e provavelmente dormirá com as colegas dele — arriscou Jimmy. Fora um comentário impiedoso, mas o artigo do tablóide mexera com os dois, e antes de se despedirem, Jimmy prometeu ir jantar na casa de Mark no fim de semana.

À noite, durante o jantar, Coop não estava muito contente ao discutir o artigo com Alex. Estava profundamente perturbado por causa dele, e o fato das notícias terem vazado. Estava feliz por ter avisado Alex com antecedência.

— Veja, você já esteve nos tablóides um milhão de vezes. É parte de seu negócio. Não fosse você quem é, ninguém daria a mínima para com quem você está saindo.

— Foi sujeira dela ir aos tablóides — Coop estava lívido, mas Alex estava calma.

— Mas era previsível. — Alex tentou consolá-lo assegurando-lhe de que aquilo nada significava para ela. No fim das contas, todos esqueceriam do bebê, se é que ouviriam falar dele.

— Nem todo mundo lê tablóides — lembrou Alex. Ele ficou feliz as vê-la tão filosófica quanto ao assunto. Tornava as coisas bem mais fáceis.

Saíram para comer pizza naquela noite, e ela fez tudo o que podia para distraí-lo. Mas não foi fácil. Coop estava macambúzio e, ao voltarem para o Chalé, lembrou-se de algo que queria pedir para Alex e convidou-a para ir à noite do Oscar com ele. Alex adorou a idéia, mas subitamente pareceu preocupada ao saber quando seria.

— Terei de ver se consigo esta noite livre.

— Não pode trocar com alguém? — Ele já conhecia o esquema àquela altura.

— Vou tentar. Tenho trocado um bocado ultimamente. Tenho usado todas as minhas fichas.

— Essa vai ser boa — disse ele, esperando que ela o acompanhasse. Não apenas queria compartilhar aquilo com ela, mas queria ser visto a seu lado. Ela emprestava-lhe uma aura de respeitabilidade, e no momento ele precisava daquilo para fazer frente à sujeira que Charlene vinha vomitando. Mas não queria explicar isso para Alex. Assim eram as maquinações internas de Hollywood, e Coop achava melhor poupá-la dos detalhes.

Passaria a noite com ele novamente, embora tivesse relutado a princípio. Mas Coop se sentira tão incomodado no apartamento dela, sempre tão bagunçado, que era mais fácil ficar com ele. Aquele estúdio era mais uma gigantesca cesta de roupa suja do que um apartamento. Coop passou a chamá-lo de "o cesto"e ela gostava de estar no Chalé. Adorava poder nadar à noite, e não se incomodava em encontrar os filhos de Mark. Havia algo tão tranqüilo e relaxante naquele lugar. Era fácil ver por que Coop adorava aquilo e se agarrara a ele com unhas e dentes.

Dois dias depois, ela disse que fizera uma troca para poder ir à noite do Oscar, e então entrou em pânico ao dar-se conta de que nada tinha para vestir, e não tinha tempo para fazer compras. O único vestido de gala que ela tinha era o que usara na casa dos Schwartz, na noite que o conhecera. Ela precisaria de algo mais chique se quisesse ir à noite do Oscar com Cooper Winslow.

— Nunca pensei que fosse fazer algo assim — disse ela com um sorriso enquanto se aninhava junto a ele naquela noite. Ele também estava contente. Havia outro artigo sobre Charlene em um tablóide. A coisa estava pegando fogo. Mas afora isso, Coop também adorara a idéia de compartilhar um evento daquela importância com Alex.

— Nada tenho para vestir, você sabe. Talvez tenha de ir malvestida. Não terei tempo de fazer compras até lá.

— Deixe isso comigo — disse ele, misterioso. Ele conhecia mais sobre vestuário do que ela. Há anos vinha pagando guarda-roupas femininos e escolhendo roupas para mulheres quando estas não sabiam o que vestir. Era uma de suas muitas habilidades. E ele era muito generoso.

— Se comprar algo para mim, eu pago — lembrou Alex. Ela não tinha a menor intenção de ser sustentada por ninguém. E diferentemente de outras mulheres com quem Coop saíra, ela era perfeitamente capaz de pagar as próprias extravagâncias, e pretendia fazê-lo. Mas gostou quando Coop se prontificou a encontrar algo para ela.

Naquela noite, sonhou estar em um baile trajando um enorme vestido que rodava à sua volta enquanto dançava com um príncipe encantado igualzinho a Coop. Ele era o príncipe encantado. E ela começava a se sentir como uma princesa de contos de fadas. O fato de outra mulher estar grávida dele parecia não importá-la nem um pouco.

Capítulo 15

A NOITE DO OSCAR chegou mais rápido do que Alex esperava. Aconteceu duas semanas depois do convite, mais tarde do que o usual naquele ano, na terceira semana de abril. Fiel à sua palavra, Coop encontrou um belo vestido para ela na Valentino. Era de cetim azul-noturno e a coisa mais elegante que Alex jamais vira, com corte em viés, delineando a sua figura impecável. Ao prová-lo o único ajuste necessário foi fazer uma bainha. Ele emprestara um casaco de marta-zibelina da Dior, e um colar de safira que a fez perder o fôlego, com braceletes e brincos combinando.

— Realmente me sinto como Cinderela — disse Alex ao posar para Coop. Ele também contratara um cabeleireiro e um maquiador, para fazerem seu cabelo e sua maquiagem. E, para economizar tempo, ela se vestiu na casa de Coop.

Chegou do hospital vestindo avental, e três horas depois apareceu, magicamente, como uma princesa de conto de fadas. Melhor ainda. Parecia uma jovem rainha ao descer as escadas do quarto principal. Ele a esperava no vestíbulo, e exultou ao vê-la.

Ela estava bela, elegante e admirável. Transpirava a aristocrata que de fato era e, ao se olhar no espelho, surpreendeu-se ao ver que estava parecida com a mãe. Sua mãe já fora a bailes vestida assim quando Alex era pequena. Lembrava-se inclusive de um vestido azul, parecido. Mas nem mesmo sua mãe usara safiras como aquelas que Coop emprestara da Van Cleef e da Arpels. Eram enormes, e caíram como uma luva em Alex.

— Uau! — disse Coop curvando-se ao vê-la. Ele usava um de seus muitos *smokings*, feito por seu alfaiate em Londres. Usava sapatos de couro de alta qualidade e abotoaduras de safira que eram suas e não emprestadas. Foram presenteadas por uma princesa saudita, exilada pelo pai para sabe Deus onde de modo a evitar que ela se casasse com ele. Coop sempre dizia que ela fora vendida no mercado de escravas brancas para que não se tornasse a Sra. Winslow. Era uma boa história, e as abotoaduras de safira eram impressionantes.

— Você está incrível, meu amor — disse Coop ao saírem.

Nada do que ele lhe dissera chegava aos pés do que de fato era a cerimônia de premiação. Chegaram quando ainda era dia claro. Havia um longo tapete vermelho e uma imensa fila de limusines esperando para esvaziar seus passageiros. Belas mulheres em vestidos caríssimos e jóias estonteantes eram a norma, e os fotógrafos se acotovelavam para tirar fotografias. Muitas eram atrizes famosas, e Coop geralmente ia à noite do Oscar com alguma delas, mas este ano representava mais para ele ir com Alex. Eram o epítome de respeitabilidade aristocrática ao caminharem lentamente pelo tapete vermelho. Alex usava incríveis sapatos altos de cetim azul, e apoiava-se no braço de Coop para manter-se em pé. Sorriu, tímida, quando centenas de câmaras tiraram sua foto. Coop não disse isso a ela, mas Alex estava lembrando Audrey Hepburn em *Bonequinha de luxo*. Era bela, elegante e distinta. Ao se voltarem para outro batalhão de câmaras, enquanto Coop acenava como um chefe de Estado visitante, houve um reboliço na ala de hóspedes do Chalé.

— Meu Deus!... É ela!... É... como é mesmo o nome... você sabe... Alex!!! E ele! — Jessica apontava enquanto todas as cabeças no recinto se voltavam para a tevê. Jimmy estava ali assistindo a cerimônia com eles, assim como assistira ao Globo de Ouro com Mark. Coop e Alex saíram da limusine, e caminhavam lentamente.

— Ela está linda! — Jessica estava mais excitada em vê-la do que a qualquer outra estrela de cinema, pois a conhecia.

— Certamente está bem — disse Mark, enquanto todos olhavam para Alex. — Imagino onde conseguiu o colar.

— Provavelmente é emprestado — disse Jimmy, ainda se perguntando o que ela fazia com Coop. Achou que era tolice estar saindo com um homem como ele, e que Alex merecia mais. Achava que ela não passava da "bola da vez" para Coop, e disse isso a Mark. Mas Mark achava que ela era esperta o bastante para saber disso, mesmo que nenhum deles a conhecesse, embora gostassem dela.

— Nunca me dei conta de quão bela ela era. Como está bem-vestida! — comentou Mark. Ele apenas a vira de shorts e camiseta, na piscina, e na noite em que ele incendiara os arbustos. Vestida como estava, tinha de admitir que era muito bonita.

Ao contrário de Jimmy, que ainda se sentia em estado de morte cerebral, Mark estava começando a prestar atenção nas mulheres ao redor. Para Jimmy, todo o interesse que tinha pelo sexo oposto parecia ter morrido com Maggie. Mas Mark ainda não começado a sair com outras mulheres. Estava apenas observando. Além do mais, não tinha tempo, uma vez que estava sempre muito ocupado cuidando das crianças.

Coop e Alex haviam saído de cena, e entrado no teatro onde seria realizada a cerimônia. Eles os viram depois, quando já estavam sentados na platéia e as câmaras os focalizaram. Deram um *close* em Alex rindo e sussurrando algo para Coop, o que também o fez sorrir em resposta. Pareciam estar muito felizes juntos. Mais tarde, os fãs no Chalé os viram sair para a festa da *Vanity Fair*, no Morton's. Ela vestia o casaco de marta e parecia tão glamourosa quanto qualquer estrela de cinema. Talvez melhor, uma vez que era real.

Ela se divertiu muito naquela noite, e agradeceu a Coop efusivamente quando voltaram para casa no Bentley com motorista. O Azure turbo conversível já fora devolvido, porque Coop não podia pagar por ele. Mas a limusine Bentley era dele havia anos, o que dava um ar de elegância à sua entrada e saída da cerimônia do Oscar.

— Que noite incrível — disse ela com alegria em meio a um bocejo. Eram três da manhã. Ela vira todos os atores e atrizes que conhecia, e embora nunca tivesse sido uma garota que se impressionasse com celebridades, tinha de admitir que fora excitante. Particularmente, ver tudo aquilo ao lado de Coop, que lhe contou todas as fofocas e histórias de bastidores, e a apresentou para todo mundo que ela já havia visto no cinema. Realmente sentia-se como Cinderela

— Acho que agora vou virar uma abóbora novamente — disse Alex encostando-se em Coop. Ele estava muito orgulhoso, e disse isso a ela. — Tenho de estar no hospital em três horas. Talvez devesse ficar acordada.

— É uma opção — disse Coop sorrindo. — Você esteve perfeita, Alex. Todos pensaram que você era uma nova estrela. Você provavelmente terá uma dúzia de produtores enviando-lhe roteiros amanhã.

— Não creio — disse ela, rindo ao sair do carro, já no Chalé. Era incrivelmente agradável voltar à tranqüilidade da casa após uma noite como aquela. Divertira-se mais do que pensara, graças a Coop, que fizera que isso acontecesse, do cabelo, maquiagem até o colar de safira.

— Deveria tê-lo comprado para você — disse ele pesaroso quando ela devolveu-lhe o colar, e ele o pôs no cofre junto com os brincos e o bracelete. — Gostaria de poder — custavam três milhões de dólares, como Alex vira na etiqueta de preços. Um dinheirão.

Era a primeira vez que Coop admitia para ela que algo estava fora de seu alcance, embora aquilo estivesse fora do alcance de muitos. Isso não a surpreendeu, e ela não teria aceitado de qualquer modo. Mas era muito bonito, e fora muito divertido usar. Louise Schwartz estava usando um parecido, embora fosse evidentemente maior, o que era difícil de imaginar. E Coop sabia que Louise tinha outro, de rubis. Louise estava usando um belo vestido, também de Valentino, feito especialmente para ela.

— Bem, princesa, vamos subir para o quarto? — Coop olhou para ela enquanto tirava o *smoking* e afrouxava a gravata. Ele era incrivelmente bonito, e parecia tão impecável no fim da noite quanto no início.

— Já virei abóbora? — perguntou Alex sonolenta, ao carregar os sapatos na mão escada acima com o vestido de cetim arrastando atrás dela. Parecia uma princesa muito cansada.

— Não, querida — disse Coop gentilmente. — E nunca vai virar.

Era como estar num conto de fadas, e às vezes Alex sentia imersa em uma sensação de irrealidade. Freqüentemente tinha de lembrar a si mesma que trabalhava num hospital com prematuros doentes, e que vivia num estúdio cheio de roupa suja. Embora tivesse outras opções, havia muito decidira não usá-las. O *glamour* e a extravagância em sua vida eram fornecidos apenas por Coop.

Dormiu nos braços dele em menos de dez minutos, e quando o despertador tocou às cinco horas, ela quase se virou para o lado e voltou a dormir, mas Coop a empurrou delicadamente para fora da cama e disse que ligaria. Vinte minutos depois, Alex descia a via de acesso em seu velho carro, e estava inteiramente desperta. A noite passada parecia-lhe um sonho. Até ver-se nos jornais matutinos. Havia uma grande fotografia dela com Coop entrando na festa do Oscar.

— Ela parece com você — disse uma enfermeira ao olhar de relance para a foto, e então arregalou os olhos ao ver o nome sob a foto. Alexandra Madison. Coop esquecera-se de dizer que era médica, e Alex brincara com ele a esse respeito. Disse-lhe que trabalhara duro para obter esse título, e esperava que ele o usasse.

— Não bastaria dizer que você é minha enfermeira psiquiátrica? — brincou ele em resposta. Ela parecia radiante nas fotografias, e Coop segurava a mão dela e estava exultante. Era uma mensagem para o mundo de que tudo estava bem com ele, e ele não estava se escondendo. Era exatamente a mensagem que ele queria transmitir, e seu assessor de imprensa o congratulou mais tarde naquela manhã.

— Bom para você, Coop — afirmou. Sem dizer uma palavra, fez frente a toda a sujeira e rumores nos tablóides. A mensagem subliminar era a que, mesmo tendo engravidado uma atriz pornô, ele ainda era quem era, envolvido com mulheres de respeito.

Havia outra foto deles no jornal vespertino. E quando Coop ligou para ela, disse-lhe que diversos colunistas de fofoca da imprensa séria, não dos tablóides, haviam ligado para ele.

— Queriam saber que era você.

— E você disse?

— É claro. E desta vez, lembrei-me de dizer que você era médica — disse ele, orgulhoso. — Também queriam saber se iríamos nos casar. Disse-lhes que era muito cedo para falar a esse respeito, mas que você é uma mulher especial em minha vida e que eu a adoro.

— Bem, isso os manterá ocupados. — Ela sorriu enquanto bebia num de copo térmico cheio de café frio. Estava trabalhando já havia doze horas, mas por sorte fora um dia relativamente calmo. Estava mais cansada do que imaginara. Não estava habituada a farrear à noite e trabalhar todo o dia seguinte. Coop dormira até as onze, então fizera uma massagem, manicura, e cortara o cabelo.

— Perguntaram pelo bebê? — disse ela, parecendo preocupada. Sabia o quanto isso o aborrecia.

— Nem uma palavra.

Ele também não tivera notícia de Charlene. Estava muito ocupada falando com os tablóides. Duas semanas depois, porém, ouviu falar no advogado dela. Era princípio de maio, e ela alegava estar grávida de três meses. Charlene queria apoio durante a gravidez, e estava pronta para começar a negociar sua pensão.

— Pensão? Para um caso de três semanas? Ela está louca — reclamou Coop com o advogado. Mas ela alegava estar muito enjoada para trabalhar até depois de ter o bebê. De acordo com o advogado dela, Charlene estava muito nauseada. Aparentemente não o bastante para dar entrevistas. Deus, aquela mulher era um monstro!

— Apenas reze para que aquele bebê não seja seu monstro — disse o advogado. Concordaram que tudo que Coop oferecesse a ela temporariamente, teria de ser compensado com a promessa dela fazer um uma amniocentese que incluía um exame de DNA. — Quais as chances de serem seu, Coop?

— Creio que meio a meio. Tão boas quanto as de qualquer um. Dormi com ela, a camisinha estourou. Depende da minha sorte. Quais seriam as chances em Las Vegas?

— Terei de verificar isso para você — disse o advogado, soando sombrio. — Detesto ser cruel, mas como um de meus clientes disse: "Você meteu ali, pagará por isso para sempre. Espero que esteja sendo cuidadoso agora, Coop. Vi você com uma bela mulher no Oscar."

— E inteligente — disse Coop, orgulhoso. — Ela é médica.

— Espero que não seja uma caçadora de fortuna como essa. A futura mamãe também é bonita. Eurasiana ou algo assim, não é? Mas seja quem for, tem uma caixa registradora no lugar do coração. Espero que o resto dela tenha valido a pena.

— Não me lembro — disse Coop discretamente, e apressou-se em defender Alex. — Minha amiga médica nada tem de caçadora de fortuna. Com a família que tem, nada precisa de mim. Não mesmo.

— Verdade? Quem são? — perguntou o advogado, interessado.

— Seu pai é Arthur Madison. Ninguém mais. — O advogado assobiou.

— Isso é interessante. Já falou com ele sobre o bebê?

— Não, não falei.

— Aposto que falará, cedo ou tarde. Ele sabe que está saindo com a filha dele?

— Não estou certo. Ele e Alex não se falam muito.

— Bem, já não é mais segredo. Vocês dois estão em todos os jornais do país.

— Coisas piores podem acontecer.

E aconteceram. Charlene estava em todos os tablóides.

Uma semana depois, Alex também estava. Repetiam as mesmas notícias, só que agora acrescentava fotos de Alex às de Charlene e Cooper. Parecia uma jovem rainha nos tablóides, e as manchetes eram horríveis, como era de se imaginar. Mark comprava todos os jornais para mostrar para Jimmy, e Jessica estava apaixonada por Alex, com quem se encontrava regularmente na piscina. Ambas criaram amizade, e Alex gostava dela, embora nada dissesse para Coop. Ela sabia como ele se sentia em relação aos filhos de Mark, e Coop já tivera sua dose por enquanto.

Também andava recebendo chamadas de Abe por aqueles dias, que o lembrava que estava gastando muito dinheiro e demonstrava preocupação com a pensão que Coop teria de pagar para Charlene.

— Você não pode pagar. E se deixar de pagar, ela o mete na cadeia. É assim que funciona. E, pela cara que tem, ela fará isso.

— Obrigado pelas notícias, Abe. — Ele vinha gastando menos com Alex porque era uma mulher de gostos simples, mas ainda estava gastando mais do que podia, de acordo com Abe, que continuava a advertir Coop de que o ajuste de contas estava próximo.

— É melhor casar com a filha do Madison — disse ele, rindo imaginando se era por isso que Coop andava saindo com ela. Sendo quem era, era difícil crer que Coop não tinha um motivo oculto. Já Coop ainda examinava a sua consciência. Estava cada dia mais convencido de que a amava.

Liz também ligou para ele a propósito do barulho nos tablóides. Estava afrontada.

— Que situação! Você nunca deveria ter saído com ela, Coop!

— Agora, diga-me — disse ele, triste. — Como está o casamento?

— Adorando, embora seja difícil se acostumar com San Francisco. Estou sempre com frio, e é horrivelmente tranqüilo por aqui.

— Bem, você pode deixá-lo, e voltar para mim. Sempre precisei de você.

— Obrigada, Coop. — Mas ela estava feliz com Ted, e adorava as filhas dele. Só estava arrependida por ter esperado tanto para se casar. Agora se dava conta do quanto se sacrificara por Coop. Teria adorado ter filhos, mas agora era tarde demais para isso. Aos 52 anos de idade, tinha de se contentar com as filhas de Ted.

— Como é Alex?

— Um anjo — disse ele, sorrindo. — A garota da porta ao lado. Audrey Hepburn. Dr. Kildare. Ela é incrível. Você a adoraria.

— Traga-a para San Francisco para passar um fim de semana.

— Adoraria, mas ela está sempre trabalhando ou de sobreaviso. Ela é uma residente veterana. É uma grande responsabilidade.

Era uma parceira bem estranha para ele, Liz não conseguia deixar de pensar, mas era muito bonita. E os jornais diziam que ela tinha 30 anos, que era o máximo de idade que ele admitia. Qualquer coisa entre 21 e 30 era presa para Coop.

Liz também perguntou o quanto ele andava trabalhando. Ela não o vira ultimamente, nem mesmo em comerciais. Coop andava ligando para o agente, mas nada estava acontecendo por enquanto. Mas, como seu agente lembrou, ele não estava ficando mais jovem.

— Tenho trabalhado menos do que gostaria. Mas tenho mexido meus pauzinhos. Acabei de falar com três produtores esta manhã.

— O que você precisa é de um bom papel para que todos o queiram novamente. Uma vez que o vejam num bom papel, todos irão querê-lo. Você sabe como os produtores são medrosos, Coop.

Não quis dizer isso para ele, mas precisava de um bom papel fazendo o pai de alguém. O problema é que Coop ainda queria ser o protagonista, e ninguém queria contratá-lo para isso. Mas Coop não conseguia se ver velho, motivo pelo qual se sentia tão à vontade com Alex. Ele nem mesmo chegou a pensar que era 40 mais velho que ela. E nem Alex. Pensara naquilo a princípio mas esqueceu quando o conheceu e passou a amá-lo.

Estavam deitados no terraço falando de nada em particular naquele fim de semana, quando o *pager* dela soou. Alex estava de sobreaviso, mas ao olhar para o *pager*, viu que não era do hospital. Instantaneamente reconheceu o número e esperou meia hora até pegar o celular. Coop estava deitado numa espreguiçadeira à sombra, próximo a ela, lendo o jornal, e ouviu a conversa com meio ouvido.

— Sim, é verdade. Diverti-me um bocado. Como vai você?

Ele não tinha idéia de com quem ela estava falando, mas a conversa não pareceu amistosa. Alex estava de cara fechada.

— Quando? Acho que estarei trabalhando... Podemos almoçar no hospital, se alguém me cobrir. Quanto tempo vai ficar por aqui? Está bem... Vejo você na terça-feira.

Coop não conseguia identificar se ela estava falando com um amigo, um advogado ou seja lá o que, mas fosse quem fosse, parecia não ter gostado.

— Quem era? — perguntou Coop, curioso.

— Meu pai. Ele vem a Los Angeles na terça-feira para reuniões. Quer me ver.

— Parece interessante. Falou algo a meu respeito?

— Apenas que me viu no Oscar. Não mencionou seu nome. Vai guardar isso para depois.

— Devemos convidá-lo para jantar? — ofereceu Coop generosamente, embora ainda o aborrecesse pensar que o pai de Alex era mais jovem do que ele, e muito mais importante. Arthur Madison não era apenas feito de dinheiro, mas de poder.

— Não — disse Alex, encarando-o. Ela estava usando óculos escuros, de modo que não pôde decifrar-lhe a expressão, mas definitivamente não era simpática e nem indistinta, e ela não parecia entusiasmada com a idéia de ver o pai.

— Mas obrigada de qualquer modo. Almoçaremos no hospital. Ele vai embora logo depois.

Coop sabia que ele tinha um 727 particular.

— Talvez da próxima vez — disse Coop, gentil. Mas via que ela não estava ansiosa pelo encontro.

Dez minutos depois, ela foi chamada ao hospital para uma emergência. Só voltou na hora do jantar. E, ao fazê-lo, foi direto para a piscina nadar e encontrou-se com Jimmy, Mark e os filhos. E pela primeira vez, achou Jimmy mais animado. As crianças adoraram revê-la. Jessica mencionou quão bonita ela estava no Oscar.

— Obrigada. Foi muito divertido — respondeu Alex após nadar durante meia hora. Jessica estava na piscina com ela e Mark, enquanto Jason e Jimmy jogavam *baseball*. Jimmy ensinava a Jason como arremessar e este ouvia atenciosamente.

Dez minutos depois, Jessica perguntava sobre a roupa que as estrelas estavam usando na festa quando Alex ouviu um zumbido acima de sua cabeça e a bola de Jason atingiu a janela principal da sala de estar de Coop.

— Merda! — ofegou Mark, enquanto as duas na piscina olhavam.

— Grande bola! — gritou Jimmy para Jason antes de dar-se conta de onde a bola fora parar. O som de vidro partido acompanhou a sua exclamação. Mark e Alex trocaram um olhar. Jason estava a ponto de entrar em pânico.

— Ops... — disse Jessica.

Segundos depois, Coop estava na piscina mal controlando a própria fúria.

— Estão treinando para jogar pelos Yankees, ou isso é apenas vandalismo inconseqüente? — disse ele, enquanto Alex se envergonhava por ele. Não havia dúvida. Ele detestava bagunça, interrupções inesperadas... e crianças.

— Foi um acidente — disse Alex calmamente.

— Por que diabos está atirando bolas de *baseball* nas minhas janelas? — gritou Coop para Jason. Ele o vira usando a luva de apanhador, de modo que não havia mistério quanto a quem fizera aquilo.

Jason parecia à beira das lágrimas diante da fúria de Coop, e estava certo que ia se meter em confusão com o pai, que o advertira para não aborrecer o Sr. Winslow, com quem ele já tivera um problema por causa do *skate*.

— Fui em quem fez isso, Coop. Perdoe-me — disse Jimmy dando um passo à frente. — É tudo minha culpa. — Partia-lhe o coração ver o jovem amigo tão apavorado, e não havia muito que Coop pudesse fazer com Jimmy — Vou substituir o vidro.

— Era o mínimo que eu poderia esperar, embora não acredite em você. Creio que isso é coisa do jovem Sr. Friedman. — Olhou para Jason, Mark e então novamente para Jimmy. Alex saiu da piscina e pegou uma toalha.

— Eu substituo o vidro quebrado, Coop — disse Alex. — Não foi de propósito.

— Isso aqui não é um campo de *baseball* — disse ele, furioso. — Essas janelas demoraram uma eternidade para serem feitas, e são quase impossíveis de instalar. São vidros curvos e foram moldados especialmente para a casa. Vai custar uma fortuna para substituí-los. Mantenha seus filhos sob controle, Friedman — disse Coop com antipatia, e voltou à casa principal enquanto Alex olhava para os outros com uma expressão embaraçada.

— Sinto muito — disse ela gentilmente. Era um lado dele que ela não gostava de ver, embora já tivesse dito para ela que detestava crianças.

— Que babaca — disse Jessica em voz alta.

— Jessie! — disse Mark com severidade, e Jimmy olhou para Alex.

— Concordo com ela, mas sinto muito — disse ele. — Deveria ter ido para a quadra de tênis com Jason para jogar. Nunca me ocorreu que poderia atingir uma das janelas.

— Está tudo bem — disse Alex com simpatia. — Ele só não está acostumado com crianças. Ele gosta de tudo tranqüilo e perfeito.

— A vida não é assim — disse Jimmy com simplicidade. Lidava com crianças todo o dia, e nada era tranqüilo ou perfeito ou do modo que se esperava que fosse, e era isso que ele adorava no seu trabalho. — Ao menos a minha não é.

— Nem a minha — disse Alex com realismo. — Mas a dele é. Ou ele gosta de pensar que é — todos pensaram no problema com os tablóides. — Não se preocupe com isso, Jason. É apenas uma janela. Não uma pessoa. A gente sempre pode substituir as coisas, mas não as pessoas — ao dizê-lo, teve vontade de cortar a própria língua, e olhou para Jimmy.

— Você está certa — disse ele suavemente.

— Perdoe-me... Não foi minha intenção... — Ela estava horrorizada.

— Sim, foi. E você está certa. Todos nos esquecemos disso às vezes. Ficamos tão apegados às nossas "coisas" quando são as pessoas que importam. O resto é besteira.

— Lido com isso todos os dias — disse Alex, e Jimmy assentiu.

— Aprendi essa lição do modo mais difícil — disse ele com sinceridade e olhou para ela. Jimmy gostava de Alex. Não entendia o que ela fazia com um homem que era puro exibicionismo e pretensão. Tudo nela parecia honesto e real. — Obrigado por ter sido legal com Jason. Eu cuido disso.

— Não, eu cuido — interveio Mark. — Ele é meu filho. Pago a despesa. Apenas seja mais cuidadoso — disse para Jason, e então olhou para Jimmy. — E isso se aplica a você também.

— Desculpe, papai — disse Jimmy timidamente, e todos riram enquanto Jessica e Jason os observava. Jason deu-se conta de que, apesar do Sr. Winslow ter gritado com ele, os outros foram legais e ele escapara de boa. Achava que o pai iria matá-lo quando viu a bola quebrando a vidraça. — Mas foi um bom arremesso, Jason. Estou orgulhoso de você.

— Não exageremos — acrescentou Mark. Ele não queria dar a Coop uma desculpa para expulsá-los dali. — Vamos manter os jogos de bola restritos à quadra de tênis. Certo?

Tanto Jason quanto Jimmy assentiram, enquanto Alex vestia a camiseta e os shorts sobre as roupas de banho molhadas.

— Vejo-os em breve, pessoal — disse Alex ao deixá-los. Ambos a olharam enquanto se afastava com o longo cabelo negro molhado às costas. Tão logo ela estava longe demais para ouvi-lo, Mark disse:

— Jessie está certa. Ele é um babaca. E *ela* é uma grande mulher. Ele não a merece, não importa quão bonito seja. Ele vai fazer picadinho dela.

— Acho que ele vai se casar com ela — acrescentou Jessica, interessada, entrando na conversa. Desejava que o pai começasse a sair com alguém como Alex.

— Espero que não — acrescentou Jimmy. Em seguida, pousou o braço sobre o ombro de Jason, e os quatro voltaram à ala de hóspedes. Mark iria preparar outro churrasco, e Jimmy concordara em ficar para o jantar.

Na ala principal, no segundo andar, Alex repreendia Coop, que ainda estava furioso.

— É apenas uma criança, Coop. Você não fazia coisas assim quando era garoto?

— Nunca fui um garoto. Nasci de terno e gravata, adulto e educado.

— Não seja tão idiota — provocou Alex. Ele a beijou.

— Por que não? Gosto de ter acessos de fúria. Além do quê, você sabe quanto detesto crianças.

— E se eu lhe dissesse que estou grávida? — perguntou com uma expressão que quase o deixou de queixo caído.

— Está?

— Não. Mas se estivesse? Teria de se virar com *skates*, vidraças quebradas e como fraldas sujas, sanduíches de pasta de amendoim e gelatina sobre os móveis. É algo no que pensar.

— É mesmo? Estou ficando nauseado. Você, Dra. Madison, tem um senso de humor podre. Espero que seu pai lhe dê uma surra ao vê-la.

— Estou certa de que dará — disse Alex friamente. — Ele sempre dá.

— Bom. Você merece. Quando irá encontrá-lo?

Coop daria tudo para estar naquele encontro. Mas Alex não o convidara, e ela não pretendia fazê-lo.

— Na terça-feira.

— Por que acha que ele quer vê-la? — perguntou Coop com óbvia curiosidade. Ele estava certo de que era sobre ele.

— Veremos — disse Alex com um sorriso, enquanto caminhavam de braços dados para o quarto. Ela sabia como curar os seus acessos de fúria. Em verdade, o incidente da vidraça já estava quase esquecido quando ela o beijou. Um segundo depois, era a última coisa em que estava pensando.

Capítulo 16

ALEX JÁ SABIA, ao menos até certo ponto, como seria o encontro com o pai na terça-feira. Seus encontros eram sempre daquela maneira. Nunca houve mudança no modo como tratava com ele.

O pai chegou cinco minutos antes do combinado, e a esperava na cafeteria quando ela chegou. Era alto e magro, cabelos grisalhos e olhos azuis, e tinha um ar severo. Sempre tinha uma pauta de discussão quando se encontrava com ela. Não conseguia apenas vê-la e perguntar como estava passando. Em vez disso, parecia seguir uma lista mental, como se estivesse em uma reunião de diretores da empresa, o que de certo modo era verdade. A única coisa que ele disse para Alex que indicava que eram parentes foi que a mãe mandava lembranças. A mãe não era mais afetuosa que o pai, motivo pelo qual tolerou estar casada com ele durante todos aqueles anos. Mas era o pai quem tinha total controle da família. Com exceção de Alex. Havia uma barreira entre eles pela qual ela lutara a vida inteira.

Ele não perdeu tempo. Demoraram dez minutos até que ele fosse direto ao assunto.

— Quero falar sobre Cooper Winslow, Alex, e não queria fazê-lo pelo telefone.

Aquilo não fazia a menor diferença para ela. Seus encontros eram tão vagos e sem emoção que o fato de estarem face a face nada acrescentava.

— Por que não?

— Pensei que este era um assunto suficientemente importante para exigir que o tratássemos pessoalmente.

Para Alex, apenas o fato de ele ser seu pai seria suficiente para que se vissem pessoalmente, mas isso nunca ocorreu a ele. Sempre tinha de haver um motivo.

— É um assunto delicado — prosseguiu. — E não vou ficar chovendo no molhado — ele nunca o fez, mas ela também não. Detestaria admitir, mas de algum modo não eram assim tão diferentes. Ela era impiedosamente honesta, não apenas no que dizia respeito aos outros, mas consigo mesma. Tinha princípios que seguia e sabia exatamente o que queria. A maior diferença entre eles era que Alex era gentil, ele não. Arthur Madison não perdia tempo com emoções, e nunca poupara palavras. E se algo desagradável tinha de ser feito, ele era o primeiro a se oferecer para fazê-lo.

— Quão sério é esse caso de vocês? — perguntou abruptamente, encarando-a firmemente. Ele a conhecia bem, e estava lendo sua expressão. Sabia que ela não mentiria, mas que era pouco provável que dissesse como estava se sentindo. Aquilo era problema dela e não do pai.

— Ainda não sei — respondeu, cuidadosa. E era verdade.

— Sabe que esse cara está mergulhado até o pescoço em dívidas? — Coop nunca dissera isso a ela, mas o fato de possuir inquilinos deixara claro que estava apertado. Havia anos não trabalhava duro. Mas ela pensara, erradamente, que ele tinha algum dinheiro guardado. E, é claro, o Chalé valia muito. O pai sabia que era o único bem que Coop possuía, e que havia uma enorme hipoteca sobre a propriedade.

— Não discuto finanças com ele — respondeu sucintamente. — Não são da minha conta, do mesmo modo que as minhas não são da conta dele.

— Ele lhe fez perguntas sobre sua renda ou sua herança?

— Claro que não. É muito educado para fazê-lo — respondeu honestamente. Coop era muito bem-nascido para falar de dinheiro com ela.

— E muito astuto. Provavelmente fez uma investigação completa a seu respeito, exatamente como eu fiz com ele. Tenho um arquivo dessa grossura sobre ele na minha escrivaninha. E não são boas as notícias. Tem estado na lona há anos, e tem uma montanha de dívidas. Não tem crédito. Não creio que consiga pegar emprestado um livro numa biblioteca, caso tente. E tem a habilidade de atrair mulheres ricas. Já esteve envolvido com pelo menos cinco.

— Ele tem habilidade com *todas* as mulheres — corrigiu Alex. — Você está me dizendo que ele está atrás do meu dinheiro? É isso? — Assim como ele, ela ia direto ao assunto. Eram páreo um para o outro. E estava magoada por ele ter sugerido que Coop apenas a via como um alvo fácil. Estava absolutamente certa de que ele o amava, e era uma pena o fato de estar endividado.

— Sim, estou. Creio ser muito possível que as intenções dele não sejam tão puras quanto você gostaria de pensar, e que ele está armando para você. Talvez até inconscientemente. Talvez nem mesmo se dê conta. O homem está numa situação terrível, Alex. E isso não é bom, para nenhum de vocês. Pode até levá-lo a se casar com você, o que não faria de outro modo. Além disso, é muito velho para você. Acho que não faz idéia de onde está se metendo, Alex. Não sabia que vocês estavam saindo até sua mãe vê-la com ele na entrega do Oscar. Ambos ficamos chocados. Parece que ele andou com alguém que ela conhecia, há muitos anos. Nunca fez nada de errado, mas está por aí há muito tempo. E suponho que você saiba da história desse filho ilegítimo com a atriz pornô. Isso é só a cobertura do bolo.

— Pode acontecer com qualquer um — disse ela calmamente, odiando o pai por cada palavra dita por ele, embora sem demonstrar em sua expressão. Ela ocultava todas as emoções dele havia anos.

— Essas coisas não acontecem com homens responsáveis. Ele é um *playboy*, Alex. Viveu uma vida de extravagâncias e auto-indulgência. Não economizou um centavo. E suas dívidas chegam a dois milhões de dólares, para não mencionar a hipoteca da casa.

— Se conseguir um papel decente num filme — defendeu ela com bravura —, pode pagar essas dívidas.

Ela o amava, não importando o que lhe dizia o pai.

— O problema é que não vai conseguir. Não pode trabalhar. É muito velho. E, mesmo que dê sorte, o que é improvável, é bem possível que gaste tudo, como sempre fez. É com esse sujeito que quer se casar, Alex? Um homem que acha que dinheiro é água e gasta cada centavo que possui, além do seu, possivelmente? Por que acha que está atrás de você? É impossível crer que ele não soubesse quem é você, ou quem eu sou.

— Claro que sabe. Nunca dei um centavo a ele, e nem ele pediu. É muito orgulhoso.

— É cheio de vento. Todo chapéu e nenhum gado, como se diz no Texas. Não pode sustentar a si mesmo e nem a você. E quanto a essa mulher que espera um filho dele? O que fará a respeito?

— Sustentá-la, se for preciso — disse ela. — Ele ainda nem sabe se o filho é dele. Ela terá de fazer o exame em julho.

— Ela não o acusaria se o bebê não fosse dele.

— Talvez sim. Na verdade, não estou preocupada com isso. Não é agradável, mas não é o fim do mundo. Essas coisas acontecem. Acho mais importante o fato de ele me tratar bem, como me trata.

— E por que não o faria? Você é rica e solteira, isso para não mencionar o fato que é uma mulher muito atraente. Mas, francamente, se o seu último nome não fosse Madison, não creio que ele estaria lhe dando bola.

— Não acredito em você — disse Alex, encarando o pai mirando-o dentro dos olhos. — Mas nunca saberemos não é, papai? Sou quem sou, e tenho o que tenho, e não vou medir os homens da minha vida pela sua poupança. Ele vem de uma família respeitável. É um bom homem. Algumas pessoas não têm dinheiro. É assim que as coisas são. E eu não me importo com isso.

— Ele é honesto com você, Alex? Ele já lhe disse ter dívidas? — Ele insistia no assunto, tentando comprometer tudo o que ela sentia por Coop, e ele por ela. Mas ela não se importava. Mesmo que nunca tivesse visto sua conta corrente, ela sabia quem Coop era, suas sutilezas, suas virtudes e seus defeitos. E ela o amava exatamente como ele era. A única coisa que a aborrecia era o fato de ele não querer filhos naquela idade. Isso a preocupava muito mais, uma vez que desejaria tê-los algum dia.

— Já disse, não discutimos finanças, minhas ou dele.

— O sujeito tem 40 anos a mais que você. Se casar com ele, que Deus nos livre, vai acabar se tornando enfermeira dele.

— Talvez seja um risco que eu deva correr. Não será o fim do mundo.

— Você diz isso agora. Quando tiver 40 anos, ele terá 80, duas vezes a sua idade. É ridículo, Alex. Seja sensível. E seja inteligente. Acho que ele está de olho no seu bolso, não no seu coração.

— O que você está me dizendo é uma coisa horrível — disse ela, exaltada.

— Quem pode culpá-lo? Ele está tentando se abastecer para a velhice, tentando safar-se agora, e este é o único jeito que tem. É muito tarde para consegui-lo de outro modo. Você é o único vale-refeição que resta para ele. A garota que está grávida não vai sustentá-lo. Não é bonito, Alex, mas esse livro é muito fácil de ler. Não estou dizendo para parar de vê-lo, se é que ele representa algo para você. Mas, por favor, seja cautelosa, e não se case com ele, faça o que fizer. E, se o fizer, se for tola o bastante para se arriscar, posso lhe assegurar que farei todo o possível para evitar. Falarei com ele se for preciso, e irei adverti-lo. Terá em mim um poderoso inimigo.

— Sabia que podia contar com você, papai — disse Alex com um sorriso cansado.

Mesmo quando tinha boas intenções, ele era péssimo. Era o modo como sempre lidara com ela. Tudo era questão de poder e controle. Quando Carter fugiu com a irmã de Alex horas antes do casamento, ele culpara Alex, e disse-lhe que se ela o tivesse tratado direito, ele nunca faria aquilo. Tudo era sempre culpa dela. Embora soubesse que ele andava menos entusiasmado com Carter ultimamente. Ele investira um bocado de dinheiro da esposa no mercado de ações, e perdera tudo. Por sorte, ela ainda tinha muito de sobra. Mas aquilo demonstrou que ele não era lá muito esperto.

— Sei que pensa que o que estou dizendo é muito indelicado, e é. Fiquei preocupado com ele e com você. E quando fui investigar, fiquei horrorizado com o que encontrei. Ele pode ser atraente, e obviamente é, como diz, e encantador, e sem dúvida divertido de se ter por perto, o que é muito fascinante na sua idade. Mas de resto, é um completo desastre, e não creio que a faça feliz a longo prazo, na hipótese de se casar com você. Ele nunca se casou antes. Não precisa. Ele apenas se diverte e muda para a mulher seguinte. Não é um homem sério, Alex. E não é o que desejo para você. Vê-la ser levada, usada e jogada fora. Ou ainda pior, casada e usada para satisfazer suas necessidades financeiras. Posso estar errado, mas acho que não estou — disse o pai, infeliz.

Aquilo não a fez ficar contra Coop, apenas aumentou sua fidelidade a ele. O discurso do pai tivera o efeito inverso. Ao ouvir sobre a dívida de Coop, Alex sentiu pena dele.

Por sorte, o *pager* dela tocou ao fim do discurso do pai. Não era uma emergência, mas ela o usou como desculpa para acabar com o encontro. Não haviam comido. O que ele tinha a dizer era muito mais importante, e sentia ser responsabilidade dele. Ele discutira aquilo tudo com a mãe de Alex e, como sempre, esta não quis se envolver. Mas encorajou-o a falar com a filha. Alguém tinha de falar com ela. E ele sempre estava disposto a fazer o trabalho sujo. Aquela fora uma hora muito desagradável para ambos.

— Tenho de voltar ao trabalho — disse Alex, e ele se levantou.

— Faça o possível para não sair nos jornais com Coop, Alex. Ser vista com ele não é bom para sua reputação. Terá todo caçador de fortunas do mundo atrás de você.

Até então, graças a seus próprios esforços, e pelo modo como vivia, ela evitara aquilo. As pessoas que conhecia no trabalho não tinham idéia de quem ela era ou, ainda mais importante, quem era seu pai, e era bom que fosse assim.

— Todos sentirão cheiro de sangue na água quando Winslow terminar com você.

Outra imagem adorável. O pai a via como chamariz de tubarão. Alex sabia que ele se preocupava com ela, mas o modo como expressava isso era revoltante. E o modo como percebia o mundo parecia patético para ela. Ele suspeitava de todos, e estava sempre pronto a crer no pior. Para ele era inconcebível que, a despeito de sua reputação e dificuldade financeira, Coop realmente a amasse. E ela acreditava que sim.

— Virá a Newport neste verão? — perguntou, tentando tornar a conversa mais agradável, e ela meneou a cabeça em negativa.

— Não posso me afastar do trabalho — respondeu, mas, mesmo que pudesse, preferiria ficar aqui. Ela não desejava ver a mãe, a irmã, Carter, o pai e nenhum amigo ou amiga deles. Havia muito Alex renunciara a seu passaporte para aquele mundo. Ficaria na Califórnia, com Coop.

— Mantenha contato — disse o pai com frieza quando ela o beijou ao se despedir.

— Manterei. Mande lembranças para a mamãe.

A mãe nunca viera visitar Alex. Esperava que Alex a visitasse em Palm Beach, embora fosse perfeitamente capaz de viajar, e visitasse amigos no mundo inteiro. Mas ela e Alex nada tinham em comum. Sua mãe nunca sabia o que dizer a ela, de modo que raramente ligava. Achava a filha mais velha um bicho esquisito, e nunca entendeu sua escolha pela medicina. Por que não ficou em casa e casou-se com um bom rapaz em Palm Beach? Mesmo não tendo dado certo com Carter, havia muitos outros como ele, exatamente o motivo pelo qual Alex partira. Ela não queria um homem como aquele. Por enquanto, ela estava feliz com Coop, apesar de tudo que o pai lhe dissera.

Foi com ela até o elevador e, quando as portas se fecharam, voltou-se e foi embora. Alex fechou os olhos enquanto o elevador subia até seu andar. Sentia-se entorpecida. Ele sempre tinha este efeito sobre ela.

Capítulo 17

ENQUANTO ALEX SE encontrava com o pai, Coop relaxava sob uma árvore, ao lado da piscina. Tinha sempre o cuidado de não se expor ao sol, para proteger a pele. Era parte do segredo de porque ele parecia não envelhecer. E ele adorava a paz e a calma da piscina durante os dias de semana. Não havia ninguém ao redor. Os inquilinos estavam trabalhando, e os malditos filhos de Mark estavam na escola. Ali estava ele, pensativo à sombra da árvore, imaginando o que o pai dizia para Alex. Estava quase certo que era a respeito dele, ao menos em parte. E estava certo de que o pai dela não aprovaria. Só esperava que o velho não aborrecesse Alex em demasia. Mas mesmo Coop tinha de admitir que o pai dela tinha motivos para se alarmar. No momento, ele não era o que se podia chamar de um sujeito com crédito. E se o pai o investigara, com certeza sabia disso.

Pela primeira vez na vida, Coop realmente estava preocupado com o que alguém achava dele. Ele fora meticulosamente escrupuloso com Alex a despeito de seus problemas financeiros. Ela era uma pessoa tão decente que era difícil tirar vantagem dela, embora tivesse pensado nisso. Mas, até então, fora excepcionalmente bom, e se comportara. Além do quê, ele estava começando a suspeitar seriamente que realmente estava amando Alex, fosse lá o que isso quisesse dizer. Significara coisas diferentes ao longo dos anos. Ultimamente, significava se sentir confortável, em paz, sem dores de cabeça na relação. Às vezes, apenas gostar dela era o bastante. Havia tantas mulheres difíceis e tantas garotas como Charlene...

Era muito mais fácil estar com uma mulher como Alex. Era correta, gentil, divertida e não pedia muito. Gostava disso nela também. Era admiravelmente auto-suficiente, e caso chegasse ao fundo do poço em sua vida financeira, sabia que poderia contar com ela. O dinheiro dela era como uma apólice de seguro. Ainda não precisava daquilo, mas precisaria um dia. Não estava com Alex por causa do dinheiro, mas gostava de saber que ela o tinha. Caso fosse necessário. Fazia-o sentir-se seguro.

A única coisa que ele não gostava, e que o impedia de fazer qualquer promessa abertamente, era o fato de ser jovem o bastante para ter filhos, e provavelmente Alex os teria um dia. Isso era realmente muito ruim aos olhos de Coop. E um verdadeiro problema em sua relação. Mas não se pode ter tudo. Talvez o fato de ser filha de Arthur Madison fosse suficiente para compensar aquilo. Ainda não pensara no assunto. Mas teria de pensar algum dia. Ela ainda não o pressionara, e ele gostou disso nela também. Não havia pressão ao lado dela. Havia muitas coisas nela que ele gostava. Quase coisas demais.

Voltou para dentro de casa pensando em Alex, e topou com Paloma, que tirava a poeira dos móveis e comia um sanduíche ao mesmo tempo. Ao fazê-lo, deixava cair maionese no tapete. Ele reclamou.

— Desculpe — disse ela enquanto passava a ponta do tênis de leopardo sobre a mancha.

Ele já desistira de treiná-la e educá-la. Apenas tentavam seguir caminhos paralelos sem se matarem um ao outro. E fazia semanas que ele se dera conta de que ela andava trabalhando para os Friedmans também, mas, desde que fizesse o que tinha de fazer para ele, Coop não se importava. Não valia a pena brigar por aquilo. Por pura necessidade, ele estava amolecendo. Talvez fosse o efeito de Alex nele. Naquela tarde, os vidraceiros trabalhavam na janela da sala de estar, embora ele ainda estivesse aborrecido com aquele incidente da bola de *baseball*. Se tivesse filhos com Alex algum dia, esperava que não fossem meninos. Só de pensar naquilo o fazia se sentir nauseado. O mesmo acontecia quando pensava naquela maldita Charlene. Ao menos ela não estava nos tablóides naquela semana.

Servira-se de um copo de chá que ensinara Paloma a fazer. Estava numa jarra na geladeira. Ao fazê-lo, o telefone tocou. Pensou que era Alex, mas era uma voz desconhecida, uma mulher chamada Taryn Dougherty que dizia querer se encontrar com ele.

— Você é produtora? — perguntou, ainda segurando o copo de mate. Andara negligenciando a procura de trabalho desde incidente com Charlene. Tinha outras coisas em mente.

— Não, em verdade sou estilista. Mas não foi por isso que liguei. Há um assunto que gostaria de conversar com você — pensou que fosse uma repórter, e imediatamente se arrependeu de ter atendido o telefone, ainda mais tendo admitido ser quem era. Era muito tarde para dizer que era o mordomo e que o Sr. Winslow não estava, o que fizera algumas vezes desde que Livermore se fora.

— Que tipo de assunto? — perguntou com frieza. Não confiava em ninguém ultimamente. Todos pareciam querer algo dele. Charlene ao menos queria.

— É um assunto pessoal. Tenho uma carta de uma velha amiga sua.

Aquilo lhe soou muito misterioso. Provavelmente era um estratagema, ou uma artimanha de algum tipo. Talvez de Charlene. Mas ao menos a mulher soava agradável ao telefone.

— Quem seria esta amiga?

— Jane Axman. Não estou certo de que se lembre do nome.

— Não. Você é advogada dela?

Era possível que Coop devesse dinheiro a ela. Também já recebera algumas ligações deste tipo e sempre as encaminhava para Abe. Liz costumava fazer essa triagem, mas agora ele a fazia por contra própria.

— Sou filha dela.

A mulher nada mais quis adiantar, mas insistiu dizendo que o assunto era importante e que não levaria muito tempo. Ele estava ligeiramente intrigado. E imaginou quão atraente ela era. Sentiu-se tentado a marcar um encontro no Beverly Hills Hotel, mas estava com muita preguiça para sair. E estava esperando ligação de Alex, após o encontro com o pai. Ela ainda não ligara. E Coop temia que ela estivesse aborrecida. Não queria receber a chamada dela no celular, no meio de um restaurante.

— Onde você está? — perguntou Coop, como se aquilo importasse.

— Estou no Bel Air Hotel. Acabo de chegar de Nova York. — Ao menos estava num bom hotel. Não queria dizer muito, mas era alguma coisa, e finalmente sua curiosidade venceu.

— Não estamos longe. Por que não vem até aqui agora?

— Obrigada, Sr. Winslow — disse ela educadamente. — Não vou roubar muito de seu tempo.

Apenas queria vê-lo. Uma vez. E mostrar-lhe a carta de sua mãe. Era uma história para ambos compartilharem.

Chegou dez minutos depois, e ele abriu o portão eletrônico para ela. Veio num carro alugado, e ao sair do veículo, viu que era alta e loura, com 30 e poucos anos, adivinhou. Na verdade, tinha 39. Era uma bela mulher, esguia, saia curta. Estava muito bem-vestida, e parecia ter estilo. Havia algo familiar a seu respeito, mas ele não sabia o quê. Não achava tê-la visto anteriormente. Ao se aproximar, ela sorriu e apertou-lhe a mão.

— Obrigada por me receber. Lamento incomodá-lo. Queria resolver isso. Venho querendo escrever-lhe já há algum tempo.

— O que faz na Califórnia? — perguntou ao conduzi-la à biblioteca, e oferecer-lhe um copo de vinho, o que ela declinou. Preferiu um copo de água. Estava quente lá fora.

— Ainda não tenho certeza. Tinha uma empresa de moda em Nova York. Eu a vendi. Sempre quis fazer figurino para cinema, mas creio que é apenas uma dessas idéias malucas. Decidi vir até aqui dar uma olhada. — E encontrá-lo.

— Isso quer dizer que não é casada — disse Coop ao entregar-lhe a água num copo de cristal Baccarat. Paloma usava um igual para aguar as plantas.

— Sou divorciada. Divorcie-me, vendi minha empresa, minha mãe morreu, tudo em poucos meses. É uma dessas raras oportunidades na vida na qual não se tem empecilho e se pode fazer qualquer coisa que quiser. Não sei se gosto da sensação, ou se estou morrendo de medo. — Mas sorriu ao dizê-lo. Não parecia ser alguém que morresse de medo. Era extremamente equilibrada.

— Então o que há nessa carta? Alguém me deixou algum dinheiro? — ele riu ao dizer isso e ela sorriu-lhe de volta.

— Temo que não. — E entregou-lhe a carta da mulher da qual ele não mais se lembrava, e nada mais disse. A carta era longa, e ao lê-la, Coop olhou para ela diversas vezes. Ao terminar de ler, ficou em silêncio um bom tempo olhando para ela, sem saber o que dizer, ou o que ela queria dele. Devolveu-lhe a carta com uma expressão séria no rosto. Se fosse outro esquema de chantagem, estava fora. Um já era o bastante.

— O que quer de mim? — perguntou abruptamente, e a pergunta a entristeceu. Esperava por uma reação mais afetuosa.

— Absolutamente nada. Queria conhecê-lo. Uma vez. E esperava que desejasse me conhecer. Admito, é um choque e tanto. Para mim também foi. Minha mãe nunca me disse. Encontrei a carta, como ela queria, após sua morte. Meu pai morreu há anos. Não tenho idéia se ele sabia.

— Espero que não — disse Coop, com seriedade. Ainda estava chocado. Mas também estava aliviado por ela ter dito que nada desejava dele. Ele acreditava nela. Parecia ser uma pessoa honesta, e era uma bela mulher. Teria se sentido atraído por ela não fosse um tanto velha para ele.

— Não sei se ele se importaria. Era muito bom para mim. Deixou-me a maior parte de seu dinheiro. Não tinha outros filhos. E, se sabia, nunca usou isso contra minha mãe ou contra mim. Era um homem muito bom.

— Que bom para você — disse Coop, olhando-a mais de perto, e subitamente dando-se conta de por que ela lhe parecera familiar. Parecia-se com ele.

Tinha motivos para isso. A carta dizia que a mãe dela tivera um caso com Coop havia 40 anos. Ambos faziam uma peça em Londres, e o caso fora breve. Quando a temporada terminou e ela voltou para Chicago, descobriu estar grávida e decidiu, por razões próprias, não dizer a Coop. Sentia não conhecê-lo o bastante para impor-lhe aquilo, como escrevera. Era estranho uma mulher pensar assim ao ter um filho de um homem, coisa que decidiu fazer, novamente por razões próprias. Casou-se com outra pessoa, teve o bebê, uma menina, e nunca disse que o homem que ela acreditava ser seu pai de fato não era. Que seu pai era Coop. Em vez disso, deixou-lhe uma carta, que explicava tudo.

Agora ambos estavam sentados, examinando um ao outro. O homem que pensava não ter filhos subitamente tinha dois. Aquela mulher de 39 anos que subitamente apareceu e o bebê que Charlene dizia ser dele. Era uma sensação muito estranha para um homem que odiava crianças. Mas Taryn não era uma criança. Era uma mulher crescida, parecia ser respeitável e inteligente, tinha dinheiro, e parecia muito com ele.

— Como era sua mãe? Tem uma foto dela? — Estava curioso para saber se se lembrava dela.

— Na verdade, trouxe uma. Acho que é da época — tirou-a cuidadosamente da bolsa e entregou-lhe. Ao olhar para a foto, algo se mexeu na memória de Coop. Certamente era um rosto familiar. Não deixara uma impressão indelével, mas lembrava-se de algo a respeito dela, e achava que se lembrava do papel que ela fizera. Era uma substituta, mas a atriz que ela substituía bebera um pouco além da conta e Coop lembrou-se de ter estado no palco com ela. Mas não lembrava muito além disso. Fora um garanhão naqueles tempos, e bebia um bocado também. E tivera muitas mulheres depois daquilo. Ele tinha 30 anos quando Taryn foi concebida.

— Isso é muito estranho — disse ele, devolvendo-lhe a fotografia, e voltando-se para olhar para a filha. Tinha uma beleza clássica, embora fosse muito alta. Tinha pouco menos de um metro e oitenta de altura. Ele tinha um e noventa. E a mãe dela também fora alta. — Não sei o que dizer.

— Está tudo bem — disse Taryn Dougherty com simpatia. — Só queria vê-lo e conhecê-lo uma vez. Tive uma boa vida. Um pai maravilhoso, amei minha mãe. Era filha única. Nada tenho contra você. Você nunca soube. Foi minha mãe quem guardou o segredo, mas também não a censuro. Não tenho pesares.

— Tem filhos? — perguntou, ansioso. Já era chocante o bastante saber que tinha uma filha crescida, não estava pronto para netos.

— Não, não tenho. Sempre trabalhei. E nunca quis filhos, é embaraçoso admitir.

— Não se envergonhe. É genético — disse ele com um sorriso malicioso. — Também nunca quis ter filhos. Fazem muito barulho, são sujos, e fedem. Ou algo assim.

Taryn riu. Estava gostando dele, e compreendeu por que sua mãe se apaixonara e decidira ter um filho dele. Era muito charmoso, divertido, um cavalheiro da velha escola. Embora nada nele parecesse velho, era difícil crer que ele e sua mãe tinham a mesma idade. Sua mãe ficara doente durante muitos anos. Aquele homem parecia muito mais jovem do que era.

— Vai ficar aqui durante algum tempo? — perguntou Coop, interessado. Gostara dela, e apesar de tudo, sentia um tipo de vínculo com Taryn. Só não tinha certeza de qual. Era muito recente. Precisava de um tempo para pensar.

— Acho que sim. — Ela ainda estava insegura a respeito do que faria. Mas sentia-se liberada após ter feito aquilo. Pesara em sua consciência desde o dia em que descobriu. Mas agora ela o conhecera, sentia-se livre para seguir a própria vida, tivesse ou não contato com ele.

— Posso ligar para você no Bel Air? Seria bom nos vermos de novo. Gostaria de sair para jantar uma noite dessa?

— Seria ótimo — disse ela, levantando-se e encerrando a reunião. Fora fiel à sua palavra. Estivera lá durante meia hora. Não tentava se estender. Fizera o que viera fazer. Ela o conhecera. E agora voltava à sua vida.

Subitamente ela se voltou, séria, e disse:

— Quero assegurá-lo, caso esteja preocupado, que não tenho intenção de ir à imprensa. Isso é apenas entre nós dois.

— Obrigado — disse ele, comovido. Era realmente uma boa mulher. Nada queria dele. Só queria saber como ele era. E gostou do que viu. Ele também. — Provavelmente é um tanto louco dizer isso, mas você deve ter sido uma menina muito bonita. E sua mãe deve ter sido uma mulher muito correta. — Particularmente por não tê-lo envolvido e tomado toda a responsabilidade para si mesma. Imaginou se teria se preocupado com ela caso soubesse. Difícil dizer. Mas gostara muito de sua filha.

— Sinto muito que ela tenha morrido — disse Coop com sinceridade. Era estranho pensar que, enquanto seguia a sua própria vida, sem que soubesse, tinha uma filha em algum do lugar do mundo.

— Obrigada. Eu também sinto. Eu a amava muito. — Ao partir, ele a beijou no rosto e ela sorriu. Era o mesmo sorriso que ele via todo dia, e que seus amigos conheciam tão bem. Era estranho olhar para ela. Ele via a semelhança claramente, e sua mãe deve ter visto também. Deve ter sido estranho para ela. Imaginou se o marido sabia. Esperou que não, para o bem dele.

Ficou quieto o resto dia. Tinha muito em que pensar. E quando Alex chegou às sete, Coop ainda estava pensativo e ela perguntou se ele estava bem. Ele perguntou sobre o encontro com o pai e ela respondeu que fora tudo bem, mas não disse muito mais que isso.

— Ele foi rude com você? — perguntou Coop obviamente preocupado. Mas ela deu de ombros.

— Ele é o que é. Não é o pai que escolheria se me perguntassem, mas é o que tenho — disse ela filosoficamente, enquanto servia-se de vinho.

Fora um longo dia para ambos. Coop nada disse sobre Taryn até a hora do jantar. Paloma deixara um frango para eles, e Alex acrescentou uma massa ao cardápio, e fez uma salada. Era o bastante. Então Coop olhou-a com uma expressão estranha.

— Eu tenho uma filha — disse ele, misterioso.

— É muito cedo para ela saber disso, Coop — disse Alex, aborrecida com algo que lhe cheirava a um dos truques de Charlene. — Ela está mentindo. Está tentando amolecê-lo.

— Não é ela. — Ele parecia deslumbrado. Pensara em Taryn toda a tarde. O encontro tivera um poderoso efeito sobre ele.

— Alguém mais está grávida de você? — disse Alex, chocada.

— Aparentemente alguém ficou. Há 39 anos.

Então, contou-lhe sobre Taryn, e Alex deu-se conta de quão sensibilizado ele ficara.

— Que história surpreendente — disse ela, um tanto estupefata. — Como a mãe pôde manter segredo durante todos esses anos? Como ela é? — Estava intrigada.

— Bonita. Gostei dela. Acho que parece muito comigo. Mais bonita, é claro — disse ele, galante. — Realmente gostei dela. Ela é muito... — Buscou a palavra. — Digna... nobre... Algo assim. Nesse ponto lembrou-me você. É muito direta e correta. Nada quer de mim, e disse que não falaria com a imprensa. Só queria me conhecer. Uma vez, disse ela.

— Por que não a convida a voltar aqui? — sugeriu Alex. Ela via que ele queria aquilo.

— Acho que vou.

Em vez disso, foi almoçar com ela no Bel Air no dia seguinte. Falaram tudo a respeito de si mesmos um para o outro e ficaram surpresos ao verem como se pareciam, quantos gostos compartilhavam, do sabor do sorvete à sobremesa, passando pelo tipo de livros que gostavam e não gostavam. Era curioso o poder da genética. Ao fim do almoço, ele teve uma idéia estranha.

— Gostaria de se hospedar no Chalé enquanto estiver aqui? — sugeriu, e estava sendo sincero. Queria passar mais tempo com ela. Subitamente Taryn parecia-lhe um presente em sua vida, e não queria que ela se fosse. Ele a queria por perto, ao menos durante alguns dias, talvez semanas. E Taryn também gostou da idéia.

— Não quero atrapalhar — disse ela, cuidadosa, mas ele viu que ela gostara da idéia.

— Não irá.

Coop lamentou ter inquilinos na ala de hóspedes e na casa da guarda. Seria bom hospedá-la ali. Mas também tinha uma suíte de hóspedes enorme na ala principal, e estava certo que Alex não levantaria objeção. Falara dela para Taryn, e esta disse que Alex parecia ser maravilhosa, o que Coop confirmou.

Taryn prometeu mudar-se no dia seguinte, e ele contou a novidade para Alex naquela noite. Estava excitada por ele, e muito curiosa por conhecê-la. Ainda não lhe contara a conversa que tivera com seu pai, e nunca contaria. Em retrospecto, sabia que o pai fizera por aquilo bem, mas sabia que partiria o coração de Coop ouvir os horrores que seu pai dissera. Não precisava saber. Seu pai simplesmente não compreendia quem era Coop. E fosse lá o que Taryn tenha lhe trazido, era bom. Ela nunca vira Coop daquele jeito. Parecia incrivelmente calmo, inteiramente em paz.

Capítulo 18

TARYN MUDOU-SE PARA o Chalé com pouquíssima bagagem, e ainda menos estardalhaço. Era discreta, educada, agradável, e fácil de se ter por perto. Nunca pediu coisa alguma a Paloma, e era cuidadosa para não se intrometer na vida de Coop. Ao conhecer Alex, ambas se adoraram imediatamente. Ambas eram mulheres decididas, fortes e honestas, com uma queda para serem afáveis. E Alex podia ver a semelhança de Taryn com Coop. Não apenas fisicamente, mas com o mesmo ar aristocrático. Era notável. A única coisa que não tinha em comum com ele é que viajava com pouquíssima bagagem e era financeiramente estável. Afora isso, eram unha e carne. E Coop adorava tê-la por perto.

Passaram dias conhecendo um ao outro, contando suas vidas, e compartilhando pontos de vistas e opiniões sobre tudo o que se possa imaginar. Havia diferenças e semelhanças que intrigavam a ambos, e Taryn o achava um bom homem. Após se conhecerem melhor, ela perguntou se ele estava levando o caso com Alex a sério, e ele lhe disse não estar certo. Era a coisa mais honesta que jamais dissera. Mesmo no pouco tempo que a conhecera, Taryn tirara mais coisas dele que Alex. Era como se ela tivesse vindo para completá-lo. E ele também lhe trouxe algo. Agora que sabia que ele existia, queria saber quem ele era, e gostara do que vira, embora também tenha visto suas fraquezas.

— Tenho um dilema em relação a Alex — confessou.

— Por ela ser tão jovem? — perguntou Taryn, ao deitarem-se à sombra, à beira da piscina enquanto todos os outros trabalhavam. Tinha a mesma boa pele que ele e, assim como o pai, instintivamente evitava o sol e tinha a mesma compleição impecável de alabastro. Coop sempre dizia que isso era devido à sua distante ancestralidade britânica. Ele tinha pele "inglesa", e Taryn também.

— Não, estou acostumado com isso, juventude não me incomoda — disse, em meio a um sorriso. — Ela é quase velha demais para mim.

Ambos riram. Coop também lhe falara sobre Charlene.

— O pai de Alex é Arthur Madison — prosseguiu Coop. — Sabe o que isso quer dizer. Constantemente questiono meus motivos quanto a ela. Estou até o pescoço em dívidas. — Sua honestidade a cativou. Ele nunca dissera isso para Alex. — Às vezes acho que estou atrás do dinheiro dela. Outras vezes, estou certo de que não. Seria tão fácil e conveniente para mim. Muito fácil, talvez. A questão é, será que eu a amaria se ela não tivesse um tostão? Não estou certo. E enquanto não tiver certeza, nada posso fazer. É uma pergunta e tanto para se fazer a si mesmo.

— Talvez isso não importe — disse Taryn com praticidade.

— Talvez sim — disse ele, subitamente honesto, o que foi um imenso alívio. Era a pessoa com quem Coop podia ser completamente franco, porque Taryn nada queria dele, e ele nada queria dela. Nem seu amor, nem seu corpo nem seu dinheiro. Apenas a queria em sua vida. Era o mais próximo que estivera do amor incondicional. E parece ter acontecido da noite para o dia, quase como se ele soubesse que ela estava lá, em algum lugar, esperando para entrar em sua vida. Precisava dela. E, talvez, de algum modo estranho e inesperado, Taryn precisasse dele.

— No momento que sexo e dinheiro entram na relação, Taryn, acaba tudo. De qualquer modo, esta tem sido a minha vida. — Ele adorava compartilhar seus segredos com ela, e estava surpreso consigo mesmo.

— Talvez você esteja certo. Também tive um problema com isso em relação a meu marido. Tínhamos um negócio juntos e, no fim, foi o que nos derrubou. Ele queria tirar mais dinheiro do que eu. Eu fazia o trabalho e era reconhecida, e ele tinha inveja disso. No fim, tentou me tirar a empresa no divórcio. Era mais fácil do que vendê-la e continuar a própria vida. E ele me traiu com minha assistente, e mudou-se para a casa dela quando foi embora, o que quase me partiu o coração.

— Vê o que eu digo? — disse Coop, meneando a cabeça. — Dinheiro e sexo. Sempre estragam tudo. Não temos nada disso entre nós, e tudo é tão simples. — E parecia tão certo. Sua relação com Taryn tornara-se preciosa da noite para o dia.

— Quão endividado está? — perguntou com ar preocupado.

— Bastante. Alex não sabe. Nunca lhe disse. Não quero que pense que estou atrás do dinheiro dela para pagar as minhas dívidas.

— E estão?

— Não estou certo — disse ele, com honestidade. — Seria bem mais fácil do que correr atrás, fazendo comerciais e Deus sabe mais o quê. Mas ela é tão decente, não quero tirar dinheiro dela. Se ela fosse diferente, talvez. E não quero seu dinheiro também — frisou. Ele não queria acrescentar aquilo à mistura, ou corromper o que tinham. Ele gostava das coisas como eram. Jogavam limpo, e ele queria manter aquilo assim. — Tudo do que preciso é de um papel num filme decente, um bom papel, e me levanto novamente. Mas Deus sabe quando isso vai acontecer, ou talvez nunca mais aconteça. Difícil dizer — filosofou Coop.

— Então o quê? — Estava preocupada com ele. Ele parecia um tanto vago quanto a seus assuntos financeiros.

— Algo sempre aparece — caso contrário, havia Alex, mas aquilo lhe parecia errado. Era isso que explicava a Taryn, e enquanto falavam, ele subitamente apontou para os pés dela.

— Algo de errado? — perguntou Taryn. Ela acabara de ir ao pedicuro, suas unhas estavam pintadas de cor-de-rosa. Pensou que ele talvez preferisse vermelho. Mas sempre usara cor-de-rosa. Vermelho parecia-lhe sangue.

— Você tem os meus pés. — E pôs o pé ao lado do dela e ambos começaram a rir. Pareciam gêmeos. Tinham os mesmos pés longos e elegantes. Ela expôs as mãos. — E as mesmas mãos.

Não havia como negar, mesmo que quisesse. Andara pensando em apresentá-la como sobrinha. Mas à medida que o tempo passava e ele a conhecia melhor, passou a desejar apresentá-la como filha, e perguntou-lhe o que achava daquilo.

— Para mim está bem, mas não se for atrapalhar as coisas para você.

— Não vejo por quê. Podemos dizer que você é bem crescida para os seus 14 anos.

— Não direi a ninguém a minha idade — disse ela, rindo. Ele riu do mesmo modo. — Isso também funciona comigo. Na minha idade, é difícil ver-se solteira de uma hora para outra. Tenho quase 40, e de repente estou de volta ao mundo. Estive casada desde os 22.

— Que tédio — brincou Coop, e ela voltou a rir. Ele era divertido, ótima conversa. Ela adorava passar o tempo com ele, e ele com ela. Nada fizeram durante dias além de tentarem recuperar toda uma vida de uma só vez. Ela tirou o melhor dele, e vice-versa. — É hora de mudar. Vamos encontrar alguém para você.

— Ainda não — disse ela calmamente. — Não estou pronta. Preciso recuperar o fôlego. Nos últimos meses, perdi meu marido, minha empresa, minha mãe, e ganhei um pai. Preciso ir devagar por enquanto. Há muito a absorver.

— E quanto a trabalho? Vai procurar algo por aqui? — Estava sendo protetor com ela.

— Não sei. Sempre quis tentar figurino cinematográfico, mas talvez essa seja uma idéia maluca. Na verdade, não preciso trabalhar. Vendemos nosso negócio muito bem, e mamãe me deixou o que tinha. Meu pai... Meu *outro* pai — disse ela, com um sorriso —, me deixou bem. Tenho tempo para pensar. Talvez possa ajudálo a resolver a *sua* vida. Sou muito boa em identificar as coisas e arrumar bagunças.

— Isso devia estar nos genes de sua mãe. Sou o oposto. Eu identifico as coisas e faço uma bagunça com elas. Funciona comigo. O caos financeiro me é familiar — disse ele, com bom humor e humildade, o que ela também achou adorável.

— Diga-me se quiser que eu dê uma olhada e lhe diga o que acho.

— Talvez possa interpretar o que diz meu contador, embora seja muito claro. Ele é uma banda de um homem só. Essencialmente ele me diz para não comprar mais nada e vender a casa. É um sujeitinho incrivelmente chato.

— É a natureza da besta — disse ela, concordando.

Quando Alex estava por perto também se divertiam. Os três preparavam o jantar juntos, iam ao cinema, e conversavam sem parar. Mas, na hora certa, Taryn sempre desaparecia discretamente. Não queria se intrometer na vida deles. Mas gostou de Alex imensamente e tinha grande respeito pelo trabalho que ela fazia.

Taryn e Alex estavam deitadas na piscina conversando sobre isso numa manhã de sábado quando Mark e seus filhos deixaram a ala de hóspedes. Coop estava no terraço da ala principal, lendo um livro. Estava resfriado e não queria nadar.

Alex apresentou Taryn aos Friedmans, mas não disse quem ela era. Não precisou. Mark perguntou se ela e Coop eram parentes. Disse que havia uma tremenda semelhança entre eles, e perguntou se Alex havia percebido. Ambas riram.

— Na verdade — disse Taryn calmamente —, ele é meu pai. Não nos vemos há um bom tempo.

Era a omissão do século e Alex riu consigo mesma. Taryn lidara muito bem com a situação.

— Não sabia que Coop tinha uma filha — disse Mark, confuso.

— Nem ele — disse Taryn com um sorriso, e mergulhou na piscina.

— O que ela disse? — perguntou Mark para Alex, parecendo confuso.

— É uma longa história. Um dia eles contam para você.

Algum minutos depois, Jimmy apareceu. Era um dia quente, e todos queriam nadar. Mark conversava com Taryn a respeito de seu trabalho e sobre Nova York, e as crianças estavam com amigos recém-chegados. Alex pediu que não ligassem aparelhos de som, uma vez que Coop não se sentia bem, e eles se reuniram no outro lado da piscina, conversando e rindo. Alex finalmente teve oportunidade de conversar com Jimmy calmamente. Sempre havia outras pessoas ao redor.

— Como vão as coisas? — perguntou Alex, deitada numa espreguiçadeira enquanto ele passava filtro solar. Apesar do cabelo escuro, tinha uma pele clara. Ela se ofereceu para passar o protetor nas costas dele, e ele hesitou e então agradeceu e voltou-se. Ninguém fizera aquilo para ele desde a morte de Maggie.

— Tudo bem, acho. E quanto a você? Como anda o trabalho? — perguntou Jimmy.

— Trabalhoso. Às vezes acho que todo mundo tem prematuros ou bebês com problemas. Nunca mais vi bebês saudáveis.

— Deve ser um trabalho deprimente — disse Jimmy.

— Na realidade não é. A maioria deles fica bem no fim. Alguns não. Ainda não estou acostumada com isso — ela odiava quando os perdia. Era tão triste para todos. Mas as vitórias eram doces.

— As crianças com as quais você trabalha também não têm uma vida fácil — prosseguiu Alex. — É difícil acreditar nas coisas que certas pessoas fazem com os próprios filhos.

— Também nunca me acostumarei com isso — admitiu Jimmy. Ambos haviam visto muito em seus trabalhos. E, a seu modo, ambos salvavam vidas.

— O que a fez querer ser médica? — perguntou, curioso pela primeira vez.

— Minha mãe — disse ela simplesmente, e ele sorriu.

— Ela também é médica?

— Não — sorriu Alex. — Vive uma vida completamente inútil. Vai ao *shopping*, freqüenta jantares e faz as unhas. E só. O mesmo faz minha irmã. Queria qualquer coisa pra mim menos isso, não importando o que fosse preciso. — Fora um pouco mais complicado do que ela dizia, mas não muito. Também fora muito boa em ciências. — Quando criança queria ser piloto de avião. Mas parecia ser muito aborrecido também. Após um tempo deve ser como o trabalho de um motorista de ônibus especial. O que eu faço é mais divertido, e é diferente todo o dia.

— Eu também — disse Jimmy. — Quando estava em Harvard, queria ser jogador de hóquei profissional para os Bruins. Mas minha namorada me convenceu que eu ficaria muito feio sem os dentes. Achei que ela tinha razão. Mas ainda gosto de patins. — Ele e Maggie costumavam andar um bocado de patins, mas tentou não pensar nisso. — Quem é a mulher que esta conversando com Mark? — perguntou, interessado, e Alex sorriu ao dizer:

— A filha de Coop. Está passando um tempo com ele. Acaba de chegar de Nova York.

— Não sabia que ele tinha uma filha — disse Jimmy, surpreso.

— Foi uma surpresa para ele também.

— Ele parece ter muitas surpresas.

— Mas essa foi boa. Ela realmente é um amor.

Mark parecia estar achando o mesmo. Estavam falando já havia uma hora, e Alex viu que Jessica estudava Taryn. Jason, porém, estava ocupado tentando afogar os amigos.

— São bons meninos — disse Alex, referindo-se aos filhos de Friedman. Jimmy concordou.

— Sim, são. É um sujeito de sorte, ao menos com os filhos. Mas acho que logo voltarão para a mãe. Ele vai sentir muita falta deles. — Aquilo pareceu triste para Alex. Ele era tão feliz ao lado dos filhos.

— Talvez ele volte também. E quanto a você? Vai ficar por aqui ou acabará voltando à Costa Leste? — Ela sabia que ele era de Boston, e subitamente ocorreu-lhe que ele talvez conhecesse um primo dela que cursara Harvard mais ou menos na mesma época.

— Quero ficar por aqui — disse Jimmy, pensativo. — Embora me sinta um tanto triste por minha mãe. Meu pai morreu, e ela está só. E sou tudo o que ela tem.

Alex concordou com um gesto e então perguntou sobre o primo e ele riu antes de dizer:

— Luke Madison era um de meus melhores amigos na universidade. Dividíamos o mesmo quarto. Bebíamos juntos todo fim de semana no último ano.

— É a cara de Luke — disse ela, rindo.

— Envergonho-me em dizer que não o vejo há uns dez anos. Acho que ele foi para Londres quando se formou, e perdemos contato.

— Ainda está por aqui. E tem seis filhos. Todos meninos, creio eu. Também não o vejo muito, exceto em casamentos, e não vou a muitos casamentos.

— Algum motivo particular? — Estava intrigado com ela e seu envolvimento com Coop. Não fazia sentido para ele, mas nada disse. Não era particularmente fã de Coop. Nem mesmo sabia por quê. Era um tipo de antipatia instintiva. Inveja, talvez. Era um homem de muitas mulheres, e tudo o que parecia fazer era se divertir. Era totalmente o oposto de Jimmy.

— Comi um estragado certa vez... Casamento, quero dizer... — explicou Alex e ele riu.

— Isso é mau. Os certos podem ser grandes coisas. O meu era. Nem tanto o casamento mas a vida de casado. Nos casamos na prefeitura. Era uma grande garota.

— Lamento pelo que aconteceu — disse Alex sinceramente. Ela sempre sentia por ele, mas Jimmy parecia melhor ultimamente. Nem tanto angustiado, ou pálido, e engordara um pouco. Suas noitadas com os Friedmans lhe fizeram bem. Ao menos ele comia. Mas também gostava particularmente dos filhos de Mark.

— É estranho esse negócio de luto. Às vezes você acha que vai matá-lo. Outras vezes, tudo bem. E nunca se sabe o que vai ser quando se acorda. Um bom dia pode ir por água abaixo. E um dia que começou tão mal a ponto de você querer morrer acaba mudando. É como a dor, uma doença ou algo que você nunca sabe no que vai dar. Acho que estou me habituando. Após um tempo, torna-se um modo de vida.

— Acho que não há remédio a não ser o tempo. — Parecia lugar-comum, mas ela suspeitava ser verdade. Fazia quase cinco meses. Quando ele se mudou, parecia meio morto. — Muitas coisas são assim, embora nem tão fortes. Demorou um tempão para eu me acostumar com o cancelamento de meu casamento. Anos, em verdade.

— Acho que é diferente. No seu caso, foi um problema de confiança. O meu caso é de perda. É mais limpo. Não há a quem culpar. Mas dói como o diabo. — Estava sendo incrivelmente honesto sobre a sua dor, e Alex imaginou que a conversa fazia-lhe bem. — Quanto tempo mais terá de residência?

— Mais um ano. Às vezes parece para sempre. Muitos dias, muitas noites. Talvez fique na UCLA mesmo depois, caso me escolham. Têm uma UTI de neonatologia incrível. É uma especialidade difícil, não há muita oferta de emprego. No início queria ser apenas pediatra, mas me apeguei a essa especialidade. Alta adrenalina, me mantém concentrada. Acho que ficaria entediada se não fosse assim.

Ainda conversavam quando Taryn e Mark voltaram. Andaram conversando sobre leis e brechas tarifárias, e Mark surpreendeu-se o quanto ela sabia àquele respeito. E ela pareceu interessada no que ele dizia. Era quase tão alta quanto ele, e Alex sorriu quando se aproximaram. Formavam um belo par e tinham quase a mesma idade.

— Do que falavam? — perguntou Mark quando se sentaram.

— Trabalho. O que mais? — sorriu Alex.

— Nós também.

Enquanto conversavam, aquilo que parecia uma manada de adolescentes voltou à piscina. Alex estava feliz que Coop não tivesse descido. Ficaria enfurecido. Parecia adequado o fato da única filha que teve só ter aparecido aos 39 anos de idade. Tinha a idade ideal para ele. Dissera isso a Taryn na véspera e ambas riram. Coop era incrivelmente sincero ao externar o seu desagrado pelas crianças.

Cinco minutos depois, as crianças na piscina começaram a jogar Marco Polo e Mark e Jimmy se misturaram a elas.

— É um bom homem — disse Taryn sobre Mark. — Entendi que ficou arrasado quando a mulher o deixou. Sorte a dele as crianças terem resolvido voltar.

— Coop não gostou muito da coisa. Mas são crianças adoráveis — disse Alex, e ambas riram.

— E que tal Jimmy? — Taryn perguntou, interessada.

— Triste. Perdeu a esposa há cinco meses. Acho que está sendo muito difícil para ele.

— A mulher dele arrumou outro? — Parecia ser uma epidemia, mas Alex negou com um menear de cabeça.

— Não. Câncer. Tinha 32 anos — sussurrou quando viu Jimmy se aproximar delas na piscina. Acabara de fazer um ponto para seu time e dera um passe para Jason, que fizera outro. Era um jogo muito barulhento, e espalhavam água para todo lado. Ao olhar em direção a eles, viu Coop acenando. Queria que subissem. O almoço estava pronto.

— Acho que o mestre chamou — disse Alex, apontando-o para que Taryn o visse. Ela olhou para cima e sorriu. Mesmo àquela distância, Alex via que ele estava orgulhoso da filha. Taryn fora um adorável acréscimo à sua vida, e ela estava feliz por ele.

— É feliz com ele, Alex? — perguntou Taryn. Andara pensando em como a outra via aquela relação. Ouvira muito de Coop.

— Sim, sou. É uma pena ele odiar tanto crianças. Afora isso, é tudo o que quero.

— Você não se importa com a diferença de idade?

— Pensei nisso no começo, mas não parece ter importância. Às vezes ele é como uma criança.

— Mas não é — disse Taryn com sabedoria. Iria importar cada vez mais com o tempo.

— É o que diz meu pai.

— Ele não aprova? — Não estava surpresa. Ter Cooper como genro não era o sonho de todo pai, a não ser que este estivesse fascinado, o que parecia improvável, sabendo quem era o pai de Alex.

— Para ser franca, ele não aprova nada do que faço. Ou a maior parte. E está preocupado com Coop.

— Faz sentido. Teve uma vida e tanto. Incomoda-se com essa mulher que diz que vai ter um bebê dele?

— Em verdade, não. Principalmente porque ele não se preocupa com ela. E nem sabemos se o filho é dele.

— E se for?

Alex deu de ombros.

— Mandará um cheque para ela todo mês. Diz que não quer ver o filho. Está furioso com ela.

— Compreendo. É uma pena ela não querer fazer aborto. Seria muito mais fácil para todos nós.

— Seria. Mas se a sua mãe tivesse feito isso, você não estaria aqui. Estou feliz que não o tenha feito, especialmente por causa de Coop. Você representa muito para ele — disse Alex. Achava que era uma bênção para ambos.

— Para mim também. Não me dei conta disso. Ou talvez tenha me dado e tenha sido por isso que vim. No princípio, estava curiosa. Mas agora realmente gosto dele. Não sei que tipo de pai teria sido quando eu era jovem, mas agora é um grande amigo. — Alex também podia ver o efeito positivo que Taryn tivera sobre Coop. Era como se ele tivesse encontrado uma parte que faltava de si mesmo, uma parte que ele nem sabia estar perdida, mas que estava.

Taryn e Alex despediram-se dos outros, e voltaram calmamente para a ala principal. Coop esperava por elas.

— Como são barulhentos! — reclamou. Estava incomodado com o resfriado.

— Vão sair logo da piscina — assegurou Alex. — Vão entrar para almoçar.

— Que tal nós três irmos almoçar no Ivy? — sugeriu Coop, e ambas gostaram da idéia. Foram trocar de roupa e estavam de volta vinte minutos depois, vestidas e prontas para sair.

Levou-as até North Robertson no velho Rolls, e os três conversaram todo o tempo. Sentaram-se no terraço, e desfrutaram da companhia um do outro. Era uma tarde agradável e quando Alex olhou para Coop, trocaram um sorriso, e ela soube que tudo estava bem no mundo deles.

Capítulo 19

ERA QUASE FIM DE MAIO quando a recepcionista da portaria disse que havia uma chamada para Alex, que fazia turno dobrado no hospital. Tivera um relaxante fim de semana com Coop, e as coisas estavam relativamente calmas para variar.

— Quem é? — perguntou Alex segurando o fone. Acabara de voltar do almoço.

— Não tenho idéia — disse a recepcionista. — É uma chamada interna.

Alex imaginou que provavelmente seria outro médico.

— Dra. Madison — disse ela com sua voz oficial de adulta.

— Estou impressionado.

Ela não reconheceu a voz.

— Quem é?

— É Jimmy. Vim no laboratório e pensei em ligar. Muito ocupada para falar?

— Não, tudo bem. Escolheu uma boa hora. Acho que todo mundo está dormindo. Não devia dizer isso em voz alta, mas não tivemos uma crise o dia inteiro. Onde você está?

Estava feliz por falar com ele. Gostara de sua última conversa. Era um cara legal, e tivera tanto azar. Sempre a incomodou saber que ele precisava de amigos e estava mais que disposta a se oferecer, caso precisasse de um ombro para se apoiar de tempos em tempos. E ele e Mark haviam se tornado bons amigos.

— Estou no laboratório central. — Parecia um tanto perdido, e ela imaginou o que acontecia com a saúde dele. Estresse provavelmente. E luto.

— Quer subir? Não posso deixar o andar, mas posso oferecer-lhe uma xícara de café imbebível, caso seu estômago agüente.

— Gostaria — disse ele. Era o que Jimmy esperava que acontecesse. Tinha uma pequena culpa perturbando-o. Ela disse como chegar lá, e ele disse que iria subir.

Alex esperava por ele na recepção, à saída do elevador, e acenou-lhe. Falava ao telefone com uma mãe que acabara de levar o bebê para casa, e tudo parecia bem. O bebê estava ótimo. Demorou cinco meses para que recebesse alta. Era uma das estrelas de Alex.

— Então é aqui que trabalha — disse ele, admirado ao olhar em torno. Havia uma parede de vidro por trás da recepção, onde viu um emaranhado de equipamentos, incubadoras, luzes e pessoas com máscaras e aventais. Alex também tinha uma máscara ao redor do pescoço, com o estetoscópio e o mesmo avental que usara todo o dia. Ele estava impressionado. Era impossível não ficar. Ela estava em seu elemento ali.

— É bom vê-lo, Jimmy — disse Alex, enquanto o levava para seu pequeno escritório, onde ficava a cama dobrável ainda desfeita onde dormia. Só havia pais na sala de espera. — O que fazia no laboratório, se não for muita indiscrição perguntar? — Estava preocupada com ele, particularmente ali, vestida a caráter.

— Apenas rotina. Preciso fazer um *check-up* geral todo ano para o trabalho. Raios X de tórax, tuberculose, esse tipo de coisa.

O meu estava vencido. Recebi várias notificações, e nunca podia vir. Até que disseram que eu não poderia trabalhar na próxima semana caso não fizesse os exames. Por isso estou aqui. Tinha de tirar a tarde para isso, pois a gente nunca sabe quanto isso demora, motivo pelo qual vinha adiando. Provavelmente terei de trabalhar no sábado para compensar.

— Parece eu falando — disse ela, sorrindo. Estava aliviada por saber que o outro nada tinha de grave. Então, pegou-se a olhar para os olhos castanhos escuros de Jimmy e, como sempre, penalizou-se. O trauma ainda era visível.

— O que você faz exatamente? — perguntou com interesse quando ela lhe deu um copo de isopor cheio da bebida venenosa. Ele tomou um gole e sorriu.

— Vocês servem o mesmo veneno de rato que nós, estou vendo. No nosso colocamos areia, dá um gostinho especial. — Ela riu. Estava já habituada, mas também odiava o café do hospital. — O que eu faço? Tiro crianças de lares onde estão sendo espancadas, ou sodomizadas por seus pais, tio e irmãos mais velhos... Interno crianças no hospital com queimaduras de cigarro por todo o corpo... Ouço mães que são pessoas decentes e morrem de medo de ficarem malucas e machucarem suas crianças pois têm sete filhos mas não têm comida suficiente para todos, mesmo usando seus vales-refeição, e o pai espanca as crianças... Ponho garotos de 11 anos em programas de reabilitação por andarem armados, às vezes já com nove anos... Às vezes só ouço... Ou jogo bola com um bando de meninos. O mesmo que você faz, imagino, ou seja: tento fazer a diferença sempre que possível, a maior parte do tempo não fazendo diferença alguma e desejando fazer. — Aquilo era impressionante, e ela estava tão impressionada com ele quanto ele com ela.

— Não sei se seria capaz de fazer o que você faz. Ficaria muito deprimida vendo essas coisas todos os dias. Trabalho com gente muito pequena que veio ao mundo com alguns problemas, e fazemos o que podemos para que superem isso. Mas acho que seu trabalho me deixaria descrente da espécie humana para sempre.

— O engraçado é que não fico — disse ele, bebendo o café, e fazendo uma careta. Era pior que o de seu trabalho, o que era difícil de acreditar. — Às vezes fico esperançoso. A gente sempre acredita que alguma coisa vai mudar, e às vezes muda. É o suficiente para você passar para outra. E, não importando como você se sinta a respeito, tem de estar lá. Porque, se não estiver, as coisas certamente ficarão piores. E se ficar muito ruim para qualquer um deles... — Sua voz esmoreceu, seus olhos voltaram a se encontrar e ela teve uma idéia.

— Quer fazer um passeio? — acho que seria interessante para ele.

— Na CTI? — Ele parecia chocado e Alex assentiu com um menear de cabeça. — Sem problemas?

— Se perguntarem, digo que é um médico visitante. Se alguém entrar em crise, não fique em pânico. — Deu-lhe um jaleco branco. Ele tinha estatura mediana mas era forte, ombros largos, de modo que as mangas ficaram curtas, mas ninguém iria notar. Todos se vestiam muito mal ali. O que importava era o que faziam e não como pareciam.

— Não se preocupe, se alguém surtar, saio correndo.

Mas nada inesperado aconteceu, nem mesmo precisaram dela, de modo que puderam fazer o passeio. Alex explicou-lhe cada caso, qual a situação, e o que faziam para aqueles pequenos pacientes deitados em incubadoras, alguns tão pequenos que nem mesmo usavam fraldas. Jimmy nunca vira tantos tubos, máquinas ou bebês tão pequenos. O menor deles pesava menos de setecentos gramas, mas não se esperava que fosse sobreviver. Já cuidara de bebês com menos peso, explicou a Jimmy. Suas chances aumentavam exponencialmente quão maiores eram, mas os bebês maiores também corriam grande perigo. Partiu-lhe o coração ver as mães ali sentadas, tocando dedinhos minúsculos, a espera de que alguma coisa mudasse. O mais feliz dos eventos acabara se revelando para elas como algo terrível, e às vezes tinham de esperar meses antes de saberem o que iria acontecer. Para ele parecia ser um estresse inconcebível, e estava pasmo ao saírem dali.

— Meu Deus, Alex, isso é incrível. Como agüenta a pressão? Se fizessem qualquer coisa de errado, mesmo por uma fração de segundo, ou deixasse de fazer algo, a vida de alguém correria perigo, e o curso de uma história familiar era mudado para sempre. Era um fardo que ele não seria capaz de suportar, e ele a admirava muito pelo que fazia.

— Acho que morreria de medo de vir trabalhar.

— Não, não teria medo — disse Alex. — O que você faz é tão difícil quanto o que eu faço. Se esquecer de algo, ou não perceber o que está acontecendo, ou se não for rápido o bastante, alguma pobre criança pode morrer, ou ser morta, ou magoada para sempre. Tem de ter o mesmo tipo de instinto que eu tenho. Mesma idéia, lugares diferentes.

— Tem de ter um grande coração para fazer o que você faz — disse Jimmy gentilmente. E ela tinha. Já havia se dado conta disso, que era o motivo pelo qual não entendia o que ela fazia com Coop, que só pensava em si. Alex só pensava nos outros. Talvez fosse por isso que a coisa funcionasse.

Conversaram na recepção mais algum tempo, e então precisaram dela para avaliar um paciente e cuidar de outro, de modo que ele se despediu.

— Obrigado por me deixar subir — disse ele, ainda admirado. — Estou incrivelmente impressionado.

— Somos uma equipe. Sou apenas uma pequena parte desta equipe. Uma parte muito pequena — disse Alex com humildade, enquanto ele a abraçava. Ele acenou quando as portas do elevador se fecharam e ela voltou ao trabalho.

Não voltou a vê-lo senão na tarde do sábado seguinte. Miraculosamente, ela conseguira outro sábado de folga, mas teria de trabalhar no domingo. Ela e Taryn estavam na piscina com Coop, Mark e as crianças quando Jimmy deixou a casa da guarda. Taryn usava um enorme chapéu e Coop estava como sempre sentado à sombra de sua árvore favorita. Atribuía a perfeição e juventude de sua pele ao fato de nunca ter tomado sol. E estava feliz em ver que Taryn fazia o mesmo. Ele repreendia Alex constantemente por causa do sol que pegava.

Jimmy parecia mais tranqüilo, pensou Alex, avaliando-o automaticamente. Ela tratava a todos como se fossem seus pacientes, e era difícil não perceber como estavam, agiam ou se moviam. Nunca conseguia pôr de lado radar de médica, e ria de si mesma por causa disso. Mas Jimmy sorriu assim que a viu, apertou as mãos de Coop enquanto Mark e Taryn conversavam sobre algo que fascinava a todos. Daquela vez, as crianças não haviam convidado ninguém para a piscina de modo que as coisas estavam bem calmas. Com o tempo bom, a piscina parecia uma festa permanente, mas desta vez, havia apenas os moradores do Chalé, o que era um alívio para Coop. O grupo já era grande o bastante.

Coop andava de muito bom humor desde que Taryn se mudara para lá. Passavam muito tempo um com o outro, e ele a levara para almoçar no Spago e Le Dome, e a todos os seus outros lugares favoritos. Gostava de aparecer ao lado ela e de apresentá-la como sua filha. Ninguém parecia surpreso, muitos pensavam ter esquecido que ele tinha uma filha. E era uma mulher de aparência muito respeitável. Coop a apresentava a todo mundo, e

Taryn estava gostando de Hollywood. Contava tudo para Alex sempre que estavam juntas. Era um novo mundo para ela, e ela achava aquilo divertido. Cedo ou tarde teria de decidir se voltaria ou não para Nova York, ou se iria se envolver em algo em Los Angeles. Mas não tinha pressa de tomar a decisão. Estava se divertindo um bocado, e nada a estava pressionando.

Alex achava que Taryn era uma ótima influência para Coop. Embora este tivesse sido maravilhoso antes de ela aparecer, agora parecia mais centrado, subitamente mais interessado na vida das pessoas. Não estava tão centrado em si mesmo. E soou verdadeiramente sincero ao perguntar como andava o trabalho dela. Mas quando Alex respondeu, ainda pareceu um pouco vago. As complicadas intervenções médicas das quais ela participava estavam um pouco além da compreensão dele, assim como para a da maioria das pessoas. Ainda assim, parecia feliz e indulgente ultimamente.

Andava trabalhando um pouco, mas não o bastante, disse ele. Abe ainda estava reclamando. E recebera uma ligação de Liz, que ficou espantada com a quantidade de gente que estava morando no Chalé. Preocupou-se com o quanto as crianças de Friedman o estavam aborrecendo, e comoveu-se com a história de Taryn.

— Eu o deixo durante cinco minutos, Coop, e você arranja um mundo de pessoas a seu redor. — Assim como Alex, Liz achou que ele estava admiravelmente em paz e contente. Mais do que jamais o vira. Ao perguntar-lhe sobre Alex, percebeu que Coop fora vago. Tinha suas próprias dúvidas a esse respeito, mas não as compartilhava com ninguém. Cada vez mais lhe vinha a idéia de que, se casasse com ela, nunca mais teria de trabalhar. Caso contrário, faria aparições especiais pelo resto da vida. Era tentador, mas detestava escolher o caminho mais fácil, mesmo na idade dele. Outro lado seu, mais prático, dizia que ele merecia aquilo. Mas ela era tão honesta e decente e trabalhava tanto, que detestaria tirar vantagem de Alex. Ele a amava, e a vida fácil era muito tentadora. Seus problemas financeiros seriam resolvidos para sempre, mas outra parte dele dizia que, caso ele fizesse aquilo, Alex o controlaria. Teria direito de fazer o que queria, ou ao menos tentar, e isso era uma condenação para ele. No momento, ainda parecia um problema sem solução.

Ela não tinha idéia com o que Coop estava lutando, pensava que sua relação ia bem, e de fato era boa para ambos. Exceto pelas crises de consciência de Coop. Para seu dissabor, aquilo parecia estar crescendo como um tumor benigno dentro dele. Nunca o perturbou antes, mas Alex introduzira um novo elemento em sua vida, um tipo de luz que fizera algumas coisas crescerem e outras encolherem. E seu contato com Taryn só exacerbou tudo aquilo. Ambas eram mulheres notáveis, e tinham um grande efeito sobre ele. Mais do que imaginou ou quis. A vida era tão simples antes, sem o peso da consciência. E, gostasse ou não, as vozes na sua cabeça pareciam estar ali para ficar. Tudo o que precisava agora era de respostas para suas perguntas. Andava atrás destas respostas.

No fim da tarde de sábado, Jimmy levou Jason para comprar equipamento esportivo, Jessie estava sentada no outro lado da piscina, fazendo as unhas com uma amiga, Taryn e Mark conversavam calmamente, e Coop estava adormecido sob a árvore, quando Mark voltou-se para Alex e convidou os moradores da ala principal para jantarem com eles. Os olhos de Alex rapidamente procuraram os de Taryn e esta concordou quase imperceptivelmente, de modo que Alex aceitou o convite em nome de todos. Quando Coop acordou e os outros já tinham ido embora, ela falou do convite.

— Temos visto muito essa gente — reclamou.

Mark e Taryn estavam na quadra de tênis danificada, não havia ninguém por perto, de modo que ela podia ser honesta com ele.

— Acho que Taryn realmente gosta de Mark. Creio que é mútuo, e ela quis que eu aceitasse o convite. Não precisamos ir se você não quiser. Ela pode ir só.

— Não, tudo bem. Faço qualquer coisa por minha filha única — disse ele com um sorriso. — Nenhum sacrifício para um filho é grande demais.

Em verdade, ele adorava ter uma filha de quase 40 anos, já que ninguém tinha certeza da idade dela. Mas isso o fez lembrar de Charlene. Pedira dinheiro através do advogado. Queria um apartamento maior em uma vizinhança melhor, de preferência perto dele, em Bel Air, e perguntava se não podia usar a piscina, uma vez que se sentia muito doente para ir a qualquer parte, alegou. Coop teve um ataque quando seu advogado ligou, e disse que nada daria a ela até o resultado do teste de DNA. Demoraria mais cinco ou seis semanas. Até lá, e muito provavelmente depois disso, dado o modo como ela estava se comportando, ela era *persona non grata* no Chalé ou em qualquer outro lugar onde Coop estivesse. Sua mensagem irada fora de algum modo abrandada pelo seu advogado, e transmitida à oposição.

Alex sentia pena dele. Compreensivelmente, era uma situação que ele detestava. Ela sabia que ele estava preocupado com as implicações financeiras de tudo aquilo. Houvera um caso recente no qual uma garota conseguira vinte mil dólares por mês de pensão de um homem com quem se envolvera durante dois meses. Mas, neste caso, o pai do bebê, como Alex ressaltou para acalmar Coop, era um grande astro do *rock*, com uma renda imensa. Coop não estava nesta situação. Após falar com o pai, Alex estava muito preocupada com o fato de Coop nunca ter falado para ela de suas dívidas, e gastar dinheiro sem pensar duas vezes. Mas ela sabia que em algum lugar de sua mente ele deveria estar preocupado com a quantia que deveria dar a Charlene para manter o bebê, se é que era dele.

Naquela noite, às sete em ponto, os três foram até a ala de hóspedes. Taryn vestia um pijama de seda azul-claro que lhe caía muito bem. Ela o desenhara na estação anterior, antes de fechar a sua empresa. Alex vestia calças de seda vermelha, camisa branca e sandálias douradas de salto alto. Mais que nunca parecia uma modelo ou uma bailarina, e não uma médica. Estava longe dos aventais e galochas que usava no trabalho, e Jimmy gostou do contraste ao se juntar a eles no jantar.

Jimmy descreveu sua excursão pela CTI durante o jantar, enquanto Taryn e Jessie ajudavam a servir o excelente espaguete *carbonara* que Mark preparara. Jimmy trouxera a salada. E havia *tiramisu* na sobremesa. Coop trouxe duas garrafas de Pouilly-Fuissé. E todos ouviram fascinados quando Jimmy falou a respeito do trabalho de Alex. Ela ficou impressionada com tanto que ele ouviu e compreendeu, e fez apenas uma pequena correção, sobre um bebê com sérios problemas de coração e pulmão. Mas lembrou-se corretamente do resto.

— Ele parece conhecer um bocado a respeito de seu trabalho — comentou Coop secamente quando voltaram à ala principal. Já passava da meia-noite, e Taryn decidira ficar mais um pouco, pois estava gostando de conversar com Mark e Jimmy. As crianças haviam saído e ficariam na casa de amigos. Fora uma noite agradável.

— Quando ele a visitou no hospital? — perguntou Coop friamente, e Alex surpreendeu-se com seu tom de voz. Parecia estar com ciúmes, o que era desnecessário, embora a tenha comovido. Era bom saber que ele se importava.

— Ele tinha de fazer uns exames de rotina esta semana. Depois, veio tomar um café e eu o levei para conhecer o CTI. Deve ter prestado muita atenção. — Mais do que ela percebera. Mas

Coop dera mais atenção àquilo que ela. Ele conhecia homens. E naquela noite ele percebera que Jimmy não apenas se sentara perto dela, mas a monopolizara a maior parte do tempo. Alex não se dera conta daquilo e passara a noite olhando para Coop no outro lado da mesa, sentado entre Taryn e Mark. Mas, da cabeceira da mesa, onde Mark o sentara, tinha uma boa visão do que acontecia. E observara Jimmy toda a noite.

— Acho que ele tem uma queda por você — disse Coop bruscamente. Ele não parecia estar gostando daquilo. Jimmy era muito mais próximo dela em idade, e seus interesses profissionais não eram inteiramente diferentes. Coop era de uma outra galáxia, e não pretendia começar a competir com homens com metade da sua idade. Era uma indignidade que não sofreria, e que nunca sofrera. Estava acostumado a ser a única estrela em seu céu, e era isso que ele queria. Ele gostava quando tudo girava a seu redor.

— Não seja tolo, Coop — censurou Alex. — Ele está muito deprimido para ter queda por alguém. Ele tem estado um lixo desde que a mulher morreu. Diz que ainda não consegue dormir, não tem apetite. Na verdade, fiquei preocupada com ele quando falamos no outro dia. Acho que ele devia tomar um antidepressivo. Mas nada disse, não quero aborrecê-lo.

— Por que não prescreve um antidepressivo para ele? — disse Coop, desagradável, e Alex o abraçou e o beijou.

— Não sou médica dele. E tem algo que eu quero prescrever para você — disse ela introduzindo a mão dentro da camisa de Coop, que relaxou um pouco. Embora ela tivesse gostado da noite, era óbvio que ele não gostara. Alex gostava de estar com os outros, conversar com eles. Era divertido ter gente tão interessante disponível, morando no Chalé. — Falando de romances, acho que Mark e Taryn se sentem muito atraídos um pelo outro. Não é?

Ele pareceu hesitar, e então assentiu. Achava Mark aborrecido.

— Acho que ela consegue coisa muito melhor. É uma menina fabulosa, e quero apresentá-la a alguns produtores que conheço. Teve uma vida muito chata e monótona, e aquele marido que a deixou deveria ser um idiota. Acho que ela precisava de um pouco de *glamour* e emoção.

Alex viu que ele não estava vendo o assunto com clareza. Taryn não tinha estrelas nos olhos, era uma das coisas que Alex gostava nela. Ela era real e pé no chão, e precisava de uma pessoa real. Mas era um verdadeiro cumprimento a Taryn o fato de seu pai querer apresentá-la para seus amigos e companheiros de trabalho. Ele com razão se orgulhava da filha.

— Vejamos o que acontece — disse Alex, vaga.

Foram para cama, e Coop fez amor com ela. Sentiu-se melhor depois disso, como se tivesse recuperado o seu território novamente. Enervava-o ter homens mais jovens em sua área, especialmente ver que Alex gostava deles.

Quando ele acordou na manhã seguinte, ela já havia ido embora. De volta ao trabalho. Ele e Taryn foram para Malibu visitar amigos. Eram quase dez da noite quando Coop ligou para Alex. Ela tivera um dia cheio, e ele e Taryn se divertiram. Em sua voz, não havia mais a petulância que ela identificara na noite anterior. Disse que o veria na noite seguinte, quando saísse do trabalho por volta das seis horas. Ele prometera levá-la a um filme que ela estava louca para ver.

Alex também falou com Taryn durante um ou dois minutos. Quase pareciam uma família. Ela sairia para jantar com Mark no dia seguinte, e Alex estava feliz por ela.

Depois disso, Alex foi para seu consultório dormir. Ela sempre dormia de avental quando estava de serviço. As galochas repousavam num canto, a postos, caso precisasse levantar correndo. Ela nunca dormia pesado quando estava de serviço. Sempre ficava atenta ao telefone, mesmo dormindo.

E o telefone de fato tocou às quatro da manhã.

— Madison — disse ela, sonolenta. Mas ficou inteiramente acordada em poucos segundos. E surpreendeu-se ao ouvir a voz de Mark. Pensou que algo acontecera com um de seus filhos, ou mesmo com Coop. Mas logo deu-se conta de que, caso fosse algo com Coop, Taryn ligaria para ela. — Algo errado? — perguntou rapidamente. A hora da chamada falava por si.

— Houve um acidente — disse ele, nervoso.

— Em casa? — Talvez Taryn e Coop estivessem feridos. Mas Taryn não estava com Coop. Mark não disse, mas ela dormira com ele. Viera tomar um drinque tarde da noite, as crianças estavam em casa de amigos, o que lhes dera uma liberdade inesperada.

— Um acidente de carro — disse ele.

— Coop? — Alex prendeu a respiração, certa do quanto o amava. Ela não precisava de um acidente para dar-se conta disso. Ela simplesmente sabia.

— Não. Foi Jimmy. Não sei o que aconteceu. Outro dia, conversávamos a respeito de não termos parentes próximos a quem chamar caso algum de nós adoecesse. Deve ter incluído meu número em seus documentos. Acabaram de me ligar. Eles o levaram para o hospital da UCLA. Creio que está na unidade de traumatologia ou algo assim. Pensei que pudesse ir verificar. Taryn e eu iremos para aí assim que possível.

— Disseram como ele está? — Alex parecia preocupada.

— Não, não disseram. Apenas disseram que era sério. Saiu da estrada em Malibu e caiu de uns trinta metros de altura. O carro acabou.

— Merda. — Ocorreu-lhe instantaneamente que poderia não ter sido um acidente. Ele andava deprimido desde que perdera Maggie. — Você o viu hoje, Mark?

— Não.

Parecera estar bem na noite anterior, mas isso nada queria dizer. Freqüentemente, os suicidas parecem se alegrar quando tomam a decisão de se matar. Ficam até mesmo eufóricos. Mas parecera normal para ela no jantar de sábado.

— Vou até a traumatologia assim que conseguir alguém para me substituir.

Quando ele desligou, Alex telefonou para outro residente. Era um sujeito legal que ela conhecia bem e que já a substituíra outras vezes. Explicou as circunstâncias para ele e disse que não precisaria de mais de meia hora para ir à traumatologia e ver como estavam as coisas. O residente disse que não haveria problema, e apareceu com olhos sonolentos, dez minutos depois. Àquela altura ela ligara para a unidade de traumatologia, e tudo o que puderam lhe dizer por telefone era que Jimmy estava em condições críticas. Estava lá havia uma hora, com uma equipe trabalhando nele.

Ao chegar lá, falou com o residente-chefe, e este disse que Jimmy quebrara ambas as pernas, um braço, o quadril, ferira a cabeça e estava em coma. Não era um quadro animador. Ela foi vê-lo e ficou à distância de modo a não interferir com o que os médicos estavam fazendo. Eles o haviam entubado e Jimmy estava ligado a uma dúzia de máquinas. Seus sinais vitais eram irregulares, e seu rosto tinha tantos cortes e hematomas que ela mal podia reconhecê-lo. Seu coração doeu ao vê-lo.

— Qual a gravidade do ferimento na cabeça? — perguntou ao residente-chefe ao vê-lo novamente. Ele balançou a cabeça.

— Ainda não sabemos. Pode ter tido sorte. O eletroencefalograma parece bom. Mas está em coma profundo. Vai depender de quanto o cérebro inchar, e isso não posso prever. Também não posso dizer se sairá do coma.

Por enquanto, decidiram não operá-lo para aliviar a pressão. Esperavam que cedesse por conta própria. O tempo era essencial.

E a sorte. Alex se aproximou dele num momento mais calmo. Haviam cuidado das pernas, do braço, e o haviam limpado, mas ele estava muito, muito ferido.

Alex foi à sala de espera e topou com Mark e Taryn. Pareciam estar desesperados.

— Como está o quadro? — perguntou Taryn antes de Mark.

— É grave — disse Alex calmamente. — Mas podia ter sido pior. E pode ficar pior antes de melhorar — não disse "caso melhore", mas pensou.

— O que acha que aconteceu? — perguntou Mark. Jimmy não costumava beber e é pouco provável que ele estivesse dirigindo bêbado. Mas Alex não quis compartilhar suas suspeitas. Ela o fizera com o médico que o estava atendendo, não que aquilo fizesse muita diferença àquela altura. Mas depois talvez fizesse. Se foi tentativa de suicídio, teriam de observá-lo bem de perto quando saísse do coma.

— Conhece esse sujeito? — perguntou o médico, e ela disse que eram amigos, e falou-lhe de Maggie. O médico fez uma anotação, com um ponto de interrogação em vermelho.

Alex explicou a Mark e Taryn, tão simplesmente quanto possível, os perigos de uma hemorragia no cérebro.

— Está dizendo que ele pode ter morte cerebral? — disse Mark, horrorizado. Ele e Jimmy tornaram-se bons amigos nos últimos meses, e não queria que algo de ruim acontecesse com ele.

— Pode, mas esperamos que não. Tudo dependerá do tempo que levará para sair do coma. Ele tem sinais cerebrais, e está sendo monitorado. Logo saberemos se alguma coisa mudar.

— Jesus — disse Mark passando a mão no cabelo, perturbado. Taryn compartilhava a agonia dele. — Talvez alguém devesse ligar para a mãe de Jimmy.

— Acho que sim — disse Alex calmamente. Havia risco de vida e seu estado era crítico. — Querem que eu ligue? — Não era o tipo de telefonema agradável de se fazer mas, não que gostasse, dar más notícias era parte de seu trabalho e era mais fácil para ela fazer quilo.

— Não. Eu ligo. Devo isso a Jimmy. — Mark não era um omisso. Foi ao telefone, tirou um número da carteira que Jimmy lhe dera para casos como aquele. Nunca lhe ocorrera ter de ligar algum dia, era apenas uma precaução. E ali estava ele, ligando para a mãe de Jimmy para dizer que ele estava em coma.

— Como está a aparência dele? — Taryn perguntou para Alex à meia voz quando Mark saiu para telefonar.

— Está mal. Lamento isso ter acontecido — respondeu Alex com tristeza. Então, ela e Taryn deram-se as mãos e esperaram Mark voltar. Apareceu pouco depois, enxugando os olhos e demorou um minuto até conseguir se controlar.

— Pobre mulher. Senti-me como o assassino do machado. De acordo com Jimmy, ele é tudo o que ela tem. É viúva, e ele filho único.

— É muito velha? — perguntou Alex, preocupada com o bem estar dela.

— Não sei, nunca perguntei — disse Mark, pensativo. — Não parecia velha ao telefone, mas não sei dizer ao certo. Começou a chorar no momento em que eu lhe contei. Disse que pegaria o próximo vôo e que chegaria em oito ou nove horas.

Alex foi ver Jimmy novamente. O quadro não mudara e ela tinha de voltar ao trabalho. Deixou Mark e Taryn na sala de espera, e antes de ir, Mark perguntou se ela iria ligar para Coop. Eram cinco horas da manhã, um pouco cedo para ligar para ele.

— Vou esperar algumas horas e ligar lá pelas oito — deu-lhes o número de seu ramal e disse-lhes para ligarem se algo acontecesse. Mark e Taryn estavam abraçados, ela com a cabeça pousada no ombro dele quando Alex os deixou.

Por sorte, as coisas estiveram calmas na UTI naquela manhã, e como dissera que o faria, Alex ligou para Coop às oito. Ele ainda estava dormindo, e surpreendeu-se por ela ligar para ele tão cedo. Mas disse que não se importava. Seu *personal trainner* chegaria às nove, e ele teria de acordar de qualquer modo para o desjejum, assim que Paloma o trouxesse.

— Jimmy sofreu um acidente na noite passada — disse ela, sombria, assim que notou que ele estava completamente desperto.

— Como sabe? — era estranho, mas ele parecia desconfiado.

— Mark me ligou. Ele e Taryn estão lá embaixo na unidade de traumatologia. Caiu da Malibu Canyon Road, tem vários ossos quebrados e está em coma.

Coop não pareceu muito impressionado com o que ela lhe contava. Vira muita coisa ruim e tristeza ao longo dos anos, e apesar das esperanças e crenças em contrário, coisas ruins aconteciam com boas pessoas

— Acha que ele sobrevive?

— Difícil dizer a essa altura. Tudo pode acontecer. Depende muito do inchaço no cérebro, do tipo de seqüelas que pode causar, e do tempo que levará para sair do coma. Os ossos quebrados não o matarão — mas o resto pode matá-lo.

— Pobre rapaz. Não tem muita sorte, não é? Primeiro a esposa, agora isso — ela não disse que suspeitava que ele contribuíra para a situação. Nada tinha para sustentar esta tese além de sua intuição e o pouco que conhecia Jimmy. — Bem, mantenha-me informado.

— Não quer vir e ficar com Taryn e Mark? — ela achou que ele se ofereceria mas não lhe ocorrera fazê-lo. Nada podia fazer por Jimmy, era apenas uma questão de espera. E ele odiava hospitais. Deixavam-no nervoso, a não ser quando se encontrava com Alex na portaria, como já fizera algumas vezes.

— Não vejo que bem faria a eles — disse Coop com lógica. — E é muito tarde para desmarcar com meu *personal* — pareceu uma desculpa estranha para Alex. Mas dissera aquilo instintivamente. Não queria ver Jimmy com tubos em toda parte. Ele se melindrava com essas coisas.

— Estão bem nervosos por aqui — pressionou Alex, mas Coop não mordeu a isca. Ele queria evitar a realidade das situações.

— É compreensível — disse ele calmamente. — Mas há anos que descobri que ficar sentado em hospitais não ajuda ninguém. Só o deixa deprimido e você acaba aborrecendo os médicos. Digalhes que vou pegá-los para almoçar caso ainda estejam lá na hora do almoço, embora espero que não estejam. — Coop recusava-se se dar conta do quanto era séria a situação, ela sabia, o que facilitava as coisas para ele.

— Não creio que deixem Jimmy sozinho — nem achava que estariam dispostos para almoço, mas Coop recusava-se a participar do drama com eles, ou com Alex. Era um lugar aonde ele absolutamente não iria, sob quaisquer circunstâncias. Fazer parte daquilo seria muito desagradável para ele.

— Se o que diz é verdade, e estou certo que é, Jimmy não saberá a diferença caso estejam na sala de espera ou almoçando no Spago.

Aquilo parecia uma frase de mau gosto para Alex, mas ela nada disse. Definitivamente era uma outra perspectiva. E ela sabia por experiência própria que as pessoas tinham estranhas reações ao estresse. Coop parecia estar evitando-as completamente.

Ela ligou para a traumatologia às dez. Nenhuma mudança. A única novidade que Mark contou era que a Sra. O'Connor já estava a bordo de um avião. Chegaria ao hospital perto do meio dia, caso tudo desse certo. Quando Alex teve uma folga, foi à traumatologia para ver Jimmy.

Mark e Taryn ainda estavam sentados no mesmo lugar. Mark estava horrível, e Taryn andara fumando no corredor. Disse olá para ambos e foi à CTI da traumatologia ver Jimmy. Mantinham-no isolado e o observavam de perto. Alex falou com as enfermeiras durante algum tempo, que a informaram que ele estava num coma ainda mais profundo. As coisas não pareciam boas para Jimmy.

Alex ficou em silêncio ao lado dele, e com a ponta dos dedos tocou-lhe o ombro nu. Havia monitores e fios ligados a máquinas. Jimmy tinha tubos intravenosos em ambos os braços, e haviam lhe dado uma transfusão para compensar a hemorragia interna. No que dizia respeito a ferimentos, ele estava no time titular.

— Oi, garoto — disse ela baixinho quando uma das enfermeiras se afastou e deixou-a a sós com ele. Sabiam que ela era capaz de observar os monitores, e todas as informações apareciam em telas em dois outros lugares. — O que diabos está fazendo aqui? Acho melhor você acordar...

As lágrimas afloraram a seus olhos. Via tragédias parecidas todo dia em seu trabalho, mas agora era diferente. Jimmy era amigo dela, e Alex não queria que ele morresse.

— Sei que sente falta de Maggie, Jimmy... Mas nós todos o amamos... Há uma vida para você aqui.... Jason vai ficar muito mal caso algo lhe aconteça... Você tem de voltar agora, Jimmy... Você tem...

As lágrimas escorriam por seu rosto, e ela ficou ali durante meia hora, falando com ele firme, embora gentilmente. No fim, ela beijou-lhe o rosto, tocou-lhe o braço, e juntou-se aos outros na sala de espera.

— Como ele está? — Mark ainda parecia estar em pânico, e Taryn estava exausta, de olhos fechados e com a cabeça apoiada numa cadeira. Mas ergueu-se ao ouvir a voz de Alex.

— Na mesma. Talvez ajude quando ele ouvir a voz da mãe.

— Acha que fará alguma diferença? — Taryn pareceu surpresa. Ouvira falar nisso antes, mas nunca acreditara realmente.

— Não sei — disse Alex com honestidade. — Ouvi gente dizer que ouviam as pessoas falando com elas quando estavam em coma, quando ninguém pensava que pudessem ouvi-las. As pessoas são resgatadas do limiar da morte por coisas estranhas. A medicina tanto é uma arte quanto uma ciência. Estaria queimando penas de galinha e matando bodes lá em cima se achasse que aquilo ajudaria a um de meus bebês. Falar com ele não fará mal algum.

— Talvez todos devêssemos — disse Mark, parecendo ansioso. Temia o encontro com a mãe de Jimmy. E Alex aumentara seu grau de preocupação. Não tinha idéia de quão velha era, caso fosse muito velha e frágil, aquilo podia ser demais para ela. — Podemos vê-lo?

Haviam-no visto uma única vez, por pouco tempo, da porta, mas as coisas pareciam menos complicadas agora. Alex foi perguntar, e então acenou para eles. Mas ela estava mais acostumada àquilo do que os outros. Taryn só conseguiu ficar um ou dois minutos, então se foi, com lágrimas escorrendo pelo rosto. Mark ficou corajosamente ao lado do amigo, e falou com ele, como Alex sugerira. Mas após alguns minutos, estava tão comovido que teve de parar de falar. A cor de Jimmy não era boa, e embora ainda não tivesse nas últimas, parecia estar morrendo. Era uma possibilidade, Alex sabia, e até mesmo Mark podia ver aquilo.

Depois, os três se sentaram na sala de espera, e choraram pelo amigo. Fora uma manhã infernal, e estavam todos assustados e cansados.

Alex subiu depois disso, mas, antes de ir, Mark perguntou se Coop viria.

— Não creio — disse ela calmamente — Tem um compromisso esta manhã. — Não teve coragem de dizer que era com o *personal*. Ela sabia que era uma desculpa que Coop usara, e corretamente intuiu que ele estava com medo de vir. Este não era seu forte.

Alex ligou para a traumatologia de hora em hora. Ao meio-dia e meia, Mark ligou para ela e disse que a Sra. O'Connor estava lá. Fora direto ao hospital assim que chegou.

— Como ela está? — perguntou, preocupado com a mulher que não conhecia. Alex sabia que ela ficaria de coração partido ao ver o filho.

— Está mal. Mas quem não está? — Mark soava como se tivesse chorado. Estivera lá desde cedo pela manhã, e Alex achou aquilo comovente, assim como Taryn. Mal conhecia Jimmy e também estava arrasada. Era uma tragédia, mas, se morresse, ao menos não deixaria crianças órfãs. Era alguma coisa, embora fosse um consolo muito pequeno.

— Estarei aí em alguns minutos — prometeu Alex, mas só pôde descer por volta das duas da tarde. Finalmente alguém entrara em crise. Ela pediu desculpas pelo atraso e disse:

— Onde está a mãe?

— Ainda está com ele. Está lá há quase uma hora.

Não conseguiam dizer se era bom ou mau sinal. Mas Alex não a culpava. Mesmo aos 33 anos de idade, ele era o bebê dela. Não era diferente das mães que se sentavam agoniadas no seu trabalho, com exceção que ela o conhecia melhor, tivera mais tempo para amá-lo e mais a perder caso ele morresse. Alex sabia como deveria estar abalada.

— Não quero me intrometer — disse Alex, cautelosa, mas os outros dois a convenceram a dar uma olhada, de modo que ela entrou, prometendo a si mesma que não se apresentaria caso lhe parecesse muito inconveniente.

O que viu a surpreendeu. Não encontrou uma velha senhora e sim uma mulher atraente, pequena e esbelta, com cerca de cinqüenta e poucos anos. Parecia ter ainda menos. Tinha o cabelo negro preso em um rabo-de-cavalo e estava sem maquiagem. Viajara de Boston de jeans e um suéter negro de gola rolê, e era uma versão feminina mais bonita de Jimmy, com exceção que era esguia e não atlética, e tinha olhos enormes e azuis, em vez dos olhos castanho-escuros de Jimmy. Mas suas feições lembravam as do filho.

Ela estava sentada próximo à cabeceira da cama e falava suavemente com ele, assim como Alex fizera pela manhã. Ela ergueu os olhos ao notar a presença de Alex. Imaginou que fosse uma enfermeira ou uma das médicas do filho. Todas usavam o mesmo uniforme e carregavam o mesmo equipamento.

— Há algo de errado? — E olhou para o monitor com uma expressão de pânico. Então, olhou novamente para Alex.

— Não, me desculpe... Sou amiga de Jimmy... Trabalho aqui. Esta é uma visita não oficial.

Valerie O'Connor olhou para ela com olhos tristes, ambas se encararam por um longo tempo, e então ela voltou a falar com Jimmy. Ao erguer os olhos novamente, Alex ainda estava lá e Valerie disse:

— Obrigada.

Alex voltou à recepção onde estavam os outros. Estava feliz pela mãe ao menos ser jovem o bastante para suportar o choque. Não parecia ter vivido o bastante para ter um filho da idade de Jimmy. Tivera-o aos 20, tinha 53 agora e num bom dia pareceria dez anos mais jovem.

— Parece ser uma boa mulher — disse Alex ao sentar com os outros, sentindo-se esgotada. Era mais difícil lidar com amigos do que com pacientes.

— Jimmy é louco por ela — disse Mark, vago.

— Vocês dois comeram? — perguntou Alex, e ambos negaram com a cabeça. — Deveriam descer à cafeteria e comer alguma coisa.

— Não consigo comer — disse Taryn, parecendo nauseada.

— Nem eu — acrescentou Mark. Não fora trabalhar, e não deixara a sala de espera nas nove horas em que estiveram ali.

— Coop vem? — perguntou Mark novamente. Estava surpreso por ele não ter vindo, e achava que ele deveria estar ali.

— Não sei. Vou ligar para ele — disse Alex.

Largaria o trabalho em três horas e meia, e estava pensando em ficar por ali, para ver como Jimmy se sairia. Mark tinha de ir para casa cuidar dos filhos, e Taryn precisava descansar, parecia exausta. Mas fora uma verdadeira acompanhante.

Alex ligou para Coop ao voltar lá para cima. Ele acabara de despertar de uma soneca na piscina e estava de bom humor.

— Como vai indo, Dr. Kildare? — brincou, o que ela achou inadequado. Dera-se conta de que ele não entendera a situação de Jimmy. E ela explicou tudo para ele, detalhadamente.

— Eu sei, querida, eu sei — disse ele gentilmente. — Mas nada posso fazer a respeito, de modo que não vou me deprimir por isso. Vocês três parecem preocupados o bastante. Nada posso acrescentar. Ficar histérico como vocês não vai mudar nada — ele estava certo, mas aquilo a aborreceu.

Coop parecia não querer se envolver, e ela achava que ele deveria estar ali com os outros, odiasse hospitais ou não. Um homem que ele conhecia podia estar morrendo naquele momento, e mesmo com sua experiência médica, ela não conseguia simplesmente ignorar aquilo. Talvez a vida e a morte fossem menos impressionantes na sua idade, ou mais assustadores. Talvez, depois que as pessoas que você conhece morrem, a morte não pareça assim tão ameaçadora. Mas sua atitude de recusa pareceu chocante para Alex.

— Além disso, odeio hospitais, exceto quando venho vê-la. Mas todo esse equipamento médico me dá nervoso. É tão desagradável. — A vida é assim às vezes, pensou Alex. Também pensou em quanto "desagrado" Jimmy teve de suportar quando Maggie morreu. Ele contara para Alex que cuidara da esposa até o último suspiro, e recusou-se a ter uma enfermeira para ajudá-lo. Achava que devia isso a ela, e queria fazê-lo. Mas as pessoas eram diferentes. E Coop não era bom com coisas que não eram belas ou agradáveis, nem com acidentes. Mas, ao evitar isso, Coop não estava lá para ajudar a ninguém mais.

— A que horas você estará em casa? — perguntou Coop, como se nada tivesse acontecido com Jimmy. — Ainda vamos ao cinema?

Quando ele disse isso, algo se rompeu dentro dela. Simplesmente não podia.

— Não posso, Coop. Não consigo me concentrar. Vou ficar aqui algum tempo, e ver se posso ajudar a mãe dele. Mark e Taryn logo irão para casa, e não seria bom deixá-la com um filho comatoso numa cidade estranha. Não tem ninguém com ela.

— Comovente — disse Coop num certo tom de voz. — Não acha que está levando isso muito longe, Alex? Ele não é seu namorado, que diabos! Ao menos espero que não seja.

Alex não se dignou a responder. Aquilo era, no mínimo, insensível e insultuoso. Seu ciúme de Jimmy era completamente absurdo àquela altura.

— Voltarei tarde para casa. — Foi tudo o que Alex disse.

— Talvez Taryn queira ir ao cinema comigo — disse ele com petulância, e Alex sentiu um arrepio. Ele estava agindo como um menino mimado, não como um adulto. Mas Coop era criança às vezes, fazia parte do seu charme.

— Não creio que ela vá, mas não custa perguntar. Vejo-o mais tarde — disse Alex com frieza. E desligou. A reação de Coop à situação provocava nela considerável aflição.

Deixou o trabalho às seis, e Mark e Taryn estavam indo embora quando ela chegou. A mãe de Jimmy estava com eles, sentada calmamente na sala de espera. Parecia controlada mas triste, mas estava em melhor forma que os dois. Fora um longo dia para ela também, com o choque da notícia e o longo vôo de Boston antes de vê-lo. Mas parecia ser uma mulher calma, capaz, despretensiosa. Mark e Taryn foram embora alguns minutos depois, e Alex ofereceu-se para buscar sopa e um sanduíche ou uma xícara de café.

— Você é muito gentil — disse Valerie, sorrindo para Alex. — Mas creio que não posso comer.

Por fim, aceitou alguns biscoitos e uma xícara de sopa que Alex trouxera da ala das enfermeiras.

— Que sorte você trabalhar aqui — disse ela, grata, ao receber a sopa de Alex e bebê-la. — Não consigo acreditar que isso aconteceu. O pobre Jimmy passou tempos tão difíceis. Primeiro Maggie ficou doente, depois morreu, agora isso. Eu me preocupo com ele.

— Eu também — disse Alex calmamente.

— Estou muito grata por ele ter tão bons amigos por aqui. Graças a Deus, Jimmy deu o meu número para Mark — disse ela.

As duas mulheres conversaram um pouco. Ela perguntou a Alex sobre seu trabalho, e sabia de Coop através de Jimmy. Mark explicara a situação de Alex para Valerie, de modo que esta não achou que Alex fosse namorada de Jimmy. Mas ela já sabia que não era. Ela mantinha um estreito contato com o filho e sabia que ele não estivera com mulher alguma desde que perdera

Maggie. Temia que nunca estivesse. Os dois eram perfeitos um para o outro, e tiveram um casamento invejável, assim como o dela. Era viúva há dez anos e há muito desistira de encontrar qualquer homem. A seus olhos, não havia homem no mundo como o pai de Jimmy. Foram casados durante 24 anos, e ela achava que fora o suficiente para o resto da vida. Ninguém poderia substituí-lo, e ela não tinha vontade de tentar.

Conversaram durante um bom tempo, e Valerie pediu que Alex entrasse com ela na UTI na próxima vez que fosse ver Jimmy. Confessou que isso a encorajaria. Ao fim da conversa, ela chorou. Não sabia como seria a sua vida caso ele a deixasse. Era tudo o que tinha no mundo, embora pelo que dissera, tinha uma vida ocupada. Fazia trabalho voluntário com cegos e sem-teto em Boston. Mas Jimmy era seu filho único, e só saber que ele estava em algum lugar do mundo, mesmo que não fosse em casa, fazia sua vida valer a pena.

Eram quase dez quando Alex pediu que umas das enfermeiras preparasse uma cama para Valerie num corredor dos fundos. Não queria deixar o filho, embora Alex tenha oferecido levá-la de carro à casa da guarda. Mas ela preferiu ficar no hospital caso algo acontecesse.

Eram dez e meia quando Alex ligou para Coop, e este tinha saído. Taryn disse que fora ao cinema, o que pareceu estranho para Alex.

— Acho que esta história de hospital o deixou nervoso — explicou Taryn. Alex já sabia disso. Mas ainda a irritava o fato dele não ter nem mesmo tentado ajudar. Negara-se completamente.

— Diga a ele que fui para minha casa esta noite. Tenho de estar de volta às cinco, e moro mais perto do hospital. Não quero acordá-lo ao despertar — explicou Alex, e Taryn compreendeu.

— Vou deixar um bilhete para ele. Estou morta.

Alex já lhe disse que não houvera mudança nas condições de Jimmy. Nem para melhor, nem para pior, e nem para mais esperançoso.

E quando foi se despedir de Valerie, ela já estava dormindo. Alex saiu dali na ponta dos pés. Ao deitar-se na própria cama naquela noite, pensou em Coop e tentou identificar o que estava sentindo. Demorou um bom tempo, mas, ao cair no sono, deu-se conta de que não estava com raiva dele, e sim desapontada. Pela primeira vez, por causa do acidente de Jimmy, ela vira um lado de Coop que não gostou. E sabia que, não importando o quanto o amasse, perdera o respeito por ele. Somado ao acidente de Jimmy, era uma novidade devastadora para Alex.

Capítulo 20

ALEX LIGOU PARA Coop do trabalho na manhã seguinte, e este disse que ela perdera um grande filme, o que a deixou atônita. Sua negação estava com a força total. Nem mesmo perguntou por Jimmy. Ela informou de qualquer modo, dizendo que suas condições continuavam na mesma. Coop disse lamentar saber, mas tentou mudar de assunto tão rápido quanto pôde.

— A saga continua — disse ele, soando quase insolente, enquanto ela desejava sacudi-lo pelos ombros. Será que ele não compreendia que a vida de um homem estava em jogo? Qual a parte que ele não havia entendido? Aparentemente, tudo. A realidade da situação de Jimmy era demais para Coop.

Falou com Taryn a esse respeito mais tarde, ao vê-la na traumatologia novamente. Mark e Valerie estavam lá dentro com ele.

— Não creio que ele se dê bem com situações difíceis — disse Taryn com honestidade. Também ficara surpresa com a reação do pai e, no desjejum, este dissera qualquer coisa a respeito de "energia negativa", algo muito perigoso de se experimentar. Mas Taryn suspeitava que ele se sentia culpado por aquilo. Não importando o quanto sua reação de recusa parecesse natural para ele, Coop sabia não ser o certo, admitisse ou não. Mas o que incomodava Alex era como ele se permitia evitar inteiramente a situação. Como resultado disso, não ajudou ninguém. Também como resultado disso, ela se sentiu traída por ele. O que ela teve de acabar aceitando era o fato que aquilo era o melhor que ele podia fazer. Mas a preocupava pensar no que aconteceria se algo "negativo" acontecesse com ela algum dia. Coop saberia lidar com aquilo, ou iria ao cinema? Era assustador vê-lo fazer de tudo para se esquivar. Era aflitivo ver, e nada do que ele estava fazendo parecia bom para ela.

Alex foi ao Chalé depois do trabalho naquele dia, embora os outros estivessem no hospital com Valerie. Mas ela não queria insistir com Coop. Foi agradável e acessível quando ela chegou, e pedira um jantar maravilhoso ao Spago. Era seu modo de compensar aquilo que não fizera. Coop não "fazia" coisas desagradáveis. Ele fazia coisas belas. Agradáveis. Divertidas. Elegantes. Graciosas. Conseguira tirar de sua vida coisas de que não gostava ou que o assustavam, e só dar-se conta das coisas "divertidas" e agradáveis de se fazer. O problema era que, Alex lembrou a si mesma, a vida real não era assim. E geralmente havia mais coisas "desagradáveis" que "divertidas" na vida. Mas não no mundo de Coop, que não permitia que as coisas ruins chegassem até ele. Apenas fingia para si mesmo e para todos que as coisas ruins não existiam. Fazia isso através de meios bem estranhos. E também não quebrara financeiramente. De fato quebrara, mas não se dava conta disso. Apenas continuava vivendo, gastando e se divertindo. Apesar de tudo, tiveram uma noite adorável e relaxante. Aos olhos de Alex, isso tudo era um pouco surrealista demais.

Alex ligou para o hospital para saber das condições de Jimmy, mas não mencionou isso para Coop. Não havia mudanças. E a esperança começava a esmorecer. Estivera em coma durante quase 28 horas. E a cada dia que passava, a possibilidade de uma recuperação total diminuía. Tinha mais um dia, talvez dois, antes que suas possibilidades de total recuperação se fossem para sempre. Deveria sobreviver, mas não como o conheciam. Tudo o que podiam fazer era rezar. Naquela noite, Alex foi para cama com Coop com o coração pesado, não apenas por causa de Jimmy, mas pela parte de Coop que ela descobriu estar faltando. Achou aquilo deprimente. Para ela, era uma parte enorme.

Tinha o dia seguinte livre mas foi ao hospital de qualquer modo, para ficar com Valerie e visitar Jimmy. Vestia o avental mesmo estando de folga, de modo que teria acesso à UTI.

— Obrigada por ficar comigo — disse Valerie, agradecida. Ela e Alex ficaram a sós todo o dia. Mark fora trabalhar. Coop estava fazendo um comercial para uma empresa farmacêutica e insistira em levar Taryn.

Valerie e Alex ficaram horas sentadas na sala de espera, e se revezaram fazendo companhia para Jimmy. Ambas falavam com ele sem parar, como se ele as pudesse ouvir. Foi conveniente Valerie estar perto da cabeça de Jimmy, falando com ele, e Alex estar perto do pé. Foi quando viu um dedo se mover. A princípio, pensou ser um reflexo. Então, todo o pé se moveu. Alex olhou para o monitor e então para a enfermeira. Ela também vira. Então, muito lentamente, ele segurou a mão de Valerie. Havia lágrimas escorrendo de seus olhos e dos de Alex, enquanto a mãe continuava a falar. Muito calma, muito segura, disse-lhe o quanto o amava e quão feliz ela estava por ele estar melhor, embora não houvesse sinais disso ainda. Mas ela agia como se aquilo já tivesse acontecido. Demorou uma meia hora para que Jimmy conseguisse abrir os olhos e, ao fazê-lo, olhou para Valerie.

— Oi, mãe — sussurrou.

— Oi, Jimmy. — Ela sorriu-lhe através das lágrimas, e Alex teve de engolir um soluço que quase a engasgou.

— O que houve?

Ao ser socorrido, fora entubado. O tubo fora retirado naquela manhã, pois ele conseguia respirar por conta própria, mesmo inconsciente. Mas a voz fora um pouco afetada.

— Você é um péssimo motorista — respondeu-lhe a mãe, e até mesmo a enfermeira riu.

— Como está meu carro?

— Pior que você. Ficarei feliz em lhe comprar outro.

— Tudo bem — disse ele, então seus olhos se fecharam mas ele os abriu novamente e viu Alex. — O que faz aqui?

— Estou de folga e vim fazer uma visita.

— Obrigado, Alex — disse ele, antes de voltar a dormir.

O médico só chegou alguns minutos depois.

— Bingo! — disse ele, sorrindo para Alex. — Conseguimos. — Era uma grande vitória para todo o time, e enquanto o examinavam, Valerie chorava nos braços de Alex no corredor. Ela pensava que o filho iria morrer, e então sentia-se completamente livre do estresse pelo qual passara.

— Tudo bem... Agora vai ficar tudo bem... — disse Alex confortando-a e abraçando-a. Fora uma terrível experiência para ela, e um grande alívio o fato de ter sobrevivido.

Mais tarde naquela noite, Alex finalmente convenceu Valerie a deixá-lo, e levou-a de carro até a casa da guarda. Encontrou a chave reserva de Coop, e a fez entrar. Coop ainda estava no estúdio gravando o comercial quando as duas chegaram. Alex verificou se ela tinha tudo o que precisava.

— Você está sendo maravilhosa para mim — disse Valerie, novamente com lágrimas nos olhos. Agora, tudo a fazia chorar.

Foram dois dias de agonia, e ela começava a se sentir comovida. — Queria ter uma filha como você.

— Queria ter uma mãe como você — disse Alex com sinceridade, sorrindo, antes de deixá-la.

Alex sentia-se aliviada ao voltar à ala principal. Quando Coop chegou, às onze, ela já tomara banho e lavara o cabelo. Também parecia cansado. Para ele também fora um dia interminável.

— Oh, meu Deus, estou exausto — reclamou, ao servir champanhe para Alex, Taryn e para si mesmo. — Fiz peças na Broadway em menos tempo do que demorou esse maldito comercial.

Mas ao menos pagaram bem, e Taryn achara a experiência interessante. Mas não se esquecera de Jimmy, e ligou em intervalos regulares durante todo o dia para saber como Jimmy estava.

— Como foi seu dia, querida? — perguntou Coop para Alex, jubiloso.

— Excelente — respondeu ela, sorrindo para Taryn, que já sabia da notícia. — Jimmy acordou. Vai ficar bem. Ficará no hospital durante um bom tempo, mas vai sobreviver. — sua voz tremeu ao dizer isso. Fora uma experiência e tanto para todos, exceto para Coop.

— E todos viveram felizes para sempre — acrescentou Coop, e sorriu para ela, um tanto condescendente. — Vê, minha querida, se você simplesmente ignorar essas coisas, elas se ajeitam sozinhas, com o tempo. É muito mais fácil deixar Deus cuidar disso, e cuidar da própria vida.

O que ele acabara de dizer contrariava tudo o que ela fazia. Deus estava no controle, sem dúvida, mas ela também fazia a sua parte.

— É um modo de ver a coisa — disse Alex calmamente. Mas Taryn sorria, aliviada.

— Como está a mãe dele? — perguntou, preocupada.

— Acabada, mas bem. Eu a trouxe até a casa da guarda.

— Talvez devesse tê-la deixado no hotel. Na idade dela, talvez preferisse ter algum serviço — disse Coop. Como sempre, estava ainda imaculadamente elegante quando saiu pela manhã para fazer o comercial.

— Talvez não possa pagar — disse Alex com praticidade. — E ela não é tão velha quanto imaginávamos.

Coop pareceu surpreso embora não particularmente interessado no drama. Já tivera o bastante daquilo.

— Quantos anos tem?

— Não sei. Parece ter 42, 43, no máximo 45... mas deve ter 50 e poucos.

— Tem 53 — disse Taryn. — Eu perguntei. Ela tem uma aparência incrível. Parece irmã dele.

— Bem, ao menos não teremos de nos preocupar com ela cair e quebrar a bacia na casa da guarda — provocou Coop. Estava feliz com o fim do transe, e aliviado por Jimmy é claro, mas não gostava do melodrama. Agora todos podiam voltar ao normal. — Bem, o que faremos amanhã? — perguntou, alegre. Ele ganhara algum dinheiro e estava de bom humor. Agora, Jimmy também estava bem. Até mesmo Coop estava feliz por ele, e Alex sentiu-se aliviada ao dar-se conta de que ele se preocupava.

— Vou trabalhar — disse Alex, rindo.

— De novo? — Coop parecia desapontado. — Que tédio. Acho que você devia tirar o dia para fazermos compras em Rodeo.

— Adoraria — disse Alex, sorridente. Coop era tão adorável e infantil de vez em quando que era difícil ficar com raiva dele. Ela ficara aborrecida com ele por causa do incidente com Jimmy. Era um lado dele que a surpreendeu, e saber do que ele não era capaz e daquilo que ele não sentia foi-lhe doloroso. — Acho que o hospital vai ficar um tanto aborrecido se eu não for trabalhar porque fui fazer compras. Essa seria difícil de explicar.

— Diga que teve uma dor de cabeça. Diga-lhes que há amianto no lugar, e que você irá processá-los.

— Talvez seja melhor eu simplesmente ir trabalhar — disse Alex, sorridente.

À meia-noite, foram todos para a cama. Ela e Coop fizeram amor, e ela o beijou na manhã seguinte antes de sair para o trabalho, enquanto Coop dormia. Ela o perdoara pela falta de simpatia por Jimmy. Algumas pessoas simplesmente não conseguiam lidar com emergências ou problemas médicos. E estas coisas eram tão familiares para ela que era difícil entender. Mas nem todos podiam fazer o que ela fazia, convenceu-se. Sentia uma forte necessidade de encontrar desculpas para ele. Desejava dar-lhe uma trégua quanto a este assunto. Na verdade, para a sua própria sanidade, ela precisava fazê-lo. A seus olhos pelo menos, o amor era feito de compaixão, compromisso, e perdão. A definição de Coop talvez fosse um pouco diferente. Para ele, o amor era feito de beleza, elegância e romance. E tinha de ser fácil. Ali estava o problema. Na cabeça de Alex, o amor nem sempre era fácil. Mas para Coop tinha de ser. Esse era um problema sério.

Foi ver Jimmy na hora do almoço. A mãe dele acabara de descer à cafeteria para comer um sanduíche, e conversaram durante um minuto a respeito do quanto Valerie era boa. Alex disse que a adorara, e Jimmy concordou. Ele iria sair da UTI na manhã seguinte.

— Obrigado por ter ficado por perto quando eu estava em coma. Mamãe me disse que ontem você esteve com ela a tarde inteira. Foi muito gentil da sua parte, Alex. Obrigado.

— Não queria que ela ficasse sozinha aqui. Aqui é bem assustador — disse Alex. E então tomou uma decisão. Ele estava bem o bastante para ouvir a pergunta que a vinha atormentando desde que aquilo acontecera. — E quanto ao acidente? Suponho que não estava bêbado. — Ela estava sentada bem perto dele e Jimmy tomou a mão dela sem pensar.

— Não, não estava... Não sei, acho que o carro fugiu de controle. Pneus velhos... freios gastos... alguma coisa velha.

— Era isso o que queria? — perguntou suavemente. — Fez acontecer ou deixou acontecer? — A voz dela era quase um sussurro. Jimmy pensou por um bom tempo antes de responder.

— Para ser franco, Alex, não estou certo. Já me fiz a mesma pergunta. Eu estava atordoado... Estava pensando nela.... O aniversário dela fora no domingo.... Creio que, por uma fração de segundo, deixei acontecer. Acho que comecei a derrapar, e simplesmente deixei acontecer, e quando tentei parar, não consegui, e então acordei aqui. — Era exatamente o que ela imaginara. E ele parecia tão horrorizado quanto ela ao ouvi-lo. — É difícil admitir isso. Jamais o faria novamente, mas naquele segundo, entreguei a vida ao destino... E, por sorte, o destino a devolveu para mim.

— Foi uma aposta e tanto disse ela com tristeza. Doía-lhe saber que ele sofria tanto, já há tanto tempo. Era um modo horrível de se aprender uma lição. Ele confrontara todas as suas desgraças e medos, e sobrevivera para contar. — Acho que uma boa terapia iria bem.

— É. Eu também. Vinha pensando nisso ultimamente. Não consigo mais viver assim. Sentia-me como se estivesse me afogando, sem conseguir voltar à superfície. Parece loucura dizer — disse ele, olhando para o gesso e para os monitores. — Mas me sinto melhor. — E de fato parecia melhor.

— Fico feliz em ouvir — disse Alex, aliviada. — Vou ficar de olho em você daqui para a frente. Vou lhe cobrar até vê-lo pulando de alegria da casa da guarda até o portão do Chalé.

Ele riu da imagem que ela criara.

— Não creio que vá poder pular muito...

Ficaria de cadeira de rodas durante algum tempo e, depois, de muletas. Sua mãe já havia se oferecido para tomar conta dele nesse tempo. Os médicos achavam que em seis ou oito semanas ele já estaria andando. Ele já falava em voltar ao trabalho assim que pudesse, o que era bom sinal.

— Alex — disse ele, cuidadoso. — Obrigado por se preocupar. Como sabe o que aconteceu? — perguntou, impressionado por ela ter intuído o seu papel no acidente. Era uma pessoa muito atenciosa.

— Sou médica, lembra-se?

— Oh sim, por isso. Mas, de modo geral, prematuros não jogam os carros de penhascos.

— Imaginei. Não sei por que, mas soube no instante em que Mark me contou. Acho que pressenti.

— Você é uma mulher esperta.

— Preocupo-me um bocado com você — disse ela seriamente, e ele assentiu com um menear de cabeça. Ele também se preocupava com ela, mas tinha medo de dizê-lo.

Alex voltou ao trabalho quando a mãe de Jimmy retornou com seu sanduíche, e esta comentou a admiração de Alex por Jimmy. Valerie estava curiosa a respeito dela.

— Mark disse que ela é namorada de Cooper Winslow. Ele não é um pouco velho para ela? — perguntou a mãe, interessada. Ainda não se encontrara com Coop, mas sabia quem ele era, e ouvira um bocado sobre ele de ambos inquilinos e através de Alex.

— Aparentemente ela não pensa assim — respondeu Jimmy.

— Como ele é? — perguntou Valerie, comendo peru no pão integral. Jimmy ainda estava em dieta, e vê-la comer deu-lhe fome. Foi a primeira vez em muito tempo que sentia fome.

Talvez estivesse certo, pensou consigo mesmo, talvez tenha finalmente exorcizado seus demônios. Fora até a borda e caíra, e não graças a si mesmo, aterrissou em segurança. Talvez, de um modo maluco, o acidente se revelaria uma bênção no fim das contas.

— Coop é arrogante, bonito, charmoso, jovial e egoísta como o diabo — respondeu Jimmy. — O único problema é que ela não vê isso — disse ele, parecendo aborrecido.

— Não esteja tão certo disso — disse Valerie calmamente, imaginando se ele estava apaixonado por ela, ou se sabia que estava. — As mulheres têm um modo de perceber as coisas e decidir não lidar com elas até mais tarde. Elas arquivam. Mas não quer dizer que não vejam. E ela é uma jovem muito inteligente.

— Ela é brilhante — defendeu Jimmy, o que confirmou as suspeitas da mãe sobre seus sentimentos, soubesse ele ou não o que sentia.

— Imagino que sim. Ela não vai cometer um erro. Talvez Coop seja conveniente para Alex por enquanto, embora eu deva dizer que, de tudo o que ouvi a respeito dele, parecem uma estranha combinação.

Mas ficou impressionada no dia seguinte quando levaram Jimmy para um quarto particular e Coop enviou-lhe um buquê de flores gigante. Ela imaginou se Alex o enviara para ele, e então deu-se conta de que não fora ela. Era o tipo de buquê que um homem enviaria, não uma mulher. Um homem acostumado a ter mulheres a seus pés e fazê-las de gato-sapato. Nunca ocorria a Coop enviar menos de quatro dúzias de rosas.

— Acha que ele quer se casar comigo? — brincou Jimmy.

— Espero que não! — disse ela, sorrindo. Mas esperava que Coop também não se casasse com Alex. Ela merecia mais que um velho astro de cinema. Valerie sabia disso após conversar com ela durante horas. Ela precisava de um jóvem que a amasse e cuidasse dela e estivesse ali para apoiá-la e dar-lhe filhos. Assim como Jimmy. Mas Valerie era esperta o bastante para nada dizer a esse respeito para nenhum dos dois. Eram amigos e, por enquanto, era tudo o que ambos queriam.

Alex visitou Jimmy todos os dias, trabalhando ou não. Descia no intervalo para vê-lo, trouxe-lhe livros para ler, e contava histórias engraçadas. Ela chegou a comprar para ele uma máquina de peidos por controle remoto, de modo a poder espalhar o terror entre as enfermeiras. Não era elegante, mas ele adorou o brinquedo.

Tarde da noite, Alex descia silenciosamente e passavam longas horas conversando sobre o trabalho de Jimmy, o dela, o casamento de seus pais, sua vida com Maggie, o modo desesperado como ele sentia falta dela. Alex falou de Carter e de sua irmã. Sobre seus pais, do que esperava deles quando criança e nunca teve, pois ambos eram incapazes daquilo. Pouco a pouco, trocaram segredos e passaram a se conhecer. Não se davam conta e, se alguém perguntasse, insistiriam que era apenas amizade. Apenas Valerie sabia. Ela suspeitava dessa amizade. A bebida que fermentavam entre si era muito mais forte, soubessem disso ou não. E estava feliz por ele. A única mosca na sopa, até onde podia ver, era Coop.

Naquele fim de semana, Valerie conheceu a mosca pessoalmente. Ainda não o havia encontrado. E, teve de admitir, que ele era muito impressionante. Ele era tudo o que Jimmy disse que era, egoísta, egocêntrico, arrogante, divertido e charmoso. Mas era mais que isso. Jimmy apenas não era velho o bastante para ver, ou maduro o suficiente para compreender. O que ela viu em Coop era um homem vulnerável e amedrontado. Não importava quão jovem parecesse, ou quantas mulheres o cercassem, ele sabia que o jogo estava quase acabando. Estava aterrorizado, Valerie deu-se conta. De adoecer, de envelhecer, de perder sua beleza, de morrer. A recusa em lidar com o acidente de Jimmy dissera-lhe isso. Os olhos também. Havia um homem triste por trás daquele sorriso. E não importando o quanto fosse charmoso, ela sentia pena dele. Era um homem com medo de enfrentar seus demônios. O resto era só fachada. Mas ela sabia que Jimmy nunca compreenderia isso caso ela tentasse explicar. E o absurdo daquela garota ter um bebê dele era apenas alimento para seu ego. Mesmo reclamando disso, ela sentia instintivamente que aquilo o agradava em parte, e que Coop usava aquilo para torturar Alex, apenas para lembrar-lhe subliminarmente que havia outras mulheres que queriam ter filhos dele. Queria dizer que não era apenas jovem, mas potente.

Valerie sabia que Alex não o amava de verdade. Estava apenas impressionada com Coop. Ele era o pai atencioso que ela sempre quis e nunca teve. Eram um grupo interessante, pensou Valerie. E achava Mark e Taryn perfeitos um para o outro. Mais que tudo, ela achou a complexidade de Coop fascinante.

À primeira vista, Coop pareceu não ter se impressionado com Valerie. Ela estava longe de ser o perfil das mulheres que ele cortejava. Era velha o bastante para ser mãe delas. O que gostou, disse para Alex algum tempo depois, enquanto estavam deitados relembrando a noite, era a graça de Valerie, seu estilo, sua simples elegância. Vestia calça cinza, um suéter da mesma cor e um colar de pérolas. Nada havia de pretensioso nela. E o fato de ela não tentar parecer mais jovem. Na verdade a fazia parecer assim. Evidentemente ela tinha classe e berço.

— É uma vergonha ela não ter dinheiro — disse Coop com simpatia. — Deveria ter. Mas — ele riu — todos devíamos.

Alex era a única do grupo que tinha dinheiro, em abundância, o que era um desperdício. Ela não se importava com isso. Do mesmo modo que Coop achava que a juventude era desperdiçada com os jovens, o dinheiro era desperdiçado com os excessivamente filantrópicos. Para ele, dinheiro era feito para ser gasto e se divertir. Alex escondia o dela, ou o ignorava. Precisava de lições de como gastá-lo. Lições que ele poderia tê-la ensinado facilmente mas hesitava no momento. Novamente sua maldita consciência. Ainda tentava superar aquilo, que estava se transformando num aborrecimento infernal.

Coop viu Valerie novamente no dia seguinte, na piscina. Ela estava sentada à sombra de sua árvore favorita. Deixara de visitar Jimmy durante o dia para vê-lo somente à noite. Ela estava deitada numa espreguiçadeira, num biquíni preto. Podia usá-lo. Tinha um corpo muito razoável. Tanto Alex quanto Taryn a invejavam e esperavam terem metade da sua beleza ao chegarem na idade dela. Ao dizerem isso, Valerie simplesmente disse ser afortunada, tinha um bom genes, e fazia muito pouco para manter-se assim. Mas gostou do elogio das duas jovens.

Coop a convidou para uma taça de champanhe depois, e ela foi, apenas para dizer que vira a casa, e que ficara surpresa do quanto era bonita por dentro, e como era discreta. Nada tinha de espalhafatoso. A decoração era de muito bom gosto, com antiguidades esplêndidas e belos tecidos. Era, definitivamente, a casa de um adulto, como ela mencionou, conversando depois com Jimmy. E, novamente, pensou que Alex estava deslocada ali dentro. Mas pareciam felizes juntos.

Ela estava começando a achar que Coop estava levando a sério a relação com Alex. Era tão solícito, tão atencioso, tão apaixonado. Obviamente ele a adorava, mas com Coop era difícil dizer o quanto ele estava envolvido profundamente com qualquer coisa. Mantinha tudo em sua vida à superfície, particularmente suas emoções. Mas não era difícil imaginá-lo casando-se com Alex, mesmo pelas razões erradas, para provar alguma coisa, ou pior, para pôr as mãos no dinheiro dos Madison. Valerie esperava, pelo bem de Alex, que ele fosse mais sincero do que isso, mas era difícil determinar. De qualquer modo, Alex não parecia preocupada com aquilo. Sentia-se em casa com ele, e feliz no Chalé, especialmente com Taryn.

— Você tem amigos adoráveis — comentou Valerie para Jimmy naquela noite, ao visitá-lo no hospital. E ela disse o quanto gostou da casa de Coop e da casa da guarda. — Vejo por que gostou de lá.

Ela também gostara. Tinha um ar rural, e as pessoas se sentiam em paz morando lá.

— Coop tentou cantá-la? — perguntou, interessado.

— Claro que não — disse Valerie, rindo. — Sou uns 30 anos muito velha para ele. Ele é esperto. Mulheres da minha idade o vêm por dentro. Faria bem para ele, mas não tenho energia para um homem como Coop — disse ela, sorrindo para Jimmy. — Dá muito trabalho treiná-los — ela não tinha energia para homem algum, ou desejo. Esses tempos acabaram para Valerie, como sempre dizia. Contentava-se em viver só, e passar o tempo com Jimmy. Ela prometera ficar durante sua convalescença e ele estava ansioso para ficar ao lado da mãe. Não fazia isso havia anos, e gostava da companhia dela. Além de mãe e filho, eram grandes amigos.

— Talvez deva avisar para Alex tomar cuidado com seu dinheiro — provocou Jimmy.

— Não, meu querido — disse ela rindo. — Ela ganharia com um pé nas costas, e merece — agora se isso era bom para ela, era algo que ainda estava para ser visto.

Capítulo 21

EM JUNHO, O ROMANCE entre Taryn e Mark ia muito bem. Portavam-se tão discretamente quanto podiam. Nem ela nem Mark queriam preocupar os filhos dele. Mas tanto Jessica quanto Jason se davam bem com Taryn. Tanto que, ao fim do ano letivo, não queriam ir para Nova York ver a mãe. Ela os vira apenas uma vez desde que estavam ali. E quando Janet ligou para Mark para falar sobre isso, insistiu que voltassem. Pior ainda, queria que ficassem com ela até depois do casamento. Casaria com Adam no feriado do Quatro de Julho.

— Não vou — teimou Jessica com o pai. E Jason disse que faria o que ela fizesse, ou não fizesse. Jessica ainda estava furiosa com a mãe. — Quero ficar aqui com você, e ver meus amigos. Não vou ao casamento.

— Isso é outro assunto, e podemos falar sobre isso depois Jessica, não pode se recusar a ver sua mãe.

— Sim, eu posso. Ela trocou você por aquele babaca.

— Isso é entre mim e sua mãe, e não é da sua conta — disse Mark com firmeza. Mas era óbvio para ele que Janet destruíra as suas pontes, ou as danificara muito. E Adam não ajudou. Fora muito falastrão e arrogante com as crianças, e deixou claro que estivera envolvido com a mãe deles antes de ela deixar a Califórnia. Foram ambos tolos. E aquilo afetou muito a relação de Janet com os filhos. Cedo ou tarde, porém, Mark sentia, eles a perdoariam. — Vocês têm de vê-la. Vamos lá, Jess — forçou Mark. — Ela ama vocês.

— Eu a amo também — disse Jessie honestamente —, mas estou danada com ela.

Ela havia acabado de fazer 16 anos, e estava em profundo conflito com a mãe. Jason ficava mais na dele, mas também estava desapontado com Janet. Em verdade, ambos eram mais felizes vivendo com o pai.

— Não voltarei à escola em Nova York.

Ele nem mencionara isso, mas Janet os queria de volta o mais rapidamente possível, e matriculados na escola em Nova York no outono. No fim das contas, Mark teve de ligar para Janet para discutir o assunto com ela.

— Não consigo vender seu peixe, Janet. Tento, mas as crianças não compram. Não querem ir para Nova York agora, e estão inflexíveis em não comparecerem ao casamento.

— Não podem fazer isso — disse ela, irrompendo em lágrimas. — Tem de obrigá-los!

— Não posso dopá-los e colocá-los no avião em sacos plásticos — disse Mark, sentindo-se frustrado com ambas as partes. Ela fizera a própria cama, e estava tendo dificuldades por causa disso. Ele não se sentia vingativo quanto àquilo, nem mesmo furioso. Estava feliz com Taryn.

— Por que não vem até aqui e fala com eles? Talvez seja mais fácil — sugeriu Mark, mas Janet não queria ouvi-lo.

— Não tenho tempo. Estou muito ocupada me preparando para o casamento. — Haviam alugado uma casa em Connecticut, e teriam duzentos e cinqüenta convidados na recepção no feriado do Quatro de Julho.

— Bem, seus filhos não estarão aí a não ser que você faça algo para mudar isso. Eu já fiz o que podia.

— Force-os — disse ela, finalmente ficando furiosa. — Eu os levarei ao tribunal se for preciso.

— Têm idade bastante para a Corte lhes dar ouvido. Têm 14 e 16 anos, não são bebês.

— Estão se portando como delinqüentes juvenis.

— Não — defendeu-os calmamente. — Estão magoados. Acham que você mentiu para eles sobre Adam. E mentiu. Ele deixou claro que você me abandonou por causa dele. Acho que era o ego dele falando. Mas nossos filhos o ouviram alto e claro.

— Ele não está habituado com crianças — defendeu-o, mas ela sabia que Mark estava certo.

— A honestidade é o melhor ardil. — Ele nunca mentira para os filhos, e até Adam, Janet também nunca mentira. Ela estava enfeitiçada por ele. E agora fazia tudo o que ele queria, inclusive antagonizar com os filhos. — Não posso ajudar, a não ser que você ajude também. Por que não vem passar um fim de semana?

Acabou vindo. Ficou no Bel Air durante dois dias, e Mark convenceu os filhos a ficarem com ela. As coisas não se resolveram, mas eles concordaram em ir para Nova York pelo resto do mês de junho. Ela prometeu não obrigá-los a irem ao casamento caso não quisessem. Ela tinha certeza de que, uma vez lá, ela poderia convencê-los. E Jessica deixou claro para ela que voltariam para estudar. E Jason concordou com ela. Janet sabia que não podia forçá-los a fazerem diferente, mas disse a Mark que caso ele concordasse, teriam de estabelecer um horário de visitas regular para que viessem para Nova York passar finais de semana, uma vez por mês, senão mais freqüentemente. Ele concordou, e prometeu tentar convencer os filhos, que acharam que foi uma grande vitória ela ter concordado que continuassem a viver com o pai. Mark também.

Jason e Jessica foram para Nova York na semana seguinte, de muito melhor humor. Ficariam fora um mês, e assim que partiram, Taryn mudou-se para a ala de hóspedes. As coisas iam bem. Ela e Jessica eram quase melhores amigas a essa altura. Jessica via Taryn de modo completamente diferente daquele que via Adam. Jason também. Mas Taryn fora honesta com ela, e não destruíra o casamento de seus pais, o que era uma vantagem definitiva.

Taryn nunca gostara dos filhos de outra pessoa, e estava surpresa em ver como se sentia confortável com os filhos de Mark. Achava-os respeitosos, engraçados, adoráveis e fáceis de lidar, e desenvolvera uma profunda afeição por eles, no que era inteiramente correspondida.

— Sabe, se ficarem comigo permanentemente — disse para Taryn, pensativo, alguns dias depois de eles partirem —, devo procurar uma casa. Não posso ficar aqui para sempre. Devemos ter nosso lugar de verdade — não havia pressa, mas disse que começaria a procurar alguma coisa naquele verão. Se a nova casa precisasse de reforma, ainda teriam a ala de hóspedes até fevereiro. Era uma mudança e tanto, e tinha de admitir que lamentava ter de partir.

Falar a esse respeito, mesmo por suposição, levantava perguntas quanto a ele e a Taryn.

— Como se sentiria morando conosco? — perguntou Mark com seriedade. Tudo fora tão inesperado para ambos. Cinco meses antes estava devastado por Janet tê-lo deixado, e agora encontrara aquela mulher maravilhosa, que parecia perfeita, não apenas para ele como também para seus filhos.

— Gosto da idéia — disse ela, debruçando-se para beijá-lo. — Acho que posso ser incluída, nas circunstâncias apropriadas.

— Ela não tinha pressa para se casar novamente, e Coop disseralhe que podia ficar com a ala de hóspedes, caso Mark se mudasse, ou a casa da guarda, caso Jimmy partisse. Mas em verdade, ela preferia ir morar com Mark e os filhos, fosse onde fosse. — Tem de se certificar de que as crianças não vão se importar, Mark. Não quero ser uma intrusa.

— O intruso é Adam, não você, querida — disse ele, sorrindo com amargura. Achava pouco provável que os filhos comparecessem ao casamento da mãe, e não estava certo se os culpava por isso. Era pedir demais.

O tempo que Mark e Taryn passaram juntos enquanto as crianças estavam fora apenas fortaleceu a relação. Também fortaleceu a determinação de fazer algo a esse respeito em futuro próximo.

As coisas estavam andando tão rápido que Taryn falou com o pai a respeito. Ele não se surpreendeu, mas estava ligeiramente desapontado.

— Adoraria vê-la com alguém mais interessante — disse ele honestamente, como se tivesse estado com ela desde a infância. Sentia-se muito protetor em relação à filha. Em três meses, ela não apenas se mudara para o seu coração e sua vida, como Coop também queria que ela ficasse com ele no Chalé.

— Não acho que eu queira "alguém mais interessante". Em verdade, sei que não quero. — Taryn confidenciou-lhe. Era uma mulher sensível. — Tenho um pai interessante, não preciso de um marido interessante. Quero alguém tranqüilo, confiável e estável. Mark é tudo isso, e é uma boa pessoa.

Até mesmo Coop não conseguia negar, embora falar sobre lei tributária o aborrecesse às lágrimas.

— E quanto aos filhos? Não se esqueça de nosso horror hereditário por crianças. Consegue tolerar viver com esses delinqüentes juvenis?

Não admitiria para ninguém, mas ultimamente os vinha achando bem menos aborrecidos, quase agradáveis. Quase. Dentro de limites.

— Realmente gosto deles. Não, mais que isso. Acho que eu os amo.

— Deus, isso não! — disse ele, revirando os olhos e fingindo estar horrorizado. — Isso pode ser fatal. Ainda pior — acrescentou, dando-se conta de outro detalhe. — Os pequenos monstros serão meus netos. Vou matá-los se disserem isso para alguém. Nunca serei avô de ninguém. Podem me chamar de Sr. Winslow. — Ela riu e conversaram um pouco sobre aquilo. Ela e Mark realmente estavam falando em se casarem no inverno seguinte, e ambos suspeitavam que as crianças não fariam objeção ao casamento.

— E quanto a você e Alex? — perguntou Taryn após esgotarem o assunto de seus planos com Mark. Tudo parecia bem, e ela estava obviamente feliz.

— Não sei — disse Coop, parecendo confuso. — Seus pais a convidaram a Newport, e ela se recusou. Acho que devia ter ido. Mas, aparentemente não posso continuar com ela. O pai de Alex não aprova a relação e eu entendo os motivos, mais do que Alex. Não sei, Taryn. Não creio estar sendo justo com ela. Isso nunca me incomodou antes. Devo estar ficando senil, ou apenas velho.

— Ou adulto — disse ela calmamente. Taryn já conhecia todas as suas fraquezas, ou muitas delas, mas o amava. Ele era muito diferente do pai com quem ela crescera, mas era também uma pessoa muito decente. Coop vivera num mundo diferente a vida inteira, um mundo que girava a seu redor, o que o tornou muito mimado. Não era de se surpreender que seu caráter não tenha se desenvolvido em algumas áreas. Nunca fora necessário. Mas de um modo estranho, Alex o obrigara a ver coisas que ele nunca vira antes, e desafiara todas as suas crenças e valores. O mesmo fizera Taryn. Tenha gostado ou não, aquilo o havia mudado.

Ainda pensava sobre isso naquela tarde quando desceu para a piscina para nadar. Taryn e Mark haviam saído, e Alex estava no trabalho, como sempre. Jimmy saíra do hospital alguns dias antes, e ainda estava acamado na casa da guarda, com a mãe. Coop estava feliz por ter algum tempo para si, para pensar com calma, e ficou surpreso ao dar com Valerie na piscina, nadando calmamente. Tinha o cabelo amarrado no topo da cabeça. Como sempre, não usava maquiagem, e vestia uma roupa de banho preta que delineava o corpo juvenil. Não havia como negar que era uma mulher bem-apessoada, até mesmo bonita, admitiu. Apenas um pouco mais velha do que ele gostava. Até então, era alguém de conversa fácil. Era sensível, e tinha uma visão descomplicada da vida que parecia atravessar a névoa que confundia outros, às vezes até ele mesmo.

— Olá, Cooper — disse ela com um sorriso, enquanto ele se sentava em uma das espreguiçadeiras, decidido a não nadar. Preferiu observá-la, embora estivesse um pouco contrariado por tê-la encontrado, uma vez que tinha muito em que pensar. Assuntos como Alex e o teste de DNA de Charlene, que seria feito em poucas semanas, e representava outro grande problema.

— Boa tarde, Valerie. Como está Jimmy? — perguntou educadamente.

— Está bem. Frustrado por ainda não poder andar. Está dormindo. É difícil movê-lo com aqueles gessos. — E ele era muito pesado para ela.

— Devia contratar uma enfermeira. Não pode fazer tudo sozinha. — Parecia tolo mas, ao mesmo tempo, admirável da parte dela.

— Gosto de cuidar dele. Há muito não tenho oportunidade de fazê-lo. Provavelmente é minha última oportunidade. — E Coop deu-se conta de que fora indelicado. Provavelmente Valerie não poderia pagar uma enfermeira para o filho. Embora tivesse estilo, obviamente não tinham muito dinheiro. A única prova do contrário era o fato de Jimmy pagar um aluguel caro pela casa da guarda, mas Coop suspeitava que ele a pagava com o dinheiro do seguro que Maggie devia ter, e que acabaria cedo ou tarde. Tudo o mais sugeria que ele e a mãe viviam na penúria. No caso dela, uma penúria dourada. Valerie O'Connor era uma mulher muito distinta.

— Alex está trabalhando? — perguntou Valerie ao sair da piscina e vir sentar-se perto dele. Não iria demorar. Não queria ser inconveniente. Achou-o pensativo.

— Naturalmente. A pobre menina trabalha muito, mas adora aquilo. — E a seu modo, ele a admirava por isso. Certamente não precisava, o que tornava aquilo ainda mais nobre, ou mais tolo, dependendo como você encarar a coisa.

— Vi um de seus filmes antigos ontem à noite — disse Valerie, e disse qual. Ela o vira no meio da noite, enquanto cuidava de Jimmy. — Você é um ator extraordinário, Coop. — Aquilo a surpreendera. — Foi um filme excelente — longe das aparições especiais e comerciais que fazia então. — Você era um ator muito sério, e ainda pode ser.

— Sou muito preguiçoso para isso — disse ele com honestidade, com um sorriso cansado. — E muito velho. É preciso trabalhar muito para fazer filmes assim. Estou muito preguiçoso hoje em dia.

— Talvez não — disse ela, olhando-o com mais confiança do que ele mesmo tinha por si. Mas ela ficara impressionada com o calibre do filme. Nunca o vira antes, nem ouvira falar a respeito.

Calculou que ele tivesse uns 50 anos ao fazê-lo, e ele estava muito bonito na época, como ainda estava. Mas em sua juventude, fora ainda mais. — Gosta do seu trabalho, Coop?

— Gostava. As coisas que faço agora não são muito estimulantes, Valerie. — Em qualquer nível. Fazia-as em troca de dinheiro fácil. Vinha fazendo isso há tanto tempo que não se lembrava mais de quando começara. — Continuo esperando o papel certo aparecer. Mas faz muito tempo que isso não acontece. — Parecia triste, e um tanto desencorajado.

— Talvez, se balançar a árvore um pouco mais pode se surpreender. O mundo merece vê-lo novamente num grande filme. Realmente gostei desse que vi.

— Fico feliz em ouvir isso — Coop sorriu para ela e ambos ficaram sentados em silêncio durante algum tempo, enquanto ele pensava no que Valerie lhe dissera. Ele sabia que havia verdade naquilo, o que o fez pensar. — Lamento pelo seu filho — disse finalmente. — Deve ter sido terrível para você. — Pela primeira vez, ao olhar para ela, ele quase compreendeu aquilo. Era uma mãe muito devotada.

— Foi. Ele é tudo o que tenho — disse ela honestamente. — Minha vida de nada valeria se eu o perdesse. — Devido à sua relação com Taryn, ele quase podia vislumbrar como seria caso a perdesse. E após todos aqueles anos que Valerie passara com o filho, a dor de tal perda seria incalculável. Foi seu primeiro relance de compaixão desde o acidente de Jimmy, Valerie podia senti-lo, e estava grata.

— Há quanto tempo é viúva? — perguntou Coop. Estava curioso a respeito dela.

— Dez anos. Parece uma eternidade. Mas já estou acostumada.

Ela sorriu para ele. Era uma mulher em paz consigo mesma e com a sorte que a vida lhe destinara. Rendera-se às forças do destino e estava confortável quanto àquilo. Nada havia de patético nela. Em verdade, para Coop, Valerie parecia uma mulher muito forte. E julgara corretamente.

— Alguma vez pensou em se casar de novo? — Era uma conversa estranha para terem à sombra das árvores da piscina num dia quente de junho. Ela era velha o bastante para ver coisas de um ponto de vista privilegiado, mas não velha o bastante para perder o gosto pela vida, pela vontade de se divertir ou de ser feliz. Falar com ela era confortável para Coop, e ela parecia surpreendentemente jovem, apesar de sua sabedoria. Era 17 anos mais jovem que ele, contra os 40 que o separavam de Alex.

— Nem penso nisso — disse Valerie honestamente. — Não tenho procurado. Sempre imaginei que se houvesse algum outro homem para mim, ele me encontraria, e ele não encontrou. Não me importo. Já tive um bom homem. Não preciso de outro.

— Talvez alguém a surpreenda, cedo ou tarde.

— Talvez — disse ela calmamente. Mas não parecia se importar com uma coisa ou outra, e ele achou aquilo interessante. Ele odiava desespero. — Você tem muito mais energia para essas coisas do que eu. — Ela sorriu, pensando que se aplicasse a mesma diferença de idade que ele em seus relacionamentos, ela teria de estar saindo com Jason, filho de Mark. Mas nada disse.

— O que fará hoje no jantar? — perguntou Coop, subitamente. Com Alex trabalhando ele estava sem nada para fazer e sentindo-se solitário. Às vezes era difícil ser fiel a uma mulher que andava sempre ocupada. No passado, sempre saía com mulheres diferentes ao mesmo tempo, de modo que nunca tivera noites solitárias como as que vinha tendo ultimamente. Não fosse Taryn, se sentiria ainda mais solitário. Sua aparição fora uma bênção de Deus.

— Cozinharei para Jimmy — disse ela, sorrindo. — Quer se juntar a nós? Estou certa que ele adoraria vê-lo — Coop fora à casa da guarda uma única vez desde que Jimmy voltara para casa. Foi embora rapidamente, e depois explicou para Alex o quanto detestava quartos de doentes.

— Posso pedir um jantar no Spago se quiser — ofereceu, subitamente agradecido pelo convite. Gostava dela, e de sua camaradagem. Era quase como uma irmã para ele.

— Faço massa melhor que eles — disse ela, orgulhosa. E ele soltou uma gargalhada.

— Não direi a Wolfgang que você falou isso, mas adoraria experimentar.

Jimmy se surpreendeu ao ver Coop aparecer para jantar naquela noite. A mãe esquecera de avisá-lo que o outro vinha. A princípio, sentiu-se um tanto incomodado. Ele passara um bocado de tempo com Alex, quando esta o visitava, e contara para ela todos os seus segredos, e sabia muito dos segredos dela. Não tinha certeza se Coop sabia disso, ou se tinha ciúmes dele. Mas Coop parecia bem mais interessado em conversar com Valerie. E concordou com ela prontamente a respeito da qualidade de sua massa.

— Deveria abrir um restaurante — disse ele, grandioso. — Talvez devêssemos transformar o Chalé em um *spa* ou um hotel — disse ele.

Abe o ameaçara novamente de ter de vender a propriedade caso não tivesse um golpe de sorte logo. Estava começando a perder o gás e a arrogância na luta contra o contador. E, ao contrário do que Abe pensara, Coop não via Alex como a solução ideal. Nem o pai dela.

Jimmy foi para cama logo depois do jantar, e, após tê-lo acomodado, Valerie voltou para se sentar com Coop na sala de visitas, onde conversaram durante horas. Sobre Boston, a Europa, os filmes que ele fizera, das pessoas que conhecia, e se surpreenderam ao descobrirem que tinham muitos amigos comuns. Valerie dissera ter uma vida calma, mas Coop se surpreendeu ao descobrir que ela conhecia gente muito rica. Tudo o que dissera era que o marido era banqueiro, mas não foi adiante, e Coop não insistiu. Gostava da companhia dela, e ambos se surpreenderam ao descobrirem que eram duas da manhã quando ele finalmente a deixou. Sentia-se muito bem. Tivera uma ótima noite com Valerie.

Alex ligara para ele diversas vezes naquela noite, e surpreendeu-se ao ver que ele não estava. Coop não falara sobre aquilo com ela, mas Alex notou que ele andava inquieto ultimamente, e não sabia o que fazer a respeito. Nunca lhe ocorrera ligar às duas da manhã, nem que ele pudesse ter ido à casa da guarda jantar com os O'Connors. Mas após cinco meses de relação, aquilo parecia estranho.

Coop ficou acordado na cama durante um longo tempo, pensando no que ele e Valerie conversaram. Tinha muito que pensar a respeito, e decisões a tomar. Acabou caindo no sono e sonhando com Charlene e o bebê.

Capítulo 22

AS COISAS FICARAM consideravelmente piores para Coop após o jantar com Jimmy e Valerie. Ele teve uma reunião com Abe no dia seguinte, onde soube que, caso não mudasse as coisas nos próximos três meses, teria de vender o Chalé.

— Você deve para o imposto, você deve para lojas, você deve a hotéis, você deve oitenta mil dólares para seu alfaiate em Londres. Você deve jóias, você deve a quase todo mundo no planeta. E se você não pagar o que deve ao imposto de renda no fim do ano, para não mencionar seu cartão de crédito, não vão lhe dar a oportunidade de vender o Chalé, eles irão tomá-lo e vendê-lo para você. — As coisas estavam piores do que Coop suspeitava, e ele ouviu Abe pela primeira vez. Os meses que passara com Alex de algum modo melhoraram sua audição. — Acho que devia se casar com Alex — disse Abe, cauteloso, mas Coop ofendeu-se com a sugestão.

— Minha vida amorosa nada tem a ver com as minhas circunstâncias econômicas, Abe — disse Coop com dignidade. Mas o contador considerava esses escrúpulos tolos ao extremo. Ele tivera uma oportunidade de ouro. Por que não tirar vantagem disso? Casar com Alex seria o golpe de sorte do qual ele precisava desesperadamente.

Alex trabalhara três dias seguidos antes de voltar para casa exausta naquela noite. Estivera substituindo duas pessoas, e tivera uma fieira de emergências, bebês em crise, mães ficando histéricas, e um pai que ameaçou um médico com um revólver quando seu bebê morreu inesperadamente, e foi preso em seguida. Ao chegar ao Chalé achava ter visto tudo o que tinha para ver. Mark e Taryn estariam fora durante dois dias, e tudo o que Alex queria fazer era tomar um banho e dormir com Coop. Nem tinha forças para descrever pelo que passara.

— Dia ruim? — perguntou casualmente, e ela assentiu com um menear de cabeça. Ela estava à beira das lágrimas de tão exausta. Queria ver Jimmy, mas estava muito cansada para ir visitá-lo. Prometeu-se ir vê-lo pela manhã. Ele estava ficando quase maluco de tanto ficar na casa da guarda com a mãe. Alex ligava para ele o mais freqüentemente possível, mas nos últimos dois dias nem mesmo tivera tempo para isso. Ela se sentia como se tivesse estado como refém em outro planeta.

— Três dias ruins — explicou Alex. Coop ofereceu-se para preparar-lhe o jantar. — Estou cansada demais para comer — respondeu com franqueza. — Tudo o que quero e entrar na banheira e me jogar na cama. Desculpe, Coop. Estarei melhor amanhã.

De manhã, porém, ele parecia estranhamente calmo. Ficou olhando para o nada sentado à mesa do desjejum. Ela preparou-lhe ovos com bacon, e serviu-lhe um copo de suco de laranja em sua taça *baccarat* favorita. Após comer, ele olhou para ela com uma expressão de tristeza.

— Você está bem? — perguntou Alex calmamente. Estava se sentindo bem melhor depois de uma noite de sono e um desjejum. Mas ela era bem mais jovem que ele, e se recuperava rapidamente.

— Tenho algo a lhe dizer — disse ele, parecendo subitamente angustiado.

— Algo de errado? — Ele não respondeu. Alex não sabia por que, mas sentia que ambos vinham perdendo altitude ultimamente.

— Alex... Há coisas a meu respeito que você não sabe. Coisas que não quis lhe dizer. E também não quis dizer para mim. — Coop sorriu com tristeza. — Tenho uma dívida imensa. Acho que sou um pouco como o filho pródigo, e gastei tudo em "vida dissipada". O problema é que, ao contrário do filho pródigo, não tenho casa de pai a retornar. Meu pai morreu há muito tempo, e não tinha dinheiro. Perdeu tudo na Depressão. E eu estou com a corda no pescoço, como dizem. Impostos, dívidas... terei de pagá-las um dia desses. Talvez tenha de vender o Chalé.

Ela se perguntou se Coop iria pedir-lhe dinheiro. Não ficaria desapontada. Eram próximos o bastante para ele ser honesto com ela. Alex preferia isso a terem segredos entre si, mesmo se a verdade fosse desagradável. De qualquer modo, ela já sabia de tudo aquilo através de seu pai.

— Lamento ouvir isso, Coop. Mas não é o fim do mundo. Há coisas piores. — Como a morte, doença, câncer, e o que aconteceu com Maggie.

— Não para mim. Meu estilo de vida é importante para mim. Tanto que cheguei a vender a alma por isso, fazendo filmes ruins, ou simplesmente gastando dinheiro que não tinha, de modo a continuar a viver do modo como queria, do modo como achava que merecia. Não é algo de que me orgulhe, mas eu o fiz. — Estava pintando um quadro claro da situação. Sabia que tinha de fazê-lo. Era a voz de sua consciência falando, em seu caso algo de que nunca ouvira falar. Tudo andava muito estranho para ele.

— Quer que eu o ajude? — perguntou Alex, olhando apaixonadamente para Coop. Ela realmente o amava, quisesse ele ou não ter filhos com ela. Decidira fazer esse sacrifício por ele, caso pedisse. Achava que o merecia.

Mas surpreendeu-a com a resposta.

— Não, não quero. É por isso que estou falando com você. Casar com você seria o mais fácil a fazer. E o mais difícil a longo prazo. Se eu casasse com você, eu nunca saberia ao certo por que o fiz. Se por você ou por seu dinheiro.

— Talvez não precise saber. Vêm como um pacote. Completo. Não tem de escolher opções.

— Para ser honesto com você, nem mesmo tenho certeza se a amo. Não o bastante para me casar. Adoro estar a seu lado, me divirto com você. Nunca conheci alguém como você. Mas você é uma solução para mim. A resposta para todas as minhas preces e problemas. E daí? O mundo inteiro me chamaria de gigolô, e talvez estivesse certo. No fim, você também faria o mesmo. E sem dúvida, seu pai. Até mesmo meu contador acha que devo me casar com você. É muito mais fácil do que trabalhar para pagar impostos. Não quero ser este sujeito, Alex. Talvez eu a ame, pois me preocupo com você o bastante para lhe dizer que não quero me casar com você.

— Está falando sério? — Ela parecia horrorizada. — O que está me dizendo? — Ela não queria ouvir aquilo.

— Sou velho demais para você. Sou velho o bastante para ser seu avô. Não quero filhos. Seus, de Charlene ou de qualquer outra mulher. Graças a Deus tenho uma filha agora. É uma mulher feita, e uma bela mulher, e nada fiz por ela até hoje. Estou muito velho, muito pobre e muito cansado, e você é muito jovem e muito rica. Temos de acabar com isso — ao ouvir isso, Alex teve a impressão de que o desjejum ficara preso em sua garganta.

— Por quê? Nem mesmo estou pedindo que se case comigo. Não preciso casar, Coop. E dizer que sou muito rica é discriminação. — Ele sorriu ao ouvir a resposta dela, mas Alex tinha lágrimas nos olhos, assim como ele. Odiava fazer aquilo, mas sabia que tinha de fazê-lo.

— Você deveria casar e ter filhos. Muitos filhos. Será uma grande mãe. A qualquer momento aquela puta da Charlene vai transformar minha vida num pântano de escândalos. Nada posso fazer a respeito, mas posso poupá-la do incômodo de ter de atravessar esse pântano comigo. Não posso fazer isso com você. Eu não a deixarei resolver meus problemas financeiros. Estou falando sério. Se eu me casar com você jamais saberei por que o fiz. Para ser honesto, muito provavelmente teria sido pelo dinheiro. Caso não tivesse esses problemas, provavelmente nem estaria pensando em me casar. Só estaria me divertindo — nunca fora tão sincero, mas sentia que devia isso a ela.

— Você não me ama? — Parecia uma menina recém-despejada de um orfanato, e era assim que se sentia. Ele a estava rejeitando. Exatamente como os pais fizeram. E Carter. Alex sentiu o peso do mundo sobre ela enquanto olhava para Coop. Ele estava sendo tão sincero quanto prometera a si mesmo que seria.

— Para ser honesto com você, não sei. Nem tenho certeza se compreendo o que é amor. Mas seja o que for, não devia acontecer com uma garota da sua idade e um homem da minha. Não é normal, e não é certo. Não é a ordem natural das coisas. E casar-me com você por causa do que você poderia fazer por mim não muda isto. Só torna a situação pior. Uma vez na vida gostaria de ter alguma dignidade, e não apenas fingir que a tenho. Quero fazer o certo, para nós dois. E a coisa certa a fazer no seu caso é deixá-la livre, e arrumar sozinho a minha própria bagunça, não importa quanto me custe — fora um esforço hercúleo dizer aquilo para

Alex, e quase lhe partia o coração olhar para ela. Tudo o que Coop queria era abraçá-la e dizer que a amava, pois ele a amava, o bastante para não arruinar a vida dela ficando com ele.

— Creio que você deva ir embora agora, Alex — disse Coop com tristeza. — Isso é difícil para ambos. Mas acredite-me, é o certo a fazer aqui. — Ela chorava abertamente ao tirar a mesa do café. Depois, subiu e empacotou suas coisas. Quando ela desceu, Coop estava sentado na biblioteca. Odiava fazer aquilo, mas sabia que devia. — A consciência é uma coisa terrível, não é mesmo? — Ela lhe dera uma, como um presente, assim como Taryn. Não tinha certeza se estava agradecido por aquilo. Mas agora que tinha uma, sabia que devia usá-la.

— Eu o amo, Coop — disse ela, esperando que ele mudasse de idéia e pedisse que ficasse. Mas não o fez. Não poderia fazê-lo.

— Eu também a amo, pequena... Cuide-se. — Ele não fez menção de se mover em direção a ela. Ela meneou a cabeça, e saiu pela porta da frente. Sentia que seus dias de princesa haviam acabado. Estava sendo mandada embora de casa, nas trevas e na solidão. Era impossível para ela compreender por que Coop fizera aquilo. Não conseguia deixar de pensar se havia outra pessoa. E no fim havia. Havia Coop. Ele tinha a si mesmo agora. Encontrara a peça que sempre faltara a si mesmo. Aquela que sempre tivera medo de achar.

Alex desceu a via de acesso às lágrimas, e quando o portão se abriu, ela soube que havia se transformado numa abóbora. Ou sentia-se assim. Mas ela era quem sempre fora. Coop é que finalmente se transformou num príncipe. Um príncipe de verdade.

Capítulo 23

JIMMY NÃO COMPREENDIA o sumiço de Alex. Não ligava nem vinha visitá-lo. E Valerie dissera não ter visto Alex na piscina a semana inteira. Também não encontrara Coop. E, quando o encontrou, este parecia aborrecido. Valerie hesitou em falar com ele. Em vez disso, nadou calmamente até ele dizer algo. Perguntou por Jimmy.

— Está melhor. Reclama constantemente. Está ficando enjoado de mim. Vai ser bom quando ele puder sair de muletas. — Coop apenas meneou a cabeça. Então, Valerie perguntou por Alex.

Houve um silêncio interminável. Então ele olhou para Valerie, e esta viu algo que nunca vira antes nos olhos de Coop. Parecia desesperadamente infeliz, o que era estranho. Coop sempre conseguira esconder tudo, até mesmo de si. Era brilhante nisso. Mas não era mais. Não era mais um deus, era um mortal. E os mortais sofrem. Às vezes muito.

— Não estamos mais nos vendo — disse ele, infeliz. Enquanto enxugava o cabelo com a toalha Valerie percebeu o quanto o aborrecia ter de dizer aquilo.

— Lamento. — Não ousou perguntar o que acontecera. Coop contara para Taryn, e Taryn almoçara com Alex, e então contara a Coop como a outra estava infeliz. Lamentava por ambos, mas achava que o pai fizera a coisa certa, especialmente por Alex. Demoraria para ela perceber aquilo. Sentiu-se melhor quando Taryn lhe disse isso. Precisava de todo apoio naquele momento.

— Também lamento — disse Coop a Valerie. — Desistir dela foi como desistir de minhas últimas ilusões. É melhor assim — não falou de suas dívidas, ou do fato de não ter se casado com ela por dinheiro. Bastava-lhe saber disso, e que não o fizera. A virtude é a sua própria recompensa, ou algo assim. Dissera-se isso muitas vezes até tarde da noite, mas sentia falta dela de qualquer modo. E não tinha vontade de sair para encontrar outra mulher, especialmente uma jovem, como era normal.

— É uma droga ser adulto, não é mesmo? — perguntou ela com simpatia. — Eu odeio.

— Eu também — disse Coop, sorrindo. Era uma boa mulher. Alex também era, motivo pelo qual recusou-se a tirar partido dela. Talvez tivesse amado pela primeira vez na vida.

— Quer jantar conosco? — perguntou Valerie, e ele negou com um menear de cabeça. Pela primeira vez na vida não queria ver ninguém. Não queria falar, brincar nem festejar. — Você e Jimmy podem ficar sentados resmungando um para o outro.

— Estou quase tentado a aceitar — disse ele, rindo. — Talvez daqui há alguns dias... ou alguns anos. Ou alguns séculos. Estava surpreso com o quanto sentia falta dela. Ela se tornara um hábito delicioso. Muito delicioso. Com o tempo, ele iria sufocá-la. Ou magoá-la, e não queria fazer isso.

Valerie nada disse para Jimmy durante alguns dias, mas quando o filho voltou a se perturbar com o silêncio de Alex, ela finalmente disse:

— Creio que ela está passando por dores-de-cotovelo — disse Valerie.

— Como assim? — rosnou Jimmy. Estava cansado de ficar naquela cadeira de rodas com gesso em ambas as pernas. E estava furioso com Alex. Ela o esquecera completamente.

— Acho que ela e Coop pararam de se ver. Na verdade, estou certa disso. Estive com Coop na piscina há alguns dias e ele me disse isso. Acho que ambos estão bem aborrecidos com a situação. Acho que é por isso que não tem ouvido falar dela.

Jimmy ouviu tudo atentamente. E após refletir durante alguns dias, ligou para o hospital, onde disseram que ela estava de folga. Ele não tinha o número do estúdio onde ela morava. Quando mandou uma mensagem para o *pager* dela, Alex não respondeu. Passou outra semana antes de encontrá-la no trabalho.

— O que aconteceu com você? Morreu ou algo assim? — gritou. Estivera gritando com a mãe toda a manhã. E sentia falta de conversar com Alex. Fora a única para quem abrira o coração, e então ela desapareceu.

— É, morri... Algo assim... Tenho estado ocupada — soava mal, próximo às lágrimas. Chorara durante duas semanas.

— Eu sei. — Sua voz se abrandou à medida que conversava com ela. Podia sentir que ela estava ferida. — Minha mãe contou o que aconteceu.

— Como ela sabe? — Alex parecia atônita,

— Acho que Coop contou. Encontrou-se com ele na piscina ou algo assim. Lamento, Alex. Sei que deve estar infeliz com isso. — No fundo achava que fora melhor, mas não queria aborrecê-la ainda mais dizendo isso.

— Estou. É complicado. Ele teve algum tipo de crise de consciência ou algo assim.

— Fico feliz em saber que ele tem uma consciência. — Mesmo depois do que acontecera, Jimmy não gostava dele. Principalmente se magoara Alex no processo. Mas a dor é inevitável nessas situações. A separação de duas vidas que já foram uma só, mesmo que brevemente, é sempre inevitavelmente dolorosa. — Vão tirar meus gessos na semana que vem, poderei andar. Posso então visitá-la?

— Claro. Gostaria muito. — Alex não queria ir vê-lo no Chalé e correr o risco de se encontrar com Coop. Seria muito doloroso para ela, e talvez ainda mais para ele.

— Posso ligar de vez quando? Não sei como encontrá-la. Você está sempre ocupada no trabalho e não tenho o número do telefone de sua casa.

— Não tenho telefone em casa. Durmo num cesto sobre uma pilha de roupa suja — disse ela, sentido-se e soando patética.

— Parece atraente.

— Não é. Merda, Jimmy, estou me sentindo muito mal. Acho que ele está certo, mas acho que realmente o amo. Ele diz que é velho demais para mim, e que não quer ter filhos... Tem muitos outros problemas, e não quer que eu cuide deles para ele. Acho que ele pensa estar sendo nobre. Que idéia idiota.

— Creio que ele está sendo decente — disse Jimmy com sinceridade. — E está fazendo o certo. Ele está certo. É velho demais para você, e você deve ter filhos. Quando você tiver 50, ele terá 90.

— Talvez isso não importe — disse ela com tristeza. No momento, ela ainda sentia falta dele. Ela nunca conhecera alguém como Coop.

— Talvez sim. Realmente quer desistir de ter filhos? E mesmo que o convencesse, ele jamais participaria disso com você. — Alex sabia que Jimmy estava certo. Quando este sofrera o acidente, Coop se isentou completamente, uma vez que ir vê-lo no hospital era "desagradável". A longo prazo, ela precisaria de um homem que desejasse fazer tanto o agradável quanto o desagradável. E Coop nunca faria isso. Ela não gostou desse lado dele quando o conheceu.

— Não sei. Mas estou me sentindo um caco. — Era reconfortante abrir-se com Jimmy novamente. Sentia falta de sua amizade. A única pessoa com quem falara desde o que acontecera era Taryn, que fora muito compreensiva, mas que também achava que Coop agira corretamente. E, em algum lugar dentro de si, Alex também. Simplesmente não parecia certo.

— Você provavelmente vai se sentir muito mal durante algum tempo — disse Jimmy com simpatia. Ele conhecia bem aquilo. Estivera lá por causa de Maggie. Mas desde o acidente, sentia-se muito melhor. Fora um tipo de epifania para ele. — Quando eu tirar o gesso, vou levá-la para jantar e, depois, vamos ao cinema.

— Sou uma péssima companhia — disse ela, sentindo pena de si mesma. Ele sorriu.

— Eu também, a maior parte do tempo. Tenho pegado no pé de minha mãe. Não sei como ela me suporta.

— Acho que ela o ama. — Ambos sabiam que ela o adorava.

Jimmy prometera ligar para Alex novamente no dia seguinte e, ao fazê-lo, ela parecia um pouco melhor. Ligou para ela todo dia até tirarem seu gesso. Para comemorar, ele a levou para jantar. A mãe os levou de carro. Valerie estava aliviada por ver que Alex parecia melhor que o esperado. Fora um duro golpe, mas talvez fosse o certo a longo prazo. Era difícil dizer, mas Valerie esperava que fosse. Coop falara sobre aquilo com ela novamente. Começara a fazer uma série de comerciais, o que o divertia. No momento, ele estava preocupado com o exame de DNA de Charlene. A última coisa que ele queria era um bebê para sustentar, isso para não mencionar Charlene, com quem ainda estava furioso.

— Juro, Valerie — disse ele na véspera. — Nunca vou sair com outra mulher — Ele estava furioso e Valerie sorriu-lhe.

— Por que será que não acredito em você? Mesmo se você tivesse 98 anos de idade e fizesse um juramento desse eu não acreditaria em você, Coop. Toda a sua vida girou em torno das mulheres. — Haviam se tornado amigos nas semanas anteriores, e ele era surpreendentemente aberto com ela, e ela com ele.

— Verdade — disse ele, pensativo, reconsiderando. — Mas em muitos casos, as mulheres erradas. Alex não era errada, e se eu não soubesse do dinheiro dela, talvez tivesse sido diferente. Soube disso desde o primeiro momento que a conheci e isso sempre influiu no modo como me sentia quanto a ela. Nunca fui capaz de separar os dois elementos: o que sentia por ela, e o que eu precisava dela. No fim ficou muito confuso.

Coop pensara naquilo umas mil vezes, mas sempre terminava no mesmo lugar. Confuso. Então, finalmente, ficou certo de ter feito o que devia. Chegara a admitir para Valerie que Alex era jovem demais. Pela primeira vez na vida.

— Ainda acho que você fez o certo, Coop — disse ela com sinceridade. — Embora eu compreendesse se você se casasse com ela. É uma mulher muito especial, e que o ama. Você poderia ter feito muito pior. — Mas esperava que ele não se casasse com ela. Pelo bem de Alex.

— Eu também a amo. Mas a verdade é que não quero me casar. Não mesmo. E certamente não queria ter filhos com ela. Sentia que devia me casar com ela, ou precisava, por precisar do dinheiro. Era o que meu contador queria que eu fizesse. — Diante disso, Valerie continuou achando que ele fizera a melhor escolha.

— O que fará agora para resolver esses problemas? — perguntou Valerie, preocupada.

— Fazer um grande filme — disse ele, pensativo. — Ou muitos comerciais ruins — ele já dissera ao agente que desejava fazer papéis bem diferentes daqueles que costumava fazer. Estava considerando fazer papel de alguém mais velho, ou do pai de alguém. Não mais esperava fazer o papel principal. Seu agente ficou atônito, e Coop quase morreu ao dizer aquilo. Mas seu agente deu-lhe mais esperanças desta vez do que em toda a última década.

Era primeiro de julho, Coop voltou a se parecer consigo mesmo, e Alex finalmente ficou mais alegre. Valerie levara Jimmy para vê-la no hospital diversas vezes e, num fim de semana em que Coop estava fora, Alex veio jantar na casa da guarda, com Mark e Taryn. As crianças voltariam depois do Quatro de Julho. Finalmente concordaram em ir ao casamento da mãe. Ainda achavam que Adam era um babaca, mas faziam aquilo pela mãe. E Mark estava orgulhoso deles.

— Vamos nos casar — disse Mark olhando para Taryn com orgulho. Estavam ambos tímidos quanto àquilo, mas era fácil ver que estavam ambos excitados, e muito apaixonados.

— Parabéns! — disse Alex, sentindo um aperto no coração. Ela ainda sentia falta de Coop e do tempo que passaram juntos. Ela nunca pensou que fosse acabar tão rapidamente, e ainda doía um bocado ter acabado.

Jimmy andava pela sala de muletas, e sua mãe tentava convencê-lo a ir a Cape Cod com ela naquele verão.

— Não posso deixar meu trabalho, mãe. Cedo ou tarde terei de voltar. — Jimmy já prometera aos colegas que voltaria a trabalhar de muletas na semana seguinte. Não podia fazer visitas domésticas. Mas ao menos podia ver gente em seu escritório. Valerie o levaria ao trabalho, e planejava ficar com ele até o filho poder voltar a caminhar e dirigir.

— Sinto-me como uma criança, com minha mãe me levando para toda parte, inclusive ao banheiro — confessou para Alex com um sorriso de tristeza.

— Agradeça por tê-la aqui — repreendeu Alex. Tiveram uma bela noite juntos, e quando Valerie a levou para casa, Alex imaginou o que Coop estaria fazendo. Ela sabia que ele fora até a Flórida por dois dias, para fazer um comercial num barco a vela. Mas ela não ligara para ele. Coop dissera que seria melhor não se falarem durante algum tempo, embora esperasse que algum dia fossem amigos. No momento, não era uma perspectiva animadora. Ela ainda a amava.

Os filhos de Mark voltaram para casa depois do Quatro de Julho. Três dias depois, Alex viu em seu calendário que era o dia do exame de DNA de Charlene. Teriam o resultado em dez dias, e ela imaginava o que aconteceria, ou quando iria ouvir falar naquilo. Mas, duas semanas depois, Coop ligou para ela. Estava eufórico e queria dividir isso com Alex. No momento que soube, pegou o telefone e ligou para ela.

— Não é meu! — disse ele, exuberante, depois de perguntar como Alex estava. — Pensei que quisesse saber, de modo que liguei para você. Não é maravilhoso? Estou livre dela.

— De quem é? Você sabe? — Alex estava feliz por ele, embora sentisse um aperto no coração ao ouvir-lhe a voz.

— Não, e não me importo. Tudo o que me importa é que não é meu. Nunca me senti tão aliviado na vida. Estou velho demais para ter filhos nesta idade, legítimos ou não — disse ele para o bem de Alex. Ele queria lembrá-la, talvez para si mesmo, que ele não era o homem certo para ela, caso Alex ainda sentisse falta dele. Ele também sentia falta dela, mas a cada dia estava mais certo de ter feito o que devia. E estava mais certo do que nunca de que ela merecia um homem que lhe desse filhos.

— Aposto que Charlene está desapontada — disse Alex, pensativa, ainda absorvida pelo que ele dizia. Ela sabia que era um grande alívio para Coop, e o quanto ele ficara preocupado com aquilo nos últimos meses.

— Provavelmente querendo se matar. O pai deve ser frentista de algum posto de gasolina, e ela não terá pensão e nem um apartamento em Bel Air. Ninguém merecia isso mais do que ela — ambos riram, e Coop sentiu-se mais relaxado do que se sentia há anos.

Na semana seguinte Alex viu nos tablóides do mercado a manchete: BEBÊ DO CASO COOP WINSLOW NÃO É DELE!, que ela sabia ter sido plantada pelo assessor de imprensa dele. Coop era vingativo. Isso o deixava livre e solto, com suas contas ainda por pagar, e Alex ainda sentindo falta dele. Mas Coop deixou claro novamente que não voltaria para ela, não apenas para o bem de Alex, como também para o seu. Não lhe parecia mais correto estar com uma mulher 40 anos mais jovem. Os tempos mudaram. Ele também.

— Tudo bem, tudo bem — disse Alex quando Jimmy a repreendeu por trabalhar mais que o de costume. Nunca podia vê-la. — Eu ainda sinto falta dele. Não há muitas pessoas como Coop.

— Isso pode ser bom — provocou Jimmy. Voltara a trabalhar e sentia-se ótimo. Dormia bem, e reclamava estar engordando com a comida da mãe, mas não parecia gordo. Tinha mais um mês de terapia pela frente antes de finalmente tirar o gesso. Ele insistiu em levá-la para jantar e, depois, ao cinema, mesmo com a mãe como motorista. Mas estava de muito melhor humor, e com o passar tempo, Alex também. Sentia-se mais ela mesma, e gostava de passar tempo ao lado dele. Maggie morrera havia seis meses, Coop se fora havia um mês, e ambos estavam se curando de suas feridas emocionais.

— Sabe — disse Jimmy para ela certa noite em um restaurante chinês. — Você devia voltar a namorar.

Pegaram um táxi, para variar. Sua mãe tinha um jantar para ir e Jimmy não queria atrapalhar. Alex disse que o traria de volta à casa da guarda.

— Verdade? — disse ela, divertida. — E quem o designou guardião de minha vida sentimental?

— Para isso servem os amigos, não é? Você é jovem demais para ficar lamentando a perda de um cara com quem namorou quatro ou cinco meses. Tem de voltar ao mundo e começar novamente.

Soava quase paternal. Sempre se divertiam juntos, e não havia assunto que não tocassem. Ela era completamente aberta com ele, assim como ele com ela. Compartilhavam um laço de amizade especial que representava muito para ambos.

— Bem, obrigada, Dr. Fantástico. Para a sua informação, não estou pronta para isso.

— Coisa nenhuma. Não me venha com essa. Você está é com medo.

— Não, não estou. Tudo bem, estou — corrigiu-se. — Além disso, estou muito ocupada. Não tenho tempo para relacionamentos. Sou médica.

— Não me convence. Você era médica quando namorou Coop. Qual a diferença, então?

— Eu estou ferida. — Mas seus olhos sorriam quando ela disse aquilo. Apenas não encontrara alguém com quem quisesse namorar, e Coop era difícil de superar. Ele fora maravilhoso com ela, mesmo que não tenha sido uma relação de longo prazo. Ela começava a ver isso, embora ainda desejasse que fosse.

— Não me parece ferida. Acho que você é preguiçosa e medrosa.

— E você? — disse ela, virando a mesa. Enquanto acabavam com os *dim sum*, e ela comia o último pastelzinho chinês.

— Estou aterrorizado. Mas isso é diferente. Além do mais, estou de luto — disse, sério, mas não parecia nem um pouco arrasado como quando ela o conheceu. Parecia novamente saudável. — Mas vou sair com alguém um dia desses. Eu e minha mãe temos falado muito a esse respeito. Ela passou por isso quando meu pai morreu, e ela disse que cometeu um grande erro não voltando ao mundo, e agora lamenta isso.

— Sua mãe é uma mulher adorável — disse Alex com admiração. Tinha um enorme afeto por ela, achava Jimmy um sujeito de muita sorte e dizia isso freqüentemente.

— É, eu sei. Mas é muito solitária. Acho que ela está adorando ficar aqui comigo. Disse-lhe que deveria se mudar para cá. — E falava a sério.

— Acha que ela vem? — Alex perguntou com interesse.

— Honestamente, não. Ela gosta de Boston, sente-se à vontade lá. E adora nossa casa em Cape Cod. Geralmente passa todo o inverno lá. Ela vai para lá assim que eu tirar o gesso. Acho que mal vê a hora. Ela adora ficar à toa, consertando o lugar enquanto está por lá.

— Gostaria de ir com ela? — perguntou Alex.

— Às vezes. — Tinha muitas lembranças de Maggie ali, com as quais seria difícil lidar, ele sabia. Resolvera dar um tempo até o verão seguinte. Àquela altura, achava que seria mais fácil de lidar, e sua mãe disse que compreendia. Ela era sempre muito simpática e compreensiva a respeito de qualquer coisa que ele fizesse. Particularmente agora. Estava grata por ele estar vivo.

— Detesto nossa casa em Newport — disse Alex. — Parece a casa de Coop, só que é maior. Sempre achei isso uma estupidez, uma vez que se trata de uma casa de praia. Quando era menina, desejava ter algo mais simples, assim como as outras crianças. Sempre tive do bom, do melhor e do mais caro. Era embaraçoso. — E a casa em Palm Beach era ainda maior, e ela detestava aquela também.

— Vejo que isso foi muito traumático para você — provocou Jimmy, enquanto bebiam o chá, e ela reclamava de que comera muito. Eram como duas crianças brincando. — Olhe para você agora: você nunca veste roupas decentes. Duvido que você tenha um par de jeans que não esteja rasgado. Dirige um carro que parece ter comprado num ferro-velho e, pelo que me contou, seu apartamento parece ter sido decorado com coisas recolhidas num depósito de lixo. É óbvio que você tem uma fobia psicótica quanto a tudo que é bom ou caro — não se dava conta, mas poderia ter feito o mesmo discurso para Maggie, como fizera freqüentemente.

— Está reclamando de minha aparência? — ela parecia muito divertida e nem um pouco insultada.

— Não, você em verdade tem uma ótima aparência, considerando que anda com um avental de hospital noventa por cento do tempo. O resto do tempo você parece ótima. Estou reclamando de seu carro e de seu apartamento.

— E de minha vida amorosa, ou da falta de uma. Não se esqueça disso. Algo mais a se queixar, Sr. O'Connor?

— Sim — disse ele olhando nos olhos dela e notando que pareciam feitos de veludo marrom. — Você não me leva a sério, Alex — sua voz soou estranha quando disse isso.

— O que devo levar a sério? — perguntou, surpresa.

— Acho que estou me apaixonando por você — disse ele suavemente, sem saber qual seria a reação dela, e morrendo de medo que ela o odiasse por causa disso. Sua mãe o encorajara a fazê-lo após terem tido uma conversa séria sobre aquilo na noite anterior.

— Você *o quê?* Está louco? — ela parecia atônita.

— Esta não é exatamente a resposta que eu estava esperando. E, sim, talvez eu esteja ficando louco. Detestava quando você estava saindo com Coop. Sempre achei que ele era o sujeito errado para estar com você. Apenas ainda não estava pronto para ser o cara certo — disse ele com sinceridade enquanto ela o olhava, atônita. — Ainda não estou certo se já estou pronto. Mas pretendo estar algum dia. Ou ao menos me candidatar ao cargo.

E prosseguiu:

— Pode ser difícil para mim no começo. Por causa de Maggie. Mas talvez não seja tão difícil quanto imagino. É como tirar o gesso das pernas e voltar a andar. A mesma coisa. Mas você é a única mulher que conheço por quem sinto a mesma coisa que sentia por Maggie. Era uma mulher maravilhosa, e você também é... Não sei o que estou dizendo a não ser que estou aqui, me preocupo com você, e gostaria de ver o que vai acontecer se ambos nos déssemos esta chance. E agora você provavelmente me acha um maluco, porque não estou fazendo sentido, e estou soando com um completo babaca — Alex tocou a mão dele.

— Ei, tudo bem — disse ela calmamente. — Também estou com medo... e também gosto de você... sempre gostei.... Fiquei aterrorizada ao pensar que fosse morrer depois do acidente, e tudo o que eu queria era que você acordasse do coma e voltasse... E você voltou... E agora Coop se foi. Também não sei o que vai acontecer. Apenas vamos devagar, está bem?... Então veremos...

Ficaram sentados sorrindo um para o outro, incertos do que haviam dito ou sentido, seguros apenas de que se gostavam. Mas talvez fosse o bastante. Eram ambos boas pessoas, e mereciam as pessoas certas em suas vidas. Fossem ou não as pessoas certas um para o outro, ao menos era um começo. Era uma promessa de prometer tentar prometer que, se tivessem sorte, se apaixonariam um pelo outro algum dia. Ambos abriram as portas, e estavam sentados no limiar de um novo começo. Era tudo o que poderiam esperar ou pedir àquela altura. E, por enquanto, era o bastante. Nenhum deles estava pronto para mais.

E quando ela o levou de volta para a casa da guarda após o jantar naquela noite, sentiam-se ambos confortáveis e incômodados, esperançosos e amedrontados. E quando ela o ajudou a subir as escadas, ele voltou-se para ela com um sorriso, inclinou-se e a beijou. Quase escorregou e caiu, e ela gritou com ele ao ajudá-lo a ir para a cama.

— Você é louco de tentar me beijar ali, podia ter caído da escada e me matado, e a si mesmo! — Ele riu olhando para ela. Ele sempre gostara de tudo nela, ainda mais agora.

— Pare de gritar comigo! — respondeu, bem-humorado.

— Então não faça tolices assim — disse ela, enquanto ele a beijava novamente. Alguns minutos depois ela se foi e, uma vez na sala, gritou em direção à escadaria: — Diga a sua mãe que eu a agradeço! — pelo que ela dera para eles, por ter encorajado Jimmy a voltar a viver e finalmente deixar Maggie ir embora, ao menos um pouco. Não havia promessas e nem garantias. Mas havia esperança para ambos. Eram jovens e tinham a vida pela frente.

Alex riu consigo mesma ao dirigir de volta para casa, pensando nele. Em seu quarto na casa da guarda, Jimmy parecia pensativo e também sorria. A vida era uma estrada perigosa às vezes, repleta de demônios e misérias. Mas sua mãe estava certa. Era tempo de dar outra chance à vida. Tempo de um novo começo.

Capítulo 24

ENQUANTO ALEX E JIMMY estavam no restaurante chinês, Coop saía com Valerie. Ele prometera levá-la ao L'Orangerie. Ela servira como enfermeira para Jimmy durante quase dois meses, e Coop achou que merecia ao menos uma noite decente. E gostava da amizade dela. Além do quê, estivera só desde que Alex se fora. No passado, ele sempre se envolvera em outros romances para curar seus *chagrins d'amour,* mas desta vez ele queria passar algum tempo só. Era outra coisa inédita para ele.

Também era a primeira vez que ia a um restaurante em um mês, e Valerie demonstrou ser excelente companhia. Pareciam compartilhar os mesmos pontos de vista em uma variedade de assuntos.

Gostavam das mesmas óperas, das mesmas músicas, das mesmas cidades da Europa. Ele conhecia Boston quase tão bem quanto ela, e ambos adoravam Nova York. Ela passara algum tempo com o marido em Londres, antes de Jimmy nascer, e Coop adorava ir para lá. Gostavam até da mesma comida, e dos mesmos restaurantes.

Compartilharam uma noite agradável e relaxante, e falaram sobre Taryn e Mark. Ele contou para Valerie como Taryn entrara em sua vida. Ela falou sobre Jimmy e o marido e o quanto se pareciam. Pareciam concordar em tudo. Coop também falou sobre Alex.

— Para ser honesto, Valerie, eu era louco por ela, mas não creio que fosse certo. Não sei se ela é madura o bastante para compreender isso, mas acho que faríamos um ao outro infeliz no fim das contas. Andava pensando nisso no mês passado mas, egoisticamente, não queria desistir dela.

Realmente fizera-lhe bem não ser egoísta daquela vez. Ele e Valerie chegaram a falar sobre Charlene, e que erro embaraçoso fora aquele. Nada havia de oculto entre os dois. Alex o ensinara isso. E a honestidade lhe era familiar agora, e sentia-se à vontade com Valerie. Chegou a ser sincero até mesmo sobre o estresse financeiro que passava. Vendera um de seus Rolls Royces recentemente, o que fora um grande passo para ele. Ao menos uma vez na vida, estava enfrentando as coisas. Liz teria se orgulhado dele, e Abe quase estava orgulhoso. E seu agente dissera que estava procurando um papel importante para ele. Mas sempre dizia isso.

— Talvez não seja tão mal ser um adulto — confessou para Valerie, ao contrário do que dissera após deixar Alex havia um mês. — Para mim é novidade. Nunca fui adulto antes. — Mas a falta de responsabilidade sempre fora parte de seu charme. Só que a certa altura havia um alto preço a ser pago. E ainda tinha de pagar suas dívidas. — Gostaria de ir à Europa neste verão. — Ele falara com Alex a respeito do Hotel du Cap, mas ela não podia deixar o trabalho e ele não podia pagar, de qualquer modo. — Mas vou ficar por aqui e procurar trabalho.

— Gostaria de passar alguns dias comigo em Cape Cod, Coop? Tenho uma casa confortável por lá. Era de minha avó, e eu não cuido dela como devia. É muito mais difícil hoje em dia. O lugar está caindo aos pedaços, mas tem muito charme. Passo meus verões lá desde criança. — A casa representava muito para ela, e Valerie gostava da idéia de mostrá-la para Coop. Estava certa que ele gostaria.

— Seria ótimo — disse ele com um sorriso caloroso. Gostava de estar com ela. Podia ver que era uma mulher que sofrera muito, mas, ao mesmo tempo aprendera com aquilo, e fizera o melhor que podia de sua vida. Não era triste, deprimida ou patética. Era pacífica, calma e sábia. Fazia-lhe bem apenas estar com ela. Sentia-se assim em relação a ela desde o início. Gostava dela como amiga, e podia facilmente imaginar a sua amizade progredindo com o tempo. Nunca se sentira atraído por uma mulher da idade dela ou, ao menos, fazia um bom tempo que isso não acontecia. Mas podia ver muito mérito naquilo agora. Desenvolvera um imenso desagrado por mulheres como Charlene, e ele não queria ferir ou desapontar ninguém, como fizera com Alex. Finalmente chegara a hora de brincar com garotas mais próximas dele em idade. Afinal de contas, Valerie era quase 20 anos mais jovem que ele, mas já era um grande avanço em relação ao que vinha fazendo em anos recentes, com garotas com a metade da idade de Valerie, ou um terço da sua.

— Há alguém em sua vida, Valerie? — perguntou, ligeiramente curioso. Queria se certificar de que não havia ninguém esperando-a em Boston ou em Cape Cod antes de ele embarcar em qualquer coisa ou, mesmo, antes de se aproximar dela, e ela sorriu e negou com um menear de cabeça.

— Não quis me envolver com ninguém desde que meu marido morreu há dez anos — ele pareceu chocado.

— Isso é um terrível desperdício — disse ele com simpatia. Era uma bela mulher e merecia ter alguém na vida.

— Também estou começando a achar — admitiu. — E estava com medo que Jimmy fizesse o mesmo. Tenho insistido muito com ele a esse respeito. Ele precisa de tempo, mas não pode lamentar a perda de Maggie para sempre. Era uma mulher maravilhosa e uma grande esposa para ele. Mas morreu. Ele terá de enfrentar isso algum dia.

— Irá — disse Coop com segurança. — A natureza o forçará, caso nada mais o faça. — Ele riu. — Forçou a mim. E temo que mais vezes do que o normal. — Então ficou sério. — Mas nunca tive uma dor como a dele em minha vida.

Coop tinha enorme respeito por Jimmy e Valerie. Ambos haviam trilhado um longo caminho, e ele também, a seu modo. Apenas esperava que Alex se recuperasse rapidamente, e não tivesse ressentimentos por causa da decepção que ele fora para ela. Ele sabia o quanto Carter a ferira, e não queria aumentar as cicatrizes. Esperava que ela encontrasse seu caminho o quanto antes.

Foi uma noite amena e agradável para ambos. Caminharam um pouco depois disso ao voltarem ao Chalé. A propriedade estava muito calma e bela naquela noite quente de verão. Sentaram-se junto à piscina e conversaram. Ambos ouviam risos vindos da ala de hóspedes. Ele sabia que Taryn estava lá com Mark e os filhos, embora ela tivesse voltado a dormir na ala principal, agora que as crianças tinham voltado.

— Acho que farão bem um ao outro — disse Coop. Valerie concordou. — É curioso como as coisas funcionam, não é mesmo? Estou certo que ele ficou arrasado quando a mulher o deixou. Agora tem Taryn, e os filhos querem morar com ele. Estou certo de que não esperava que isso acontecesse. Às vezes, o destino é espantoso.

— Estava dizendo isto para Jimmy na noite passada. Ele tem de acreditar que as coisas vão funcionar para ele. Mesmo que de modo diferente daquele que pensou que funcionariam.

— E quanto a você, Valerie? As coisas estão funcionando para você? — perguntou gentilmente, enquanto deram-se as mãos, sentados em duas cadeiras à beira da piscina. Ele podia ver seus olhos azuis ao luar, e o cabelo negro brilhou.

— Tenho tudo o que preciso — disse ela, contente com seu destino. Ela não pedia ou esperava muito da vida. Tinha Jimmy. Ele sobrevivera. Era suficiente para ela por enquanto. Não ousava pedir mais.

— Verdade? Isso é raro. A maioria não consegue dizer o mesmo. Talvez não esteja pedindo o suficiente.

— Creio que estou. Talvez falte alguém com quem compartilhar as coisas. Mas tudo bem.

— Gostaria de ir visitá-la em Cape Cod, se você realmente estava falando sério no jantar — disse ele calmamente.

— Estava. E eu também gostaria que viesse.

— Adoro casas antigas. E sempre gostei de Cape. Tem o seu charme. Não tem a grandeza de Newport, o que sempre me pareceu deslocado, embora as casas sejam magníficas — teria gostado de conhecer a casa dos Madison, embora isto não fosse possível para ele, não por enquanto. Talvez algum dia, quando ele e Alex se tornassem amigos como esperava que acontecesse. Mas gostava da idéia de visitar Valerie em Cape Cod. Estava pronto para umas férias simples numa casa confortável, com uma mulher com quem pudesse conversar e de quem ele gostava. Não conseguia pensar em nada mais simpático do que ir visitá-la. Era fácil para ele, também, sabendo que nada queria dela, nem ela dele. Dessem o que dessem um ao outro, caso dessem, viria do coração, e nada mais. Não havia razão para perguntas, nada a ganhar. Era tudo muito limpo e puro.

Ficaram em silêncio algum tempo, e então ele voltou para casa. Deixou-a na porta de frente, e sorriu-lhe. Queria as coisas devagar desta vez. Não tinha pressa. Tinham a vida pela frente, e ela sorriu de volta. Sentia o mesmo.

— Foi ótimo, Valerie. Obrigado por ter jantado comigo — disse Coop com sinceridade.

— Também adorei. Boa noite, Coop.

— Ligo amanhã — prometeu ele. Valerie acenou e entrou pela porta da frente. Era uma situação que não esperava, e uma amizade que ela não antecipara. Mas pela qual era grata. Não precisava mais que isso, então, e não sabia se precisaria algum dia. Por enquanto, era algo especial para ambos.

Capítulo 25

COOP PENSOU EM LIGAR para Valerie no dia seguinte, como prometido. Em vez disso, recebeu uma ligação de seu agente às nove da manhã, pedindo para vir a seu escritório o mais rapidamente possível. Fosse o que fosse que diria a Coop, não queria fazê-lo por telefone. Coop estava irritado com todo aquele mistério de capa e espada, mas chegou às onze. O agente nada lhe disse e entregou-lhe um roteiro.

— O que é isso? — Coop estava *blasé*. Já vira milhões de roteiros antes.

— Leia, diga-me o que acha. É o melhor roteiro que já tive em mãos. — Coop esperava outra ponta ou aparição especial, onde faria o papel de si mesmo. Vira muitos desse tipo, pois era tudo o que lhe ofereciam havia anos.

— Querem me encaixar na trama? — perguntou Coop.

— Não precisam. Foi escrito para você.

— Quanto estão pagando?

— Vamos discutir isso depois que você ler o roteiro. Ligue-me esta tarde.

— Qual é meu papel?

— O pai. — Era tudo o que ele disse. Não o papel principal. Mas Coop não reclamou. Não estava em posição para isso.

Coop foi para casa e leu o roteiro, e ficou muito impressionado. Era um papel potencialmente extraordinário, a depender de quem fosse o diretor e de quanto dinheiro iriam investir naquilo. Após ler, Coop precisava saber mais.

— Tudo bem, eu li — disse Coop ao ligar de volta para o agente. Parecia interessado, mas ainda não estava pulando de alegria. Havia muito mais a saber. — Agora, conte-me o resto.

O agente deu os nomes:

— Schaffer é o produtor e Oxenberg dirige. O ator principal é Tom Stone. A atriz principal será Wanda Fox ou Jane Frank. Querem-no para representar o pai, Coop. E com um elenco deste, você vai ganhar um Oscar, com certeza.

— Quanto estão oferecendo? — disse Coop, tentando soar calmo. Não se associava com nomes como aqueles havia anos. Seria um dos melhores filmes de sua vida caso aceitasse o papel. Sabia que não pagariam muito. Era tudo em nome da glória, mas mesmo assim, podia valer a pena. Iriam filmar em Nova York, Los Angeles e, dado o tamanho de seu papel, as filmagens demorariam de três a seis meses. Nada mais lhe restava, além de uns anúncios que não queria mais fazer.

— Quanto? — repetiu para o agente, esperando más notícias.

— Cinco milhões de dólares, e cinco por cento da bilheteria. Que tal, Coop? — Houve um longo silêncio no lado de Coop.

— Está falando sério?

— Estou. Alguém lá em cima gosta de você, Coop. Nunca imaginei que conseguiria algo assim. É seu, se quiser. Querem resposta ainda hoje.

— Ligue. Assino hoje à noite mesmo, se quiserem. Não deixe escapar. — Coop mal conseguia manter o fôlego, tão atônito estava. Não conseguia crer na própria sorte. Finalmente.

— Não vão a lugar algum, Coop. Estão desesperados atrás de você. Você é perfeito para o papel, e eles sabem disso.

— Oh, meu Deus — disse Coop, e tremia ao desligar o telefone. Foi contar a novidade para Taryn, porque não tinha ninguém a quem dizer aquilo.

— Sabe o que isso significa? — perguntou para ela. — Posso ficar com o Chalé, pagar minhas dívidas e separar algum dinheiro para a velhice. — Era um sonho que se realizava, uma comutação de pena, sua última chance. O navio chegara. Então parou e olhou para Taryn. Isso queria dizer que podia dizer para Alex que podia se sustentar sozinho, mas o engraçado era que ele não mais queria ligar para ela. Em vez disso, correu para a porta da frente, e Taryn gritou:.

— Parabéns, Coop! Aonde vai? — Mas ele não respondeu. Em vez disso, desceu o caminho até a casa da guarda e bateu na porta da frente.

Jimmy estava trabalhando, mas Valerie estava lá. Abriu a porta usando uma calça de linho preto e uma camiseta branca, e olhou para Coop. Parecia um louco, olhos arregalados, passando a mão no cabelo. Ela nunca o vira assim, ninguém jamais o vira. Mas ele não se importava. Sabia que tinha de lhe dizer.

— Valerie, acabo de conseguir um ótimo papel, em um filme que vai receber todos os Oscars do ano que vem. E mesmo que não, poderei tomar conta de todas as minhas, ahn... responsabilidades... É um milagre, verdade. Não faço idéia do que aconteceu. Vou ao escritório de meu agente fechar o negócio. — Estava quase gaguejando de tão excitado, e ela sorriu-lhe largamente.

— Bom para você, Coop! Ninguém merece mais.

— Estou certo de que alguém merece — disse ele, rindo. — Mas estou feliz por ter conseguido em vez desse alguém. É exatamente como você falou. Vou ser o pai em vez do ator principal.

— Estou certo de que fará o papel muito bem — disse ela com sinceridade, enquanto ele ria.

— Obrigado. Você jantaria comigo hoje à noite? — tinha de comemorar com ela. E convidaria Jimmy, Taryn, e Mark. Por um instante, sentiu pena por não poder convidar Alex, mas sabia que ainda não seria o melhor a fazer. Talvez, com o tempo. Mas ligaria e diria para ela que saíra da toca.

— Tem certeza de que deseja jantar comigo novamente? Jantamos ontem. Vou engordar.

— Você tem de jantar comigo — disse ele, tentando parecer severo, mas sem conseguir. Estava rindo muito.

— Tudo bem, vou adorar.

— E traga Jimmy.

— Não dá. Ele vai sair. — Ela sabia que ele sairia novamente com Alex. Estavam explorando novas facetas de uma velha relação, e ela sabia que ele não poderia trazer Alex, seria muito duro para ela.

— Mas vou dizer que você o convidou. — Ela sabia que ele não iria. Preferia estar com Alex do que com Coop, o que fazia sentido. Não tinha animosidades para com seu senhorio, apenas estava mais preocupado com sua própria vida amorosa, o que parecia razoável e saudável aos olhos de Valerie.

— Ligo quando voltar, e digo-lhe aonde iremos. Spago, creio eu — disse Coop por cima do ombro enquanto voltava correndo à ala principal, acenando.

Cinco minutos depois estava num carro a caminho do escritório de seu agente, e uma hora depois, estava em casa novamente. Assinara o contrato. Disse a Valerie e Taryn que tinham uma reserva no Spago às oito da noite. E, então, ligou para Alex no hospital. Ela atendeu logo. Era a primeira vez que ligava para ela em um mês, desde o resultado do teste de DNA de Charlene. O coração dela batia forte, a mão tremia, mas tentou parecer calma.

Coop contou o que acontecera e Alex disse estar muito feliz com a notícia. Ele contou todos os detalhes e então houve um longo silêncio. Ele sabia no que Alex estava pensando, e qual seria a resposta. Pensara naquilo a caminho de casa, embora tenha se sentido tentado durante um ou dois minutos.

— Isso muda algo entre nós, Coop? — perguntou Alex, prendendo o fôlego. Nem mesmo estava certa do que queria agora, mas sabia que tinha de perguntar.

— Pensei nisso agora há pouco, Alex. E adoraria dizer que sim. Mas não. Não é certo. Mesmo com minhas dívidas pagas, sou velho demais para você. As pessoas sempre achariam que estou atrás de seu dinheiro. E não é certo uma garota de sua idade estar com um homem como eu. Você precisa de um marido e de bebês, uma vida real, talvez com alguém do seu mundo, ou alguém que faça o mesmo tipo de coisa que você. Creio que seria um grande erro tentarmos ficar juntos permanentemente. Lamento muito tê-la magoado, Alex. Aprendi muito com você, mas isso não justifica o quanto a magoei. Talvez não fosse por causa do dinheiro. Mas não era certo. Talvez ambos precisemos de pessoas mais próximas de nós em idade. Não sei por que, mas todos os meus instintos dizem que devemos parar com isso antes de realmente fazermos uma besteira. Se lhe serve de consolo, você levou um pedaço de meu coração. Apenas o traga consigo, como um medalhão ou um cacho de cabelo. Mas não voltemos atrás para cometermos um grande erro do qual ambos lamentaremos. Acho que ambos devemos andar para a frente e não para trás.

Considerando o tempo que passaram juntos e o que ela sentia por ele, Alex esperava que ele lhe dissesse algo diferente, mas não discordava de Coop. Só não queria perder. Mas ela também pensara um bocado naquilo nas últimas semanas, e suas conclusões não eram muito diferentes das dele. Alex sentia muita falta dele, e tivera um tempo maravilhoso a seu lado, mas algo dentro dela a impedia de tentar falar com ele a esse respeito, ou voltar atrás. Mas sentiu-se compelida a perguntar.

Na verdade, agora ela desejava explorar as coisas ao lado de Jimmy. Parecia-lhe o certo. Ela e Jimmy tinham as mesmas paixões, o mesmo amor por crianças, tanto que isso transparecia em seus trabalhos. Jimmy era fascinado com o que ela fazia. Coop sempre se enojara daquilo. E ela nunca pertencera de fato ao mundo de Coop. Ela se divertia ao lado dele, mas sempre se sentira como uma visitante, uma turista. Ela não conseguia se ver morando ali de verdade. De fato, tinha mais em comum com Jimmy do que jamais tivera com Coop. Se daria certo com Jimmy era outra história. Nenhum dos dois podia ter certeza daquilo agora. Mas fosse qual fosse a razão, não funcionara com Coop. Para ele, pelo menos, e talvez estivesse certo. Era mais fácil andar para a frente, e não para trás, como ele dissera.

— Compreendo, Coop — disse Alex calmamente. — E detesto dizer que concordo, mas é verdade. Minha cabeça concorda, e meu coração vai acabar concordando também.

Uma parte dela odiava deixá-lo ir, talvez por ele ser o pai carinhoso e participativo que ela nunca teve e que o dela nunca fora.

— Você é uma garota corajosa — disse ele.

— Obrigada — respondeu Alex, solene. — Vai me convidar para a pré-estréia?

— Sim. Poderá vir me ver receber o Oscar na festa da Academia.

— Combinado — ela sorriu, feliz por ele.

Sentiu-se melhor depois de falar com ela. Era como se sua sorte inesperada os tivesse livrado a ambos. Ele precisava daquilo desesperadamente, não apenas para pagar as contas, mas para sua tranqüilidade mental e auto-estima. Agora podia fazer o que quisesse. Estava verdadeiramente feliz por causa dele. E se sentia melhor naquela noite quando Jimmy a buscou de táxi no trabalho. Depois ela iria dirigir. Iriam ao cinema e jantar, e ele notou o bom humor de Alex assim que ela entrou no carro.

— Parece feliz. O que houve?

— Falei com Coop hoje. Ele conseguiu um bom papel num filme e resolveu diversas coisas. — Jimmy ficou subitamente em pânico embora soubesse que a mãe estava jantando com Coop. Mas não quis mencionar isso para Alex.

— A respeito de quê? De vocês dois?

— Sim, isso e outras coisas. — Não queria contar para Jimmy sobre as dívidas de Coop. Achava que devia isso a ele. — Acho que ambos concluímos que nossa relação não era certa. Era divertido, mas a longo prazo ambos iríamos precisar de algo diferente.

Desde que se separaram ela nunca se sentira mais livre e tranqüila.

— Como assim, algo diferente? Como o quê, por exemplo? — Jimmy parecia estressado.

— Como você, bobinho — disse ela, sorrindo.

— Foi isso o que ele disse?

— Não especificamente. Dei-me conta disso sozinha. Sou médica, você sabe — disse ela, enquanto ele relaxava.

Ela o assustara durante um ou dois minutos. Coop era um formidável oponente para qualquer homem, e Jimmy se sentia em grande desvantagem comparado a ele. Ele era muito alto e transbordava de charme. Mas o que Jimmy tinha a oferecer representava mais para ela. Ele tinha uma ternura na alma e uma gentileza no espírito que capturou o coração de Alex. E Coop estava certo, ela precisava de alguém que tivesse interesses comuns aos dela. De muitas maneiras, ela e Jimmy eram a resposta às preces de ambos.

Como combinado, Coop, Valerie, Mark e Taryn jantaram no Spago naquela noite. Estavam todos muito animados, e Coop estava quase eufórico de tão feliz. As pessoas paravam para falar com ele, e a notícia já se espalhava. Sairia um artigo sobre o assunto em breve. Ele já era o homem do momento na cidade.

— Quando começam a filmar? — perguntou Mark, interessado.

— Vamos para uma locação em Nova York em outubro e devemos voltar perto do Natal. Depois, filmaremos num estúdio aqui. — Ele tinha dois meses antes de começar a trabalhar. — Gostaria de ir à Europa em setembro, antes de começar — disse ele, olhando para Valerie. Talvez pudessem ir juntos após sua ida a Cape Cod. Podia pagar agora, e queria convidá-la.

— Que tal lhe parece? — perguntou discretamente a Valerie pouco depois, enquanto os outros conversavam.

— Interessante — disse ela com um sorriso de Mona Lisa. — Vamos ver como nos saímos em Cape Cod. — Havia muito que ambos ainda não sabiam.

— Não seja tão sensível — alfinetou-a, mas ela era esperta. Coop tinha a impressão de que conhecera a mulher de sua vida. — Adoraria me hospedar no Hôtel du Cap.

Ela pareceu tentada, e ambos riram. Ambos sentiam o mesmo impulso irresistível. Tudo iria correr bem. Não tinham de apressar coisa alguma. Mais tarde, ao voltarem para o Chalé e passearem pela propriedade, Valerie disse isso a ele, e Coop concordou. É que havia tanta coisa acontecendo, que ele se sentia como uma criança numa loja de doces, e queria compartilhar isso com ela.

Coop conversou com Valerie sobre sua conversa com Alex naquela tarde, e disse ter se sentido liberado após aquilo. Ambos sabiam que ele fizera o certo, por mais doloroso que tenha sido.

— Acho que ela e Jimmy estão começando a sair — disse Valerie, cuidadosa. Não queria ser indiscreta, mas não queria que Jimmy se sentisse embaraçado com ele, principalmente agora. Coop ficou pensativo durante um minuto, então suspirou e olhou para ela. Por um instante, todo seu ciúme masculino aflorou, mas ele logo se acalmou.

— Acho que está certo, Valerie. Para ambos. Assim como isso é certo para nós.

Ele sorriu e tomou a mão dela, e a beijou ao deixá-la na porta de casa. Era um mundo repleto de novos começos para todos. Era curioso o modo como as coisas acabavam dando certo, caso se esperasse tempo o bastante. Fora uma longa espera para Valerie, e não tão longa para Coop, mas haviam se encontrado, assim como o filme certo encontrara Coop. Tudo soava como coisa do destino quando ele a beijou novamente. Em seguida, Valerie entrou na casa da guarda, pensando em Coop. Cooper Winslow não era quem ela esperava, mas estava feliz por ele ter aparecido. Ela nem mesmo se sentia como Cinderela ao lado dele. Sentia-se como ela mesma, uma mulher se apaixonando pelo melhor amigo. Era o mesmo sentimento que assaltava Coop enquanto ele voltava ao Chalé. Ele esperava ansiosamente pelas suas férias em Cape Cod.

Capítulo 26

EM COMEÇO DE AGOSTO, Jimmy tirou o gesso, e as notícias sobre o novo filme de Coop já estavam em todos os jornais. Ele era um herói na cidade. Todos o congratulavam, e subitamente tinha mais ofertas de trabalho. Mas ele estava determinado a sair de Hollywood com Valerie durante duas semanas. E, depois disso, iria para a Europa, com ou sem ela. Ela disse que decidiria após Cape Cod.

Jimmy já andava com facilidade quando ambos viajaram. Via Alex freqüentemente, e as coisas iam bem entre os dois. Mark e Taryn viajariam para Tahoe com as crianças durante duas semanas. Apenas Jimmy e Alex ficariam na cidade, pois ambos teriam de trabalhar.

Valerie preparou um de seus memoráveis jantares à base de massa na noite anterior à sua partida. Coop voaria com ela para Boston, e iriam de carro para Cape. Alex não viera para o jantar, pois tinha de trabalhar. Mas Valerie fora ao hospital naquela tarde para almoçar com ela e se despedir. Mas Mark, Taryn e as crianças compareceram ao jantar, e Coop fingia implicar com elas.

Perguntou a Jason se ele vinha quebrando muitas janelas ultimamente, e Jason ficou mortificado. Então, Coop o convidou para visitar o estúdio em Los Angeles onde iriam filmar, e o menino adorou. Jessica perguntou se poderia ir também e levar algumas amigas.

— Acho que não tenho escolha — disse ele, fingindo aflição e olhando para Taryn e Mark. — Algo me diz que nos tornaremos parentes nos próximos meses. Farei tudo o que desejam, desde que me prometam nunca se dirigirem a mim como seu avô, postiço ou não. Minha reputação já levou diversos golpes ao longo dos anos, mas não creio que sobreviva a isso. Começarão a me dar papéis de personagens de 90 anos de idade — disse ele, pesaroso e todos riram. Mas Jessica e Jason estavam começando a se acostumar com ele. Adoravam Taryn e estavam dispostos a aceitá-lo como parte do acordo. Havia uma possibilidade de todos terminarem parentes, de um modo ou de outro, mais cedo ou mais tarde, o que era uma idéia exótica. Até mesmo ele e Alex, caso a relação dela com Jimmy se tornasse séria, e ele e Valerie ficassem juntos, o que esperava que acontecesse. Era tudo um tanto incestuoso, mas todos pareciam ter lucrado com aquilo, até mesmo os filhos de Mark.

— Espero que este ano as privadas estejam funcionando quando forem a Marisol — brincou Jimmy ao terminarem a sobremesa. Coop olhou para ele do outro lado da mesa com uma expressão curiosa, enquanto Valerie repreendia Jimmy por estar assustando Coop.

— Não é assim tão mal. Apenas é uma casa muito antiga.

— Um minuto, espere aí... Quem é Marisol? — perguntou Coop com uma expressão estranha nos olhos.

— "Quem" não, "o quê" — corrigiu Jimmy. — É a casa de minha mãe em Cap. Foi construída por meus bisavós, e é uma combinação de seus nomes, Marianne e Solomon — Coop parecia ter sido atingido por um raio.

— Oh, meu Deus. Marisol. Você nunca me contou isso — disse ele olhando para Valerie como se ela tivesse acabado de dizer que estivera na cadeia nos últimos dez anos. Teria sido mais fácil de absorver.

— Contar o quê? — disse ela inocentemente, servindo-se de outra taça de vinho. Seu jantar fora excelente, mas ele não estava pensando nisso agora.

— Você sabe exatamente o que estou dizendo, Valerie. Você mentiu para mim — disse ele, severo, e os outros ficaram ligeiramente preocupados. Algo estava acontecendo que ninguém compreendia. Mas ela sim.

— Não menti. Só não expliquei isto para você. Não achei que importasse. — Mas ela sabia que importava, e tinha medo que importasse.

— E seu nome de solteira é Westerfield, presumo. — Ela assentiu com um "hã-hã", e meneou a cabeça. — Sua impostora! Que vergonha! Você fingiu que era pobre! — Coop parecia chocado. A fortuna dos Westerfield era uma das maiores do mundo, certamente uma das maiores dos Estados Unidos.

— Não menti. Apenas não discuti isso com você — disse Valerie nervosamente, enquanto tentava parecer calma. Estava preocupada com a reação dele. Era muito para ele engolir de uma tragada só.

— Fui a Marisol uma vez. Sua mãe me convidou na época em que eu fazia um filme por lá. O lugar é maior que o Hôtel du Cap, e se o transformasse num hotel poderia cobrar mais que eles. Valerie, isso fui muito desonesto de sua parte. — Mas ele não ficara tão furioso quanto ela pensou que ficaria. A verdade era que os Westerfield eram a maior família de banqueiros da Costa Leste. Eram os Rothschild da América, e eram tão distintos quanto os Astor, Vanderbilt, Rockefeller e metade da "aristocracia" norte-americana, quiçá do mundo. Os Westerfield faziam os Madison parecerem pobres, mas a diferença era que Valerie era crescida, e não precisava responder a ninguém. De algum modo, agora que as finanças estavam em ordem, ou em vias de ficarem, não lhe parecia uma aliança assim tão chocante. E ela não era uma jovem, mas ele estava atônito por ela nada ter dito para ele. Era a mulher mais modesta do mundo. Ele imaginara que era uma viúva que vivia de uma pequena renda. Mas isso explicava por que Jimmy conseguira alugar a casa da guarda tão facilmente. Explicava muito sobre as pessoas que ela conhecia e os lugares onde estivera. Mas ele jamais conhecera alguém tão despretensiosa e discreta quanto ela. Ficou lá sentado, olhando para Valerie e absorvendo a novidade, e então riu.

— Bem, vou lhe dizer uma coisa, não sinto mais pena de você. — Mas também não a deixaria sustentá-lo. Se casassem, seria ele quem a apoiaria. Era assim que ele queria que fosse. Ela poderia ser tão discreta quanto quisesse quanto a própria renda, mas as suas extravagâncias, e haveria muitas, seriam pagas por ele. — E vou chamar um encanador caso a descarga de minha privada não funcione em Marisol, sua bruxinha. O que você teria feito caso eu não conseguisse esse filme? — Naquele caso estaria no mesmo barco em que estivera com Alex. Mas Valerie era mais madura. Não era uma questão apenas de dinheiro, dizia respeito à sua idade, ao fato de ele não querer ter filhos, e ser visto como um gigolô, e Arthur Madison desaprová-lo. Mas nada disso parecia relevante para Valerie, pois ela era a mulher certa para ele. E ele estava novamente de pé financeiramente. Em verdade, estava melhor do que nunca.

— Se você chamar um encanador em Marisol — advertiu Jimmy com um sorriso. — Minha mãe vai ter um troço. Ela acha que é parte do charme do lugar, assim como o telhado que goteja, e as persianas que despencam. Quase quebrei a perna no ano passado quando a varanda sul despencou. Minha mãe adora consertar a casa por conta própria.

— Mal posso esperar — resmungou Coop. Mas já sabia que adoraria o lugar. Ele já gostara dali quando a mãe de Valerie o convidara. O lugar parecia não ter fim, com casas, casas de barcos, casas de hóspedes, e um estábulo repleto de carros antigos onde ele poderia passar todo um fim de semana. Era uma das casas mais famosas do Leste. Os Kennedys a visitavam freqüentemente quanto estavam em Hyannis Port, e o presidente dormira ali certa vez. Coop ainda balançava a cabeça quando os outros se foram.

— Nunca minta para mim novamente — disse ele para Valerie.

— Não menti. Estava sendo discreta — disse ela, parecendo recatada, com uma expressão atrevida nos olhos.

— Talvez um pouco discreta demais? — disse ele, sorrindo-lhe. De algum modo, ele estava feliz por não ter sabido. Era melhor assim.

— É impossível ser discreto demais — disse ela, decorosa. Mas ele adorava isso nela. Adorava a sua elegância e simplicidade. Explicava a classe que vira nela. Inegavelmente era uma aristocrata, mesmo de camiseta e jeans. E subitamente deu-se conta de que aquilo era conveniente para Alex também. Jimmy era exatamente o homem de quem ela precisava, era parte do mundo dela e, ao mesmo tempo, tão renegado quanto ela. Até mesmo Arthur Madison não podia fazer objeção a ele. E subitamente Coop sentiu-se satisfeito. As coisas aconteceram exatamente como deviam. Não apenas para ele, mas para ela também. Mesmo que ela ainda não o soubesse, estava no caminho certo. E enquanto Valerie limpava a mesa, e punha a louça na máquina de lavar, Coop olhou para ela.

— Alex sabe?

— Conhecendo Jimmy, provavelmente não. — Valerie sorriu. — Para ele é ainda menos importante do que para mim — não importava porque aquilo era parte deles, até os ossos. Não criaram, inventaram adquiriam ou se casaram com aquilo. Nasceram com aquilo, de modo que podiam viver de qualquer modo que escolhessem. Como ricos, como pobres, discreta ou espalhafatosamente. Dependia apenas deles. E Alex era do mesmo jeito. Nada representava para ela, que gostava de viver como se fosse pobre.

— Como me encaixo nisso tudo? — perguntou Coop a Valerie com sinceridade, puxando-a para perto dele. Realmente era a mulher de sua vida, soubesse ela ou não. Mas estava determinado a convencê-la disso. Não por dinheiro, mas simplesmente por ser quem era e pelo tanto que importava para ele.

— Você se encaixa bem, creio eu. Está acostumado com tudo isso. Na verdade, talvez não sejamos elegantes o bastante para você.

De fato, ele vivera muito bem durante um longo tempo. E era muito mimado. Agora, com o filme que lhe caíra do céu, podia pagar pelas extravagâncias de ambos. E tinha intenção de fazer exatamente isso.

— Vou me adaptar — disse ele, rindo. — Já sei o que fazer. Vou gastar todo o meu dinheiro consertando sua casa velha.

— Não — disse ela sorridente. — Gosto do jeito que é, caindo aos pedaços e se deteriorando, com coisas caindo por toda parte. Tem o seu charme.

— Você também — disse ele, abraçando-a com força. — Embora não esteja caindo aos pedaços e se deteriorando. — Mas sabia que quando isso acontecesse, ele ainda a amaria. E possivelmente ele deteriorasse antes, pois era, afinal de contas, 17 anos mais velho que ela. Ela era de fato uma mulher mais jovem, e muito rica. Mas não muito jovem. E, não importava quanto dinheiro tivesse, pois Coop tinha o dinheiro dele. Foi preciso uma Westerfield para capturá-lo. Mas o trabalho finalmente fora feito, e muito bem.

— Você vai se casar comigo? — perguntou Coop, enquanto Jimmy subia as escadas na ponta dos pés, sorrindo para si mesmo. Era engraçado o quanto gostava de Coop agora que Alex não mais estava envolvida com ele. Estava começando a achar que ele era um sujeito e tanto.

— Vou acabar me casando, eu acho — respondeu-lhe Valerie com um sorriso. Ele a beijou e foi embora. Partiriam ao raiar do dia seguinte.

O motorista os levou ao aeroporto no Bentley. Coop trazia quatro malas, e tivera um trabalhão preparando-as. Afinal, iria para a Europa depois de Cape Cod. Valerie trazia apenas uma mala. Mas a fizera correndo pouco antes de partir.

Coop despediu-se de Taryn ao ir embora. Valerie abraçou Jimmy bem apertado, então beijou-o e disse para ele se cuidar umas dez vezes seguidas.

— Cuide-se, Jimmy — disse ela antes que os dois a empurrassem porta afora senão perderiam o vôo.

Chegaram ao aeroporto bem humorados, e ambos dormiram no avião. Ao despertarem, estavam quase lá. Ela aproveitou para contar algo sobre a casa. Aquilo o fascinava e ele não via a hora de rever a propriedade e compartilhar isso com ela. Ao que se lembrava, era uma propriedade elegante, charmosa, romântica, antiga, com jardins maravilhosos.

Ele alugou um carro no aeroporto de Boston e foram calmamente rumo a Cape. Ao chegarem, Marisol estava exatamente como se lembrava dela, apenas um pouco melhor agora, pois estava ali com Valerie.

Ele a ajudou a pregar coisas, consertar telas e móveis de vime. Estiveram lá durante três semanas, e ele nunca foi tão feliz, embora nunca tenha trabalhado tão duro. Mas adorava fazer aquilo com ela, que trabalhava tão duro quanto ele. Valerie sempre tinha um martelo e pregos no bolso, e uma mancha de tinta em algum lugar do rosto. Ele a amava, bem como a todos os momentos que passaram juntos.

No feriado do Dia do Trabalho, voaram para Londres e passaram três semanas lá. Ele voltou direto para Nova York para começar a trabalhar no filme. Valerie voltou a Boston durante alguns dias e depois se encontrou com ele em Nova York. Ficaram no Plaza durante o tempo das filmagens. Voltaram juntos para a Califórnia pouco antes do Dia de Ação de Graças. Taryn e Mark estavam casados. Haviam se casado na semana anterior em Lake Tahoe, numa cerimônia assistida apenas por Jason e Jessica. Havia muito o que celebrar. Alex e Jimmy moravam na casa da guarda. Ela transformara seu quarto numa cesta de roupa suja, e desistira do estúdio. Estava quase acabando sua residência, e lhe fora oferecido um emprego como neonatologista na UCLA. Ela e Jimmy falavam em se casar. Mas ele ainda não conhecera Arthur.

Coop recebeu a todos para o jantar de Ação de Graças, até mesmo Alex, e era fácil ver o quanto ela e Jimmy estavam felizes. Wolfgang enviara um peru, que Paloma serviu usando tênis de leopardo e um uniforme cor-de-rosa. Não usava os óculos de pedra-do-reno nos meses de inverno, e, para o alívio de todos, ela gostou de Valerie. Muito. E Valerie gostara dela.

Os tablóides deram a notícia na semana anterior ao Natal. Assim como *People, Time, Newsweek,* jornais respeitáveis, tevês a cabo e a CNN. As manchetes eram quase as mesmas em toda parte: VIÚVA MILIONÁRIA DO LESTE CASA-SE COM ASTRO DE CINEMA. Outros citavam-lhes os nomes: COOPER WINSLOW CASA-SE COM HERDEIRA DOS WESTERFIELD. Em ambos os casos, as fotos os mostravam felizes e sorrindo na pequena recepção que fizeram. Seu assessor de imprensa enviou as fotos para os jornais.

No dia seguinte ao casamento, Valerie desceu as escadas carregando uma pilha de toalhas que encontrara no armário de roupa de banho.

— Que bom, Coop — disse ela, distraída. Ele tinha uma semana de folga antes de começarem a filmar em Los Angeles, e ele estava tentando convencê-la a ir para Saint Moritz por uma semana, mas até então ela não parecia estar interessada. Estava feliz em casa com ele, e ele também. Mais do que nunca.

— O que é isso? — disse Coop, que revia mudanças no roteiro. O filme ia muito bem, e ele já tinha propostas para rodar outros na primavera. Sua cotação subira, de modo que Abe estava contente.

— Acabo de encontrar uma pilha de toalhas com monogramas que acho que você não usa, e, uma vez que estou casada novamente, achei que podíamos mandá-las para Marisol. Precisamos desesperadamente de toalhas por lá.

— Suspeito que foi por isso que se casou comigo — disse ele, sorrindo. — Deus a proíbe de comprar toalhas novas para Marisol? Posso encomendar algumas como presente de casamento?

— Claro que não. Estas estão bem. Por que comprar toalhas novas quando as velhas estão boas?

— Eu amo você, Valerie — disse ele, sorrindo. Então ele se levantou e aproximou-se de onde ela estava. Abraçou-a e obrigou-a a largar as toalhas. — Pode ter todas as toalhas que quiser. Talvez também possamos lhe conseguir alguns lençóis monogramados. Senão, podemos comprar alguns na Goodwill.

— Obrigada, Coop — disse ela, e beijou-o. Aquele fora um ano muito bom.

Este livro foi composto na tipologia
Agaramond, em corpo 11,5/15, e impresso
em papel off-set 75g/m² no Sistema Cameron
da Divisão Gráfica da Distribuidora Record.